SCIENCE FICTION

Herausgegeben
von Wolfgang Jeschke

Von Timothy Zahn erschienen in der Reihe
HEYNE SCIENCE FICTION & FANTASY:

Die Blackcollar-Elite · 06/4586
Die Backlash-Mission · 06/4587
Astra · 06/4645

TIMOTHY ZAHN

Astra

Roman

Deutsche Erstausgabe

Science Fiction

WILHELM HEYNE VERLAG
MÜNCHEN

HEYNE SCIENCE FICTION & FANTASY
Band 06/4645

Titel der amerikanischen Originalausgabe
SPINNERET
Deutsche Übersetzung von Hilde Linnert
Das Umschlagbild schuf Ian Craig

Redaktion: Wolfgang Jeschke

Printed in Germany 1989
Umschlaggestaltung: Atelier Ingrid Schütz, München
Satz: Schaber, Wels
Druck und Bindung: Elsnerdruck, Berlin

ISBN 3-453-03908-4

Prolog

Als Kommandant Carl Stewart auf der Brücke von Amerikas erstem Raumschiff stand, bedauerte er nur, daß er keine Champagnerflasche am Bug der U.S.S. *Aurora* zerschmettern konnte.

Natürlich hätte man die Zeremonie nicht durchführen können, selbst wenn das Außenministerium die Bewilligung erteilt hätte. In der luftleeren Kälte des Weltraums hätte die Flasche besonders präpariert werden müssen, damit sie weder gefror noch vorzeitig explodierte, und diese Präparierung hätte wahrscheinlich verhindert, daß sie im entscheidenden Augenblick überhaupt zerbrach. Da der Start vom Fernsehen live auf den gesamten Planeten übertragen wurde — und nur noch zehn Monate die Menschheit von der Wahl im Jahr 2016 trennten —, wollte niemand dieses Fiasko riskieren. Doch die Hochseeschiffahrt und ihre Traditionen waren seit vier Generationen in Stewarts Familie verankert, und es kam ihm irgendwie falsch vor, ohne richtige Schiffstaufe auf große Fahrt zu gehen.

Die Stimme des Kommentators im TV-Monitor verstummte. Stewart wandte seine Aufmerksamkeit gerade noch rechtzeitig dem Bildschirm zu, um zu sehen, wie Präsident Allerton die Hand auf den entscheidenden Schalter legte. »Bereithalten«, befahl er mit einem Blick auf den Bildschirm. Der Befehl war unnötig. Die Mannschaft der *Aurora* war seit Stunden bereit.

»… unsere Hoffnungen, Gebete und Träume begleiten euch, wenn wir euch auf die Suche nach neuen Grenzen ausschicken. Ihr sollt neue Welten, neue Möglichkeiten, neue Lösungen finden; der Menschheit neue Impulse verleihen und sie zu neuer Größe führen. Glückliche Reise, *Aurora*.« Mit einer großartigen Handbewegung legte Allerton den Schalter um.

Fünftausend Kilometer über ihm schalteten sich die am Arbeitsgerüst befestigten Scheinwerfer ein, und die Fernsehkameras erblickten die *Aurora* zum ersten Mal in voller Größe.

Steward gönnte den Zuschauern den überwältigenden Anblick, bis er bis fünf gezählt hatte, dann nickte er seinem Steuermann zu. »Manövrieren Sie sie hinaus, Mr. Bailey«, befahl er. »Aber achten Sie darauf, daß Sie unterwegs nicht die *Pfadfinder* ankratzen!«

Bailey grinste. »Aye, Sir.« Mit Hilfe ihrer mit Kaltstickstoff betriebenen Anlegejets verließ die *Aurora* das sie eng umschließende Gerüst. Sie glitt mit ausreichendem Abstand am Gerüst der *Pfadfinder* vorbei — das beinahe fertiggestellte Schwesterschiff schaltete zum Gruß seine Positionslichter ein — und steuerte langsam den kaum erkennbaren Horizont der dunklen Welt unter ihr an. »Eine Menge Lichter da unten«, bemerkte der Navigator Reger.

»Es gibt auch eine Menge Leute da unten, die sie brauchen«, brummte Stewart. Und es wäre gut, wenn die Wissenschaftler mit ihren mächtigen Teleskopen und schönen Theorien recht behalten, dachte er; hoffentlich gab es da draußen tatsächlich geeignete Planeten, die die *Aurora* finden konnte.

»Klar zum Sprung«, meldete Bailey und sah Stewart an. »Kursvektor unter fünf Sekunden Abweichung.«

»Verstanden.« Stewart verdrängte seine Befürchtungen um das Überleben der Erde. »Bieten Sie den Kameras etwas für ihr Geld: *Sprung!*«

Den Bruchteil einer Sekunde lang war das Schiff in einen blendenden Flächenblitz gehüllt, und die Sterne verschwanden im absoluten Schwarz des Hyperraums. Die nächste Station: Alpha Centauri.

Die Menschheit war unterwegs.

»Alles spricht dafür, daß er erdähnlich ist«, stellte der Astrophysiker Hashimoto fest, während seine rundlichen Finger über die Tastatur glitten. »Die Entfernung zu seiner Sonne müßte vernünftige Temperaturen garantieren, die Größe entspricht bis auf wenig Prozent den Dimensionen der Erde, und selbst auf diese Entfernung können wir genügend Sauerstoff feststellen.«

Stwart nickte, gab sich aber noch keinen allzu großen Hoffnungen hin. In den sechs Sonnensystemen, die die *Aurora* bis jetzt aufgesucht hatte, war es bereits einmal zu einem Fehlalarm gekommen. »Wir behalten den Kurs bei, damit kommen wir nahe genug heran, um genauere Werte zu erhalten. Wenn eine Landung sicher erscheint ...«

»Kommandant!« rief Bailey; seine Stimme klang eine halbe Oktave höher als für gewöhnlich. »Etwas auf dem Bildschirm — es bewegt sich schnell!«

Stewart wirbelte mit seinem Stuhl herum und erstarrte. Hinter der Sichel des von ihnen angepeilten Planeten kam langsam ein Stern hervor, Sekunden später folgte ihm ein zweiter ... und ein dritter.

Raumschiffe!

»Ich will verdammt sein«, stieß Hashimoto hervor.

Stewart fand die Sprache wieder. »*Sprung,* Bailey! Vergessen Sie die Justierung — wir können später auf den richtigen Kurs zurückkommen.«

»Warten Sie eine Sekunde«, protestierte Hashimoto — aber der Planet und die drei sich bewegenden Punkte verschwanden, während das Schiff wieder von einem Flächenblitz eingehüllt wurde. »Kommandant!«

»Es tut mir leid, *Mr.* Hashimoto«, fuhr ihn Stewart an und betonte die Anrede, um seinen übergeordneten Rang deutlich zu machen. »Für diesen Fall habe ich exakte Befehle erhalten: Bei einem Kontakt mit einer außerirdischen Rasse muß ich das Weite suchen, falls es sich irgendwie machen läßt.«

»*Aber eine außerirdische Rasse.*« Hashimoto war sichtlich nicht gewillt, nachzugeben. »Denken Sie an die Möglichkeiten, die ...«

»Die *Aurora* ist weder für einen Kampf noch für Verhandlungen gerüstet«, unterbrach ihn Stewart. »Sobald wir Bericht erstattet haben, können die Diplomaten in Aktion treten; ich glaube kaum, daß diese Außerirdischen innerhalb der nächsten beiden Monate verschwinden werden. Ich schlage vor, daß Sie beginnen, die Daten zu analysieren, die wir gesammelt haben; vielleicht können Sie aus ihnen entnehmen, wie erdähnlich der Planet tatsächlich ist. Wir möchten doch wissen, ob die Fremden an *unserem* Grundbesitz interessiert sind, bevor wir wieder Kontakt aufnehmen.«

Hashimotos wütender Gesichtsausdruck wich einem nachdenklichen Lächeln; er nickte und verließ die Brücke.

Stewart wandte sich wieder den Monitoren zu und murmelte ein Wort, das er während seiner Ausbildung von einem Marinesergeanten aufgeschnappt hatte. Hier draußen existierte also eine intelligente Lebensform — und wenn sie so nahe von Sol existierte, dann konnte sie keine Einzelerscheinung sein. Vielleicht gab es vor der Tür der Menschheit eine ganze interstellare Konföderation — einen kosmischen Club, dessen Mitglieder der Menschheit endlich die Antworten geben würden, die sie so dringend suchte.

Erst viel später fiel ihm ein, daß der »Kosmische Club« auch ganz andere Folgen haben könnte.

Das Zischen der Landejets erstarb, aber Kommandant Lawrence Radfords Ohren klangen immer noch. Er öffnete seinen Gurt und stand vorsichtig auf, weil er sich nach drei Wochen Schwerelosigkeit in der *Pfadfinder* unsicher fühlte.

»Beginnen Sie mit dem Start-Check!« befahl er dem Piloten des Shuttle. »Und schalten Sie auch die Testgeräte für die Atmosphäre ein!«

»Ja, Sir.«

Radford ging um seinen Stuhl herum zur Tür der Luftschleuse, wo der Landetrupp versammelt war.

»Sieht schön aus, Kommandant«, meinte Leutnant Sherman lächelnd, während er Radfords Helm am Raumanzug befestigte. »Da draußen ist es so grün, daß die Pflanzen gar nicht anders können, als mit Chlorophyll zu arbeiten.«

»Wir werden es bald herausfinden.« Radford weigerte sich, sich drängen zu lassen, und checkte sorgfältig seinen Raumanzug. Dann wandte er sich dem Team zu, streckte den Daumen in die Höhe und trat in die Luftschleuse. Eine neunzig Sekunden währende Ewigkeit später ging die Außentür auf ... und Kommandant Radford von der U.S.S. *Pfadfinder* betrat die erste Raumkolonie der Menschheit.

Er hatte sich lange auf diesen Augenblick vorbereitet und war für ihn gerüstet. »Im Namen der ...« Er unterbrach sich, weil ihm die Worte im Hals steckenblieben.

»Kommandant?« fragte Sherman vorsichtig.

»Alle Außenkameras einschalten!« befahl Radford leise und fragte sich, ob das dröhnende Pochen seines Herzens nicht seine Stimme übertönte. Der Alien, der sich fünfzehn Meter vor ihm aus dem hüfthohen Gras erhoben hatte, hielt ein merkwürdig geformtes Metallgerät ... und wenn es auch nicht direkt auf Radford gerichtet war, so zielte es auch nicht sehr weit daneben.

»Wir sind umzingelt, Kommandant«, murmelte jemand.

»Verstanden«, bestätigte Radford. »Haben Sie alles mitbekommen, Kyle?«

»Vollkommen«, erwiderte der Erste Offizier der *Pfadfinder.* »Wir haben Alarm gegeben; hier oben ist kein Raumschiff zu sehen.«

»Noch nicht«, antwortete Radford knapp. Die Fremden — inzwischen waren weitere vier aufgetaucht, die dem ersten Feuerschutz gaben — trugen eindeutig irgendeine Art von Kleidung, und die Geräte, die sie mit sich führten, sahen so gleich aus, daß sie vermutlich aus einer Massenproduktion stammten. Sie waren ganz bestimmt keine Primitiven, und die Tatsache, daß die *Pfadfinder* während des Orbits keine Spur einer Zivilisation entdeckt hatte, legte den Schluß nahe, daß die Fremden ebenfalls nur Besucher waren. »In Ordnung. Ich werde versuchen, mich in die Luftschleuse zurückzuziehen. Wir starten, sobald ich an Bord bin. Sie machen inzwischen die *Pfadfinder* zum Sprung bereit, Kyle.«

»Wir werden bereit sein, sobald Sie beim Schiff angelangt sind.«

»Sie müssen vorher bereit sein«, erklärte Radford, »wenn fremde Raumschiffe auftauchen, müssen Sie sofort verschwinden können. Wir sind entbehrlich; die Informationen, über die Sie verfügen, sind es nicht.«

»Ja, Sir.« Kyle klang nicht sehr glücklich.

Radford war es ebenfalls nicht; doch es zeigte sich bald, daß sie sich nicht opfern mußten. Die Fremden sahen gelassen zu, wie Radford in die Luftschleuse zurückkehrte; das Shuttle erreichte den Orbit, ohne daß ein Kampf-Raumschiff aufgetaucht wäre; und als die *Pfadfinder* in den Hyperraum sprang, war auf den Monitoren noch immer nichts zu sehen.

»Verdammtes Pech«, knurrte Kyle, als sie sich später die Filme von den Fremden ansahen. »Der Planet war einfach vollkommen.«

»Das können wir nicht mit Sicherheit behaupten«, widersprach Radford. »Und wenn wir herausfinden, daß wir im Universum nicht allein sind, so ist das mindestens genauso wichtig wie die Entdeckung eines neuen Planeten, den wir kolonisieren können.«

»Falls die Fremden freundlich sind.«

»Falls sie es nicht sind, wissen sie wenigstens nicht, woher wir kommen.« Radford betätigte den Rückspulschalter. »Kopf hoch, Kyle — wir haben gute Aussichten, etwas anderes zu finden, bevor wir uns auf den Heimweg machen. Und wenn wir nichts finden, werden zumindest die *Aurora* oder die *Celeritas* Erfolg haben.«

»Vielleicht.«

»Schön.« Mario Civardi lächelte den Planeten an, den er durch das Fernrohr betrachtete. »Einfach schön.«

Kommandant Curt Korczak hätte beinahe über die Begeisterung des Italieners gelächelt, obwohl er mit ihm fühlte. Die europäische Raumagentur hatte sich heftige Vorwürfe anhören müssen, weil die Amerikaner ihre beiden Raumschiffe vor den Europäern auf die Reise geschickt hatten; aber die *Celeritas* hatte es den Skeptikern gerade mit Zinsen heimgezahlt. Eine brandneue Welt, in der die Menschheit von vorn anfangen konnte. Keine Umweltverschmutzung, kein saurer Regen, keine Übervölkerung, keine nationalistischen Posen. Es war beinahe, als betrete man wieder den Garten Eden.

»Kommandant!« rief der Mann am Radar plötzlich. »Von achtern nähert sich etwas.«

Auf dem Hauptbildschirm blitzte Licht auf, als ein Ding mit einem feurigen Schwanz über die *Celeritas* hinwegschoß und weit vor ihr verschwand. »Zum Teufel!« stieß der Erste Offizier Blake hervor. »Das war eine Rakete!«

»Verfolgen Sie ihre Flugbahn zurück!« befahl Korczak. »Ich will wissen, woher sie gekommen ist.«

»Ich habe sie, Sir. Sie kommt von ...«

Der Stuhl schlug heftig gegen Korczaks Wirbelsäule, und das dumpfe Dröhnen betäubte ihn kurz. »Sprung, Civardi!« stieß er hervor. »Bringen Sie uns hier raus!«

Wunderbarerweise funktionierten die Geräte. Sobald die *Celeritas* in der Sicherheit des Hyperraums geborgen war, humpelte sie nach Hause.

»Ich kann es nicht glauben«, erklärte Präsident John Kennedy Allerton und legte den Bericht auf den Tisch. »Fünfzehn halbwegs erdähnliche Planeten, und alle sind schon besetzt?«

General James Klein zuckte die Achseln. »Ich gebe zu, daß es kaum zu glauben ist, aber der Film der *Pfadfinder* ist unwiderlegbar.« Er zögerte. »Ich habe gehört, daß die *Celeritas* Beschädigungen aufwies, als sie heute früh heimkehrte, also nehme ich an, daß sie ebenfalls auf die Fremden gestoßen sind.«

Allerton preßte die Lippen zusammen. »Wenn das stimmt, müssen wir sofort eine Sitzung einberufen, um die Unterlagen zu vergleichen. Es ist wahrscheinlich besser, wenn auch die Sowjets und die Chinesen daran teilnehmen. Wenn uns eine fremde Rasse von allen Seiten einschließt, können wir uns kein politisches Hickhack leisten. Wahrscheinlich sollten wir auch die UNO informieren.«

Admiral Davis Hamill schnaubte verächtlich. »Die Russen werden uns kein Wort glauben, bevor sie selbst Berichte aus erster Hand haben, und der chinesische Sicherheitsdienst ist in letzter Zeit so lax, daß wir es der islamischen Konföderation und den Afrikanern gleich über die Medien erzählen können. Ich höre schon ihre Kommentare.«

Allerton lächelte. »Sie nehmen das Geschwätz bei der UNO zu ernst, Dave. Die Dritte Welt steht zwar auf dem Standpunkt, daß wir an allen ihren Problemen schuld sind, aber sie können uns auf keinen Fall dafür verantwortlich machen, daß das Projekt Heimstätte ein Flop ist.«

»Sie können uns dafür verantwortlich machen, daß wir die Aliens auf unsere Existenz aufmerksam gemacht haben«, wandte Klein ein.

»Ach, kommen Sie, das wissen sie bestimmt längst. Schließlich haben sie uns umzingelt. Wenn sie kämpfen wollten, hätten sie es schon vor Jahren getan.«

»Und was war mit der *Celeritas?*« fragte Klein.

»Und was ist mit der *Pfadfinder?* Die Aliens haben sie abfliegen lassen.«

Kleins Antwort ging unter, weil alle drei Telefone gleichzeitig summten. Allerton drehte sein Handgelenk so, daß der Lautsprecher auf ihn gerichtet war, und legte den Schalter um. »Allerton.«

»Lageraum«, meldete sich eine aufgeregte Stimme.

»Wir haben von einem Punkt in der Nähe des Mars-Orbits einen Lichtblitz aufgefangen, Sir. Wir nehmen an, daß es sich um ein Raumschiff handelt, aber der Blitz war rot, nicht blau-weiß.«

Allerton blickte auf und sah, daß Kleins und Hamills Gesichter hart geworden waren. Der Blitz stellte vergeudete Energie dar, und der rote Blitz bedeutete weniger Energie, was hieß, daß der Neuankömmling ein wesentlich fortschrittlicheres Antriebssystem besaß als die Erde. »Höchste militärische Alarmstufe«, befahl der Präsident. »Weltweit. Für mögliche Invasion bereithalten. Ich komme sofort hinunter und übernehme das Kommando.«

Er unterbrach die Verbindung. Die beiden Militärs, die noch immer in ihre Telefone sprachen, waren bereits zur Tür unterwegs. Allerton wählte die Nummer der Zentrale im Weißen Haus, während er aufstand und den beiden folgte. »Geben Sie mir den Kreml, den chinesischen Premierminister Sing und den UNO-Generalsekretär Saleh — Konferenzschaltung, Zerhacker und dringend!«

Kurz darauf trieb das lange Raumschiff vorsichtig in einen hohen Erdorbit, erstickte den offiziellen Unglauben der Sowjets im Keim und löste auf dem gesamten Globus beinahe Panik aus. Doch das erwartete Ende der Welt trat nicht ein. Statt dessen überlagerte der Fremde die Funkfrequenzen der Fluglinien mit einer Botschaft in passablem Englisch, in der er ein Gespräch mit der Weltregierung verlangte.

Wenn man die Vorgangsweise der internationalen Politik bedenkt, erfolgte die Antwort überraschend schnell.

»Wir begrüßen Sie im Namen des Sicherheitsrates, der Vereinten Nationen und der gesamten Erde. Wir freuen uns auf den gegenseitigen Austausch von Wissen und Kultur und auf eine zunehmende, aufrichtige Freundschaft zwischen unseren Völkern.«

Generalsekretär Hammad Ali Saleh nahm wieder in seinem Stuhl in der Mitte des halbkreisförmigen Tisches Platz und griff dankbar nach dem vor ihm stehenden Glas Wasser. Er war seit fünfunddreißig Jahren, also seit dem Krieg zwischen dem Irak und dem Iran in den achtziger Jahren, nicht mehr so nervös gewesen. Damals war er ein junger jemenitischer Freiwilliger gewesen, dem plötzlich klar geworden war, daß die Granaten, die da geflogen kamen, ihn tatsächlich töten konnten. Jetzt befand er sich in einer sehr ähnlichen, ebenso unangenehmen Lage. Niemand wußte, warum der Alien mit den Führern der Menschheit sprechen wollte, aber das Erlebnis der *Celeritas* war ein Hinweis darauf, daß die Antwort auf diese Frage unerfreulich sein konnte. Die Supermächte waren jedenfalls dieser Ansicht; alle drei hatten dafür gestimmt, daß sich die UN mit der heiklen Angelegenheit befaßte. Ihre Vertreter waren am ehesten entbehrlich. Saleh trank langsam sein Eiswasser, entspannte bewußt seinen Kiefer und wartete.

»Die Ctencri erwidern Ihren Gruß«, meldete sich die Stimme abrupt wieder. »Es ist jedesmal eine Ehre, ein neues Volk im Raum begrüßen zu dürfen. In den achthundert Jahren, seit Ihre Rasse zum letzten Mal geprüft wurde, hat sie große Fortschritte gemacht. Wir hoffen, daß wir zum beiderseitigen Nutzen eine solide Basis für Handelsbeziehungen finden werden.«

In Salehs Brust entspannte sich etwas ein wenig. Handel und Nutzen waren keine politischen, sondern geschäftliche Termini. Hatten sie es also nur mit einer Handelsdelegation zu tun? Saleh wußte nicht, ob er verärgert oder erleichtert sein sollte, wenn sich herausstellte, daß die Ctencri-Regierung den ersten Kontakt mit der Erde ihrer staatlichen Telefongesellschaft oder deren Äquivalent überlassen hatte.

Doch wer immer Salehs Gesprächspartner war — zunächst mußte ein sehr wichtiger Punkt geklärt werden. »Wir sind selbstverständlich daran interessiert, mit Ihnen über Handelsmöglichkeiten zu sprechen«, erwiderte er deshalb. »Wir möchten aber vorher einige Fragen stellen. Vor allem müßten wir wissen, warum Ihre Schiffe auf eines unserer unbewaffneten Erkundungsschiffe gefeuert haben.«

Es entstand eine kurze Pause. »Die Frage ist ohne Bedeutung. Die Verteidigungseinheiten der Hreshtra-cten haben keine Gewalt angewendet. Ihre Landefähre konnte unseren Planeten unbehelligt verlassen.«

»Sie beziehen sich auf den Zwischenfall mit der *Pfadfinder*«, meldete sich der amerikanische Delegierte von der anderen Seite des Tisches. »Als die *Celeritas* angegriffen wurde, befand sie sich in einem anderen Sonnensystem.«

»In das Ctencri-Territorium ist ein einziges Schiff eingedrungen«, widersprach der Alien. »Das andere hat vermutlich das Hoheitsgebiet eines anderen Volkes verletzt.«

Saleh blinzelte. *Zwei* fremde Rassen innerhalb von zehn Lichtjahren? Der amerikanische Präsident hatte angedeutet, daß eine einzige Rasse die Erde umzingelt habe, nicht zwei. War es ein verständlicher Fehler oder bewußte Täuschung? »Vielleicht können Sie uns helfen, das andere Volk zu kontaktieren. Oder vielleicht können Sie ihnen wenigstens versichern, daß wir nicht versucht haben, ihr Territorium anzugreifen. Wir suchen nur neue Welten — natürlich unbewohnte Welten —, die wir friedlich kolonisieren können.«

»Das wird unmöglich sein.«

»Warum? Stehen Sie denn nicht mit ihnen in Verbindung?«

»Pardon, Sie mißverstehen mich. Wir werden Ihnen selbstverständlich helfen, Kontakt mit den anderen Völkern aufzunehmen. Nur Ihre Suche nach Welten, die Sie kolonisieren können, ist aussichtslos.«

Salehs Magen verkrampfte sich wieder, und er runzelte die Stirn. »Ich verstehe Sie nicht.«

»Alle in Frage kommenden Welten sind bereits besetzt.«

Die Stille war beinahe greifbar, bis sich der britische Delegierte räusperte. »Von wem besetzt?« fragte er.

»Viele von den auf ihnen heimischen Völkern«, erwiderte der Ctencri. »Solche Welten können keine Kontakte mit anderen Planeten aufnehmen, so wie es bis heute auch bei Ihnen der Fall war. Die übrigen Welten sind von raumfahrenden Völkern wie uns besetzt oder werden von ihnen beansprucht.«

»Wie viele raumfahrende Rassen gibt es?« fragte Saleh.

»Die Ctencri stehen mit neun Rassen in direktem Kontakt. Indirekt wissen wir von der Existenz von siebzehn weiteren. Wir glauben aber, daß es noch viel mehr raumfahrende Völker gibt.«

Die Russen glaubten es natürlich nicht. Die Amerikaner und Europäer glaubten es nicht ganz. Die Raumschiffe wurden in neue Richtungen ausgeschickt. Und wieder. Und wieder.

Schließlich waren alle überzeugt.

»Das ist alles.« Saleh lehnte sich zurück und blickte durch das Fenster auf die Lichter von New York hinunter. Sie leuchteten hell, wie gewöhnlich, und wie gewöhnlich ärgerte sich der Jemenite. Die im letzten Jahrhundert in Oak Ridge und Princeton geleistete Arbeit hatte dafür gesorgt, daß zumindest die USA noch lange Zeit keinen Mangel an Energie leiden würden — aber der Rest der Welt wartete noch immer darauf, daß die Amerikaner diese Technologie wie versprochen weitergaben.

Jemand räusperte sich, und Saleh wandte seine Aufmerksamkeit wieder den fünf Staatsoberhäuptern zu, die er zu dieser Zusammenkunft gebeten hatte. »Das ergibt überhaupt keinen Sinn«, erklärte der japanische

Premierminister Nagata und legte seine Kopie des Berichts wieder auf den Tisch. »Eine erdähnliche Welt mit Wasser und atembarer Atmosphäre, aber keinen Metallen? Das ist absurd.«

»Ich weiß nur, was die Ctencri gesagt haben.« Saleh zuckte die Achseln. »Eben weil der Planet keine Metalle besitzt, haben wir die Chance, ihn zu bekommen — sonst hätten die Rooshrike längst eine Verwendung für ihn gefunden.«

»Könnte es sich vielleicht um eine komplizierte Falle handeln?« erkundigte sich Sing, der Premierminister der Volksrepublik. »Soviel ich weiß, sind die Rooshrike diejenigen, die auf die *Celeritas* geschossen haben.«

»Laut den Ctencri handeln die Rooshrike gelegentlich impulsiv«, erklärte Saleh. »Sie haben offenbar die falschen Schlüsse gezogen, als die *Celeritas* nicht die richtigen Identifizierungssignale aussandte. Man hat mir versichert, daß das alles längst bereinigt ist.«

»Es ist eher ein Schwindel als eine Falle«, brummte der russische Delegierte Liadow. »Wieviel wollen denn die Rooshrike und die Ctencri für diesen wertlosen Schlammklumpen?«

»Nichts, worauf Menschen leben können, ist vollkommen wertlos«, stellte Präsident Allerton mild richtig.

Der Russe schnaubte nur.

»Die Kosten sind gar nicht so hoch«, meinte Saleh. »Sie verlangen gewisse, relativ rare Elemente im Wert von achtzig Millionen Dollar — die Liste der akzeptablen Reinheitsgrade finden Sie auf der letzten Seite. Dafür bekommen wir einen Pachtvertrag auf hundert Jahre und die Option auf eine Verlängerung. Und damit sind wir bei dem Grund, aus dem ich Sie heute hierhergebeten habe. Wenn wir mit dieser Welt tatsächlich etwas anfangen wollen, wäre der Pachtzins nur die Spitze des Eisbergs. Wir müßten Häuser bauen, Feldfrüchte, vor allem Getreide, anbauen, Industrien einrichten, Kolonisten aussuchen und ausbilden — es wäre ein ungeheures Projekt.«

»Und das Geld dafür wollen Sie von uns«, bemerkte der englische Premierminister Smythe-Walker trocken.

»Ja.« Saleh nickte vollkommen unbefangen. »Das Budget der UNO reicht auf keinen Fall dafür, und wir besitzen auch nicht das Menschenmaterial, um das Projekt durchzuführen. Wir müßten Teile der Operation an private Unternehmer weitergeben, wodurch sie sich noch mehr verteuern würde. Daher muß ich, bevor ich damit zum Sicherheitsrat und der Generalversammlung gehe, wissen, ob diejenigen Staaten, die es sich leisten können, das Geld zur Verfügung stellen werden oder nicht.«

»Warum sollen wir uns die Mühe machen?« wandte Liadow ein. »Sie verlangen sehr viel für das Privileg, die UN-Fahne auf einer Welt zu hissen, deren wirtschaftlicher Wert noch geringer ist als der der Venus. Es wäre vernünftiger, wenn Sie Expeditionen zu den Jupitermonden finanzieren.«

»Sie übertreiben ein wenig, aber im wesentlichen haben Sie recht«, gab Sing zu. »Diese Welt ist die Kosten offensichtlich nicht wert.«

»Ohne Spuren von Metall im Boden können zum Beispiel keine Feldfrüchte wachsen«, mischte sich Nagata ein. »Die gesamten Nahrungsmittel müßten eingeführt werden. Und was könnten sie im Austausch dafür exportieren?«

»Andere Minerale.« Allerton las immer noch den Bericht. »Einer der Kontinente ist anscheinend von großen Unterwasser-Mineralvorkommen umgeben.«

»Silikate und solches Zeug?« Smythe-Walker schüttelte den Kopf. »Es tut mir leid, John, aber ich kann mir kaum eine Gesteinsformation vorstellen, die es wert ist, daß man sie durch einen Schwerkraft-Schacht und über vierzig Lichtjahre transportiert. Und dann bleibt immer noch das Problem mit den Nahrungsmitteln, es sei denn, man fügt dem Boden ein paar Tonnen Eisen- und Mangansilikat hinzu, bevor man ihn bebaut.«

»Warum nicht?« widersprach Allerton. »Es ist nicht so unmöglich, wie Sie es darstellen.«

»Nein, aber es ist teuer.« Smythe-Walker sah Saleh an. »Ich bedaure, aber ich glaube nicht, daß die Regierung Seiner Majestät einem solchen Projekt ihre Unterstützung gewähren wird.«

Allerton blickte sich im Kreis um. »Ist einer von Ihnen auf die Idee gekommen, daß die ganze Geschichte eine Art Test sein könnte? Daß die Fremden unsere Einstellung und unsere Erfindungsgabe vielleicht danach beurteilen, ob wir bereit sind, eine scheinbar aussichtslose Aufgabe zu übernehmen?«

»Eher testen sie unsere Intelligenz«, murmelte Nagata.

»Ich habe eine Idee«, meldete sich Liadow. »Da Mr. Allerton offensichtlich der einzige unter uns ist, der unseren neuen Nachbarn beweisen will, wozu die Menschheit fähig ist, und da seiner Meinung nach die Genialität der Yankees die Lösung aller Probleme ermöglicht, schlage ich vor, daß wir den Vereinigten Staaten das UN-Mandat erteilen, diese Welt zu entwickeln und zu verwalten. Natürlich mit einer gewissen Unterstützung von seiten der UNO.«

Einen Augenblick lang starrte Allerton das undurchdringliche Gesicht des Russen an, und Saleh hielt den Atem an. Er war einer der Wortführer der Islamischen Föderation gewesen, als sie das US-Projekt Heimstätte angriff, aber diese politische Notwendigkeit hatte ihn nicht daran gehindert, insgeheim zu hoffen, daß die Suche nach neuen Welten Früchte tragen würde. Eine neue Grenze — selbst wenn sie als Reservat für die Reichen vorgesehen war — würde jenen Hoffnung geben, die sich auf der immer überfüllteren Erde ohne Fluchtmöglichkeit gefangen fühlten. Vor vier Jahren hatte er davon geträumt, daß die UNO ein eigenes, mit dem von den

Kanadiern erfundenen Sternenantrieb ausgerüstetes Raumschiff bauen und es in den Weltraum schicken würde; zwei Jahre später hatte er endlich zugegeben, daß es aussichtslos war. Man konnte Geld nicht durch Rhetorik und die Unterstützung der Dritten Welt ersetzen, und der Westen hortete seinen Reichtum immer egoistischer. Aber wenn Liadow mit seinen Sticheleien Erfolg hatte ...

»Also gut«, sagte Allerton unvermittelt. »Wenn ich den Kongreß dazu bringen kann, dem Projekt zuzustimmen, dann ziehen wir es durch. Und ...« — er zeigte mit dem Finger auf Liadow — »wir werden es gut machen.«

Am nächsten Tag wurde das Projekt der Generalversammlung vorgelegt, die das Mandat mit 148 zu 13 Stimmen billigte. Einen Monat später folgte der US-Senat ihrem Beispiel, und die inzwischen Astra getaufte Welt wurde zum Zentrum des vielleicht größten Projekts, das die Pioniertruppe der amerikanischen Armee jemals in Angriff genommen hatte.

1. Kapitel

VOM ORBIT AUS SAH ASTRA wie eine riesige Schlammkugel aus, über die jemand versehentlich einen oder zwei Eimer blaue Farbe geschüttet hatte. Die beiden kontinentalen Landmassen waren die eintönigsten, farblosesten Gebiete, die Oberst Lloyd Meredith je zu Gesicht bekommen hatte. Kein Rot, ganz bestimmt kein Grün; nur gelegentlich das Blau eines Sees oder eine Bergkette mit weißen Gipfeln. Sogar die Minerallager im Kontinentalsockel, von denen die künftige Industrie so entscheidend abhing, schimmerte bläulich-weiß. »Wir hätten Farbe mitbringen sollen«, bemerkte er zu dem Mann neben ihm.

Kommandant Radford lächelte. »Sie werden sich daran gewöhnen. Außerdem werden Sie es dort unten mit schwierigeren Problemen als dem Fehlen einer attraktiven Landschaft zu tun haben.«

»Zweifellos«, gab Meredith zu. Radford karrte seit beinahe einem Jahr Arbeiter und Ausrüstung hin und her und wußte zweifellos mehr über den Planeten als Meredith, der während der gleichen Zeit bis über beide Ohren mit den organisatorischen Details für die ständige Kolonie beschäftigt gewesen war. »Befinden wir uns in der Nähe der Ansiedlung? Bei meinem Kurs im Kartenlesen hat man mir nie das Terrain aus dieser Höhe gezeigt.«

»Wir kommen gerade hin.« Radford zeigte auf den Westrand des unter ihnen liegenden Kontinents. »Sehen Sie die vierfingrige Bucht mit der vorgelagerten Insel? Dort ist es. Direkt neben den Minerallagern, mit einigen Flüssen als Trinkwasserlieferanten und den geschützten Teilen der Bucht zur Fischzucht. Die wichtigste Militärbasis und die Landeeinrichtungen befinden sich auf der Insel; die Städte liegen an der Bucht oder maximal zehn Kilometer von ihr entfernt.«

Merediths Blick folgte der Bergkette, die sich von Südosten bis zur Bucht erstreckte, und wanderte dann zu einem einsamen Schatten etwa fünfzig Kilometer östlich der Siedlung. »Wie steht es mit dem Vulkan?«

»Sie meinen den Olympus? Keine Sorge — das Ding ist seit Jahrhunderten untätig.«

»Ja, das steht auch in dem vorläufigen Bericht. Hat ihn irgendwer inzwischen genauer überprüft?«

»Das weiß ich nicht. Aber Sie haben ja Ihre eigenen Geologen mit, und die werden Sie bestimmt beruhigen können.«

Der leicht herablassende Ton paßte Meredith nicht. Viele Kollegen des Obersten hielten seine Vorsicht in bezug auf Vulkane für übertrieben, aber sie hatten auch nicht die Auswirkungen des Izalco-Ausbruchs in El Salvador im Jahr 1988 gesehen, bei dem vierhundert Menschen ums Leben gekommen waren. »Davon bin ich überzeugt«, antwortete er gelassen. »Also schön, wann können wir die Landefähren starten und die Menschenmassen hinunterbefördern?«

»Sobald Sie und die Menschenmassen bereit sind. Soweit es mich betrifft, je früher, desto besser.«

Meredith nickte verständnisvoll; während der letzten drei Wochen war es auf dem Schiff immer wieder zu Spannungen gekommen. »Sie werden sich beruhigen, sobald sie wieder genügend Bewegungsfreiheit haben.«

»Das hoffe ich sehr — um Ihretwillen.« Radford schaltete sein Mikrophon ein und begann, Befehle zu erteilen.

Auch vom Boden aus wirkte Astra nicht farbiger; aber das war Dr. Peter Hafner relativ gleichgültig. Er hatte alle Fotos studiert und alle Bodenanalysen gelesen, aber es war etwas ganz anderes, wenn man die Felsen aus der Nähe sah und sich persönlich mit ihnen befassen konnte. Er beugte sich über das Geländer des Luftkissenfahrzeugs und betrachtete die niedrigen Klippen neben der engen Einfahrt in die Splayfoot Bay; ihm fielen die verschiedenen Farbtönungen auf, und er hätte gern gewußt, wodurch sie verursacht wurden. Im Augenblick konnte er nur Vermutungen anstellen; das äußerst seltene Vorkommen von metallischen Elementen in Astras Erdkruste machte vollkommen unerwartete, noch nie dagewesene Verbindungen möglich. Er konnte es kaum erwarten, mit der Arbeit zu beginnen.

Das Luftkissenfahrzeug hatte den Zugang zur Bucht hinter sich und steuerte den östlichsten der drei Hauptarme an. Am nördlichen Arm erblickte Hafner kurz eine Siedlung; sie war jedoch zu weit entfernt, als daß er Einzelheiten hätte erkennen können. Im nächsten Augenblick hatten sie den östlichen Arm erreicht, an dessen Ende eine Ansammlung von Gebäuden stand. Die meisten sahen wie Reihenhäuser aus, doch es gab einige größere, die wahrscheinlich die Gemeinschaftseinrichtungen enthielten oder als Lagerhäuser dienten. Das Material, aus dem sie bestanden, war leicht zu identifizieren; eine Art Lehmziegel, die in Form von Barren gebrannt worden waren, wahrscheinlich, um Zeit zu sparen. Da es auch nur wenig Holz gab, war diese Methode sicherlich effizient, aber der Anblick war trotzdem trostlos.

Neben ihm betrachteten zwei mexikanisch aussehende Männer ebenfalls die Ansiedlung. Aus dem Ton der gemurmelten Bemerkungen entnahm Hafner, daß sie genauso wenig begeistert waren wie er. Er hätte gern gewußt, ob jemand auf die Idee gekommen war, Anstreicherfarben mitzubringen, gelangte aber mit Bedauern zur Erkenntnis, daß solche Überlegungen am unteren Ende der militärischen Prioritätenliste stehen würden.

Im Augenblick brachte die Kleidung der an Land geschäftig herumlaufenden Menschen etwas Farbe in die

Szene. In der Nähe des Kais, an dem eines der anderen Luftkissenfahrzeuge entladen wurde, hatte sich eine kleine Menschenmenge angesammelt. Hafners Fahrzeug legte an der anderen Seite des verschweißten, metallenen Landungsstegs an, und der Wissenschaftler ging mit den übrigen Kolonisten an Land.

Es stellte sich heraus, daß die Menge eigentlich eine Schlange war, die sich bei einer vom Militär eingerichteten Freiluft-Kontrollstelle anstellte. Hafner stellte sich dazu; er war froh darüber, daß das Militär so vernünftig war, den Kolonisten nach der Enge des Schiffs einige Zeit an der frischen Luft zu gönnen.

Die Sonne stand direkt über ihnen — es war die Mittagszeit des 27-Stundentages —, und weil jetzt die Vorberge die steife, vom Ozean kommende Brise abhielten, wurde es warm. Hafner zog sein Jackett aus und fragte sich, wie genau die Vorhersagen der Meteorologen über die Jahreszeiten stimmen würden. Infolge von Astras geringerer Achsenneigung sollten die Temperaturunterschiede nicht so kraß sein wie in Hafners heimatlichem Pennsylvanien, aber nachdem man erst knapp ein Jahr lang Daten gesammelt hatte, konnte man noch nichts Definitives über das Klima des Planeten sagen. Eigentlich sollte jetzt in diesem Teil von Astra Vorfrühling herrschen, aber dafür war es entschieden zu heiß, und wenn es sich nicht nur um eine vorübergehende Hitzewelle handelte, würden vielleicht sogar die hybriden Getreidesorten, die sie mitgebracht hatten, gefährdet sein. Hoffentlich hatten die Sachverständigen auch solche Möglichkeiten in Betracht gezogen.

Endlich war er an der Reihe. »Name?« fragte der schwitzende Leutnant, ohne von seinem tragbaren Terminal aufzublicken.

»Peter Hafner. Ich bin Geologe und Dr. Pattersons Gruppe zugeteilt.«

Das Terminal spuckte eine kleine Karte aus. »Hafner, Peter Andrew; 1897 — 22-6618; Wissenschaft/Fachmann.« Der Offizier überreichte Hafner die Karte. »Haus Nr. 127 hier in Unie; die Pläne sind dort drüben im Hof angeschlagen; Mahlzeiten und Orientierungsbesprechungen sind auf der Mitteilungstafel neben den Plänen angegeben. Fragen werden heute abend bei der Zusammenkunft beantwortet; mit dringenden Fragen kann man sich an den Verwaltungskomplex wenden. Der Nächste!«

Wenigstens haben sie die Geschichte organisiert, dachte Hafner, während er zu dem Menschenknäuel bei der Mitteilungstafel ging. Er überlegte einen Augenblick lang, ob er sich auf die Suche nach dem Verwaltungskomplex machen sollte, um herauszufinden, wo Patterson wohnen würde. Aber wahrscheinlich steckten sie dort bis zum Hals in Arbeit, und es hatte keinen Sinn, wenn er ihnen früher als notwendig auf den Wecker ging. Es genügte, wenn er Patterson am Abend bei der Zusammenkunft traf und dann mit ihm den Arbeitsplan besprach; bis dahin mußte er seinen Eifer im Zaum halten. Ein kurzer Blick auf seine neue Unterkunft und ein langer Spaziergang in Unie mußten für heute genügen. Falls sein Gepäck bereits in sein Haus gebracht worden war, konnte er sogar seine Musterbehälter und eine Handvoll Reagenzien auf den Spaziergang mitnehmen.

Er lächelte und ging schneller. Vielleicht würde der Nachmittag doch nicht gänzlich vergeudet sein.

Als die Stadtzusammenkunft von Ceres sich auflöste, glänzten die Sterne über ihnen wie gefrorene Funken; die Handvoll Lichter, die ein Hinweis darauf waren, wo sich die Straßen angeblich befanden, machten den Himmelskörpern keine Konkurrenz. Cristobal Perez ging langsam zu dem Haus, das er mit zwei anderen Männern bewohnte; die Arbeitseinteilung, die bei der Zusammenkunft ausgegeben worden war, knisterte in seiner Tasche.

Schritte knirschten auf dem Kies neben ihm: jemand

überholte ihn. Er drehte sich um und erkannte den anderen. »Matro«, grüßte er. »Wie gefällt dir deine neue Heimat bis jetzt? Wirklich ein Land der unbegrenzten Möglichkeiten, *sì?*«

Matro Rodriguez knurrte einen alten Nahuatl-Fluch, den Perez schon öfter von ihm gehört hatte. »Feldarbeit. *Feldarbeit!* Haben wir die Reise nur dazu unternommen, damit wir zur Feldarbeit eingesetzt werden wie Wanderarbeiter?«

»Ich habe dir gesagt, daß du nicht zuviel erwarten sollst.« Perez zuckte die Achseln. »Wenn du jemals in der Armee gewesen wärst, würdest du wissen, daß alle Rekrutierungsoffiziere das Blaue vom Himmel herunterlügen.«

»Wir könnten genauso gut in der Armee sein. Oder hast du dir noch nicht die Liste der Vorschriften angesehen?«

»Ich habe sie mir angesehen. Was hast du erwartet — daß wir hier die neuen Pilgerväter sind und tun und lassen können, was wir wollen?«

Rodriguez hörte ihm offenbar nicht zu. »Hast du bemerkt, daß beinahe alle Bewohner von Ceres Hispanier* sind? Und daß wir zu dritt in einem Haus wohnen? Ich bin heute nachmittag in der Schlange hinter einem dieser Mittelklasse-Wissenschaftlertypen gestanden — er hat in Unie ein Haus ganz für sich allein bekommen.«

»Wir haben wenigstens unseren eigenen See.«

»Da freue ich mich aber. Wahrscheinlich werden die Anglos um ihn herumsitzen, während wir Bewässerungsgräben zu den Feldern ausheben.«

»Du regst dich für nichts und wieder nichts auf. Also schön, sie behandeln uns wie Tagelöhner — vorläufig. Aber es gibt hier viel mehr Kolonisten als Soldaten, und ich glaube nicht, daß die Anglos lange von den Armeevorschriften begeistert sein werden. Wenn wir zusam-

---

* Amerikaner spanischer Abkunft — *Anm. d. Übers.*

menhalten, können wir diesen Planeten zu dem machen, was sie uns versprochen haben.«

Rodriguez sah ihn scharf an. »Du hast schon immer sehr gut reden können, nicht wahr? Als man uns bei der Zusammenkunft für die Feldarbeit eingeteilt hat, hast du kein Wort davon gesagt.«

»Natürlich nicht — schließlich müssen wir alle essen. Aber die Zeit wird kommen, Matro, und dann werden wir diejenigen sein, die aus der Position der Stärke verhandeln. Glaube mir.«

Matro schnaubte. »Ich glaube es erst, wenn es soweit ist. *Buenas noches.*« Er schritt schneller aus und verschwand in der Dunkelheit.

Perz sah ihm nach und verzog die Lippen. Er und Rodriguez waren seit ihrer Schulzeit in Texas befreundet, aber der benützte noch immer seinen Mund und seine Fäuste statt seines Gehirns. Wahrscheinlich würde er auch hier irgendwann hochgehen und sich damit eine Menge Schwierigkeiten einhandeln. Wenn es dazu kam, würde Perez eben sein Möglichstes tun müssen, um Rodriguez zu helfen. Es war mühsam, aber Rodriguez gehörte zum Volk, und Perez konnte kaum behaupten, daß er darauf aus war, die Welt zu retten, wenn er nicht auch darauf aus war, das Volk zu retten.

Weil er in seine Gedanken versunken war, hatte er seine Abzweigung übersehen und mußte zurückgehen. Er ging den schwach beleuchteten Weg zu seinem neuen Zuhause hinunter und hoffte, daß seine Hausgefährten nicht vorhatten, lange Gespräche zu führen. Wie bei allen ländlichen Gemeinwesen begann der Tag auf Ceres zeitig.

Carmen Olivero zog das Laken bis zum Kinn hinauf und schaltete mit einem erschöpften Seufzer das Licht ab. *Erst ein Tag auf Astra,* dachte sie, *und ich habe schon eine Woche Rückstand. Ein neuer Rekord.* Eigentlich sollte sie noch im Unie-Verwaltungskomplex sitzen, wo der Rest des Organisationsstabs damit beschäftigt war, die endgültigen Arbeitseinsatzpläne sowie Ausrüstungen und Vorräte zu überprüfen. Letztere waren zwar beim Beladen der Schiffe gecheckt worden, aber der Check mußte wiederholt werden, weil es während des Flugs unter Umständen zu Beschädigungen gekommen war. Doch Oberst Meredith hatte ihrer Gruppe ausdrücklich befohlen, um sieben Uhr früh gestellt zu sein, und sie wußte, daß es keinen Sinn hatte, auf Schlaf zu verzichten, wenn sie ihre Arbeit wenigstens halbwegs ordentlich machen wollte, auch wenn sie unter einer Weltraum-Zeitverschiebung litt.

Sie schloß die Augen, aber ihr Gehirn konnte offenbar noch nicht abschalten. Sie sah Inventurlisten und Lagerungspläne für die Vorräte vor sich und hatte das Gefühl, unter einer Lawine von Papier zu ersticken. Sie machte diese Arbeit seit fünfzehn Jahren und stand trotzdem dem ungeheuren Komplex ihres neuen Jobs vollkommen unvorbereitet gegenüber. Zehntausend Kolonisten und Militärs benötigten eine Menge Vorräte, und bis auf Wasser lieferte Astras Umwelt praktisch nichts. Wenn ihnen etwas ausging, dann war der Weg von der Erde bis hierher sehr, sehr lang.

Sie kämpfte zehn Minuten um den Schlaf, bis sie endlich das Laken zurückschlug und barfuß in die Küche tappte. Die Lebensmittelvorräte waren noch nicht an die einzelnen Häuser verteilt worden, aber die Installationen und der Mikrowellenherd funktionierten, und sie trug immer einige Päckchen Instantschokolade in ihrem persönlichen Gepäck mit sich herum. Ein paar Minuten später saß sie mit der dampfenden Tasse am Küchenfenster und lauschte den leisen Geräuschen und dem Maschinenlärm von den Kais. *Ich bin neugierig, wann mir Fort Dix fehlen wird,* dachte sie. Weder das Fort noch der Rest von Jersey waren ihr besonders ans Herz gewachsen, aber da sie in ihrem Leben sehr oft versetzt worden war, wußte sie ganz genau, daß das Heimweh sie irgendwann überfallen würde. Während ihrer Anfangszeit bei der Armee hatte sie manchmal geglaubt, daß sie den Schmerz nicht ertragen konnte, weil sie auch die Freunde verlor; jetzt, im reifen Alter von sechsunddreißig Jahren, wußte sie, daß ihr das Leben nur einige Tage lang öd vorkommen würde. Trotzdem war es nicht lustig. Sie trank vorsichtig ihre heiße Schokolade. *Irgendwann werde ich diesen Unsinn aufgeben und mich irgendwo endgültig niederlassen müssen,* dachte sie. *Vielleicht, wenn wir Astra auf die Beine gestellt — oder wenn wir das Handtuch geworfen haben und nach Hause fliegen. Was eben zuerst kommt.*

Merkwürdigerweise erschien ihr keine der beiden Möglichkeiten im Augenblick sehr attraktiv. *Philosophiere nie um zwei Uhr früh,* rief sie sich Nummer zwölf ihrer persönlichen Lebensregeln ins Gedächtnis und ließ das Thema fallen. Sie trank die Schokolade aus, spülte die Tasse und stellte sie neben die Spüle; sie hoffte, daß ihre neue Hausgenossin keine Reinlichkeitsfanatikerin war. Als sie wieder im Bett lag, stellte sie fest, daß ihr Gehirn endlich auf Leerlauf geschaltet hatte, und daß sie jetzt bestimmt einschlafen konnte. Sie kuschelte sich in das Kissen, schloß die Augen und überließ es der Zukunft, ihre Probleme zu lösen.

Zwei Minuten später schlief sie tief und fest.

2. Kapitel

»... UND HIER SIND DIE INVENTARLISTEN VON CROSSE«, erklärte Major Thomas Brown und legte einen letzten Stapel Ausdrucke auf Oberst Merediths Schreibtisch. »Die *Aurora* ist jetzt leer, und die letzte Ladung der *Pfadfinder* ist hierher unterwegs. Bei dem Zeug, das noch gesichtet werden muß, handelt es sich vor allem um Großpackungen von Lebensmitteln, Bekleidung und Düngemittel.«

Meredith nickte und überflog die erste Seite des Ausdrucks. Seine Augen erinnerten ihn schmerzhaft daran, daß drei Stunden Schlaf für einen Mann in seinem Alter zu wenig waren. »Wie hält der Landestreifen durch?« fragte er.

»Eigentlich recht gut. Die Repulsionsmotoren, die die Ctencri verkaufen, sind zwar sehr heiß, aber weil die Shuttles bei Start und Landung ein kürzeres Stück der Rollbahn benützen, wird der Permbeton weniger beansprucht. Natürlich werden einige Reparaturen notwendig sein, aber wir haben drei Wochen, bis die *Celeritas* mit Nachschub kommt.«

»Gut. Haben wir genügend Platz, damit die Flieger aufsteigen können?«

»Klar. Sie brauchen kaum mehr als ihre eigene Länge, wenn man die Repulsionsmotoren voll aufdreht.«

»Das weiß ich, aber ich möchte sie lieber nicht auf höhere Touren bringen als unbedingt notwendig. Man weiß nie, wie lang die Halbwertzeit eines Klumpens Technologie ist.«

»Die Zahlen der Ctencri ...«

»Stammen von einem Ctencri-Handlungsreisenden. — Muß ich mehr sagen?«

Brown räusperte sich. »Sie sollten trotzdem keine Schwierigkeiten haben. Am schlechtesten sieht die Mitte der Rollbahn aus, und die Flieger haben zu beiden Seiten mühelos Platz.«

»Gut.« Meredith wählte auf seinem Handgelenk-Telefon eine Nummer.

»Martello Hangar, Greenburg«, meldete sich jemand.

»Oberst Meredith. Sind die Flieger schon überprüft worden?«

»Zwei sind startbereit, Sir. Der dritte wird in ungefähr einer Stunde soweit sein.«

»Okay. Schicken Sie die ersten beiden Teams hinaus, der Tower soll sie überwachen und alle Daten aufzeichnen.«

»Ja, Sir.«

Meredith schaltete die Verbindung ab und wandte sich wieder Brown zu. »Hat die Aussaat pünktlich begonnen?«

»Größtenteils. Heute früh war bei den Feldern in Crosse der Anteil an Zink und Mangan noch zu niedrig, und Doktor Haversham hat angeordnet, daß noch eine Lage Dünger aufgebracht werden soll. Er nimmt an, daß die Flüsse, die die Felder begrenzen, einen überdurchschnittlich raschen Grundwasseraustausch verursachen, der die zusätzlichen Mineralien absaugt. Oder so ähnlich.«

»Großartig. Aber wenn das der schlimmste Schnitzer ist, den sich die Ingenieure geleistet haben, ist es zum Aushalten.«

»Wir besitzen wenigstens übergenug Dünger.« Brown sah Meredith neugierig an. »Glauben Sie, daß Sie im Hinterland Kapitän Kidds Schatz oder sonst etwas Wertvolles finden werden?«

»Was? Ach — die Flieger? Nein, ich meine nur, daß wir uns das Gebiet um die Siedlung genauer aus geringer Höhe ansehen sollten.«

Brown zuckte die Achseln. »Wir besitzen kartographierte Fotos des Gebiets in einem Umkreis von hundert Kilometern. Was brauchen wir mehr?«

Ein leises, pfeifendes Geräusch erfüllte den Raum, und Meredith, der zum Fenster hinaussah, erblickte die beiden schlanken Flieger, die in Richtung auf den Olympus davonschossen. Er hatte mit den für das Budget Verantwortlichen erbittert darum gekämpft, ein halbes Dutzend der von den Ctencri erzeugten Flugzeuge für Astra zu bekommen, und hielt es für einen Glücksfall, daß ihm drei bewilligt worden waren. Obwohl die Flieger hauptsächlich für normale Flüge gedacht waren — ihre Plasmajets verwendeten atmosphärischen Sauerstoff, um den Treibstoff bei Präplasmatemperaturen zu verbrennen —, waren die Flieger mit einem unabhängigen Sauerstoffvorrat ausgerüstet, mit dem sie einen niedrigen Orbit erreichen konnten, was bedeutete, daß sie in Notfällen als zusätzliche Shuttles eingesetzt werden konnten. »Nehmen wir an«, erklärte Brown, »daß es auf Astra Kolonien von ruhenden Sporen gibt, deren Wachstum aber einsetzt, wenn sich der Metallgehalt des Bodens erhöht — zum Beispiel, wenn einer der eine Million Kilometer entfernten Asteroiden auf den Planeten stürzt. Ein Teil unseres Düngers wird bestimmt von den Feldern verweht, und wenn er irgendwo irgend etwas zum Wachsen bringt, möchte ich Fotos von ›vorher‹ haben.«

Brown pfiff leise. »An so etwas habe ich nie gedacht«, gab er zu. »Wahrscheinlich hat man mir deshalb die Rollbahnen und Flughäfen übertragen. Die sind unkomplizierter.«

»Die Idee ist auch nicht auf meinem Mist gewachsen — sie ist den Biologen eingefallen. Wenn man darüber nachdenkt, entspricht unsere Situation der Wüstenökologie. Nur sind es hier Metalle statt Wasser.« Meredith unterbrach sich, als in der Ferne ein Überschallknall ertönte. »Klingt, als würde das letzte Shuttle hereinkommen.«

Brown stand auf. »Ja. Ich sehe mir lieber an, wie weit sie mit dem Ausladen sind, und schicke die Luftkissenfahrzeuge schleunigst nach Martello zurück. Sollten Ihre Terminals schon angeschlossen sein, wenn wir die Inventurlisten bekommen, gebe ich sie Ihnen durch; wenn nicht, bringe ich Ihnen später eine Kopie.«

»In Ordnung. Vergewissern Sie sich genau, daß wir alles haben, bevor Sie die *Aurora* starten lassen.«

Meredith griff nach dem obersten Ausdruck, schlug die letzte Seite auf und überflog die Schadensliste. Es war nicht sehr schlimm: einige Laborgeräte aus Glas waren zerbrochen, und ein paar Säcke mit Dünger waren aufgeplatzt. Bei einem Punkt verzog er allerdings das Gesicht — eine der zerbrochenen Schüsseln war ein wichtiger Teil des Apparats, in dem die Fischeier mit dem Sperma befruchtet werden sollten. Es gab natürlich Ersatzteile, aber nicht so viele, daß Meredith oder die Wissenschaftler zufrieden gewesen wären. *Idioten,* dachte er verbittert, *sie erteilen mir einen Auftrag und geben mir nur das absolute Minimum, mit dem ich ihn durchführen kann.* Er wußte, daß der Vorwurf nicht ganz fair war. Präsident Allerton stand hundertprozentig hinter der Kolonie; aber Astras Nabelschnur lag in den Händen von einigen kurzsichtigen Kongreßmännern. Sie hielten das Ganze offenbar für ein Komplott der UNO, um die USA ihres Menschenpotentials und ihrer Geldmittel zu berauben, und hatten das Budget der Kolonie entsprechend zurechtgestutzt.

Meredith legte den Ausdruck zur Seite und griff nach dem nächsten. Die Monate der logischen Erklärungen, der Überredung und des sanften Drucks waren vorbei, und er hatte jetzt nichts anderes zu tun, als Astra so rasch und so gut wie möglich in Schwung zu bringen. Uncle Sams Ehre — ganz zu schweigen von seiner eigenen Chance, Brigadegeneral zu werden — stand auf dem Spiel. Er würde den Spöttern beweisen, daß sie unrecht hatten.

Damit machte er sich wieder an die Arbeit.

Etwa eine Stunde später summte das Telefon — die

Nachricht war schlecht. »Flieger Zwei ist abgestürzt, Oberst«, meldete ein nervöser Leutnant. »Irgendwo südsüdwestlich von Olympus.«

Meredith überlief es kalt. In der Nähe des Vulkans? Während er durch den Raum lief, blickte er rasch aus dem Fenster, aber aus dem fernen Kegel stieg kein Rauch auf. »Was ist geschehen?« fragte er, während er die Tür aufriß und seinem Adjutanten mit einem Handzeichen befahl, den Wagen zu holen.

»Wir wissen es nicht genau, Sir. Wir haben nur die verstümmelte Meldung aufgefangen, daß die Repulser verrückt spielen, dann brach die Verbindung ab.«

Diese verdammte unzuverlässige fremde Technologie. »Ist eines der normalen Flugzeuge schon einsatzbereit?«

»Eines, Sir.«

»Schicken Sie ein Ärzteteam an Bord und lassen Sie es starten. Sie sollen mich östlich von Unie abholen — sie können auf der Straße von Unie nach Crosse landen. Wo ist Flieger Eins?«

»Unterwegs zum Olympus, Sir. Er befand sich südlich von hier über den Kafbergen, als Zwei abstürzte.«

»Widerrufen Sie den Befehl! Eins soll sofort zur Basis zurückkehren.«

»Ja, Sir.« Das Telefon verstummte kurz, dann meldete sich der Leutnant von einem anderen Apparat. »Die Cessna wird jetzt hinausgerollt, Sir. In fünf Minuten oder weniger ist sie in der Luft.«

Leutnant Andrews hatte den Wagen bereits gestartet, als Meredith hineinglitt. »Gut. Wir warten einige hundert Meter außerhalb der Stadt. Lassen Sie es mich sofort wissen, wenn Zwei sich wieder meldet.«

Es stellte sich heraus, daß das Ärzteteam unnötig war. Beide Mann der Besatzung waren tot.

Meredith ging vorsichtig über die Absturzstelle und versuchte, seine Magenkrämpfe zu vergessen. Die Maschine hatte eine etwa hundert Meter lange Furche gezogen, an der Teile des Wracks lagen, und war schließlich als wirrer Metall- und Plastikhaufen zum Stillstand gekommen. Die genauso übel zugerichtete Besatzung befand sich noch im Cockpit.

Die Absturzspezialisten waren am späten Nachmittag mit ihren Untersuchungen fertig und kehrten nach Martello zurück. »Soweit wir es beurteilen können, Oberst«, erklärte der Hauptmann, der das Team leitete, »haben anscheinend alle Repulser gleichzeitig ausgesetzt. Wir werden mehr wissen, wenn die Elektronikleute mit dem Zeug fertig sind, das wir mitgebracht haben.«

Meredith nickte, während er zusah, wie die Cessna wieder in den Hangar gerollt wurde. Er war sehr bald mit den Ärzten und den Leichen zurückgekehrt, weil er wußte, daß er an der Absturzstelle nur im Weg stehen würde, und weil er hoffte, daß er inzwischen seine eigentliche Arbeit erledigen konnte. Die Taktik war nicht sehr erfolgreich gewesen, denn sein Gehirn hatte sich verständlicherweise geweigert, sich auf Inventurlisten zu konzentrieren. »Haben Sie eine Ahnung, warum die Repulser versagt haben?«

»Nicht die geringste, Sir. Ich würde sogar sagen, daß es unmöglich sein müßte. Die drei Systeme arbeiteten vollkommen unabhängig voneinander.«

»Das Radar hat gezeigt, daß sie ziemlich langsam flogen, als es geschah. Wenn die Repulser an der Unterseite ausfielen, hätten sie dann noch Zeit gehabt, auf Geradeausflug zu schalten?«

»Unbedingt — sie waren hoch genug, und dieses Manöver ist in den Bordcomputer einprogrammiert. Und wenn sie es versucht und nicht rechtzeitig die erforderliche Geschwindigkeit erreicht hätten, dann wären sie viel heftiger aufgeprallt.« Der Hauptmann schüttelte den Kopf.

»Also gut«, sagte Meredith nach kurzem Schweigen. »Befassen Sie sich mit der Analyse; ich erteile den anderen beiden Flugzeugen Startverbot, bis Sie herausgefunden haben, was schiefgegangen ist.«

»Ja, Sir. Es … es tut mir leid, Oberst.« Der Hauptmann grüßte und machte sich auf den Weg zum Hangar.

Auch mir tut es leid, dachte Meredith, während er zum Anlegeplatz ging. Der erste volle Tag auf Astra, und er hatte bereits zwei Männer verloren. *Damit hast du es den Spöttern wirklich gezeigt, Meredith. Vielleicht sollte ich mich als Draufgabe in den Fuß schießen.*

Drei der fünf Luftkissenfahrzeuge schaukelten neben dem Landesteg im Wasser, aber Meredith zog ein kleines Motorboot vor. Er legte ab und fuhr mit halber Kraft zur schmalen Einfahrt der Splayfoot Bucht. Auf seinem Terminal in Unie würden bereits die Totenscheine warten, und sein Magen krampfte sich wieder zusammen, als er daran dachte, daß er sie ausfüllen mußte. Er war nie damit fertiggeworden, wenn unter seinem Befehl stehende Männer starben, nicht einmal als Frontoffizier im Honduraskonflikt, als er jeden zweiten Tag damit konfrontiert wurde. Jetzt mußte er feststellen, daß nicht einmal die Jahre als Bürohengst ihm beigebracht hatten, menschliche Wesen als gesichtslose Zahlen zu sehen. *Diese verdammten Ctencri,* dachte er, während er um einen unter Wasser liegenden Felsen herumfuhr. *Wenn sich herausstellt, daß es ein Konstruktionsfehler war, drehe ich ihnen ihre idiotischen Kämme um.*

Er bog gerade in den fünf Kilometer langen Meeresarm ein, der nach Unie führte, als sein Telefon summte. Er meldete sich.

»Hier spricht Major Dunlop, Oberst«, sagte der Anrufer. »Ich befürchte, daß sich in Ceres ein Aufstand zusammenbraut.«

Meredith nahm das Gas weg. »Erklären Sie es genauer.«

»Etwa hundert hispanische Feldarbeiter haben sich vor dem Verwaltungsgebäude versammelt und brüllen etwas über bessere Unterkünfte und Freizeiteinrichtungen. Ich habe meine Männer entsprechend postiert, aber wenn es hart auf hart geht, habe ich bei weitem nicht genügend Leute. Können Sie mir vielleicht etwa dreißig Mann schicken?«

»Haben Sie versucht, mit ihnen zu sprechen?«

»Wenn ich die Tür öffne, Sir, sind sie im Gebäude, bevor wir sie aufhalten können.«

Die Antwort kam nicht unerwartet. Dunlop war ein ausgezeichneter Verwaltungsoffizier, aber Kompromiß und Diplomatie waren für ihn Fremdworte. Für ihn bestand die einfachste Lösung darin, mit Betäubungsgewehren auf die Menge zu schießen, und das war das letzte, was Meredith jetzt brauchen konnte. »Schön, dann verhalten Sie sich passiv. Ich bin in ein paar Minuten in Unie, lasse ein Team bereitstellen, und wir kommen sofort zu Ihnen hinüber. Versuchen Sie nur dann, den Aufstand niederzuschlagen, wenn Ihr Leben oder Ihre Sicherheit unmittelbar bedroht sind. Haben Sie mich verstanden?«

»Ja, Sir. Ich würde empfehlen, daß Sie sich mit den Verstärkungen beeilen.«

»Verstanden. Ende.«

Meredith gab abrupt Vollgas. *Ausgerechnet Verstärkungen,* dachte er, während das Boot mit einem Sprung vorwärtsschoß. Was Dunlop brauchte, war ein Verhandlungsteam, und genau das würde er bekommen, womöglich eines, dessen Mitglieder halbwegs fließend Spanisch sprachen. *Zuerst stürzt der Flieger ab, und jetzt das. Parkinsons Gesetz trifft heute wirklich zu.*

Er hob das Telefon, wählte Leutnant Andrews' Nummer und begann, Befehle zu erteilen.

»Wir sind zu dritt und manchmal sogar zu viert in einer Wohnung untergebracht«, schrie Matro Rodriguez. Seine Ochsenfroschstimme war trotz der Zwischenrufe und des Gemurmels der Menge deutlich zu verstehen.

Cristobal Perez beobachtete abwechselnd die Menge und das flache Gebäude, vor dem sie standen. An seinen Fenstern zeigten sich keine Gesichter, aber Perez wußte, daß sie beobachtet wurden. Früher oder später würden die Militärs finden, daß die Belagerung lang genug gedauert hatte, und handeln. *Idioten,* dachte er, als er bemerkte, daß einige Männer die geballten Fäuste über dem Kopf schwangen. *Sie werden nur den Major auf die Palme bringen und ihn zwingen, etwas zu unternehmen.* Sie besaßen noch keine wirtschaftliche, und schon gar keine politische Macht. Sie waren nur zahlreich, und sie konnten nur mit Gewalt drohen; so etwas funktionierte nur, wenn die Machthaber nicht schießen wollten. Die Soldaten hatten bestimmt keine derartigen Hemmungen.

An einem der dunklen Fenster bewegte sich etwas: jemand ging offensichtlich in Schußposition. Perez fluchte leise und drängte sich in die vorderste Reihe. Er hatte gehofft, daß Dunlop noch eine Weile durchhalten würde; denn wenn die Menge genügend Dampf abgelassen hatte, würde sie vielleicht friedlich nach Hause gehen. Aber wenn er jetzt Soldaten an die Fenster stellte, konnte das nur bedeuten, daß er ernst machen wollte.

Niemand schien Perez zu bemerken, als er sich neben Rodriguez schob, der genau vor der Tür des Verwaltungsgebäudes stand. Als er die Hand hob, sahen ihn nur einige Männer fragend an. »Freunde!« rief er, aber seine Stimme war bei weitem nicht so laut wie die von Rodriguez. Er holte gerade Luft, um es noch einmal zu versuchen, als die Arbeiter erwartungsvoll verstummten.

Er drehte sich um — und stand Major Dunlop Aug in Aug gegenüber.

Der Major öffnete den Mund, um zu sprechen, aber Perez hatte immer schon schnell geschaltet und kam ihm zuvor. »Guten Tag, Major.« Es gelang ihm, gleichzeitig Respekt und gerechtfertigtes Mißfallen in seine Stimme zu legen. »Wir möchten mit Ihnen über die Bedingungen ...«

»Also schön, ihr faulen Störenfriede«, brüllte Dunlop, ohne Perez auch nur zu beachten. »Ihr habt genau dreißig Sekunden Zeit, um zu verschwinden und an eure Arbeit zu gehen. Wenn ihr die Aufforderung nicht befolgt, werdet ihr es bedauern. Und jetzt fort mit euch!«

Die Antwort war zorniges Geschrei, und plötzlich drängte die Menge nach vorn. »Moment mal«, rief Perez, aber seine Stimme ging im allgemeinen Gebrüll unter ... und einen Augenblick später zuckte er vor Schmerz zusammen, sein Körper wurde taub, der Boden schien sich zu neigen, und es wurde dunkel.

3. Kapitel

»Stellen Sie sich unter ›Passiv verhalten‹ einen Schießbefehl vor?« fragte Meredith eisig.

Dunlop stand steif wie ein Wachtposten an der Tür zum Verwaltungsgebäude, und obwohl die Schleifspuren der weggeschleppten Körper noch im Staub zu sehen waren, gab er keinen Zollbreit nach. »Ich bin hinausgegangen, um mit den Leuten zu sprechen, wie Sie vorgeschlagen haben. Die Menge drängte nach vorn, und meine Männer eröffneten das Feuer, um mich zu schützen. Ehrlich, Sir, ich weiß nicht, wo das Problem liegt. Wir mußten nur einige von ihnen betäuben, dann haben sich die übrigen zerstreut, und das nächste Mal werden sie es sich überlegen.«

»Wir werden uns später über ›das Problem‹, wie Sie es nennen, unterhalten.« Meredith bemühte sich, seine Wut zu beherrschen. Er hatte nicht vorgehabt, Dunlop vor seinen Offizieren auseinanderzunehmen, aber er wußte nicht, ob er sich daran halten würde. »Wo ist der Mann, den Sie verhaftet haben, und warum halten Sie ihn für einen der Rädelsführer?«

»Er heißt Cristobal Perez und ist Feldarbeiter. Er stand in der vordersten Reihe und führte die Menge an.«

»Ich will mit ihm sprechen.«

»Wie Sie wollen — aber ich sage Ihnen jetzt schon, daß er nicht sehr kooperativ ist. Wir halten ihn in einem der hinteren Büros fest.«

»Gut.« Meredith betrachtete noch einmal die Schleifspuren auf dem Boden und winkte Andrews zu sich. »Ich möchte, daß Sie und die übrigen Offiziere die am Zwischenfall beteiligten Soldaten ausfindig machen und sie Erklärungen abgeben lassen. Machen Sie ihnen klar, daß wir es nicht auf ihre Skalps abgesehen haben, sondern daß wir nur Informationen wollen. Wenn Sie damit fertig sind, treiben Sie zivile Zeugen oder Teilnehmer auf und wiederholen Sie die Befragung.«

»Ja, Sir. Soll einer der Spanisch sprechenden Beamten bei Ihnen bleiben?«

»Wäre nicht schlecht. Wer ist der Beste?«

»Carmen Olivero.« Andrews zeigte auf die attraktive Frau, die zwischen den uniformierten Männern stand. Sie war die einzige, die Zivilkleidung trug, und Meredith nickte.

»Kommen Sie mit, Miss Olivero. Gehen wir, Major!«

Dunlop führte sie ins Gebäude und durch einige Korridore zu einer Tür, neben der zwei Posten mit Betäubungsgewehren standen. Die Soldaten nahmen Haltung an, Dunlop öffnete die Tür, ohne zu klopfen, und trat ein.

Cristobal Perez lag auf dem Fußboden vor dem Schreibtisch auf dem Rücken. Man hatte ihm ein zusammengefaltetes Jackett als Kissen unter den Kopf geschoben. Etwa fünf- oder sechsundzwanzig, schätzte Meredith, und das Gesicht zeigte bereits die Spuren eines Lebens unter freiem Himmel. Perez hielt die Augen geschlossen; jetzt öffnete er sie kurz, musterte die Neuankömmlinge, und schloß sie wieder. »Sie haben wahrscheinlich auch diesmal keinen Arzt mitgebracht«, stellte er müde fest.

»Sie brauchen nichts als Ruhe«, erklärte ihm Dunlop. »Die Nachwirkungen hören in etwa einer Stunde auf. Stehen Sie jetzt auf — Oberst Meredith will Ihnen ein paar Fragen stellen.«

»Ach, Oberst Meredith?« Perez traf keine Anstalten, sich zu erheben, öffnete jedoch neuerlich die Augen und blickte von Meredith zu Carmen und wieder zurück. »Lassen Sie immer die unter Ihrem Befehl stehenden Männer auf unbewaffnete Zivilisten feuern?«

»Seien Sie froh, daß sie nur Betäubungsmunition verwendet haben.« Meredith beobachtete den anderen scharf. »Es gibt andere Methoden, mit einem Mob fertigzuwerden, die genauso unangenehm sind, deren Wirkung aber länger anhält.«

Bei dem Wort »Mob« verzog Perez zornig das Gesicht; aber statt der Explosion, die Meredith erwartet hatte, verschanzte sich der Hispanier hinter einer steinernen Maske. »Sie sind offenbar nie von einem dieser verdammten Dinger getroffen worden«, sagte er und schloß die Augen.

»Nein. Aber man hat mit scharfer Munition auf mich geschossen. Wie wäre es, wenn Sie mir erzählen, was draußen geschehen ist?«

»Mein Wort gegen das von Dunlop? Nein, danke — im Augenblick bekomme ich so wenig Luft, daß ich sie nicht vergeuden will.«

»Wenn Sie die Wahrheit ...«

»Ich war einige Jahre in der Armee, Oberst«, unterbrach ihn Perez. »Ich weiß, wie das Militär zusammenhält. Machen Sie einfach weiter, rechnen Sie sich mein Urteil aus und vergessen wir das Theater mit der Unparteilichkeit.«

»Perez ...«, begann Dunlop.

»Nein, es ist schon in Ordnung, Major«, unterbrach Meredith seinen Untergebenen; er verfluchte im Geist seine Unvorsichtigkeit. Seine bewußt taktlose Antwort hatte zwar eine Reaktion bei Perez erzwungen, aber daß dieser nun in Schweigen versank, kam unerwartet. Jetzt war ein strategischer Rückzug angebracht. »Wann immer Sie bereit sind zu sprechen, Perez, lassen Sie es mich wissen.« Damit verließ Meredith das Zimmer; Dunlop und Carmen folgten ihm.

»Ich habe Ihnen ja gesagt, daß er nicht sehr kooperativ ist«, bemerkte Dunlop, als die drei nach ein paar Metern stehenblieben.

»Was für Anschuldigungen haben Sie gegen ihn erhoben?«

»Aufwiegelung, Zusammenrottung in verbrecherischer Absicht — und noch ein paar Kleinigkeiten. Hauptsächlich Schulbeispiele.«

»Lassen Sie sie fallen. Miss Olivero ...«

»Alle?« fragte Dunlop verständnislos.

»Richtig. Wo liegt das Problem? Wenn meine Untersuchungen ergeben, daß er tatsächlich etwas verbrochen hat, können wir ihn immer noch unter Anklage stellen. Er kann ja nicht einmal die Stadt verlassen. Miss Olivero, ich möchte, daß Sie zu Perez zurückgehen und mit ihm sprechen.«

Carmen sah ihn mit großen Augen an. »Ich, Oberst? Ich verstehe überhaupt nichts von Verhörmethoden.«

»Ich will auch nicht, daß Sie ihn verhören, sondern nur, daß Sie sich eine Weile mit ihm unterhalten. Finden Sie zum Beispiel heraus, worüber er sich eigentlich beschwert. Machen Sie ihm klar, daß wir weder ihn noch einen anderen zum Sündenbock machen wollen. Sie sind Zivilistin; vielleicht wird er Ihnen gegenüber aufgeschlossener sein.«

Carmens Lippen zuckten, aber sie nickte. »Gut, ich werde es versuchen.« Sie ging zu den Wächtern zurück, holte tief Luft, klopfte und trat ein.

»Haltet die Ohren offen, falls es drinnen Schwierigkeiten geben sollte«, befahl Dunlop den Soldaten leise.

»Es wird keine geben«, wies ihn Meredith zurecht. »Gehen wir, Major, wir haben eine Menge zu besprechen.«

Perez' erste Überraschung bestand darin, daß jemand so kurz nach dem Abgang des Obersten hereinkam; die zweite war, daß der Besucher anklopfte. Er zwang sich trotz seiner Müdigkeit, die Augen zu öffnen, und beobachtete die Frau, die die Tür hinter sich schloß und bei ihr stehenblieb. Einen Augenblick lang musterten sie einander schweigend. »Wie fühlen Sie sich?« fragte sie schließlich.

»Vor allem müde.« Dem Aussehen nach konnte sie direkt aus Guadalajara gekommen sein, überlegte er, aber ihre Sprechweise war eindeutig das der amerikanischen Mittelklasse. Vielleicht zweite Generation, deren Eltern angesehene Bürger geworden waren, bevor nach dem finanziellen Zusammenbruch Mexikos im Jahr 2011 der Zustrom illegaler Einwanderer eingesetzt hatte. »Der Schmerz hat beinahe ganz aufgehört.«

Sie nickte. »Gut. Ich heiße Carmen Olivero.«

»Sehr erfreut. Hat Meredith Sie zu mir geschickt, damit Sie mir ein Geständnis entlocken?«

Ihre Nervosität ließ nach, und sie sah ihn kühl an. »Kaum. Der Oberst hat Major Dunlop befohlen, die Anschuldigungen gegen Sie fallenzulassen. Ich soll herausbekommen, worüber Sie sich beschweren — vorausgesetzt, daß Sie die Beschwerden nicht nur als Vorwand für den Aufruhr benützt haben.«

»Das war kein Aufruhr!« fuhr er sie an, obwohl der Ausbruch seine Kopfschmerzen verstärkte. »Wir wollten uns über die elenden Bedingungen in Ceres beschweren, und die verdammten Soldaten haben auf uns geschossen.«

Er unterbrach sich, weil sie zurückwich und nach dem Türknauf griff. *Das hast du ausgezeichnet gemacht, Perez,* spottete er in Gedanken. *Du wolltest ein mitfühlendes Ohr, und jetzt beißt du es.* »Sie behaupten, daß er die Anklage fallenläßt?« fragte er ruhiger.

Sie ließ die Hand auf dem Türknauf liegen und sah ihn unsicher an. »Das hat er jedenfalls gesagt.«

»Sehr freundlich von ihm.« Perez zwang sich zu einer würdevolleren, sitzenden Haltung, indem er sich zurückschob und an die Wand lehnte. »Entschuldigen Sie bitte, daß ich die Beherrschung verloren habe. Ich habe Schmerzen nie sehr gut ertragen.« Er zeigte auf den Stuhl vor dem Schreibtisch. »Bitte nehmen Sie Platz.«

Sie zögerte nur eine Sekunde lang, dann ging sie zu dem Stuhl und setzte sich. »Was gefällt Ihnen hier nicht?«

Er schnaubte. »Die Liste würde einen ganzen Ordner

füllen. Meiner Meinung nach wäre es vernünftiger gewesen, statt diesen Planeten die Südsahara zu kolonisieren. Ich habe nie verstanden, warum die UNO bereit war, soviel Geld und Mühe in Astra zu investieren.«

»Warum haben Sie sich gemeldet, wenn Sie dieser Ansicht sind?«

»*Ich* habe mich freiwillig gemeldet, weil viele aus meinem Volk mitkamen. Viele von *ihnen* haben sich allerdings nicht freiwillig gemeldet.«

Sie sah ihn groß an, dann schüttelte sie ungläubig den Kopf. »Haben Sie Beweise dafür?«

»Nichts Handgreifliches. Aber mißverstehen Sie mich nicht: Ich behaupte nicht, daß sie entführt, auf Lastwagen verladen und in das Ausbildungszentrum verschleppt wurden. Der Trick war viel raffinierter — Astra wurde als neuer Anfang, als das Land der unbegrenzten Möglichkeiten und der Freiheit geschildert, das die USA nicht sind, und dazu kam der Hinweis, daß das Leben noch schwerer werden würde, wenn sich unsere Leute nicht zahlreich genug meldeten. Man malte uns ein rosiges Bild — können Sie uns einen Vorwurf daraus machen, daß wir über die Unterkünfte und die Arbeitsbedingungen auf Astra unglücklich sind?«

»Sie befinden sich auf einer brandneuen Welt. Haben Sie geglaubt, daß Sie hier Hotels und Theater vorfinden werden?«

»Ich habe genau das erwartet, was ich vorgefunden habe — eine Fortsetzung der sozialen Ungerechtigkeiten, von denen ich schon auf der Erde genug hatte.«

»Jeder von uns hat Opfer bringen müssen ...«

»Aber manche bringen wesentlich weniger Opfer als andere«, unterbrach er sie. »Wohnen die Wissenschaftler zu viert in einem Haus? Und die Soldaten? Wie viele Anglos gehen morgen auf die Felder hinaus und bringen die Saat händisch aus, weil die Maschinen noch in den Transportkisten stecken?«

»Also gut«, sagte sie nach einer kurzen Pause. »Nehmen wir einmal an, daß Sie recht haben. Was schlagen Sie als Abhilfe vor?«

»Im Augenblick würde uns wahrscheinlich genügen, daß die Anglos sich ehrlich verpflichten, die Lebensbedingungen auf Ceres zu verbessern. Wir sind nicht dumm — wir wissen, daß man Häuser nicht über Nacht bauen kann. Eine nette Geste wäre zum Beispiel, wenn Sie uns weitere Holo-Spiele für das Freizeitzentrum verschaffen könnten.« Perez unterbrach sich, weil Carmen ihn überrascht ansah. *Sie hat wahrscheinlich einen vollkommen hirnrissigen Plan erwartet, um Ceres in ein Klein-Mexiko zu verwandeln,* dachte er. *Genieß es, solange du kannst, denn das dicke Ende kommt nach.* »Und Major Dunlop hat klar bewiesen, daß er kein Verständnis für die Menschen hier hat. Er sollte versetzt werden, und jemand anderer sollte an seiner Statt die Leitung übernehmen.«

Carmens überraschter und erfreuter Gesichtsausdruck verhärtete sich. »Also das wollen Sie? Möchten Sie auch gleich vorschlagen, wer an seine Stelle treten soll?«

»Nicht unbedingt. Aber warum sind Sie plötzlich so feindselig? Ich habe geglaubt, daß die Bürger der Vereinigten Staaten das Recht haben, ihre Führer frei zu wählen.«

»Kommen Sie mir nicht mit Wortklaubereien. Sie wissen genau, daß Sie auf bestimmte Rechte verzichtet haben, als Sie sich zu dieser Reise meldeten.«

»Vielleicht. Aber weil ich selbst in der Armee gewesen bin, kann ich Ihnen verraten, daß die Menschen von einer Militärverwaltung sehr rasch genug bekommen. Oberst Meredith sollte sich vielleicht jetzt schon überlegen, was er tun wird, wenn es soweit ist.«

Ihr Gesicht wurde noch finsterer, aber bevor sie antworten konnte, ging die Tür auf, und einer der Wachtposten schaute herein. »Olivero? Oberst Meredith erwartet Sie.«

»Gut.« Carmen stand auf — Perez fand, daß sie deutlich erleichtert aussah — und ging zur Tür. Dort blieb sie kurz stehen und blickte zurück. »Ich werde dem Oberst berichten, was Sie gesagt haben. Aber ich verspreche nichts.«

Die Tür fiel hinter ihr zu. Perez zuckte vor Schmerz zusammen, als er sich wieder auf den Boden gleiten ließ. Er schloß die Augen und rief sich, so gut er konnte, das Gespräch sowie Carmens Gesichtsausdruck ins Gedächtnis. *Sie steht immer noch auf der Seite der konservativen Mittelklasse, aber sie ist nicht engstirnig. Offenbar hört der Oberst auf sie ...*

Er war noch dabei, im Geist alle Möglichkeiten durchzugehen, als die Soldaten hereinkamen und ihn freiließen.

Die Rückfahrt nach Unie war lang, staubig und schweigsam. Meredith wandte den Blick nicht von dem im Scheinwerferlicht liegenden Stück Straße ab, und sein verdrossenes Schweigen nahm den anderen die Lust zu Gesprächen. Das war ihm nur recht: Die meisten Berichte des Teams konnten warten, bis der Computer offiziell mit ihnen gefüttert wurde, und die einzige Ausnahme konnte ebenfalls warten, bis sie ungestört in seinem Büro saßen.

Die Fenster des Verwaltungsgebäudes waren noch immer hell erleuchtet, als Andrews vor ihm hielt — ein weiterer Hinweis darauf, daß noch unzählige Entscheidungen auf Meredith warteten. »Ich möchte Ihre Berichte morgen früh um neun Uhr in Händen haben«, teilte er der Gruppe mit, während er ausstieg. »Sie kommen mit mir, Miss Olivero; die übrigen können gehen.«

Der Oberst ging durch die leeren Korridore voran und betrat das Vorzimmer zu seinem Büro — und weil es das letzte war, was er um diese Zeit erwartete, bemerkte er den Besucher erst auf den zweiten Blick.

Er blieb abrupt und abwehrbereit stehen, aber der Mann zeigte keine Anzeichen von Feindseligkeit, während er sich aus dem Stuhl hochrappelte. »Oberst Meredith?« fragte er, wobei seine Haltung und sein Ton sofort den Zivilisten verrieten.

»Ja. Und wer sind Sie?«

»Doktor Peter Hafner — ich bin ein Geologe aus Dr. Pattersons Gruppe. Entschuldigen Sie die späte Störung, aber Ihr Sekretär hat gesagt, daß ich auf Sie warten kann.«

»Kein Problem.« Meredith nahm sich vor, neue Richtlinien für solche Fälle zu erlassen. »Was wünschen Sie?«

»Ich habe versucht, einen Flieger und einen Piloten zu bekommen, der mich zum Olympus bringt, aber alle Zuständigen haben mir erklärt, daß die Flieger Startverbot haben.«

»Haben Sie nicht vom Absturz gehört?« fragte Meredith mürrisch.

»Doch, Sir, und ich bedaure den Tod der Besatzung. Aber alles, was ich gehört habe, weist darauf hin, daß der Absturz ein Zufall war, eine Aberration des Plasmas, kein Versagen der Technik.«

»Ach. Und was hat diese Aberration verursacht?«

»Vielleicht eine unerwartete Sonnenprotuberanz oder etwas Ähnliches — ich weiß es nicht. Es ist aber sehr unwahrscheinlich, daß andere Flieger das gleiche Problem haben würden.«

»Unwahrscheinlich genügt nicht.« Meredith schüttelte den Kopf. »Solange wir nicht genau wissen, was schiefgegangen ist, werden Sie sich mit einem Wagen oder einer Cessna begnügen müssen.«

»Keines von beiden hilft mir weiter«, seufzte Hafner. »Ich verstehe Ihre Sorge, Oberst, aber ich spreche ja nicht von einer abstrakten Suche nach Wissen. Irgendwo auf Astra muß es Metall geben, und wenn es nicht in der Kruste vorhanden ist, muß es tiefer liegen. Wenn man bei einem Vulkan wie dem Olympus auch nur Spuren von Metallen im Gestein findet, dann wäre das eine vernünftige Alternative zu dem derzeit vorgesehenen Abbau auf den Asteroiden.«

Meredith hob die Hand. »Es ist spät, Doktor, und ich habe einen sehr schweren Tag hinter mir. Wenn Sie auf der Basis Martello ein formelles Ansuchen deponieren, werden Sie auf die Warteliste für die Wiederinbetriebnahme der Flieger gesetzt. Ich muß wiederholen, daß bis dahin Wagen und Cessnas das einzige sind, das wir haben.« Schritte hinter ihm veranlaßten ihn, sich umzudrehen. Andrews hatte den Wagen auf dem Parkplatz abgestellt und kam zurück. »Wenn Sie uns jetzt entschuldigen wollen«, fuhr Meredith fort. »Leutnant Andrews wird Sie hinausbegleiten. Gute Nacht, Doktor.«

Hafner verzog das Gesicht, war aber so vernünftig, nicht zu widersprechen. »Gute Nacht, Oberst. Danke, daß Sie sich für mich Zeit genommen haben.«

Sobald Andrews und der Geologe das Vorzimmer verlassen hatten, sperrte Meredith sein Büro auf, führte Carmen hinein und zeigte auf einen Stuhl. Dann ließ er sich in seinen Schreibtischstuhl fallen. »Und jetzt erzählen Sie mir von Perez.«

Er hörte ihr schweigend zu, während sie ihm von dem Gespräch mit Dunlops angeblichem Anführer des Aufstands berichtete. »Er hat sehr aufrichtig gewirkt«, schloß sie.

»Davon bin ich überzeugt. Ob er es auch wirklich war, ist eine andere Sache. Eine riesige Verschwörung, um Hispanier zu freiwilligen Meldungen zu zwingen, ist schwer zu schlucken.«

»Ich weiß, aber es sind tatsächlich eine Menge Hispanier hier.«

Meredith zuckte die Achseln. »Astras Klima entspricht ungefähr dem Klima im Südwesten, und wir haben Leute gebraucht, die Erfahrung mit Ackerbau auf sandigen Böden haben. Das alles trifft auf die Hispanier zu, also was soll das Gerede?«

Carmen rückte sich unbehaglich zurecht. »Ja, Sir. Aber selbst wenn nichts ... Unfaires ... geschehen ist, denken die Leute anders. Auf dem Rückweg habe ich mir überlegt — vielleicht könnten Sie in jeder Stadt eine Art Bürgerkomitee einsetzen.« Sie deutete seinen Gesichtsausdruck richtig und fügte rasch hinzu: »Natürlich dürfte dieses Komitee über keine wirkliche Macht verfügen, sondern sollte mehr beratende Funktion haben, eine Anlaufstelle für Beschwerden und Vorschläge sein.«

»Wir haben ähnliche Einrichtungen geschaffen«, erinnerte er sie.

»Ja, aber ... sie sind militärisch organisiert. Zivilisten fühlen sich dabei unbehaglich; sogar ich habe eine Weile gebraucht, bis ich mich an die militärische Vorgangsweise gewöhnt habe, obwohl ich in einer Soldatenfamilie aufgewachsen bin.«

»Sie schlagen vor, daß ich den Leuten die Illusion von Demokratie ohne ihren Gehalt gebe.« Meredith schüttelte den Kopf. »Es wäre die Schwierigkeiten nicht wert, die es uns bringen würde. Der Verwaltungsapparat würde aufgebläht, wir hätten es mit jeder Menge politischer Intrigen und interner Streitereien zu tun und würden Arbeitszeit nicht gewinnbringend verwenden.«

»Der Gewinn wäre eine bessere Kooperation zwischen Zivilisten und Militärs.«

»Genaugenommen gibt es auf Astra keine Zivilisten, Miss Olivero. Hier unterstehen alle den militärischen Vorschriften und Gesetzen, und wenn das einigen Leuten nicht paßt, dann tut es mir leid. Sie werden sich mit der Zeit daran gewöhnen.« Er sah auf die Uhr. »Ich sollte Sie jetzt wohl gehen lassen, es ist spät. Ich brauche einen formellen Bericht von Ihnen für die Akten, aber das ist nicht besonders eilig.«

»Ja, Sir.« Sie wußte, daß sie entlassen war, und erhob sich, zögerte aber dann. »Was werden Sie mit Major Dunlop anfangen, Oberst?«

»Was immer ich mit ihm anfange, werde ich nicht wegen Perez' verschleierter Drohungen tun.«

Sie schluckte. »Ja, Sir. Gute Nacht, Oberst.«

»Gute Nacht.«

Nachdem sie gegangen war, blickte er noch einige Sekunden lang die geschlossene Tür an und fragte sich, womit er einen solchen Tag verdient hatte. Dann wandte er sich seufzend seinem Computerterminal zu und schaltete es ein. Der Bildschirm wurde hell, zeigte aber kein Bild; offenbar gab es im unterirdischen Leitungsnetz noch immer Probleme. Er fluchte leise, schaltete das Gerät ab und drückte auf den Knopf für Andrews.

Der Adjutant kam herein. »Ja, Sir?«

»Ich tue es äußerst ungern, Leutnant, aber es gibt zwei Projekte, die ich sofort in Angriff nehmen will, und ich bin so hundemüde, daß ich keine Lust habe, ein funktionierendes Terminal zu suchen.«

»Das ist schon in Ordnung, Oberst.« Andrews holte einen Notizblock hervor und setzte sich. »Mir geht es großartig.« Er sah auch vollkommen frisch aus, obwohl er in letzter Zeit genauso wenig geschlafen hatte wie Meredith.

»Okay. Zunächst möchte ich jedes bißchen Information haben, das wir über Perez besitzen. Nicht nur die Kolonistenakte; sehen Sie nach, ob man uns militärische, Ausbildungs- oder berufliche Unterlagen mitgegeben hat. Zweitens möchte ich, daß der Zusammenbau der landwirtschaftlichen Geräte eine höhere Priorität erhält — und inzwischen lassen Sie einen Teil der Saatgeräte aus Crosse nach Ceres verlegen. Die Farmer in Crosse haben im Augenblick ohnehin nichts zu tun.«

Er machte eine Pause. Als Andrews alles notiert hatte, fragte er: »Noch etwas?«

»Ja.« Meredith zögerte, dann gab er sich einen Ruck. »Ich möchte, daß Sie mir eine Liste der möglichen Ersatzleute für den befehlshabenden Offizier in Ceres aufstellen.«

Andrews blickte überrascht auf. »Sie wollen Major Dunlop versetzen?«

»Das weiß ich nicht. Ich habe mich noch nicht entschlossen.«

Andrews spielte mit seinem Kugelschreiber. »Der Major ist bei seinen Männern sehr beliebt«, meinte er vielsagend. »Er ist dafür berühmt, daß er sich für die gewöhnlichen Soldaten einsetzt und dafür sorgt, daß sie alle ihnen zustehenden Rechte und Privilegien bekommen.«

»Ich weiß. Aber diese ›Wir gegen sie‹-Mentalität ist genau das, was ihn die Unterstützung und das Vertrauen der Zivilisten in Ceres kosten wird. Wir können uns keine unnötigen Reibereien leisten.«

»Das verstehe ich, Oberst. Aber Sie wissen ja, daß es dann so aussieht, als würden Sie dem Druck nachgeben.«

»Natürlich, und es wird Signalwirkung haben. Wenn Dunlop nicht den Schießbefehl erteilt hätte, würde ich mich voll hinter ihn stellen; aber jetzt würde man den Eindruck bekommen, daß ich entweder ein Feigling bin, oder daß man meine Befehle ungestraft mißachten kann. Was ich auch tue — irgendwer bekommt einen falschen Eindruck. Wenn Ihnen etwas Besseres einfällt, werde ich mich gern damit befassen.«

»Ja, Sir.« Andrews stand auf, steckte den Notizblock ein und sagte lächelnd: »Ich werde sehen, was mir dazu einfällt. Inzwischen werde ich mich den anderen Punkten widmen.«

»Danke, Andrews. Gute Nacht.«

Die Entfernung zu seinem Haus betrug nur etwa zweihundert Meter, aber Meredith bezweifelte, daß er die Kraft dafür hatte. Zum Glück hatte jemand vorausschauend in einer Ecke seines Büros ein Feldbett aufgestellt. Meredith schaltete das Licht aus, zog sich bis auf die Unterwäsche aus und kroch unter die leichte Decke. Er betrachtete noch einige Minuten lang das Spiel von Licht und Schatten auf den Fensterläden und versuchte, eine Lösung für das Dunlop/Ceres-Problem zu finden. Aber ihm fiel nichts ein, und er gab den Versuch rasch wieder auf. *Vielleicht werde ich am Morgen klarer sehen,* war sein letzter Gedanke vor dem Einschlafen.

4. Kapitel

Nach vierzehn Jahren in der Armee hatte Carmen Merediths Büro mit der deprimierenden Überzeugung verlassen, daß es Tage dauern würde, bis der Oberst etwas wegen der Probleme unternahm, die sie mit ihm besprochen hatte, und daß es Wochen dauern würde, bis sie die Ergebnisse sah. Es war deshalb ein angenehmer Schock, als sie am nächsten Morgen den Unterlagen auf ihrem Schreibtisch entnahm, daß bereits zusätzliche landwirtschaftliche Geräte nach Ceres unterwegs waren. Als sie die Prioritätenliste überflog, stellte sie fest, daß keiner ihrer Mitarbeiter etwas wegen des Zusammenbaus der landwirtschaftlichen Geräte unternommen hatte; sie holte sich die Daten auf ihr Terminal und machte sich an die Arbeit.

Es war reine Routine — sie mußte die Geräte und das erforderliche Werkzeug in den Aufstellungen des Computers finden, und dann die Arbeit der richtigen Zahl qualifizierter Mechaniker zuteilen. Während sie Tasten drückte, wanderten ihre Gedanken zu dem vorhergehenden Tag und den Gesprächen mit Perez und Meredith.

Sie arbeitete noch nicht lang unter Meredith, und bis auf ein kurzes Gespräch, als sie für die Kolonie aufgenommen wurde, beschränkte sich ihre persönliche Bekanntschaft mit ihm auf die Fahrt nach Ceres. Doch in jeder Militärbasis gibt es den üblichen Klatsch, und alles, was sie bis jetzt über den Oberst erfahren hatte, wies darauf hin, daß er anständig und fair war. Deshalb war es um so merkwürdiger, daß er Perez' Behauptungen so rasch abgetan hatte. Natürlich stand er unter Druck, und auch sie war nicht davon überzeugt, daß Perez recht hatte, aber sie hätte trotzdem eine Untersuchung für richtig gehalten. In bezug auf Dunlops Versetzung war sie sich nicht klar darüber, welche Entscheidung ihr lieber war.

In einer Ecke des Terminal-Bildschirms blinkte ein gelbes Licht. Carmen kontrollierte erschrocken, was sie gerade getippt hatte, und stellte ärgerlich fest, daß sie gedankenverloren versucht hatte, einen Arbeiter einzusetzen, der bereits für eine Arbeit mit höherer Priorität vorgesehen war. Sie löschte den Befehl, und das gelbe Licht verschwand. Daraufhin rief sie die nächste Seite ab und durchforstete weiterhin die Arbeitszuteilungen.

Sie war allerdings davon überzeugt, daß es zu ihrer Verantwortung Astra gegenüber gehörte, die Spannungen und Reibungen zu verringern, und deshalb war sie entschlossen, nicht von ihrer Idee eines Bürgerkomitees abzugehen. Trotz Merediths Reaktion war sie sicher, daß es der einfachste Weg war, damit die Zivilisten sich zu Hause fühlten. Falls die Kolonie bestehenblieb, würde irgendwann der Wechsel zu einer Zivilverwaltung erfolgen, und der Übergang würde leichter sein, wenn es dann bereits Bürgerkomitees gab.

Unvermittelt erschien mitten auf ihrem Bildschirm ein rot umrandetes Rechteck mit den Worten: Nachricht mit höchster Dringlichkeitsstufe. Carmen sah mit gerunzelter Stirn zu, wie die Worte den Bildschirm füllten, und zog ungläubig die Augenbrauen hoch:

ACHTUNG: AN DAS GESAMTE PERSONAL: SATELLIT HAT ROOSHRIKE-RAUMSCHIFF IM ANFLUG AUF ASTRA ENTDECKT! KEINE FEINDSELIGKEITEN — WIEDERHOLE: KEINE FEINDSELIGKEITEN — WERDEN ERWARTET! DAS GESAMTE MILITÄRPERSONAL BLEIBT IN ALARMZUSTAND. JURISTISCHE UND ORGANISATORISCHE MITARBEITER SOLLEN SOFORT AUFSTELLUNGEN DER BEKANNTEN ROOSHRIKE-BRÄUCHE UND -RITUALE AN OBERST MEREDITHS BÜRO ÜBERMITTELN.

Carmen las die Nachricht zweimal, bevor sie sie von ihrem Schirm löschte. »Heiliger Strohsack«, murmelte jemand hinter ihr. Das verblüffte Gemurmel wurde von Carmens Vorgesetzter im Keim erstickt.

»Schon gut, schon gut, Schluß mit dem Krach«, knurrte sie von ihrem Terminal aus. »Smith und Henson durchsuchen die juristischen, Barratino die militärischen Unterlagen, und Eldridge startet eine allgemeine Suche nach vergrabenen Schätzen. Olivero, Sie organisieren und formatieren alles, was hereinkommt.«

Bis auf das leise Hagelschauergeprassel der Computertasten trat im Raum Stille ein. *Was für ein Pech,* dachte Carmen, während sie darauf wartete, daß der Datenfluß einsetzte. *Ich stecke zwanzig Kilometer von der Landebahn entfernt in einem kleinen Raum, statt mit dabei zu sein und zum ersten Mal einen lebenden Alien zu sehen.*

Doch wenn sie es sich genau überlegte, war es vielleicht kein solches Pech. Es hatte bereits einen Kontakt zwischen Rooshrike und Menschen gegeben — und damals hatten die Rooshrike das Feuer eröffnet.

Auch Meredith dachte an den Angriff der Rooshrike auf die *Celeritas,* während er zusah, wie der glänzende Punkt über den Ozean auf die Basis Martello zukam; er saß im ersten Fahrzeug des auf fünf Wagen verteilten Begrüßungskomitees und kam sich wie auf dem Präsentierteller vor. Die Wahrscheinlichkeit, daß es sich hier um einen heimtückischen Angriff handelte, war sehr gering — schließlich war noch über die Hälfte von Astras Pachtzins ausständig —, aber geschäftliche Überlegungen hatten nur wenig mit Merediths Kampfinstinkten zu tun. Er versuchte, sich einzureden, daß der Schweiß auf seiner Stirn nur eine Folge des warmen Tages war, beobachtete blinzelnd den blauen Himmel und wartete.

Dem Radar hatten sie bereits entnommen, daß das

Schiff wesentlich größer war als die Shuttles, für die der Landestreifen in Martello gebaut worden war, aber der Rooshrike-Pilot hatte Meredith versichert, daß er keine Probleme haben würde, und als das keilförmige Raumschiff landete, erkannte der Oberst, was er gemeint hatte. Im Gegensatz zu dem beinahe waagerechten Landeanflug der amerikanischen Shuttles stieß die Fähre der Rooshrike fast senkrecht herunter; sie erinnerte Meredith einen Augenblick lang an die alten Wegwerf-Raumkapseln. Dabei kam ihm auch die Hilflosigkeit dieser alten Raumschiffe zu Bewußtsein, doch er wurde abgelenkt, weil im gleichen Augenblick unter dem Schiff weißes Repulserfeuer einsetzte. Obwohl sie sich angeblich in sicherer Entfernung befanden, spürte Meredith die Hitzewelle und schickte heimlich ein Stoßgebet für den Permbeton der Rollbahn zum Himmel. Der Fremde setzte auf, und eine Minute später fuhr die Wagenkolonne der Terraner an.

Als die Menschen den Landestreifen erreichten, hatten die Rooshrike bereits eine Landerampe ausgefahren. Die Rampe war so konstruiert, daß sie den heißesten Teil des Permbetons vermied, war aber trotzdem wesentlich kürzer als die Landerampen der Ctencri. Die Ctencri hatten behauptet, daß die Rooshrike von einem heißen Planeten kamen, und jetzt war Meredith bereit, ihnen zu glauben.

Als der Rooshrike endlich erschien, wirkte er nicht besonders beeindruckend, aber Leutnant Andrews bemerkte später, daß nicht einmal die Aliens Raumanzüge herstellen konnten, die allen Anforderungen entsprachen und gleichzeitig modisch waren. Bis auf das merkwürdige Gesicht, das durch die dunkle Sichtscheibe kaum auszumachen war, hätte das Geschöpf, das die Rampe herunterkam, genauso gut ein leicht mißgestalteter Mensch sein können.

Er kam allein. Meredith verstand den Wink, stieg aus und ging so nahe heran, wie es der heiße Permbeton zuließ. Der Fremde blieb erwartungsvoll am unteren Ende der Rampe stehen.

Meredith räusperte sich. »Ich begrüße Sie«, rief er dem Alien zu, »und heiße Sie auf Astra willkommen. Ich bin Oberst Lloyd Meredith; ich spreche für mein Volk.«

Es folgte eine kurze Pause, bis der Übersetzungscomputer des Rooshrike aufgeholt hatte, dann ging dieser auf Meredith zu. Der Oberst begann wieder zu atmen; offenbar hatte er die formelle Begrüßung richtig getroffen.

Oder aber der Rooshrike war einer neuen Rasse gegenüber tolerant.

Der Fremde blieb zwei Meter vor Meredith stehen. »Auch ich begrüße Sie.« Auch er betonte einiges falsch, genau wie der Ctencri-Übersetzungscomputer, den Meredith auf der Erde gehört hatte. »Ich bin Beaeki, ich spreche für mein Volk.«

»Wir freuen uns, daß Sie hier sind.« Meredith trat ein paar Zentimeter zurück. Der Raumanzug des Fremden war spürbar heiß; wie hoch wohl die Innentemperatur war? »Ich bedaure, daß wir Ihnen für Ihren Aufenthalt keine passende Unterkunft anbieten können, aber unsere Informationen über Ihre Bedürfnisse sind leider unvollständig.«

»Ich brauche kein Quartier, mein Besuch wird nur kurz sein. Und Sie besitzen deshalb keine vollständigen Informationen über uns, weil wir den Ctencri entsprechende Anweisungen erteilt haben.«

Für eine gelegentliche höfliche Lüge hat er offensichtlich nichts übrig, dachte Meredith. *Eine angenehme Abwechslung.* »Ich verstehe. Würden Sie mir erklären, warum? Schließlich sind wir jetzt Nachbarn, und es wäre möglich, daß Raumschiffe im Territorium des anderen notlanden müssen.«

»Ihr Argument ist einseitig. Sollte ein Rooshrike-Schiff in diesem System in Schwierigkeiten geraten, würde ihm ein Rettungsteam vom inneren Planeten zu Hilfe kommen.«

»Sie besitzen in diesem System eine Kolonie?« fragte Meredith erstaunt. *Das* hatten die Ctencri nicht erwähnt.

»Nur eine Bergwerksbasis; die Oberfläche ist für eine richtige Kolonisation zu trocken. Dennoch ist die Basis entsprechend vor Angriffen geschützt.«

Dazu gab Meredith keinen Kommentar ab; wenn er entschieden bestritt, daß Astra militärische Absichten hegte, wurde er vielleicht mißverstanden. »Ich verstehe. Darf ich fragen, wie lange Sie sich hier aufhalten wollen? Ich würde Ihnen gern unsere Kolonie und auch die Einrichtungen zeigen, mit denen wir die Minerallager ausbeuten wollen.« Plötzlich fiel ihm etwas ein. »Als Sie erwähnten, daß Ihre Bergwerksbasis zu trocken ist, haben Sie wahrscheinlich von flüssigem Schwefel gesprochen. Aus unseren Analysen geht hervor, daß Schwefel das dritthäufigste Element in unserem Boden ist. Vielleicht wären Sie daran interessiert, von uns Schwefel zu kaufen, sobald wir mit dem Abbau begonnen haben.«

Die Pause, die jetzt folgte, war so lang, daß Meredith schon befürchtete, der Computer hätte den Geist aufgegeben. Er wollte gerade seine Frage vollkommen neu formulieren, als Beaeki zu sprechen begann. »Entschuldigen Sie unser Mißverständnis.« Er verschränkte kurz die Hände auf dem Rücken. »Ich heiße Beaeki nul Dies na. Uns war nicht klar, daß Sie über den gleichen Status verfügen wie Ihr Heimatplanet. Wir haben angenommen, daß Sie eine unterworfene Welt oder eine Strafkolonie sind. Wir bitten um Entschuldigung.«

»Das macht nichts«, beruhigte ihn Meredith. *Wodurch ist das wieder ausgelöst worden?* fragte er sich. *Dadurch, daß wir ihnen unseren Schwefel verkaufen wollen?* Er bedauerte sehr, daß die Ctencri ihnen keine genaueren Informationen über die Psychologie der Rooshrike gegeben hatten. »Es fällt oft sogar Menschen schwer, unsere politischen und organisatorischen Strukturen zu verstehen, geschweige denn Außenseitern. Die Ctencri haben Ihnen vermutlich nicht viel über uns erzählt?«

»Die Ctencri lassen sich Informationen bezahlen. Wir haben uns vergewissert, daß Sie keine militärische Bedrohung für uns darstellen, selbst wenn Sie Ausgestoßene wären, aber mehr konnten wir uns nicht leisten.«

»Sie finden also, daß die Ctencri zuviel verlangen?«

»Die Ctencri sind Wucherer. Sie haben vielleicht vorläufig noch den Eindruck, daß sie großzügig sind, weil der Kontakt erst vor kurzem erfolgt ist und die Ctencri noch nicht wissen, was sie von Ihnen wollen. Aber Ihnen wird genau wie uns klar werden, daß sie nur darauf aus sind, ihre Macht und ihren Einfluß auszubauen.«

»Auf diesem Gebiet haben wir selbst viel Erfahrung. Sobald wir uns auf die neuen Gegebenheiten eingestellt haben, werden die Ctencri merken, daß wir nicht so leicht gerupft werden können.« Meredith erinnerte sich plötzlich an seine Pflichten als Gastgeber. »Darf ich Sie jetzt zu der Rundfahrt einladen? Ich bin davon überzeugt, daß die Ctencri Ihnen nicht erzählt haben, was wir auf Astra planen — und bei uns ist die Besichtigung kostenlos.«

»Ich nehme Ihre Einladung an.« Beaeki ließ sich nicht anmerken, ob er den Scherz verstanden hatte. »Wenn Sie nichts dagegen haben, würde ich lieber mein Fahrzeug verwenden.«

Meredith zuckte die Achseln und bemühte sich krampfhaft, den Vorschlag so harmlos zu sehen, wie er vermutlich gemeint war. »Ich habe nichts dagegen. Wann immer Sie soweit sind.«

Es dauerte nur wenige Minuten, bis das Vehikel ausgeladen war — eine Art Kreuzung zwischen einem Luftkissenfahrzeug und einem Rennboot mit kräftigen Auslegern; aber sobald Beaeki und Meredith in ihm saßen, begriff Meredith, warum der Alien keine Lust hatte, sich mit Astras primitiveren Fahrzeugen zu begnügen. Das Passagierabteil war groß, bequem und schallgedämpft und besaß eine Klimaanlage, die Beaeki rücksichtsvoll auf die Außentemperatur eingestellt hatte. Das Luftkissen war stärker als bei den Militärfahrzeugen, an die Meredith gewöhnt war, wirbelte weniger Staub auf und überwand sogar felsengroße Hindernisse mühelos. Da Merediths Begleitung außer Wagen nur Luftkissenfahrzeuge besaß, die für Wasserflächen entworfen worden waren, konnte sie kaum mit ihnen Schritt halten, aber das bereitete ihm keine Sorgen. Beaeki schien den Verstoß gegen das Protokoll nicht zu bemerken, und da ihr Gespräch über Merediths Telefon mitgehört wurde, war der Oberst nicht beunruhigt, wenn er außer Sichtweite seiner Männer geriet.

Doch er war überrascht. Er hatte angenommen, daß Beaeki sich nicht sonderlich für die Aktivitäten der Menschen auf Astra interessierte, und hatte deshalb an eine halbstündige Fahrt nach Unie und zurück gedacht. Aber der Rooshrike hatte seine kühle Haltung vollkommen aufgegeben, stellte Frage um Frage, und plötzlich befand sich Meredith auf einer umfassenden Besichtigungstour.

Sie begannen mit dem Kontinentalsockel östlich der Insel Martello, wo die geheimnisvollen Minerallager in dem wenige Meter tiefen Wasser deutlich sichtbar waren. Sie überquerten den schmalen Landstreifen, der den Ozean vom nördlichsten Finger der Splayfoot Bay trennte, und erreichten das Dorf Wright, wo die geförderten Minerale getrennt und gereinigt werden sollten. Die Straße von dort nach Unie führte sowohl an der Bucht als auch an dem landwirtschaftlichen Gebiet Wright-Unie entlang, und Meredith sprach mehrere Minuten über den Spezialdünger, den sie verwendeten. Er brach seinen Monolog ab, als Beaeki ihm erklärte, daß sich seine Rasse kaum für den Anbau von Pflanzen interessierte. Auf den Rooshrike-Welten gab es dreißigmal soviel Sonnenenergie wie auf der Erde, und sie kämpften eher mit dem Problem, die Flora im Zaum zu halten, als sie zum Wachsen zu bringen. Die Fischzuchtanstalten bei Unie interessierten ihn dagegen sehr; er hielt sogar das Fahrzeug an und stieg aus. Er hockte vor den Maschendrahtgehegen an der Küste und blickte in die Tiefe, während ihm Meredith schilderte, wie der Fluß den an Metallen reichen Abfluß von den Feldern bei Crosse in die Bucht befördern würde. Dadurch würde es möglich sein, Algen und kompliziertere Pflanzen zu züchten, von denen sich die Fische ernähren würden.

»Sie geben sich mit einer so nutzlosen Welt sehr viel Mühe«, bemerkte Beaeki, während sie nach Ceres weiterfuhren.

»Wenn man den Ctencri glauben kann, könnte es die einzige zusätzliche Welt sein, die wir je bekommen«, meinte Meredith mürrisch. »Außerdem stellen wir Menschen uns gern Herausforderungen.«

Sie besichtigten kurz Ceres — wo die Arbeiter an diesem Tag glücklicherweise tatsächlich arbeiteten —, warfen einen Blick auf den Teardrop-See und fuhren dann nach Süden nach Crosse, denn dort lag am Zusammenfluß der beiden Flüsse eine zweite Fischzuchtanstalt.

Und dabei erfuhr Meredith eine Menge über die Rooshrike.

Sie waren eine relativ junge Rasse und technologisch um 80 bis 100 Jahre hinter den übrigen raumfahrenden Rassen der Region zurück. Als die jüngsten Mitglieder der aus sechs Nationen bestehenden Handelsgemeinschaft hatten sie sich über die Herablassung der älteren Rassen, vor allem der Ctencri, geärgert, und obwohl sie rasch ein Imperium von zwanzig Kolonien und Basen errichteten, hatten sie immer das Gefühl gehabt, daß keiner der anderen sie ernst nahm. Obwohl Beaeki es nie aussprach, bekam Meredith deutlich den Eindruck, daß die Rooshrike erleichtert waren, weil jetzt die Wesen von der Erde den Platz am unteren Ende der Hackordnung eingenommen hatten.

»Es ist jedenfalls angenehm, daß niemand den anderen technologisch sehr weit voraus ist«, bemerkte Meredith. »Es kommt mir trotzdem merkwürdig vor, weil das Leben sehr lange Zeit hatte, sich zu entwickeln.«

»Ein Zufall der Natur«, erklärte Beaeki. »Vor ungefähr 140 Millionen Jahren hat eine Supernova diesen Teil des Weltraums mit verstärkter kosmischer Strahlung saturiert, was zur raschen Mutation von Krankheitserregern, der Zerstörung der Schutzschicht in der äußeren Atmosphäre und zur direkten Vernichtung von großen Lebewesen durch Gewebeschädigungen geführt hat. Die überlebenden Völker haben beinahe ihre ganze Technologie verloren und sind jetzt primitiver als selbst die Terraner.«

»Ich hätte angenommen, daß wenigstens ein Teil ihres Wissens mit ihnen überlebt hat.«

»Aber die materielle Basis hat nicht überlebt. Ein zu großer Teil der Metalle war in einer Form gebunden, aus der sie eine primitive Technologie nicht gewinnen konnte.«

Meredith schluckte. Schon wieder Metall; Metall und sein Nichtvorhandensein. Das hatte ihm in seiner gedrückten Stimmung gerade noch gefehlt.

»Angeblich gibt es fortgeschrittenere Rassen«, fuhr Beaeki fort. »Aber sie sind weit entfernt, und nur wenige haben sie gesehen. Sie interessieren sich genauso wenig für uns wie wir für die nichtraumfahrenden Völker in diesem Gebiet.«

»Hmmm.« *Wahrscheinlich ist es ohnehin besser so,* dachte Meredith.

Er versuchte, Informationen über die anderen benachbarten Rassen zu erhalten, hatte aber nicht viel Erfolg damit. Ob Beaeki einfach keine Lust hatte, über ihre Handelspartner zu sprechen, oder ob die Rooshrike bereits begriffen hatten, daß es unvernünftig war, Informationen gratis weiterzugeben, wußte Meredith nicht. Doch es gelang ihm wenigstens, die Namen der Rassen und ihre ungefähren Standorte zu erfahren, und in einigen Fällen sogar herauszubekommen, wie sie aussahen. Am interessantesten waren die Pom, im Wasser lebende Geschöpfe, die anscheinend Delphine mit greiffähigen Tentakeln waren. Meredith hatte oft gehört, daß ohne Feuer keine mechanische Kultur möglich war, aber Beaeki wollte nicht verraten, was die Pom als Ersatz verwendeten.

»Es gibt noch einen Punkt, der mir merkwürdig vorkommt«, bemerkte Meredith. Nach der Besichtigung war Beaeki zu seinem Schiff zurückgekehrt und hatte sein Fahrzeug geschickt unter den Davits geparkt. »Sie haben gesagt, daß der Rand des Pom-Territoriums nur einige Lichtjahre entfernt ist. Da Sie nur an heißen Welten wie unserem Merkur interessiert sind, und die Pom im Wasser leben, stellt sich die Frage, warum Ihre beiden Reiche einander nicht gegenseitig durchdrungen haben. Jeder von Ihnen besitzt bestimmt Planeten, die der andere verwenden könnte; es wäre für beide Seiten ein gutes Geschäft.«

»Sie werden merken, daß es in einer interstellaren Gemeinschaft nur zwei wertvolle Dinge gibt: Informationen und Naturschätze«, erklärte Beaeki, während sie ausstiegen und zur Landerampe des Schiffes gingen. »Auf allen festen Körpern im Territorium einer Nation, ob sie nun kolonisierbar sind oder nicht, kann Bergbau betrieben werden, und deshalb werden sie sorgfältig gehütet.«

»Ich würde annehmen, daß der Abbau eines Asteroiden billiger kommt als der Transport der Ladung aus der Schwerkraft eines Planeten«, meinte Meredith.

»Das stimmt. Aber Asteroidengürtel sind selten.«

»Oh.« Merediths Gehirn stellte einen Zusammenhang her: die Ctencri-Gesandtschaft hatte auf der Erde nebenbei das Thema von Schürfrechten zur Sprache gebracht. Er mußte dem nächsten Schiff eine Warnung mitgeben, damit sich die Menschen nicht hereinlegen ließen. »Unser Pachtvertrag schließt die Rechte auf die Asteroiden dieses Systems ein.«

»Richtig. Aber Sie werden enttäuscht sein. Im Asteroidengürtel gibt es merkwürdigerweise nur sehr wenige Asteroiden mit großer Dichte und Schwermetallen, die sich am gewinnbringendsten abbauen lassen.«

Meredith verzog das Gesicht. Wieviel von den 80 Millionen Dollar Pacht hatte den Schürfrechten gegolten? »Sie alle haben die Prinzipien der halsabschneiderischen Geschäftemacherei rasch erlernt.«

»Die Ctencri sind gute Lehrmeister, aber ihre Lektionen waren teuer.«

»Danke für die Warnung. Wir Menschen sind angeblich gute Geschäftsleute.«

»Vielleicht.« Beaeki blieb bei der Rampe stehen und meinte mit einer großzügigen Handbewegung: »Wenn Sie Metall von uns kaufen möchten, könnte Ihnen unsere Raffinerie kleine Mengen liefern.«

»Wir werden uns gern darüber unterhalten«, erwiderte Meredith. »Und Sie sollten darüber nachdenken, ob Sie den Schwefel und die übrigen Mineralien kaufen wollen, die wir bald produzieren werden.«

»Ich werde Ihr Angebot an die zuständigen Stellen weiterleiten. Leben Sie wohl.«

Der Rooshrike ging die Rampe hinauf und verschwand in seinem Schiff. Meredith' Begleitung, die respektvoll in einer Entfernung von fünfzig Metern geparkt hatte, holte ihn jetzt ab, und eine halbe Minute später rasten sie zum Kontrollturm zurück, um in sichere Entfernung zu gelangen. Die Sorge war unbegründet; Beaeki wartete, bis die Entfernung groß genug war, bevor er die Rampe einzog und den Kompressionszyklus des Plasmas in Gang setzte.

Der Start war noch spektakulärer als die Landung. Das Schiff stieg zunächst beinahe gemächlich in die Höhe; die Repulser waren offensichtlich aus Rücksicht auf den Permbeton gedrosselt; aber in einer Höhe von hundert Metern wurden die weißen Speere plötzlich zu einer Feuersäule, und das Schiff schoß in die Höhe wie eine Fliege von einem Tisch. Fünf Sekunden später setzten die Antriebsrepulser ein, und nach einer weiteren Minute war das Schiff verschwunden.

Leutnant Andrews, der neben Meredith im Wagen saß, pfiff leise. »Entweder besitzen die Rooshrike eine verdammt gute Technologie«, bemerkte er, »oder aber die Repulser, die uns die Ctencri verkauft haben, sind ungefähr fünf Generationen hinter dem heutigen Stand der Technik zurück.«

»Wahrscheinlich trifft beides zu.« Meredith war so erschöpft, als hätte er den ganzen Vormittag vor einem feindseligen Kongreßkomitee verbracht. »Ich nehme an, daß damit die Diplomatie für diese Woche Pause macht. Also gehen wir wieder an die Arbeit!«

5. Kapitel

Mit Beaekis Abreise begann auf Astra über eine Woche relativer Ruhe, so daß es Meredith gelang, den Arbeitsplan für die Kolonie durchzuziehen. Ob es die kleinen Zugeständnisse waren, die er den Militanten in Ceres gemacht hatte, oder ob einfach alle durch die Umstellung auf Astras 27-Stunden-Tag erschöpft waren, wußte er nicht. Aber was immer der Grund war, Meredith war über ihn froh.

Die Nachrichten von den anderen Fronten waren etwas weniger ermutigend. Die Felder bei Crosse waren endlich soweit gedüngt, daß man mit der Aussaat beginnen konnte, aber sie verloren die Metalle immer noch zu schnell. Die Vorschläge für Gegenmaßnahmen türmten sich auf Merediths Schreibtisch, und er mußte zwei von Major Browns Technikern von den Bauarbeiten abziehen, damit sie für alle Vorschläge Kosten/Nutzenrechnungen erstellten. Der Abbau der Minerale vor der Küste hatte begonnen, aber es wurde sehr rasch deutlich, daß der Plan nur eine ungeheure Geldverschwendung sein würde, wenn man die Rooshrike nicht dazu bringen konnte, einige Endprodukte zu kaufen. Da die UNO die Kolonie an und für sich nicht sehr begeistert unterstützte, konnte sie ein Fehlschlag des gewinnbringenden Projekts dazu veranlassen, einfach das Handtuch zu werfen. Für Meredith wäre das genauso gewesen, als hätte er einen Krieg verloren — eine nationale Schande, deren Leiter er nicht sein wollte. Doch falls es für die Kolonie andere Möglichkeiten gab, sich selbst zu erhalten, dann waren bisher weder er noch die damit betrauten Wissenschaftler imstande gewesen, sie zu finden.

Der einzige Lichtblick in der Düsternis bestand darin, daß ab Ende der Woche die beiden noch vorhandenen

Flieger im Einsatz waren. Die Techniker in Martello waren schließlich zu der Erkenntnis gelangt, daß Hafners Annahme stimmte: ein äußeres elektrisches Feld mit der genau gleichen Schwingungszahl wie die Begrenzungsfelder der Repulser hatte zu einem Entweichen des Plasmas geführt. Die Frage nach dem Ursprung dieses Feldes hatte niemand beantworten können; als die Flieger jedoch weiterhin ohne die geringsten Schwierigkeiten am Himmel hin und her schossen, hörte sogar Meredith auf zusammenzuzucken, wenn ihr charakteristisches Pfeifen über dem Gebäude ertönte.

Am zehnten Tag war es mit der Ruhe vorbei.

»Jetzt hören Sie mir zu, Major: Sie werden *nichts unternehmen.* Ist das klar? Keine Säuberungsaktionen, kein Betäubungsspray, *überhaupt nichts.*«

Carmen saß in Merediths Büro und wartete darauf, daß Meredith das Gespräch beendete, während ihre Wut auf Cristobal Perez immer größer wurde. Ja, das Telefon des Obersten hatte eine Geheimnummer, und ja, ihr Büro lag dem seinen gegenüber — aber Perez hätte doch den Offizier vom Dienst anrufen sollen, statt sie in etwas hineinzuziehen, das sie überhaupt nichts anging.

»Erst wenn Sie mehr tun, als Fenster einzuschlagen«, knurrte Meredith in die Sprechmuschel. »Sie beobachten sie weiterhin und halten mich auf dem laufenden, okay? ... Richtig, Ende.« Meredith murmelte einen Fluch und schaltete sein Telefon ab. »Dieser Idiot«, knurrte er kopfschüttelnd. »Der Planet besteht praktisch aus Silikon, und er macht sich Sorgen wegen ein paar Fenstern.« Er blickte Carmen an und riß sich sichtlich zusammen. »Richtig. Sie haben gesagt, daß Sie mir etwas von Perez ausrichten sollen?«

»Ja, Oberst.« Sie biß die Zähne zusammen und gab sich einen Ruck. »Mister Perez hat mich vor ein paar Minuten angerufen und einige Vorschläge gemacht ...«

»Sie meinen damit, daß er Forderungen gestellt hat, nicht wahr?« unterbrach sie Meredith.

»Ich weiß nicht recht, Sir. Ich hatte eher den Eindruck, daß es Vorschläge sind.«

Meredith brummte. »Also gut, lassen Sie hören, damit wir es hinter uns bringen.«

»Zunächst hat er wiederholt, daß Major Dunlop als Kommandant von Ceres abgelöst werden sollte.« Die Liste war kurz, und Carmen ging sie so rasch und präzis wie möglich durch. Als sie fertig war, brummte Meredith wieder. »Zufällig denke ich noch immer darüber nach, was ich mit Major Dunlop anfangen soll. Ihn von dem Posten abzuziehen, ist eine Möglichkeit, aber ich lasse mich zu keiner Entscheidung drängen — und schon gar nicht von einem transplantierten berufsmäßigen Aufwiegler.«

Carmen runzelte die Stirn. »Sir?«

»Ach, Sie haben es nicht gewußt? Ihr Freund Perez gehört zu der neuen Sorte von hispanischen rechtsstehenden Aktivisten mit Collegeausbildung, die heutzutage überall auftauchen. Er ist zwar ein Neuling auf seinem Gebiet, aber ein Könner — sein goldener Redestil ist imstande, Menschenmassen und liberale Medien umzudrehen. Ich weiß nicht, welcher Idiot ihn für Astra akzeptiert hat, aber ich werde ihn ablehnen und so rasch wie möglich nach Arizona zurückschicken.«

»Ich verstehe.« Perez' Anwesenheit auf Astra begann, vielleicht in mehr als einer Hinsicht einen Sinn zu ergeben. »Haben Sie über meinen Vorschlag nachgedacht, Bürgerkomitees aufzustellen? Es könnte die Spannung abbauen, wenn Sie bekanntgeben ...«

»Miss Olivero.« Meredith sprach leise und aufreizend geduldig. »Die Feldarbeit in Crosse ist um drei Tage hinter dem Zeitplan zurück, die Arbeit auf dem Landestreifen in Martello wird unterbrochen, weil Major Brown sich den Kopf darüber zerbricht, ob wir Verteidigungsanlagen gegen die zwei Planeten von uns entfernten

Rooshrike-Bergleute errichten sollen, und etwa dreißig Prozent meiner Truppen sind im Augenblick damit beschäftigt, für Frieden unter den Zivilisten zu sorgen. Ich sage es Ihnen zum letzten Mal: wir können keine Arbeitszeit für eine solche Farce opfern. Ist das klar?«

»Ja, Sir«, antwortete sie steif.

»Gut. Sie können Perez mitteilen, daß Sie seine Botschaft ausgerichtet haben — und wenn er wieder etwas zu sagen hat, kann er mir schreiben. Sie können gehen.«

Carmen stand schweigend auf, verließ den Raum und widerstand dabei der Versuchung, die Tür hinter sich zuzuschlagen. Natürlich würde ein Bürgerkomitee Zeit kosten — aber das tat die Unruhe unter den Zivilisten ebenfalls. Auf lange Sicht überwog der Nutzen solcher Komitees die Kosten; das war durch Studien bewiesen. Warum wollte sich der Oberst die Idee nicht einmal anhören? War er, wie so viele andere Berufsoffiziere, einfach allergisch gegen zivile Politiker? Oder ...

Oder kam es daher, daß sie Hispanierin war?

»Entschuldigen Sie, Miss.«

Sie blieb abrupt stehen und sah den Mann, der zwischen sie und die Tür des Vorraums getreten war, zum ersten Mal an. »Ja?« fragte sie und versuchte, sich daran zu erinnern, wo sie ihn schon gesehen hatte.

»Ich bin Doktor Peter Hafner«, stellte er sich vor. »Geologe. Ich habe Sie bei Oberst Meredith gesehen, als ich am zweiten Abend hierherkam, um mich wegen des Startverbots für die Flieger zu erkundigen.«

Jetzt fiel es ihr wieder ein. »Ja, natürlich. Sie wollten den Olympus studieren.«

»Richtig. Ich versuche, mit dem Oberst darüber zu sprechen, daß er mir einen zur Verfügung stellt. Sie sind wieder im Einsatz —, aber ich stehe auf der Liste ganz weit unten.«

Carmen warf Merediths Sekretärin einen Blick zu und merkte, daß deren Geduld zu Ende ging. Sie war selbst einmal Sekretärin gewesen ... »Wissen Sie was?« schlug sie Hafner vor, »gehen wir in den Gemeinschaftsraum, und Sie erklären mir, warum ein Wagen oder ein Flugzeug nicht genügen. Vielleicht können wir eine Lösung finden.«

»Ja, also ...« Hafner blickte kurz zu Merediths Tür hinüber. »Okay.«

Er wartete nicht, bis sie den Gemeinschaftsraum erreicht hatten, und nachdem sie die Tür hinter sich geschlossen hatte, stürzte er sich sofort in seinen Vortrag. »Ich möchte Sie zu allererst daran erinnern, warum eine Untersuchung des Olympus so wichtig ist. Wenn man den Rooshrike glauben kann, gibt es aus einem geheimnisvollen Grund in den ersten fünfhundert Metern von Astras Kruste so gut wie keinen Metallgehalt. Ein Vulkan wie der Olympus befördert tieferliegendes Magma an die Oberfläche — und wenn sich herausstellen sollte, daß diese Schicht reich an Metallen ist, wäre es ein Hinweis darauf, wo wir graben müssen.«

Er unterbrach sich, um Luft zu holen, so daß Carmen etwas einwerfen konnte. »Ja, ich erinnere mich daran. Sie haben mir aber noch nicht erklärt, warum Sie unbedingt einen Flieger brauchen.«

»In einem Wagen ist nicht genügend Platz für ein Bohrrohr und einen Bohrer — das Rohr besteht zwar aus Einzelteilen, aber sie sind beinahe fünf Meter lang, und ich weiß nicht, ob eine Cessna sie transportieren kann. Aber selbst wenn sie es kann, wäre ich nicht in der Lage, so hoch oben auf dem Vulkan zu landen, wie es notwendig ist. Ich brauche einen Senkrechtstarter, das heißt einen Flieger.«

Sie hatten inzwischen den Gemeinschaftsraum erreicht, der kaum mehr als eine Verbreiterung des Korridors war, in der ein paar Stühle und niedrige Tische standen. Drei rangniedrige Offiziere waren in ein Gespräch vertieft. Carmen steuerte Hafner zu dem am weitesten von ihnen entfernten Tisch und setzte sich. Der Geologe nahm ihr gegenüber Platz und sah sie erwartungsvoll an. »Vor allem bin ich nicht in der Lage, in dieser Angelegenheit etwas zu unternehmen«, begann sie. »Ich bin genau genommen Zivilistin und passe nirgends in die Befehlskette hinein.«

Er tat den Einwand mit einer Handbewegung ab. »Aber der Oberst hört sichtlich auf Sie. Das ist für mich jetzt wichtiger als die idiotische Rangordnung.«

Erst Perez, dachte Carmen, *und jetzt er. Was habe ich an mir, daß ich so einflußreich aussehe?*

»Außerdem«, fuhr Hafner fort, »mit Zivilisten wie Ihnen kann ich sprechen. Ich glaube manchmal, daß die militärische Verhaltensweise eigens erfunden wurde, um alle, die dem Geheimclub nicht angehören, zu verwirren und einzuschüchtern.«

In Carmens Gehirn leuchtete ein Lämpchen auf. »Es fällt Ihnen wohl schwer, sich an die Vorschriften der Armee zu gewöhnen?«

Hafner stieß die Luft aus. »Ich habe mit der Stadtverwaltung von Los Angeles weniger Schwierigkeiten gehabt. Deshalb tauche ich immer wieder in Oberst Merediths Büro auf. Ich finde offenbar nicht die richtigen Kanäle.«

»Ich weiß, wie Ihnen zumute ist«, sagte sie und nickte. »Ich habe beinahe sechs Monate gebraucht, um durchzublicken.« Sie machte eine Pause. »Übrigens beschäftige ich mich in letzter Zeit sehr viel mit diesem Problem. Was halten Sie davon, wenn wir eine Art Bürgerkomitee organisieren, das als Anlaufstelle für Beschwerden und als allgemeiner Vermittler zwischen Zivilisten und Militär fungiert?«

»Klingt großartig.« Hafner legte den Kopf schief. »Aber das ›wir‹ bedeutet nicht ›wir beide‹, nicht wahr?«

Sie lachte. »Nein, ich will Sie nicht als stellvertretenden Vorsitzenden anwerben. Der Oberst hat leider noch nicht viel für diese Idee übrig; er glaubt, daß sie wertvolle Arbeitszeit kosten würde.«

»Wenn sie die Kommunikation erleichtert, würde sie sich auf lange Sicht bezahlt machen.« Er lehnte sich lächelnd zurück. »Sie wollen wahrscheinlich, daß ich ihm den gleichen Vorschlag unterbreite und damit meine wissenschaftliche Autorität ins Spiel bringe oder so ähnlich?«

»Mehr oder weniger.« Sie war beeindruckt, weil er so schnell geschaltet hatte. »Sie müssen aber nicht so tun, als wären Sie unabhängig von mir darauf verfallen. Ich möchte nur, daß Sie so viele Wissenschaftler und Techniker wie möglich dazu bringen, die Idee zu unterstützen. Sie sind die echten VIPs auf Astra, und das weiß auch der Oberst.«

»Und sobald er Ihnen die Erlaubnis erteilt?«

Sie zögerte nur eine Sekunde. »Wenn er das Bürgerkomitee bewilligt, verschaffe ich Ihnen einen Flieger.«

»Abgemacht.« Hafner stand auf. »Wenn Sie mich entschuldigen wollen, suche ich eine Seifenkiste und mache mich an die Arbeit.« Einen alten Schlager pfeifend entschwand er durch den Korridor.

Carmen blieb noch für eine Minute sitzen, bevor sie in ihr Büro zurückkehrte. Sie hatte keine Ahnung, was Meredith dazu sagen würde, aber wenn die Wissenschaftler sie unterstützten, würde er zumindest in einen Versuch einwilligen müssen. Und sobald das Bürgerkomitee aufgestellt war, würde es sich bezahlt machen — das wußte sie.

Dann würde sich das Leben auf Astra etwas beruhigen — und sie mußte für Hafner einen Flieger herbeizaubern. Aber das war in Ordnung, sie würde es schaffen.

Irgendwie.

6. Kapitel

»... DIE WAHLEN WERDEN IN GENAU zwei Wochen stattfinden; die Amtszeit wird jeweils sechs Monate betragen.« Meredith funkelte sie über den Computer hinweg an, und Carmen spürte, wie es im Raum um einen Grad kälter wurde. »Sind Sie damit einverstanden?«

»Ja, Sir.« Ein längerer Zeitraum bis zur Wahl wäre schön gewesen, aber da das Bürgerkomitee eine ausschließlich beratende Funktion hatte, spielte es keine Rolle, ob wirklich die besten Leute in ihm saßen. »Ich danke Ihnen dafür, Sir, daß Sie dem Projekt eine Chance geben. Sie werden es bestimmt nicht bereuen.«

Meredith lehnte sich zurück und musterte sie lange und prüfend. »Es ist ein Jammer, daß Sie nie in die Armee eingetreten sind, Olivero. Sie besitzen das Selbstvertrauen, das die befehlshabenden Offiziere entweder an einem Untergebenen lieben oder das sie veranlaßt, ihn möglichst rasch zu versetzen.«

Carmen schluckte eine Antwort hinunter.

»Aber ich halte mich für aufgeschlossen«, fuhr Meredith fort. Er unterbrach sich und tippte kurz etwas in sein Terminal. »Ich werde also Ihren Optimismus testen: Von diesem Augenblick an sind Sie für dieses Komitee zuständig — für seine Organisation, die Wahl, die Verfahrensweise, alles. Ihrer Akte entnehme ich, daß Sie beeindruckende gesetzliche Kenntnisse besitzen, also müßte Ihnen das alles liegen. Natürlich müssen Sie es in Ihrer Freizeit machen.«

Carmen erstarrte, aber sie hätte darauf gefaßt sein müssen. Sie hatte den Oberst in die Ecke gedrängt, und er rächte sich. »Ich verstehe, Sir.«

»Gut. Da unsere Organisationsabteilung genaue Aufzeichnungen darüber führt, wie weit wir den ursprünglich erstellten Zeitplan einhalten, wissen wir, daß wir etwa fünf Tage im Rückstand sind. Sollte der Rückstand jemals zehn Tage ausmachen, wird Ihr Bürgerkomitee augenblicklich aufgelöst — ein Einspruch ist zwecklos. Sollten wir jedoch dem Zeitplan voraus sein, können Sie zu mir kommen, und wir sprechen darüber, ob wir Ihnen die zusätzlichen Pflichten durch das Bürgerkomitee abnehmen oder Ihre offizielle Arbeitsbelastung verringern. Ist das fair?«

»Sehr fair, Oberst«, antwortete sie überrascht und erfreut. Er bewies also doch Einsicht. »Danke, Sir.«

Er verzog den Mund zu einem spöttischen Lächeln. »Erinnern Sie sich an das Leuchten in Ihren Augen, wenn Sie versuchen, mit vier Stunden Schlaf pro Nacht auszukommen. Sie können gehen.«

Sie war nicht überrascht, als Doktor Hafner sie im Vorraum erwartete. »Also?« fragte er, während er aufstand.

»Alles erledigt. Er hat das Paket so übernommen, wie ich es ihm vorgelegt habe.«

»Großartig.« Hafner öffnete die Tür, und sie gingen in den Korridor hinaus. »Und was ist mit meinem Flieger?«

»Was halten Sie von früh aufstehen und bis spät arbeiten?«

»Ich tue seit Jahren nichts anderes.«

»Okay. Seien Sie mit Ihrem Zeug morgen früh um vier Uhr auf der Basis Martello. Können wir beide den Flieger allein beladen?«

»Ja, wenn wir einen Gabelstapler kriegen.« Er sah sie fragend an. »Sie kommen mit?«

»Das muß ich wohl, wenn ich die Mühle fliege.«

Hafner blieb stehen. »Sie?«

»Klar. Sofort nachdem auf die *Celeritas* geschossen worden war und man annahm, daß uns ein Krieg bevorstand, veranstaltete die Armee einen Schnellkurs mit uns. Ich habe nicht sehr viel Erfahrung, aber ich bin dazu berechtigt, und Flieger sind viel einfacher zu fliegen als normale Flugzeuge. Sie haben zum Beispiel viel mehr automatische Systeme.«

»Das habe ich gehört.« Hafner sah noch immer unglücklich drein. »Hören Sie, ich bezweifle nicht, daß Sie imstande sind …«

»Wenn wir es nicht auf diese Art machen, dann müssen Sie eben warten, bis Sie an der Reihe sind«, unterbrach ihn Carmen ruhig. »Ich kann nicht einen Flieger *und* einen Piloten abzweigen, ohne daß es meiner Vorgesetzten auffällt.«

Hafner überlegte kurz und gab dann nach. »Wenn Sie es so sehen, dann bin ich einverstanden. Auf Wiedersehen um vier.«

Die Mitteilung, die mitten auf der schwarzen Tafel von Ceres prangte, war an sich überraschend; aber für Perez kam die zweite Unterschrift darauf noch unerwarteter. Carmen Olivero hatte sich also engagiert. Er hatte gehofft, daß seine Winke nützen würden, war aber nicht auf eine so rasche Reaktion gefaßt gewesen. *Siehst du, Carmen,* erklärte er stumm ihrer Unterschrift. *Unter der kulturellen Rüstung bist du genau wie wir alle. Hispanisches Blut wird durch die Entfernung nicht dünner.*

Er las die Mitteilung noch einmal, diesmal genauer. Meredith verhielt sich so, wie er es erwartet hatte. Das Bürgerkomitee war kaum mehr als eine sprechende Ausschneidefigur, die zwar eine Stimme, aber keineswegs mehr Rechte besaß als beliebige zehn Bürger. Doch das war in Ordnung — weil es sich irgendwann ändern würde.

Perez drehte sich um und schlenderte zum Freizeitzentrum, wo die anderen Arbeiter nach dem langen Tag auf den Feldern zusammenkamen. Die 1500 Zivilisten von Ceres würden zwei Vertreter in das Komitee entsenden … und Perez hatte beschlossen, daß er einer von ihnen sein würde.

7. Kapitel

Astras Sonne ging gerade auf, als Carmen Gas gab, und der Flieger in die Höhe stieg. Hafner ließ die Anzeigen und Meßgeräte nicht aus den Augen, als sie vom Senkrecht- zum Waagrechtflug übergingen, aber falls das Manöver schwierig war, merkte er es nicht. Im Gegenteil, je länger er zusah, desto mehr hatte er den Eindruck, daß Carmen nur eine Handvoll der Dutzende Bedienungselemente benötigte, um den Flieger zu steuern. Er hätte gern gewußt, wozu die anderen Vorrichtungen dienten, aber die Leuchtanzeigen verwirrten ihn, statt ihn zu informieren. Schließlich gab er sich geschlagen und fragte Carmen.

»Die meisten von ihnen werden nur gebraucht, wenn der Flieger als Raumschiff verwendet wird«, erklärte sie ihm. Sie sprach etwas lauter, um das Dröhnen der Repulser zu übertönen.

»Aha.« Diese Fähigkeit des Fliegers würden sie heute jedenfalls nicht brauchen.

»Wissen Sie schon, wo ich landen soll?« fragte Carmen.

»Vielleicht könnten wir zuerst um den Kegel herumfliegen, wenn wir genügend Zeit haben. Ich brauche ein Gebiet, in dem ich Gesteinsproben sammeln kann.«

Sie nickte, und einige Minuten lang schwiegen sie beide. Hafner betrachtete die Landschaft durch sein Fenster. Südlich von ihnen war Unie ein Haufen brauner Quader auf einem etwas dunkleren braunen Untergrund. Viel weiter im Süden brachten die weißen Gipfel des Kafgebirges etwas Farbe ins Bild, aber hauptsächlich infolge von Schatten und anderen optischen Effekten. Kein Rostrot, kein Kupfergrün — das gesamte Gebiet sah genauso langweilig aus wie ein hawaiianischer Hotelstrand. Sein Blick wanderte voraus nach Crosse —

und er kniff die Augen zusammen. »Könnten Sie bei Crosse etwas langsamer fliegen, Carmen?«

Sie sah ihn neugierig an. »Klar. Stimmt etwas nicht?«

»Zwischen dem Fluß und der Straße Unie — Crosse mache ich den Umriß einer flachen, kreisförmigen Vertiefung aus, und die möchte ich mir genauer ansehen.«

»Was ist es? Ein erloschener Vulkan?« Carmen steuerte das von Hafner angegebene Gebiet an.

»Eher ein alter Meteorkrater. Etwas höher, bitte ... ja, verdammt. Das ist es tatsächlich. Es ist zu kreisförmig, um etwas anderes zu sein. Danke, wir können weiterfliegen.«

Der Flieger neigte sich leicht auf ihre Seite, und sie warf selbst rasch einen Blick auf den Krater, bevor sie wieder geradeaus flog. »Sie klingen verärgert. Befürchten Sie, daß uns Meteore treffen könnten?«

»Ja, aber nicht so, wie Sie denken.« Er zeigte auf ihr Fenster. »Der Teardrop-See bei Ceres. Wenn Sie ihn auf Satellitenfotos betrachten, erkennen Sie, daß er eine kreisförmige Vertiefung ist, die von den sie durchfließenden Flüssen erodiert wurde. Das Tote Meer südöstlich vom Olympus ist auch nichts anderes, plus einigen Bruchlinien. Selbst die Splayfoot Bay weist in ihrer Mitte eine kreisförmige Vertiefung auf. Dieser Planet ist in den letzten 500000 Jahren buchstäblich von Felsen bombardiert worden — was nicht überraschend kommt, wenn man bedenkt, wie nahe wir hier dem Asteroidengürtel sind. *Aber wo sind die Metalle, die die Meteoriten mitgebracht haben müssen?*«

Er beobachtete sie und stellte anerkennend fest, daß sie die Stirn runzelte. Sie erkannte wenigstens das Paradoxon; einige der Leute, mit denen er gesprochen hatte, waren nicht einmal soweit mitgekommen. »Wäre es möglich, daß die Gutachten der Rooshrike falsch sind?«

»Das ist die plausibelste Erklärung. Das Problem besteht darin, daß wir inzwischen selbst Untersuchungen angestellt haben. Mit unserer Ausrüstung können wir nicht eine Tiefe von fünfhundert Metern erreichen wie die Rooshrike, aber von dem Felsbrocken, dem wir die Splayfoot Bay verdanken, müßten wenigstens ein paar Stückchen an der Oberfläche liegengeblieben sein.«

»Dann waren die Asteroiden, die hier aufprallten, vielleicht genauso arm an Metallen wie Astra selbst. Wenn das ganze System aus der gleichen Staubwolke entstanden ist … nein. Das ist keine Erklärung, nicht wahr?«

»Vor allem dann nicht, wenn wir wissen, daß die Rooshrike auf dem ersten Planeten Metalle schürfen«, bestätigte Hafner. »Außerdem hat das erste Forschungsteam einige kleine Asteroiden analysiert und festgestellt, daß sie einen ansehnlichen Metallgehalt aufweisen. Nein, was hier geschehen ist, war auf Astra beschränkt.«

Sie flogen schweigend weiter. Der verschwommene Kegel des Olympus vor ihnen wurde allmählich deutlicher, und dank der niedrig stehenden Sonne erkannte man nach und nach die groben und dann auch die feinen Strukturen der Oberfläche. Hafner ließ den Berg nicht aus den Augen und suchte Hinweise auf die Lavaart, aus der er bestand. Die Steilheit des Kegels deutete auf zähflüssige Lava, was auf der Erde bedeuten würde, daß Andesit-Gestein vorherrschte. Andererseits entdeckte er nur wenige der für diese Lavaart typischen Oberflächencharakteristika. Wenn der Vulkan jedoch lange Zeit untätig gewesen war, dann hatte die Erosion den optischen Eindruck sicherlich verändert; in der Geologie mußte man letzten Endes die Gesteinsbrocken eigenhändig ausgraben und analysieren.

»Und was ist mit einem verrückten Prozeß, der das Metall auflöst?« fragte Carmen plötzlich. »Eine Art Atomspaltung. Vielleicht bezieht ein Organismus auf diese Weise seine Energie.«

»Mit chemischer Energie kann man viel ungefährlicher arbeiten«, brummte Hafner. Die Idee war interessant, aber er hatte ihren schwachen Punkt sofort gefunden. »Außerdem würden dadurch nur die Elemente aus der unteren Hälfte der periodischen Tabelle verschwinden. Natrium ist ein viel zu leichtes Metall, um spaltbar zu sein, und trotzdem gibt es auf Astra auch kein Natrium.«

»Moment mal!« Sie sah ihn verständnislos an. »Auch kein Natrium? Ich habe geglaubt, daß Astras Ozean salzhaltig ist?«

»Nicht wirklich. Es ist zwar allerhand Zeugs in ihm aufgelöst, aber nichts davon ist Salz im eigentlichen Sinn des Wortes. Salze werden gebildet, indem das Wasserstoffatom in einer Säure durch Metall ersetzt wird, wie bei Salzsäure und Natriumchlorid. Ohne Metall bleibt die Säure wie sie ist oder sie geht Verbindungen mit Sauerstoff oder Silikon ein.« Er schüttelte den Kopf. »Wir haben hier einen echten Schatz an unbekannter Chemie entdeckt. Verbindungen, die auf der Erde keine fünf Sekunden bestehen würden, liegen hier herum und warten darauf, untersucht zu werden. Seit unserer Landung haben wir allein achtzehn brandneue Kohlenstoffverbindungen gefunden.«

»Befindet sich etwas Wertvolles darunter?«

»Sie meinen, etwas, das man auf die Erde schicken könnte? Bis jetzt noch nicht. Aber wir haben die Oberfläche noch nicht einmal angekratzt. Ich bin ganz sicher, daß wir hier etwas Brauchbares finden werden.«

»Hoffentlich haben Sie recht. Und jetzt werde ich im Uhrzeigersinn um den Olympus herumfliegen. Dabei müssen Sie sich für eine Landestelle entscheiden, denn ich muß den Flieger bald zurückbringen.«

»In Ordnung.« Hafner fiel ein metallisches Glitzern ein paar Kilometer südlich des Kegels auf; doch ihm wurde klar, worum es sich handelte. Obwohl Metall so unglaublich rar war, hatte sich noch niemand die Mühe gemacht, hierher zu kommen und die winzigen, in der Gegend verstreuten Bruchstücke von Stahl und Magnesium aufzulesen, die der unglückselige Flieger Zwei in der Gegend verstreut hatte. Ihn fröstelte, und er blickte entschlossen zum Vulkan zurück.

Noch bevor sie den Olympus halb umkreist hatten, fand er die Stelle, die er suchte: ein kleiner Brocken auf halber Höhe des Hanges, der vielleicht ein Hinweis auf eine alte Abflußstelle war. »Dort.« Er zeigte hin. »Aber der Hang hat mindestens zehn Grad Neigung — schafft das der Flieger?«

»Mühelos.« Das dumpfe Dröhnen wurde schriller, als sie wieder auf die Senkrechttriebwerke schaltete. Drei Minuten später waren sie gelandet.

Hafners Ausrüstung war zwar umfangreich, aber nicht sehr schwer, und innerhalb von 15 Minuten hatten sie sie ausgeladen und außer Reichweite der Repulser gebracht. »Sind Sie sicher, daß alles glatt gehen wird?« fragte Carmen, als er die letzte Ladung Verstrebungsstangen fallen ließ.

»Ich komme ganz bestimmt klar. Es ist ja nicht meine erste Ganztagesexpedition; ich weiß, was ich tue.«

»Schön. Also ich hole Sie gegen zwanzig Uhr ab. Wiedersehen.«

Als sie wiederkam, war es beinahe einundzwanzig Uhr, aber die Verspätung störte Hafner nicht sonderlich. Er hatte alle Proben beisammen und nichts anderes zu tun, als auf dem Boden zu sitzen und nachzudenken — und nachdenken konnte er überall.

»Nichts«, teilte er Carmen mit, als der Flieger abhob. »Kein einziges Stückchen Metall in dem halben Dutzend Muster, die ich überprüft habe.«

»Das bedeutet also, daß auch Astras Magma metallfrei ist.«

»Das weiß ich nicht. Vielleicht habe ich nur anormale Muster gefunden. Das Gestein sah aus, als wäre es Hitze ausgesetzt gewesen, aber nicht geschmolzen — und ich weiß nicht, wie ich das erklären soll. Könnten Sie übrigens auch den Rest des Olympus umrunden, bevor wir zurückfliegen? Ich möchte mich jetzt schon nach einem zweiten Testplatz umsehen.«

Sie erfüllte ihm den Wunsch. »Ich fürchte, daß es mindestens einen Monat dauern wird, bevor Sie wieder hierherkommen — ich glaube nicht, daß ich den Trick noch einmal anwenden kann.«

Er brummte. »Wenn die Bohrungen nichts Vielversprechendes zutage fördern, wird es vermutlich viel länger dauern.«

Einen Augenblick lang musterte er schweigend den Boden. Direkt vor ihnen glitzerte das blaue Wasser des Toten Meeres im letzten Sonnenlicht; ein paar Kilometer westlich davon erblickte er wieder das Wrack von Flieger Zwei. Rechts von ihm hob sich der Olympus vom vielfarbigen westlichen Himmel ab, und er bemerkte zum ersten Mal, daß der Südhang des Vulkans ersteigbar aussah, eine Information, die er in seinem Gehirn speicherte. Während der Flieger langsam weiterflog, begann das Tote Meer allmählich aus ihrem Gesichtskreis zu verschwinden. Er sah noch einmal hinüber — und runzelte die Stirn. »Würden Sie noch einmal nach Osten fliegen, Carmen? Ich habe im Toten Meer etwas Merkwürdiges entdeckt.«

»Was denn?« fragte Carmen, während der Flieger sich nach links neigte.

»Ich erkläre es Ihnen in einer Minute.«

Sekunden später stabilisierte sich der Flieger, und das Tote Meer tauchte wieder auf. »Sehen Sie dorthin, zum nordwestlichen Ufer. Sehen Sie es?«

»Meinen Sie das weiße Zeug? Es sieht aus wie die Minerallager an der Küste in der Nähe der Kolonie.«

»Richtig. Wie sein Namensgeber besitzt auch das Tote Meer auf Astra keinen Abfluß, deshalb sammeln sich die Mineralien an. Das Wasser verdunstet, und die Mineralien verkrusten das Ufer. Aber warum nur im Nordwesten?«

»Na ja ... warum sieht man die Ablagerungen nur in der Nähe der Splayfoot Bay?«

»Wahrscheinlich sind sie dort besser zu sehen, weil der Kontinentalsockel nur sehr sanft abfällt.« Seine Begeisterung begann zu schwinden. »Sie haben recht, wahrscheinlich ist das die Erklärung. Fliegen wir nach Hause — für heute reicht es mir.« *Ein rasches Abendessen und dann sofort ins Bett,* nahm er sich fest vor. *Diesmal können die Muster bis morgen warten.*

Eine Stunde später saß er an seinem Schreibtisch und kaute ein Sandwich, während die Analysatoren eifrig tuckerten. Als die Resultate endlich vor ihm lagen, entsprachen sie zu seinem Kummer den Erwartungen: in keinem Muster gab es auch nur eine Spur von Metall.

8. Kapitel

»... UND WENN DIE MILITÄRISCHEN FÜHRER dem Volk gegenüber nicht aufgeschlossener sind, wird es nie zu der engen Zusammenarbeit und der gegenseitigen Anerkennung kommen, die ein Volk von einer Ansammlung von Menschen unterscheiden.« Perez wartete, bis der Applaus der vier Hispanier im Komitee verstummte.

Meredith verzog das Gesicht und schaltete den Videorekorder ab, als Perez wieder zu sprechen begann. »Ein richtiger Demagoge, was?«

Carmen sah genauso verlegen aus, wie es auf dem Band der Fall gewesen war. »Ich kann sehr wenig unternehmen. Er ist ein ordnungsgemäß gewählter Vertreter, und er spricht natürlich auch im Namen der übrigen hispanischen Mitglieder.«

Neben ihr räusperte sich Major Brown. »Meiner Meinung nach könnte man diese kaum verschleierten Forderungen nach mehr Macht für das Komitee als Aufwiegelung betrachten. Vielleicht könnten wir ihn mit dieser Begründung auf die Erde zurückschicken.«

»Das bezweifle ich«, erklärte Meredith. »Man hat ihn bestimmt deshalb hierher geschickt, weil ihn die Behörden in Arizona loswerden wollten.«

»Verdammt«, knurrte Brown. »Fungieren wir als Ableger der Teufelsinsel?«

»Noch nicht. Aber irgendwer hat sicherlich daran gedacht. Ist Ihnen denn nicht die merkwürdige Mischung von hochkarätigen Wissenschaftlern und ungelernten bis halb angelernten hispanischen Arbeitern aufgefallen?«

»Vor einem Monat haben Sie es nicht für wichtig gehalten«, sagte Carmen leise.

Meredith sah sie an. »Das stimmt. Aber seither habe ich Zeit gehabt nachzudenken. Es steht ziemlich fest, daß sich der Kongreß zum Zeitpunkt unseres Abflugs noch nicht darüber im klaren war, ob er wirklich wollte, daß wir Erfolg haben. Mindestens ein Dutzend Senatoren nahm an, daß die UNO uns zum besten hielt und uns nur gerade soviel internationale Unterstützung zukommen ließ, daß die USA ihre Verluste nicht abschrieb und das Unternehmen abblies. Eine noch größere Gruppe Senatoren stand zwar offiziell hinter uns, verschaffte sich aber inzwischen Rückendeckung für den Fall, daß das Ganze schiefging. Irgendwo in diesem Verwirrspiel stellte bestimmt jemand Berechnungen an, und merkte, daß Astra pro Person nicht viel mehr kostet als ein Hochsicherheitsgefängnis, und wenn wir unsere Landwirtschaft in Schwung bringen, werden auch diese Kosten sinken. Sie müssen entschuldigen, Olivero, daß ich dem Komitee etwas erbittert gegenüberstehe, aber inzwischen sollte es klar sein, warum Perez' hohe demokratische Ziele einen kalten Guß brauchen. Ich will nicht, daß wir deshalb zurückgepfiffen werden, weil wir soviel Zeit mit der Bekämpfung von Unruhen verschwenden, daß wir überhaupt nicht weiterkommen, und ich möchte schon gar nicht, daß jemand auf die Idee kommt, wie schön es wäre, wenn man alle Unruhestifter so weit weg von den Wählern unterbringt. Sie verstehen?«

»Ja, Sir. Ich werde mit Perez reden und sehen, was ich erreichen kann.«

»Dafür wäre ich Ihnen dankbar. Danke, daß Sie das Band vorbeigebracht haben — Sie bekommen es wieder, sobald ich es ausgewertet habe. Sie können gehen.«

Sie stand auf, und in diesem Augenblick piepste Browns Telefon. »Ja?« meldete sich der Major. »*Was?*« Er sah Meredith ungläubig an. »Die Basis Martello meldet, daß alle Werkzeuge im Hangar der Flieger verschwunden sind — zusammen mit den Regalen, auf denen sie lagen.«

Meredith schaltete sich jetzt in das Gespräch ein.

»Hier Meredith. Stellen Sie sofort eine Wache am Kai auf!«

»Bereits geschehen, Oberst«, berichtete der wachhabende Offizier. »Wir haben eine großangelegte Suchaktion gestartet und überprüfen gerade, ob noch etwas fehlt.«

»Gut. Major Brown und ich sind sofort bei Ihnen. Halten Sie uns auf dem laufenden!« Er unterbrach die Verbindung und ging zur Tür.

Brown war schon vor ihm dort. »Warum macht sich jemand die Mühe mit den Regalen? Man muß sie auseinandernehmen, um sie überhaupt durch die Tür zu bringen.«

Meredith bemerkte plötzlich, daß Carmen sich noch im Zimmer befand. »Gehen Sie zu Ihrem Computer zurück!« befahl er ihr. »Rufen Sie eine Beschreibungsliste der im Hangar gelagerten Werkzeuge ab und geben Sie sie auf dem Militärnetz als Diebstahlsalarm durch!«

»Ja, Sir.« Sie runzelte die Stirn. »Das gefällt mir gar nicht, Oberst. Es hört sich nicht wie ein normaler Diebstahl an.«

»Wir werden es bald herausfinden. Geben Sie zunächst mal den Alarm durch!«

Die Fahrt zu den Kais von Unie dauerte nur zwei Minuten, aber noch bevor der Oberst, Brown und Andrews eintrafen, erwies sich Carmens Ahnung als richtig, weil neue, zunehmend bizarrere Berichte hereinkamen. In Ceres verlor ein Traktor — irgendwie — seine Egge, während er einen neuen Teil des Feldes bearbeitete. In Wright versank ein Bulldozer im Boden, obwohl dieser nicht einmal andeutungsweise sumpfig war; nur einige Schläuche und Glasteile kennzeichneten die Stelle, an der er sich befunden hatte. Der verstörte Fahrer mußte Beruhigungsmittel bekommen, genau wie zwei der fünf Arbeiter, die bei dem Versuch, das Vehikel zu finden, ihre Spatenblätter einbüßten. Und Martello rief noch einmal an und berichtete, daß auf der gesamten

Basis alle Regale sowie eine große Anzahl Werkzeuge verschwunden waren. In Kartons und Plastikbehältern aufbewahrte Ersatzteile lagen in unordentlichen Haufen dort auf dem Boden, wo sich die Regale befunden hatten.

Andrews war der erste, der es aussprach: »Es ist das Metall«, erklärte er, während sie aus dem Wagen stiegen und zum nächsten Motorboot joggten. »Es verschwindet im Boden.«

»Das ist unmöglich«, widersprach Brown nicht sehr überzeugend.

»Natürlich ist es unmöglich«, fuhr ihn Meredith an, während er ins Boot sprang und den Außenbordmotor kippte, so daß die Schraube im Wasser lag. »Aber es geschieht, nicht wahr?«

Andrews warf das Bugtau ab und stieß sie kräftig in tieferes Wasser. Gleichzeitig drückte Meredith auf den Starter, und sie waren unterwegs.

Etwa zwei Sekunden lang. Dann verwandelte sich das Dröhnen des Motors in ein gequältes Jaulen, das Merediths Trommelfelle beinahe zerriß, bis er den Motor abwürgte. Er griff fluchend wieder nach dem Startknopf, überlegte es sich aber auf halbem Weg und hievte statt dessen den Motor aus dem Wasser.

Von der Wasserlinie abwärts war der Schaft einfach verschwunden.

Meredith blickte auf und stellte fest, daß Andrews und Brown den zerstörten Motor verständnislos anstarrten. Schließlich blickte Andrews auf und räusperte sich. »Offenbar funktioniert das Etwas, das unser Metall stiehlt, auch unter Wasser.«

Nicht einmal Brown fiel darauf eine Antwort ein. Die Männer holten schweigend die Riemen des Bootes heraus, die glücklicherweise aus Kunststoff waren, und ruderten zum Ufer zurück.

Das Chaos hielt weitere drei Stunden lang an, und Meredith rechnete es seinen Offizieren und Mannschaften hoch an, daß die Kolonie kaum aus den Fugen geriet. Die Ansätze von Panik bei den Zivilisten wurden durch eine Kombination von scharfen Befehlen und laufenden Informationen im Keim erstickt. Ein unerwartetes Plus war, daß offenbar kein Leben gefährdet war; eine rasche Testserie an Pflanzen und Fischen ergab, daß lebendes Gewebe nicht vom allgemeinen Metallverlust betroffen war, und Meredith konnte über den Rundfunk bekanntgeben, daß es nicht notwendig sei, auf Möbel zu klettern. Die wenigen Menschen, die trotzdem hysterisch wurden, weil sie den Boden berührt hatten, wurden in die örtlichen Krankenstationen verfrachtet, wo man sie von ihren bereits sehr nervösen Nachbarn fernhalten konnte, während die Ärzte sie beruhigten. Eine Zeitlang ließ Meredith Soldaten nach Werkzeug suchen, das man vielleicht retten konnte, gab es aber bald wieder auf. Metall, das nicht direkt mit Astras Oberfläche in Berührung kam, war intakt und anscheinend nicht gefährdet, für alles andere war es viel zu spät.

Offenbar war es für ganz Astra viel zu spät. Als das Phänomen endlich aufhörte, hinterließ es eine verwüstete Kolonie.

Die Sonne ging beinahe unter, bevor die endgültige Liste durchgegeben wurde. Während Meredith die eng beschriebenen Computerausdrucke überflog, ergriff eine Art Betäubung von ihm Besitz. Werkzeuge, schwere Geräte, Ersatzteile im Wert von beinahe einer halben Million Dollar — ohne die Transportkosten von der Erde zu rechnen. Er holte tief Luft und blickte zu den vier Offizieren auf, die um seinen Schreibtisch herumsaßen. »Irgendwelche Vorschläge, meine Herren?«

Major Craig Barner legte seine Kopie des Ausdrucks beiseite. »Ich spreche nur für mich und das Crosse-Kontingent, wenn ich sage, daß wir wahrscheinlich damit fertigwerden können, falls es sich nicht wiederholt. Ich halte eine Kunststoffauflage auf der Unterseite der Boote für eine wirksame Gegenmaßnahme; vielleicht können wir alle Fahrzeuge damit ausrüsten. Wir können uns bestimmt angewöhnen, kleine Gegenstände nicht auf dem Boden liegenzulassen; das habe ich meinem Bruder beigebracht, als er fünf Jahre alt war.«

»Und beim nächsten Mal entwickelt es vielleicht mehr Anziehungskraft — vielleicht soviel, daß es die Metalle aus uns herauszieht. Können Sie sich vorstellen, wie schnell Sie in diesem Fall sterben würden?« fragte Major Dunlop.

»Sie wollen also aussteigen?« fragte Major Gregory. Meredith musterte ihn scharf, weil er wissen wollte, wo der andere stand. Gregory legte sich nie sofort auf eine Vorgangsweise fest, aber seine Stadt Wright hatte schwerere Verluste erlitten als Martello.

»Zum Teufel mit Aussteigen«, fuhr ihn Dunlop an. »Wir sollten den dafür Verantwortlichen eine schmerzhafte Lektion erteilen.«

»Den dafür Verantwortlichen?« Brown runzelte die Stirn. »Sie meinen wohl die Rooshrike?«

»Wen sonst? Wir hatten uns noch nicht einmal eingerichtet, als sie hier herumschnüffelten und wahrscheinlich überall irgendwelche Mikro-Dinger verstreuten.«

»Warum sollten die Rooshrike so etwas tun?« wollte Barner wissen. »Sie bekommen dafür Geld, daß wir hierbleiben.«

»Wer weiß schon, was in ihren Köpfen vorgeht?« Dunlop zuckte die Achseln. »Vielleicht ist das ihre Version von Holospielen.«

»Das ist absurd«, spottete Barner.

»Es geht jetzt nicht darum, ob die Rooshrike schuld sind oder nicht«, unterbrach Meredith die beiden, bevor sie sich in eine angeregte Diskussion stürzen konnten. »Überlassen wir den ohnmächtigen Krach und die Wut der UNO. Hier geht es ausschließlich um die Frage, ob wir die fünf Tage bis zum Eintreffen der *Aurora* dazu benützen, die Kolonie einzupacken.« Ein Piepsen von seinem Terminal meldete einlangende Daten. Er wandte sich dem Bildschirm zu und las den Bericht, während er hereinkam. Er preßte die Lippen zusammen, ließ eine Kopie ausdrucken und reichte sie Barner. »Bodenanalyse von Doktor Haversham«, erklärte er der Gruppe.

Barner murmelte etwas Vulgäres und gab den Ausdruck weiter. »Daran habe ich nicht gedacht«, gab er zu und sah Meredith an. »Das ändert die Lage, nicht wahr?«

Meredith nickte und wartete schweigend, bis die anderen den Bericht gelesen hatten. Das gesamte Metall, mit dem sie den Boden angereichert hatten, war verschwunden.

»Und was geschieht jetzt?« fragte Brown schließlich.

»Die Pflanzen sind noch am Leben, aber wenn wir nicht sofort neuen Dünger ausstreuen, werden sie nicht sehr lange durchhalten. Wir haben den Dünger hier, das Problem besteht also nicht darin. Aber damit verbrauchen wir das Budget für das nächste Jahr, was bedeuten würde, daß wir den Kongreß mit dem Hut in der Hand um mehr Geld bitten müßten.«

Wieder herrschte kurz Stille, bis Gregory das Wort ergriff. »Meiner Meinung nach müßten wir von den Truppen und den Zivilisten ein Feed-back einholen, bevor wir eine endgültige Entscheidung treffen.«

»Ich stimme zu.« Barner nickte. »Setzen wir doch für morgen abend Stadtversammlungen an. Damit hätten sie Zeit, sich inzwischen emotionell zu erholen. Wir hören uns an, wie sie dazu stehen, und kommen dann zusammen, um unsere Aufzeichnungen zu vergleichen.«

»Klingt vernünftig«, gab Meredith zu. »Einwände oder Kommentare?«

»Nur, daß wir in diesem Fall die Felder sofort neu düngen sollten«, schlug Brown vor. »Wenn wir uns dann entschließen abzuziehen, nehmen wir das Zeug ohnehin nicht auf die Erde mit.«

Meredith nickte. »Ich lasse heute abend die entsprechende Arbeitseinteilung ausgeben. Das war es wohl, meine Herren; Sie sollten jetzt zurückfahren und sich um Ihre Schützlinge kümmern.«

Sie verließen den Raum. Meredith griff wieder nach der Liste mit den verschwundenen Gegenständen und sah sie jetzt genauer durch, wobei er sich vor allem die Verluste merkte, die der Computer als nicht ersetzbar bezeichnete. Aber er hatte kaum damit begonnen, als Andrews, der im Vorzimmer gewartet hatte, ihn mit einer sehr unwillkommenen Meldung unterbrach. »Cristobal Perez ist hier und will Sie sprechen, Oberst. Er behauptet, daß er im Namen des Bürgerkomitees kommt.«

Meredith verzog das Gesicht. »Das behauptet er immer. Also schön, schicken Sie ihn herein!«

»Ja, Sir. Übrigens — Miss Olivero und Doktor Peter Hafner sind ebenfalls hier; sie warten ungefähr seit einer halben Stunde.«

Hafner? Ach ja, der Wissenschaftler, der die Bürgerkomitees mit durchgeboxt hatte. Vermutlich kamen alle drei mit den gleichen Beschwerden. »Schicken Sie alle herein«, seufzte er. »Wahrscheinlich erspare ich mir damit Zeit.«

»Ja, Sir.«

Meredith hatte erwartet, daß Perez vor gerechter Empörung schnaubend hereinstürmen würde, und wurde nur graduell enttäuscht. Der Hispanier war zwar wütend, beherrschte sich aber gerade soweit, daß er nicht unhöflich wurde. Im Gegensatz dazu wirkten Hafner und Carmen eigentlich nur nachdenklich. Meredith wollte sie als erste begrüßen, um Perez zu ärgern, aber dieser schlug mit der flachen Hand auf den Schreibtisch und schnitt damit jegliche Begrüßung ab. »Oberst Meredith«, begann er kalt und formell. »Sie halten acht Hispanier aus Ceres und Crosse grundlos fest. Ich verlange, daß sie sofort freigelassen werden.«

Meredith sah ihm unbeeindruckt in die Augen. »Die Hispanier, auf die Sie sich beziehen, sind heute früh hysterisch geworden und werden der dafür vorgesehenen Standardbehandlung unterzogen — gemeinsam mit einer Handvoll Anglos, falls Sie sich dadurch weniger benachteiligt fühlen.«

»Also Menschen, die die Bevölkerung auf Ihre Unfähigkeit aufmerksam machen wollen, werden unter Drogen gesetzt und eingesperrt. Entspricht das Ihrer Vorstellung von einer verantwortungsbewußten Führung?«

Meredith schüttelte wieder den Kopf. »Worauf, zum Teufel, wollen Sie hinaus? Damit kommen Sie nicht weiter. Alle Bewohner von Astra wissen, daß diese Menschen beruhigt werden mußten. In der Hälfte der Fälle waren es ihre Nachbarn, die uns zu Hilfe riefen.«

»Ich will nur Gerechtigkeit und eine kompetente Führung durchsetzen«, stellte Perez fest. »Dieser Zwischenfall hat zweifelsfrei bewiesen, daß die Armee unfähig ist, die Menschen sowie das Hab und Gut auf Astra gegen einen Angriff zu verteidigen. Wir haben keine Warnung, keine brauchbaren Instruktionen erhalten ...«

»Und ich nehme an, daß Sie und Ihr Komitee es besser gemacht hätten?«

»Wenn wir die Befehlsgewalt erhielten, die uns zusteht ...«

»Ich bezweifle, daß irgendwer irgend etwas hätte tun können«, unterbrach ihn Hafner. »Was heute hier geschehen ist, ist vermutlich in den letzten hunderttausend Jahren einige Male geschehen.«

Meredith und Perez sahen ihn an, Perez, als sähe er Hafner zum ersten Mal. »Was soll das wieder heißen?« fragte er.

»Genau das, was Sie gehört haben«, erwiderte Hafner. »Etwas saugt die Metalle aus Astras Kruste, und zwar mindestens seit der Zeit, bevor das Kaf-Gebirge entstand.«

Meredith sah Carmen an und zog fragend die Augenbrauen hoch. »Meiner Meinung nach sollten Sie sich Doktor Hafners Theorie sobald wie möglich anhören«, sagte sie. »Sie klingt sehr vernünftig, aber ich befürchte, daß er von jemandem rausgeschmissen werden würde, wenn er den Dienstweg benützt.«

Meredith nickte und lehnte sich zurück. Während er es sich anhörte, hatte er wenigstens Zeit, sich zu überlegen, was er mit Perez anfangen sollte. »In Ordnung, Doktor, schießen Sie los! Zunächst einmal — was hat das Kaf-Gebirge damit zu tun?«

»Wenn man das Gestein untersucht, stellt man zwei interessante Tatsachen fest: Geologisch gesehen hat sich das Gebirge erst kürzlich gebildet, und zwar nachdem die Metalle aus der Kruste entfernt wurden.«

»Wer sagt, daß es auf Astra jemals Metalle gegeben hat?« unterbrach ihn Perez. »Sie setzen Ihre Schlußfolgerung voraus.«

Hafner sah ihn verärgert an. »Das ist kein Logikunterricht für Anfänger. Ich beschreibe etwas, das wahrscheinlich ein folgerichtiger Vorgang ist.«

»Wenn es Sie nicht interessiert, hat niemand etwas dagegen, wenn Sie gehen«, schlug Meredith vor. Der Hispanier funkelte ihn wütend an; Meredith kümmerte sich nicht darum und sah den Geologen an. »Warum können sie nicht früher entstanden sein?«

»Weil die meisten Gesteine in den terranischen Gebirgen relativ hohe Prozentsätze von Metallen enthalten — vor allem Aluminium, Eisen und Natrium — und wenn Sie alle diese Atome plötzlich daraus entfernen, würden Sie die ganze strukturelle Festigkeit zerstören. Ich habe bis jetzt keine Gelegenheit gehabt, die Satellitenfotos zu studieren, aber ich möchte wetten, daß wir jetzt, da wir wissen, wonach wir suchen müssen, Beweise für eingestürzte Bergformationen finden werden. Die Kafs bestehen hingegen beinahe zur Gänze aus Cristobalit — also Silikon-Dioxid —, und aus Moissanit, einem Silikon-Karbon-Mineral. Mit anderen Worten, sie bestehen aus dem festesten Gestein, das zurückblieb, nachdem die Metalle fort waren.«

»Ich verstehe.« Das Ganze klang immer plausibler, und das gefiel Meredith überhaupt nicht. »Sie haben gesagt, daß das schon mehrere Male der Fall war.«

Hafner nickte. »Einige Meteorkrater sind erst kürzlich entstanden, und die Meteore haben ganz sicher Metalle enthalten. Die Tatsache, daß diese Metalle verschwunden waren, als die Rooshrike Astra erforschten, bedeutet, daß es mindestens einmal nachher geschehen ist.«

»Sie sagen immer wieder, daß das Metall fort ist«, mengte sich Perez ein. »Wohin ist es verschwunden? Ich verstehe nicht viel von Chemie, aber ich weiß, daß es unmöglich wäre, Eisenatome aus einem festen Hammer herauszureißen.«

»Richtig«, bestätigte Hafner. »Genauso unmöglich sollte es sein, diese Atome dazu zu bringen, daß sie durch den Boden gleiten. Ich weiß auch nicht, wie es gemacht wurde, aber ich weiß vielleicht, wo man die Antwort finden könnte.«

Meredith richtete sich auf und schaltete etwas verspätet seinen Rekorder ein. »Die Basis der Rooshrike?«

»Nein, ich bin ziemlich sicher, daß sie nichts damit zu tun haben. Die Ursache für die Wirkung befindet sich auf Astra ... und ich glaube, daß es sich um eine örtlich begrenzte Ursache handelt.« Er zögerte. »Wahrscheinlich sollte ich auch erklären, wie ich zu diesem Schluß gelangt bin. Ich nehme an, daß diese Saugwirkung die Metalle betrifft, weil sie elektrische Leiter sind, was den Schluß nahelegt, daß der Mechanismus mit Elektromagnetismus zu tun hat. Mir ist jedenfalls eingefallen, daß sich im Wasser aufgelöste Ionen ebenfalls wie Leiter verhalten, und daß die Kraft, die die Metalle anzieht, auch diese Ionen anzieht.«

Meredith ging plötzlich ein Licht auf. »Die Minerallager vor der Küste, richtig?«

Hafner blinzelte sichtlich überrascht. »Das trifft den Nagel auf den Kopf, Oberst. Wenn die Ionen das Ufer erreichen und aus der Lösung ausscheiden, verlieren sie ihre Leitfähigkeit und sinken nicht tiefer in den Boden ein.«

Meredith betätigte eine der Computertasten und hatte Sekunden später die Karte der Minerallager vor der Küste vor sich. »Der Grund dafür, daß nur dieser Kontinent von Ablagerungen umgeben ist, besteht also darin, daß das Metall hierher gezogen und hier abgelagert wird?«

»Eine großartige Theorie«, meinte Perez verächtlich. »Da man 25 Millionen Quadratkilometer absuchen müßte, um dieses angebliche Eldorado zu finden, würde es Jahre dauern, bis sich herausstellt, daß Sie sich irren. Nur wissen wir bereits, daß die Metalle nicht hier sind.«

»Nicht unbedingt«, widersprach Meredith. »Wir wissen eigentlich nur, daß sie tiefer liegen müssen als der Fünfhundert-Meter-Radius der Suchgeräte der Rooshrike. Und wenn man sie suchen will — soviel Metall muß ein riesiger Klumpen sein. Ein Geosatellit an der richtigen Stelle könnte ihn innerhalb von einigen Tagen ausfindig machen.« Er unterbrach sich, als er merkte, daß Hafner nur mühsam seine Ungeduld unterdrückte. »Oder wissen Sie einen einfacheren Weg, Doktor?«

»Ich glaube schon.« Hafner beugte sich über den Schreibtisch und berührte die Küstenlinie zu beiden Seiten der Splayfoot Bay. »Die Ablagerungen befinden sich hier dicht unter der Oberfläche, was für mich ein Hinweis darauf ist, daß sich das Eldorado, wie Mr. Perez es nennt, irgendwo östlich in relativer Nähe von uns befindet.« Sein Finger wanderte auf der Karte weiter. »Doch als Carmen und ich letzten Monat über das Tote Meer flogen, fanden wir sehr ähnliche Ablagerungen — aber am nordwestlichen Ufer.«

Es gab einen einzigen logischen Schluß, zu dem Meredith mühelos gelangte: »Der Olympus. Der Vulkan.«

Hafner nickte ernst. »Der Olympus — nur ist er kein Vulkan. Das Gestein weist nicht die Charakteristika des Lavaflusses auf, und seine Form paßt nicht zur Konsistenz der Muster, die ich mitgenommen habe.« Er zögerte, aber nur kurz. »Ich weiß, Oberst, daß das alles ziemlich unglaublich klingt, und mir ist schmerzlich bewußt, auf wie viele Fragen ich die Antwort nicht einmal annähernd weiß. Aber was heute geschehen ist, kann durch keine mir bekannte Wissenschaft erklärt werden …«

»Sie wollen mit einer Expedition zum Olympus und ihn sich genauer ansehen?« warf Meredith sanft ein.

»Ja, Sir. Und je früher, desto besser.«

Meredith sah Carmen an. »Ich nehme an, daß Sie die Planung bereits gemacht haben.«

Sie errötete leicht. »Beinahe alles, was Doktor Hafner brauchen würde, ist verfügbar, Sir. Ich habe natürlich noch nichts angefordert, aber eigentlich müßte man nur einen Flieger von der Forschungstätigkeit und drei oder vier bergerfahrene Soldaten vom routinemäßigen Dienst abziehen.«

»Und ein Pilot?«

»Das könnte ich selbst tun. Den Piloten steht theoretisch ohnehin eine Ruhezeit zu.«

»Hmmm. Ihre Theorie, Doktor, klingt wesentlich glaubwürdiger als alles, was ich heute nachmittag gehört habe. Wann möchten Sie aufbrechen?«

»Moment mal, Oberst«, mischte sich Perez ein, bevor Hafner antworten konnte. »Ich weiß nicht, ob Sie beide diesen verblüffenden Rauchvorhang gemeinsam oder einzeln erfunden haben, aber das bewahrt Sie nicht davor, daß Sie meine Beschuldigung, die Kolonie schlecht zu führen, widerlegen müssen.«

Hafner, der hinter Perez stand, trat einen halben Schritt vor. »Falls Sie nicht über einige akademische Grade verfügen, von denen ich nichts weiß, würde ich Ihnen vorschlagen, Ihre Überlegungen für sich zu behalten. Ich weiß, wovon ich spreche, und ich bezweifle sehr, daß das auch auf Sie zutrifft.«

»Und was Ihre lächerliche Beschuldigung betrifft«, begann Meredith.

»Warum kommen Sie morgen nicht mit uns mit, Cris?« fragte Carmen plötzlich.

Alle drei Männer sahen sie an. »Zum Olympus?« Perez runzelte die Stirn, und sein Blick wanderte von einem zum anderen, als suche er eine Falle. »Warum?«

»Warum nicht? Sie hätten dadurch die Möglichkeit zuzusehen, wie Peter seine Theorien testet. Sie könnten eine Art inoffizieller Beobachter für das Komitee sein.«

»Das Komitee braucht dort keine Beobachter — inoffiziell oder nicht«, knurrte Meredith.

Perez grinste. »Ihr Argument ist überzeugend, Miss Olivero.« Er verbeugte sich leicht. »Ich nehme den Vorschlag an. Natürlich nur, wenn der Doktor zustimmt.«

Carmen sah Hafner an. »Peter?«

Hafner sah aus wie ein Mann, dem eine Buchprüfung bevorsteht, aber er zuckte die Achseln. »Hauptsache, er steht nicht im Weg herum. Wir brechen vor Sonnenaufgang auf — ich will mit dem Aufstieg beginnen, sobald es hell genug ist.«

Diesmal war Perez' Lächeln bitter. »Leute, die auf den Feldern arbeiten, sind gewohnt, zeitig aufzustehen.«

»Hmmm.« Hafners Ärger schien sich ein wenig zu legen. »Schön, seien Sie um vier Uhr in Martello. Ich danke Ihnen dafür, Oberst, daß Sie sich Zeit für uns genommen und uns die Erlaubnis erteilt haben. Ich hoffe, daß wir bei unserer Rückkehr einige Antworten mitbringen.« Er ergriff Carmens Arm, und sie verließen gemeinsam das Büro.

»Für Sie ist es auch Zeit zu gehen«, wandte sich Meredith an Perez.

»Natürlich.« Der Hispanier ging zur Tür und blieb dort stehen. »Aber die Angelegenheit ist nicht erledigt, Oberst. Miss Oliveros Versuch, mich abzulenken, hat das Unvermeidliche nur aufgeschoben.« Er drehte sich um, riß die Tür auf und schritt hinaus.

... und erlöse mich von Demagogen. Meredith sank seufzend in sich zusammen, denn Perez' wegen hatte er steif aufgerichtet dagesessen. Einmal hatte er geglaubt, daß dieses Kommando der sichere Weg zu den so sehnlich angestrebten Generalsternen sein würde; später, als die Forschungsergebnisse hereinkamen, war sein Optimismus dahingeschwunden und an seine Stelle war grimmige Entschlossenheit getreten. Nach dem heutigen Tag ...

Nach dem heutigen Tag würde er Glück haben, wenn er seine bisherigen Rangabzeichen behielt. Oder wenn er auch nur seinen Hintern rettete.

Aber bis die Sündenbockjäger im Kongreß über ihn herfielen, hatte er hier immer noch den Oberbefehl, und daran würden weder die Hölle, Hochwasser, Perez noch Astra selbst etwas ändern.

Er griff wieder nach dem Ausdruck mit den verschwundenen Gegenständen und begann, eine Liste aufzustellen, die die *Aurora* zur Erde mitnehmen sollte.

9. Kapitel

Die Morgenluft war relativ kühl, aber nichts im Vergleich zu der Kälte im Cockpit des Fliegers, fand Perez, während sie auf den Olympus zuflogen. Carmens wissenschaftlicher Freund Hafner hielt Perez offensichtlich noch immer für ein unnötiges Gepäckstück und hatte ostentativ den Platz des Copiloten beansprucht, so daß sich Perez mit den drei Soldaten und Hafners Assistenten im Frachtraum zusammendrängen mußte. Perez hatte nicht widersprochen; er hatte einfach den Notschleudersitz hinter Carmen heruntergeklappt und sich auf ihm niedergelassen, ohne sich um Hafners Befehl zu kümmern, er solle sich einen sichereren Platz suchen. Die Aussicht war lausig, und da seine Anwesenheit offenbar Hafners Geschwätzigkeit dämpfte, erfuhr er nichts Nützliches. Aber er wußte längst, daß Würde ein wesentlicher Bestandteil der Macht war, und schon allein aus diesem Grund hätte er sich mit dem Schleudersitz begnügt. Außerdem amüsierte ihn die Situation.

Trotzdem war es wahrscheinlich gut, daß der Flug nur kurz war.

Der Himmel im Osten glühte, aber die Sonne war noch nicht aufgegangen, als sie südlich vom Kegel des Olympus landeten. Perez stellte mit heimlicher Erleichterung fest, daß die Ausrüstung für die Ersteigung unschwieriger Hänge gedacht war — offenbar waren hier keine besonderen Kletterkünste erforderlich. Ganz gleich, was Hafner sonst war — er war ein guter Organisator: Zehn Minuten nach der Landung hatte er ihnen ihre Route auf der Karte und im Terrain gezeigt, die Ausrüstung war verteilt, und sie begannen zu steigen.

Fünf Minuten später hatten sie den ersten Unfall.

»Wie fühlt er sich an?« fragte Hafner, während er Carmen den linken Stiefel auszog.

»Wie sich jeder verstauchte Knöchel anfühlt«, fuhr sie ihn an. Ihre Lippen waren vor Schmerz und Zorn verzerrt. »Verdammt. Ausgerechnet jetzt muß ich über meine eigenen Füße stolpern.«

»Besser jetzt als später«, stellte Hafner fest. »Von hier aus können wir Sie leichter zum Flieger hinunterbringen.«

»Es geht schon.« Sie erhob sich und verlegte das Gewicht auf den linken Fuß. Sie schaffte es, nicht zusammenzuzucken, aber sie verlagerte das Gewicht sehr rasch wieder auf den anderen Fuß.

Hafner schüttelte den Kopf. »Sie haben sich anscheinend nichts gebrochen, aber Sie werden eine Zeitlang nicht gehen, geschweige denn auf einen Berg klettern können.« Sein Blick überflog die Gruppe, haftete kurz auf Perez und wanderte zu einem der Soldaten weiter. »Sadowsky, helfen Sie Miss Olivero zum Flieger zurück und bleiben Sie bei ihr.«

»Ja, Sir.« Der Mann trat vor und legte Carmen den Arm um die Taille.

Sie ließ widerwillig Hafners Arm los und griff nach der Schulter des Soldaten. »Also gut. Aber lassen Sie Ihre Sender eingeschaltet, ja? Ich will wissen, was los ist.«

»Selbstverständlich.« Hafner wartete, bis die beiden die ersten Schritte gemacht hatten, dann drehte er sich um und ging weiter.

Die nächste halbe Stunde stiegen sie beinahe schweigend, nur Hafner und sein Assistent Al Nichols unterhielten sich miteinander. Ihr Fachchinesisch war aufreizend kryptisch, aber Perez glaubte herauszuhören, daß sie eine Liste der auf und um den Vulkan auftretenden Anomalien aufstellten. Offenbar wurde Hafners Theorie, daß der Olympus nicht das war, was er schien, noch nicht allgemein anerkannt. Die Sonne schob sich über den Horizont, und weil jetzt endlich wirklich Tag war, schritt Perez leichter aus. Südwind setzte ein und unterstützte sie beim Steigen, als wolle Astra der winzigen Gruppe helfen. In diesem Tempo würden sie im Handumdrehen oben sein …

Er stieß beinahe an Hafner, als der Geologe abrupt stehenblieb. »Was ist los?« fragte Perez infolge des Beinahe-Zusammenstoßes verärgert.

Hafner drehte sich um, und als Perez seinen Gesichtsausdruck sah, kniff er die Augen zusammen. »Stimmt etwas nicht?«

»Spüren Sie es denn nicht?« Hafner sah einen Soldaten nach dem anderen an. »Spürt es denn keiner von Ihnen? Wir sind leicht — wir sind zu leicht.«

»Wir besteigen einen Berg …«, begann Perez.

»Al — Stoppuhr!« unterbrach ihn Hafner. Er holte einen schweren Hammer aus seinem Rucksack, und als Nichols mit der Uhr bereitstand, hob Hafner das Werkzeug mit ausgestrecktem Arm hoch. »Das sind jetzt ungefähr zwei Meter; Astras Schwerkraft ist um etwa drei Prozent geringer als die der Erde, es sollte also …« — er tippte auf den Rechner an seinem Handgelenk — »etwa 0,65 Sekunden dauern. Fertig; bei eins: drei, zwei, *eins.*«

Perez hatte solche Vorgänge nie genau beobachtet, aber sogar er merkte, daß etwas an der Art, wie der Hammer fiel, nicht stimmte. Nichols' leicht atemlose Meldung bestätigte es nur: »0,82!«

Jemand fluchte leise. »Versuchen wir es noch einmal«, sagte Hafner. »Drei, zwei, eins.«

Diesmal brauchte der Hammer 0,85 Sekunden, bis er auf dem Boden aufschlug.

»Sie müssen es falsch berechnet haben«, meinte einer der Soldaten.

»Nein«, widersprach Nichols. Seine Augen suchten rasch die Umgebung ab; er mußte sie aber zusammenpressen, wenn er gegen den Wind schaute. »Nein, ich habe seine Zahlen überprüft. Um 0,85 Sekunden zu brauchen, müßte er aus einer Höhe von drei Metern fallen. So große Fehler machen wir nicht.«

»Dann ist die Stoppuhr nicht in Ordnung«, ließ der Soldat nicht locker.

»Oder vielleicht beeinflußt der Wind den Fall«, meinte Perez. »Er ist in den letzten Sekunden stärker geworden.«

Hafner und Nichols gelangten offenbar im gleichen Augenblick zur selben Erkenntnis. »Verdammt«, fluchte Hafner. »Wir versuchen es noch einmal und dann sehen wir zu, daß wir von hier verschwinden.«

Er ließ das Werkzeug noch einmal fallen, und diesmal schlug es 0,89 Sekunden später auf.

»Also los, alle den Berg hinunter«, befahl Hafner, dessen Stimme vor Besorgnis schrill klang. »Bewegt euch!«

Sie bewegten sich. Perez wurde erst klar, wie stark der Wind geworden war, als sie sich gegen ihn hinunterkämpften, und das jagte ihm mehr Angst ein als der Hammer. »Was ist hier los?« brüllte er, um den Sturm zu übertönen.

»Die Schwerkraft nimmt ab«, brüllte Hafner zurück, aber seine Stimme war infolge des Sturms kaum zu hören. »Vielleicht sinkt sie weiter oben sogar bis auf Null. Die Luft schießt den Berghang hinauf und in den Raum hinaus.«

Perez stockte einen Augenblick lang der Atem. »Das ist unmöglich.«

»Genauso unmöglich wie ein Planet, der Regale und Bulldozer frißt«, erwiderte Hafner. »Sparen Sie Ihre Luft fürs Laufen!«

Perez schluckte und versuchte, schneller zu gehen. *Das kann nicht wahr sein,* dachte er verzweifelt, aber er wußte genau, daß der Wunsch Vater des Gedankens war. Jetzt spürte er, wie leichtfüßig er lief, um wieviel länger es dauerte, bis ein Fuß nach einem Laufschritt wieder auf dem Boden aufsetzte. Und ob der Wind, der ihnen ins Gesicht blies, schuld daran war oder nicht — es fiel ihnen schwerer zu atmen.

Das Funkgerät an seiner Hüfte summte. Er tastete danach, drehte die Lautstärke höher und hielt es sich ans Ohr.

Es war Carmen, die auf der allgemeinen Welle sendete. »... den Berg hinunter, ich wiederhole: hier bläst der Wind den Berg hinunter, nicht hinauf.« Kurze Stille. »Haben Sie mich verstanden, Peter? Ich habe gesagt ...«

»Ich habe Sie gehört«, unterbrach sie Hafner, dessen Keuchen kaum zu hören war. »Das ergibt keinen Sinn — Moment mal! Alle einen Augenblick halt! Bleibt stehen!«

Sie hielten an und kauerten sich hin, um dem Wind weniger Angriffsfläche zu bieten. »Wer kann gut werfen?« rief Hafner. »Sie, Wilson? Dann nehmen Sie das da.« Er gab einem der Soldaten den Hammer. »Und jetzt werfen Sie ihn, so weit Sie können, in Richtung auf den Flieger.«

Wilson richtete sich auf, holte aus und warf. Der Hammer stieg in Richtung auf den fernen silbernen Fleck in die Höhe, erreichte den Scheitelpunkt des Bogens, begann zu fallen ...

Und stürzte mit unwahrscheinlicher Geschwindigkeit senkrecht hinunter. An der Aufschlagstelle verschwand er im Boden. Sogar durch den Sturm hörte Perez das Geräusch des Aufpralls. »Was ...?«

»Gehen wir weiter — vorsichtig!« befahl Hafner ruhig. »Kommt dem Hammer nicht zu nahe. Hören Sie mir genau zu, Carmen, denn ich kann es vielleicht nicht wiederholen. Wir sind von einem Gebiet mit hoher Schwerkraft eingekreist, das uns hier festhält — ich weiß nicht, wie breit es ist. Wir verlieren unsere Luft sehr schnell. Offenbar ist das, was es hier gibt, sehr wichtig, wenn es mit solchen Mitteln verteidigt wird.«

»Hören Sie mir zu, Peter.« Perez fand, daß Carmens Stimme merkwürdig klang — der erste Hinweis auf Sauerstoffmangel? »Ich kann Sie alle mit dem Flieger holen. Sie müssen nur ein paar Minuten durchhalten.«

»Nein! Danach, wie der Hammer gefallen ist, muß es hier mindestens 100 ge* haben — Sie würden es nie schaffen.«

Die Gruppe war inzwischen bis in Sichtweite des vom Hammer gegrabenen Lochs gestolpert, und der Sturm war zu einer steifen Brise abgeflaut. Perez' Verstand funktionierte nur langsam, und er begriff erst nach einigen Sekunden, daß das ein schlechtes Zeichen war; weniger Wind bedeutete weniger Luft. Neben ihm bückte sich Hafner, hob einen Stein auf und warf ihn nach vorn; er schlug einen Millimeter vom verschwundenen Hammer entfernt auf. »Alle hinsetzen ... genau hier«, befahl der Geologe schwer atmend. »Vielleicht dringt ... ein wenig Luft von der anderen Seite durch. Niemand bewegt sich ... niemand spricht! Schont eure Kräfte!«

Perez ließ sich ungeschickt auf den Boden fallen und legte sich so hin, daß seine Füße hangaufwärts zeigten. Der Himmel über ihm war deutlich dunkler als er sein durfte. Der Kegel des Olympus wirkte fast unwirklich, denn die Seite, auf die das Sonnenlicht nicht direkt fiel, war beinahe schwarz. Der Boden unter ihm schien zu vibrieren, und Perez lachte beinahe. Zu all dem auch noch ein Erdbeben? *Madre Astra, du strengst dich viel zu sehr an, um ein paar arme Menschen zu töten.* Der Gedanke verklang. Perez schloß die Augen, horchte auf den Wind und wartete auf das Ende.

»Peter! Cris! Irgendwer!« Ohne die regungslos auf dem Boden liegende Gruppe aus den Augen zu lassen, schaltete Carmen auf eine andere Frequenz um. »Keine Antwort, Oberst. Ich weiß nicht, ob sie tot oder nur bewußtlos sind, aber ich kann nicht länger warten. Ich fliege hin.«

»Lassen Sie sich Zeit«, antwortete Meredith, aber un-

---

* ge — gravity earth; Erdgravitation

ter seiner scheinbaren Ruhe spürte man die Spannung. »Flieger Drei ist gleich soweit ...«

»Soviel Zeit haben wir nicht mehr«, unterbrach ihn Carmen. »Halten Sie mir die Daumen.«

Ohne auf eine Antwort zu warten, schaltete sie die Repulser ein und dann den Hauptmotor. Der Flieger hielt sich ein bis zwei Meter über dem Boden, während er wendete und vorsichtig zur gefangenen Expedition hinauftrieb.

Der Flug war zermürbend, denn sie wußte, daß sie sich beeilen und trotzdem vorsichtig bleiben mußte. Sie hatte keine Ahnung, wo sich der Rand der Schwerkraftanomalie befand, und wenn sie rasch hineinschlitterte, konnte sie leicht die Kontrolle verlieren und den Flieger in den Boden bohren. Sie fuhr sich mit der Zunge über die trockenen Lippen und bemerkte aus den Augenwinkeln, wie gespannt Sadowsky neben ihr saß. Die anderen waren zehn Meter entfernt ... sieben ... vier ... jetzt sah sie das Loch, das der Hammer in den Boden gebohrt hatte.

Metall kreischte über den Felsen, und die Ölwanne dröhnte, als würde man mit einem Vorschlaghammer auf sie einschlagen, als die Nase des Fliegers auf dem Boden aufprallte. Carmen schob den Gashebel zurück, doch im gleichen Augenblick hob sich die Nase des Fliegers wieder soweit, daß sie in die Höhe ragte. Einen Augenblick lang zielten die Repulser an der Unterseite nach vorn und schoben den Flieger nach hinten. Als Carmen den Flieger wieder abgefangen hatte, waren sie bereits drei oder vier Meter von dem Gebiet mit der hohen Schwerkraft entfernt; ein sehr flachgedrücktes Metallstück kennzeichnete die Stelle, an der sie aufgeprallt waren.

»Gut gemacht, Miss Olivero«, sagte Sadowsky gepreßt. »Hoffentlich war das Stück, das wir verloren haben, nicht lebenswichtig.«

»Das hoffe ich auch.« In Carmen regte sich zum ersten Mal Hoffnung. Der Ring mit der hohen Schwerkraft war nur einen Meter breit — ein unüberwindliches Hindernis für ein menschliches Wesen, aber vielleicht konnte sie den Plan durchführen, der ihr soeben eingefallen war. Sie holte tief Luft, wendete den Flieger und flog rückwärts in den Ring.

Diesmal waren sie schneller unterwegs, und der Krach, als sie auf dem Boden aufprallten, war dementsprechend lauter. Carmen kümmerte sich nicht um das Stöhnen und Knirschen des gemarterten Metalls und Kunststoffs, sondern gab Vollgas und wartete darauf, daß das automatische Ausgleichsgetriebe den Schwanz des Fliegers in die Höhe hob. Das Dröhnen des Motors wurde zum Kreischen, und Carmens Hände ballten sich zu Fäusten. Die Repulser vertrugen hohe Temperaturen, aber die Techniker hatten wahrscheinlich nicht angenommen, daß der Flieger in diesem Augenblick auf dem Boden liegen würde. Im Geist sah sie, wie sich die Platten an der Unterseite vor Hitze verbogen, vielleicht schmolzen oder sogar verdampften.

Und mit einem kaum wahrnehmbaren Ruck ging der Schwanz in die Höhe.

Darauf hatte Carmen gewartet. Die Jets in der Nase des Fliegers dröhnten mit Vollgas und schoben das Flugzeug zurück. Sie schafften zwei Meter, bevor die Kontrollgeräte an der Unterseite die Repulser abschalteten, so daß der Flieger mit durch Mark und Bein gehendem Kreischen wieder aufsetzte. Aber zwei Meter genügten. Carmen schaltete auf »Raumschiff« um, sperrte die Brennstoffzufuhr zu den Hauptmotoren ab, schaltete das Zündsystem und die dazu gehörenden Kontrolleinrichtungen aus und schob den Gashebel ganz nach vorn.

Und da ihn nichts daran hinderte, begann der unter Druck stehende Sauerstoffvorrat des Fliegers durch die Repulser zu strömen und besprühte direkt die regungslosen Gestalten jenseits des Hindernisses.

»Sie bewegen sich!« Sadowsky, der das Gesicht an das Seitenfenster gepreßt hatte, wandte sich ihr zu und grinste von einem Ohr bis zum anderen. »Sie leben.«

Carmen schloß kurz die Augen, atmete erleichtert aus, zog den Gashebel ein Stück zurück und stieß die Tür neben sich auf. »Ich gehe raus und sehe nach. Sagen Sie es mir, wenn die Sauerstoffanzeige auf 0,3 steht — das ist die Anzeige dort drüben.«

Sie sprang vorsichtig hinunter und humpelte um den Flieger herum, achtete aber darauf, nicht in die hohe Schwerkraft zu gelangen. Jenseits des Ringes hatten sich die fünf Männer inzwischen aufgesetzt und sahen sich benommen, aber offenbar unversehrt um. Carmen wollte ihnen winken, aber als sie den Arm hob, packte Hafner plötzlich Nichols an der Schulter und zeigte auf den Olympus. Carmen blickte ebenfalls dorthin — und schnappte nach Luft.

Ein Faden, der in der Sonne wie gesponnenes Silber glitzerte, schoß aus dem Krater des Vulkans in die Höhe. Sie sah gerade noch, wie das obere Ende im Blau des Himmels verschwand; einen Augenblick lang schien der Faden sich nicht zu bewegen, und sie hatte den Eindruck, daß Astra an diesem dünnen Gespinst hing. Dann verließ das andere Ende des Fadens den Vulkan, und sie erschrak wieder, als ihr klar wurde, wie schnell sich das Ding bewegte. Ganz bestimmt mit Fluchtgeschwindigkeit, aber wahrscheinlich noch viel schneller.

Sie starrte noch immer nach oben, als der Wind, der ihr ins Gesicht blies, plötzlich einschlief und sie beinahe nach vorn fiel. Sobald sie ihr Gleichgewicht wiedergefunden hatte, sah sie zu den anderen hinüber. Im selben Augenblick drehten sich die Männer wie auf ein Stichwort zu ihr um, und nach kurzem Zögern hob Perez einen Stein auf und warf ihn in ihre Richtung. Er landete vollkommen normal vor ihren Füßen, und eine Minute später standen alle vereint neben dem Flieger.

»Sind alle in Ordnung?« fragte sie.

»Es geht uns großartig«, versicherte Hafner. Er sah gedankenverloren aus, als frage er sich, ob das alles wirklich geschehen war. Carmen fühlte mit ihm; die Schwerkraft war wieder normal, der Faden längst verschwunden, und das Ganze konnte genauso gut ein Traum oder eine Massenhalluzination gewesen sein.

Doch ein Blick auf den zerknitterten Schwanz des Fliegers bewies, daß es Wirklichkeit war.

10. Kapitel

»DAS SHUTTLE IST JETZT AUF DEN ORBIT des Fadens eingeschwenkt«, meldete Kommandant Stewart. »Es kann nur noch Minuten dauern.«

Meredith, der in einer Entfernung von einigen Millionen Kilometern zuhörte, schluckte krampfhaft und frustriert. Er wäre leidenschaftlich gern dabei gewesen, wenn es zum Rendezvous kam, und das Argument, daß die *Aurora* Treibstoff sparen mußte und daher nicht vorher landen konnte, hatte ihn keineswegs getröstet. Ganz gleich, was dieses Kabel war, es war eine astralische Entdeckung, und es gefiel ihm überhaupt nicht, daß Stewart sie von den Ereignissen ausschloß.

Brown, der neben Meredith im Martello-Kommunikationszentrum saß, sah es offenbar genauso. »Wir bekommen noch immer nicht das Bild herein, das Sie uns versprochen haben«, mahnte er Stewart. »Sollen wir es von hier aus versuchen, Kommandant?«

»Bis jetzt gibt es noch nichts zu sehen«, erwiderte Stewart. »Sogar die Kameras des Shuttle fangen nur gelegentlich ein Glitzern ein. Wir schalten sie ein, sobald wir aussteigen, um das Material zu testen.«

»In Ordnung«, bestätigte Meredith. »Haben Sie inzwischen die Abmessungen genauer schätzen können?«

»Eigentlich nicht. Wir schätzen noch immer einen Durchmesser von sechs Zentimetern und eine Länge von etwas mehr als zwei Kilometern. Falls wir ein Stück abzwicken können, werden wir uns mit Dichte und Zusammensetzung befassen, aber ich gehe jede Wette ein, daß wir dort Ihre fehlenden Metalle finden werden.«

»Ja, aber da gibt es ein Problem.« Meredith rief auf dem Computer eine Zahlenreihe ab. »Wir schätzen, daß wir einschließlich der Metalle im Dünger ungefähr 4700 Kilogramm verloren haben. Angenommen, das Kabel hat die Dichte von Eisen, dann könnte es höchstens ein Zehntel so lang sein. Wo kommt dann der Rest der Masse her?«

»Keine Ahnung«, gab Stewart zu. »Vielleicht bringt uns die chemische Analyse weiter.« Er unterbrach sich. »Okay, sie gehen jetzt durch die Schleuse hinaus. Es geht los.«

Der Bildschirm vor Meredith erwachte zum Leben. Seitlich von der Kamera befand sich der Rumpf des Shuttle, aus dem ein Mann im Raumanzug mit einem Manövriergerät auftauchte. Auf der anderen Seite des Bildes war das Kabel gerade noch sichtbar. Eine zweite Gestalt gesellte sich zur ersten, und beide umkreisten einige Minuten lang das Kabel und fotografierten. Wie Meredith angenommen hatte, erkannte man auch aus nächster Nähe nicht mehr Einzelheiten seiner Oberfläche als aus größerer Entfernung.

»Das sollte reichen«, sagte Stewart schließlich. »Versuchen Sie es jetzt mit den Schneidegeräten — halten Sie sich in der Nähe des Endes.«

»Verstanden.« Der erste Astronaut hatte von seinem Gürtel etwas gelöst, das für Meredith wie eine motorisierte Hummerschere aussah. Der Mann näherte sich dem Kabel, setzte das Gerät an und fluchte plötzlich. »Verdammt! Es steckt!«

»Was soll das heißen, es steckt?«

»Als würde es am Kabel festkleben, Kommandant. Ich habe es kaum berührt, und jetzt kann ich nicht — ich kriege es nicht einmal los, wenn ich den Motor rückwärts laufen lasse.«

Meredith wechselte einen Blick mit Brown. »Vielleicht können Sie doch noch schneiden«, schlug er über das Mikrophon vor. »Oder vielleicht können Sie wenigstens eine Kerbe machen, damit wir ein Bild von der Härte bekommen.«

»Ja, Sir.« Eine Pause. »Ich versuche es, Sir, aber es rührt sich nichts.«

»Das ist unmöglich«, mischte sich Stewart ein. »Ich habe gesehen, wie dieses Schneidegerät mit einer zehn Zentimeter dicken Tungsten-Platte fertiggeworden ist ...«

»Achtung!« rief einer der Astronauten, und Meredith zuckte automatisch zusammen, als die Männer auf dem Bildschirm ruckartig zurückwichen.

»Ist alles in Ordnung?« fragte Stewart scharf.

»Ja, Sir.« Der Mann war hörbar erschrocken. »Wir haben nur das Schneidegerät verloren. Der Motor ist durchgebrannt und in lauter kleine Stücke zersprungen ... und unterhalb der Scherblätter kann ich nicht einmal einen Kratzer entdecken.«

Eine Zeitlang war nur das Summen des Sprechfunkgeräts zu hören. »Ich verstehe«, meinte Stewart schließlich. »Ist die Reflexion so niedrig, daß wir es mit einem Laser versuchen können?«

»Einen Augenblick, Sir ... wir könnten es mit UV versuchen, die Reflexion scheint mit der Wellenlänge zuzunehmen. Aber ich glaube nicht, daß wir mehr erreichen werden als mit dem Schneidegerät.«

»Versuchen Sie es trotzdem!« wies ihn Meredith an. »So können wir wenigstens die Hitzebeständigkeit herausfinden.«

Es dauerte eine Minute, bis der Laser einsatzbereit war, und weitere zwei oder drei Minuten, bis die Sensoren angebracht waren, die die Temperatur des Kabels messen sollten. »Es geht los, Sir. Der Laser ist eingeschaltet ... Reflexion etwa 38% — das ist für Metall niedrig ...«

»Die Temperatur steigt langsam«, mischte sich der zweite Astronaut ein. »Sie ist bei ... was, zum Teufel, ist jetzt los?«

»Was?« fuhr Stewart ihn an.

»Die Temperatur ist gerade gefallen, Hauptmann; gefallen wie ein Stein bis ... bis ein paar Grad über dem absoluten Nullpunkt.«

»Supraleiter«, murmelte Brown beeindruckt.

»Das ist unmöglich«, widersprach der Astronaut. »Die Temperatur lag weit über dem Supraleiterniveau, als sie plötzlich abfiel.«

Stewart ordnete noch einige Tests an, aber jeder fügte nur weitere Rätsel zu den bereits vorhandenen hinzu. Ein tragbares Kabeltestgerät war hoffnungslos ungeeignet, um die Zugfestigkeit zu testen — das Kabel dehnte sich nicht einmal, von Brechen ganz zu schweigen. Ein Standard-Metalldetektor zeigte selbst in wenigen Zentimetern Entfernung vom Kabel keine Werte an, aber eine direkte Messung des spezifischen Widerstands ergab, daß das Material bei einer entsprechend hohen Stromspannung zum Supraleiter für Elektrizität wurde. Und die merkwürdigste Entdeckung ergab sich, als einer der beiden Astronauten das Kabel zufällig streifte und festklebte. Sein Partner wollte ihn losschneiden und stellte dabei fest, daß der »Leim« irgendwie einige Zentimeter in das Gewebe des Raumanzugs eingedrungen war, das daraufhin genauso unzerbrechlich war wie das Kabel. Sie mußten schließlich ein klaffendes Loch in den Raumanzug schneiden, und der Astronaut mußte auf die für Notfälle vorgesehene Weise ins Shuttle zurückkehren.

»Ich weiß nicht, wie Sie darüber denken«, sagte Meredith zu Stewart, als sich die beiden Astronauten wieder in dem Shuttle befanden, »aber ich würde sagen, daß wir für heute Schluß machen. Mit den Geräten, die Sie an Bord haben, können wir nichts feststellen. Wir werden das Kabel hierher zurückbringen müssen.«

»Sie meinen in einen Orbit um Astra?«

»Ich meine auf den Boden.«

Stewart schwieg lange. »Und wie wollen Sie ein zwei Kilometer langes, schweres Kabel auf den Boden bringen?« fragte er schließlich. »Natürlich ohne eins meiner Shuttles zu gefährden.«

Meredith sah Brown an und zeigte auf das Mikrophon. »Wir haben über das Problem nachgedacht, seit das Kabel entdeckt wurde«, erklärte Brown dem Kommandanten. »Angesichts seiner Länge und seiner Klebrigkeit wäre es meiner Meinung nach am besten, wenn man es um sich selbst wickelt und in einen bodennahen Orbit schleppt. Sobald wir es hier haben, könnte man einen ferngesteuerten Dynamo und ein paar Fallschirme daran befestigen und es hinunterschicken. Es gibt hier genügend freies Gelände, auf das es fallen kann — am besten wäre es nördlich von Wright, weil wir dort unsere schweren Geräte haben.«

»Das kommt nicht in Frage«, widersprach Stewart. »Wir schleppen es in den astralischen Orbit zurück, aber dort bleibt es. Wenn wir es hinunterbringen, finden Sie es unter der Schmutzschicht, die sich auf ihm ansammelt, niemals wieder.«

»Und dann laufen Sie zum Pentagon und erzählen die ganze Geschichte, nicht wahr?« fragte Meredith.

»Ja, in ein paar Tagen. Warum? Wollten Sie es geheimhalten?«

»Nein, aber was würde jemand anderen — zum Beispiel die Rooshrike — daran hindern, das Kabel wieder aus dem Orbit zu schleppen, sobald Sie fort sind?«

Wieder folgte eine lange Stille. »Wissen die Rooshrike vom Kabel?« fragte Stewart schließlich.

»Ich habe keine Ahnung. Wollen Sie das Risiko eingehen?«

»Verdammt«, fluchte Stewart. »Major Brown, lesen Sie mir die Zahlen vor, die Sie berechnet haben!«

Schließlich brachten sie das Kabel mit einem Maximum an Schwierigkeiten und einem Minimum an Schäden auf den Boden.

11. Kapitel

In der Umgangssprache hieß er der »Stille Raum«, weil es der einzige Raum im Weißen Haus war, der absolut vor jeder Form von Audio-, Elektronik- oder Laserabhörgeräten sicher war. Präsident Allerton fand, daß er heute noch stiller war als gewöhnlich. Unter den versammelten Beratern, Ministern und Militärs kam es nicht einmal zu den normalen geflüsterten Gesprächen oder Diskussionen. Im allgemeinen ersetzte ihr Gesichtsausdruck ohnehin jede verbale Äußerung.

Allerton ließ ihnen lange Zeit, bevor er sich räusperte. »Also, Kommentare?«

General Klein war der erste, der mit dem naheliegendsten Kommentar begann. »Unglaublich. Einfach unglaublich. Irgend etwas auf Astra hat dieses Ding *gemacht?*«

Sicherheitsberater Thomas Morley starrte ins Leere. »Ihnen ist doch hoffentlich klar, Mister Präsident, wie widersprüchlich dieser Bericht an sich ist. Ein supraklebendes Material, das im Metalldetektor keine Reaktionen auslöst? Und das stärker ist als eine Graphit-Boron-Legierung, aber nur ein Fünftel der Dichte von Wasser aufweist?«

»Ich versichere Ihnen, Mr. Morley«, antwortete Stewart ruhig, »daß ich dabei war, als das Kabel getestet wurde. Ich verstehe es auch nicht, aber die Zahlen stimmen.«

»Ich wollte nicht andeuten, daß die Zahlen nicht stimmen«, meinte Morley, »sondern nur vorwegnehmen, was die anderen sagen werden, wenn wir diese Tatsachen bekanntgeben.«

»Warum sollen wir sie überhaupt bekanntgeben?« brummte Admiral Hamill. »Es wurde von amerikanischen Staatsbürgern auf einer amerikanischen Kolonie entdeckt — dadurch ist es amerikanisches Eigentum.«

»Bis auf die Tatsache, daß wir diese Kolonie theoretisch unter einem UNO-Mandat betreiben«, erinnerte ihn Allerton.

Hamills Schnauben ließ keinen Zweifel daran, was er davon hielt.

»Meiner Meinung nach hat Tom recht«, meldete sich Außenminister Joshua Purvis zu Wort. »Wir haben die ganze Zeit verlangt, daß die UNO einen größeren Teil unserer Ausgaben für Astra übernimmt. Irgendwer wird bestimmt behaupten, daß wir das Kabel und den planetengroßen Spinneret nur erfunden haben, um Aufmerksamkeit zu erregen und mehr Geld zu bekommen. Bis jetzt gibt es offenbar keine Möglichkeit, das Kabel hierher zu bringen und es ihnen zu zeigen.«

»Warum müssen wir ihnen überhaupt etwas zeigen?« ließ Hamill nicht locker. »Wenn Sie finden, daß wir es der UNO erzählen müssen — von mir aus; aber wenn sie uns nicht glauben wollen, so ist das ihr Problem. Ich hoffe sogar, daß sie uns nicht glauben, weil uns dann niemand daran hindern wird, *unsere* Fachleute hinaufzuschicken, damit sie das Ding untersuchen.«

Wenigstens in diesem Punkt waren sich alle Anwesenden einig; sie befaßten sich daher nur noch damit, wie man die zuständigen Wissenschaftler rekrutieren und möglichst rasch und unauffällig nach Astra bringen konnte. Nach der Besprechung führte Allerton zerhackte Telefongespräche mit den britischen, japanischen, sowjetischen und chinesischen Staatsoberhäuptern, aus deren Reaktionen er Faszination, aber vor allem kaum verhohlenen Unglauben heraushörte — was er erwartet hatte. Der letzte Anruf galt UNO-Generalsekretär Saleh.

Als Allerton verstummte, blickte Saleh Allerton lange schweigend in die Augen. »Sie haben bestimmt nicht vor, mich zu beleidigen, indem Sie eine solche Lüge erfinden«, meinte er schließlich. »Was halten Sie selbst von diesem ... haben Sie es ›*Spinneret*‹ genannt?«

Allerton zuckte die Achseln. »Die Ctencri haben nie die geringste Andeutung von einer solchen Technologie gemacht. Vor allem die vom Spinneret bewiesene Beherrschung der Schwerkraft — wenn die Ctencri oder jemand anderer in der Gegend etwas Derartiges besäßen, würden sie es zumindest benützen, um ihre Raumschiffe zu starten.«

»Ganz offensichtlich hatten auch die Rooshrike keine Ahnung davon, daß es auf Astra so etwas gibt«, überlegte Saleh. »Es sei denn, sie hätten schon versucht, es zu finden, und wollen, daß wir ihnen die Arbeit abnehmen ... nein. Das ergibt keinen Sinn.«

»Das finde ich auch. Bestimmt kennt es niemand — zumindest in diesem Teil der Galaxis. Jedenfalls wird es die Position der Menschheit in der interstellaren Handelsgemeinschaft drastisch verändern.«

Saleh lächelte ironisch. »Genau wie die Position der USA in *dieser* Gemeinschaft.« Das Lächeln verschwand. »Vermutlich wird Ihr Mandat noch einmal überdacht werden müssen.«

»Ich sehe keinen Grund dazu«, erwiderte Allerton gleichmütig. Er hatte gewußt, daß das astranische Mandat sehr bald geändert, wenn nicht gar annulliert werden würde, hatte aber angenommen, daß der Zweifel diesen Vorgang verzögern würde. »Wir haben keine Bedingung der Abmachung gebrochen.«

»Spielen Sie nicht den Ahnungslosen. Wir wissen beide, welche politischen Überlegungen dazu geführt, und daß sich die politischen Voraussetzungen jetzt geändert haben.«

»Gewiß. Aber wenn jene Staaten — und Staatengruppierungen —, die Astra für einen lustigen Mühlstein gehalten haben, den wir uns selbst um den Hals hängen, jetzt glauben, daß sie sich ein großes Stück von dem Kuchen abschneiden können, den wir entdeckt haben, dann sollten sie lieber das Kleingedruckte lesen. Das Mandat kann nur mit Zustimmung des Sicherheitsrates geändert werden, und dort haben wir meines Wissens immer noch das Vetorecht.«

»Juristisch gesehen haben Sie natürlich recht«, gab Saleh zu. »Aber ich möchte Sie darauf aufmerksam machen, daß die gesamte Welt Sie öffentlich verurteilen wird, wenn Sie versuchen, Astras Schätze für sich zu beanspruchen.«

Allerton lehnte sich zurück und lächelte Saleh an. »In einem solchen Fall, Mr. Saleh, bin ich durchaus bereit, der Weltöffentlichkeit zu sagen, sie könne einen Weltraumspaziergang unternehmen. Die Vereinigten Staaten sind ausnahmsweise nicht bereit, eine vollkommen legale und vernünftige Stellung nur deshalb aufzugeben, weil es jemand anderem nicht paßt.«

Salehs Gesicht war noch immer unbewegt, aber seine Augen funkelten. »Ich verstehe Ihre Gefühle vielleicht besser, als Sie denken. Aber ich warne Sie davor, sich zu viel zuzutrauen. Denken Sie daran, daß der gesamte Kontakt mit den Ctencri, einschließlich des Handels in beide Richtungen, über die UNO geht. Wir besitzen jetzt mehr Zähne als je zuvor in unserer Geschichte, und ich kenne eine Menge Nationen, die diese Zähne nur zu gern testen würden.«

»Dann sagen Sie ihnen doch, daß sie es versuchen sollen. Wir haben nämlich gerade selbst ein paar Zähne dazubekommen. Auf Wiedersehen, Mr. Saleh; ich werde Ihnen mit einem sicheren Boten eine Kopie dieses Berichts zusenden.«

Er unterbrach die Verbindung. *Ich hätte ihn nicht so abfertigen sollen,* dachte er ein wenig schuldbewußt. Saleh war gar nicht so schlimm, selbst wenn er der Sprecher des größten unausgewogenen Völkergemischs der Geschichte war. Aber Allerton bekam jedesmal, wenn in der UNO eine Abstimmung danebenging, Tausende wütende Briefe, in denen man von ihm verlangte, er solle etwas unternehmen; bis jetzt hatte er immer seinen Nationalstolz unterdrücken und so tun müssen, als stünde er über diesen kleinlichen politischen Zänkereien.

Außerdem hatte es verdammt gut getan, endlich einmal Dampf abzulassen.

Trotzdem ... er schaltete das Telefon wieder ein und wählte die Nummer des Außenministers. »Sind Sie mit den Ctencris in bezug auf direkte Handelsverbindungen schon weitergekommen, Josh?«

»Überhaupt nicht. Sie bestehen immer noch darauf, daß alle Warenlieferungen in beide Richtungen über die UNO gehen. Ich weiß nicht, ob sie damit eine einzige Regierung für die gesamte Erde erreichen wollen, oder ob sie einfach daran gewöhnt sind, auf einem neuen Markt an ihren ersten Kontaktleuten festzuhalten.«

»Ganz gleich, warum sie es tun, so kann es nicht weitergehen. Verstärken Sie den Druck! Ich brauche so rasch wie möglich eine nicht von der UNO kontrollierte Handelspipeline.«

»Ich verstehe, Sir. Wir werden unser Bestes tun.«

Salehs Büro galt ebenfalls als »stiller Raum«; aber im Gegensatz zum Weißen Haus hatte er dort unzählige Male die Ctencri empfangen — und deren Abhörgeräte entsprachen dem Stand ihrer übrigen Technik.

Das Lesegerät schaltete sich aus, und Erster Händler Sen blieb einen Augenblick lang ruhig sitzen, bis sein Gehirn die Information verarbeitet hatte. Absolut unglaublich. Eine ungeahnte fremde Technologie — und ausgerechnet auf Rooshrike Parkh -3. Eine unglaubliche Ironie — aber gleichzeitig eine unglaubliche Gelegenheit. Endlich hatte die Ctencri-Politik, neue Rassen geduldig an den Ohren zu packen und sie dem interstellaren Handel zuzuwenden, etwas Nützlicheres eingebracht als ein paar schäbige *Troid*-Gewichte Metall.

Der Erste Händler wandte sich seinem Rekorder zu, schaltete ihn ein, indem er brummte, und begann, sei nen Schlachtplan zu entwerfen. Andere Rassen — zum Beispiel die M'zarch — würden in einer solchen Lage wahrscheinlich versuchen, durch Drohungen oder offene Gewalt in den Besitz dieser Spinneret zu gelangen. Die Ctencri waren sehr wohl zu solchen Aktionen fähig, aber die Erfahrung hatte sie bessere Methoden gelehrt. In diesem Fall würde es einfach sein, sich den Menschen als Handelsvertreter aufzudrängen und den Verkauf und die Vermarktung ihrer neuen Technologie zu übernehmen. Sie würden erstens sofort an den Provisionen verdienen und zweitens mit den gesamten Kontakten außerhalb des Systems befaßt sein, so daß die Menschen von den übrigen Rassen isoliert blieben; dadurch würden sie in noch größere Abhängigkeit von den Ctencri geraten. Es war eine uralte Methode, aber sie funktionierte immer noch überraschend gut.

Erstens mußten also alle Kontakte mit den Menschen und die gesamte Überwachung der Erde durch die Ctencri verstärkt werden. Das verworrene politische System der Menschen war noch immer so undurchsichtig, daß Voraus-Analysen unmöglich waren, und es würde vielleicht notwendig sein, an einem von Hunderten von Punkten den Druck innerhalb kürzester Zeit zu verstärken.

Zweitens: die Heimatwelt mußte verständigt werden. Das umfaßte natürlich ein gewisses persönliches Risiko — sie konnten sich dazu entschließen, ihn durch jemand anderen zu ersetzen, und er würde dadurch die Möglichkeit verlieren, den Feldzug bis zum Ende zu leiten. Aber selbst wenn es dazu kam, waren sein Name und seine finanzielle Situation immer noch in Sicherheit. Die Entdeckung und die Initiierung des Projektes waren sein Werk, und sein prozentueller Anteil am endgültigen Gewinn war festgelegt. Wenn er ersetzt wurde, und sein Nachfolger die Aktion vermasselte, würde Sen seinen Anteil aus dem persönlichen Besitz des Stümpers erhalten.

Und drittens: potentielle Käufer mußten erfahren,

daß es das Produkt gab. Eine Mitteilung an alle übrigen Rassen, in der das Kabel beschrieben und vielleicht auch etwas über das Spinneret — ein merkwürdiger Name! — gesagt wurde. Natürlich nicht zuviel. Wenn die Menschen die Metall-Ansaugkraft und die Schwerkraftkontrolle des Geräts nicht übertrieben hatten, dann stellten sie ein wirklich ehrfurchtgebietendes Potential dar, und es hatte keinen Sinn, die gewalttätigeren Rassen zu sehr in Versuchung zu führen. Die empfindliche politische Struktur der Handelsgemeinschaft mußte sich durch die Entdeckung verändern; der Erste Händler hatte kein Interesse daran, das ganze System zu zerstören. Obwohl die Theorie anders lautete, war in Kriegszeiten der Handel alles andere als gewinnbringend.

Er ließ sich eine Phiole *semarin* kommen — es war keineswegs ein solches Gehirnstimulans, wie die Reklame behauptete, aber der Duft war angenehm —, schnüffelte einige Male daran und begann dann, die Aussendung fertigzumachen.

Unter den verschiedenen Rassen galt es als Binsenwahrheit, daß die M'zarch nie sprachen, wenn sie statt dessen handeln konnten; dennoch war auch unter diesem Aspekt die Sitzung des Oberkommandos abnormal kurz.

»Keine Frage«, erklärte der Oberbefehlshaber. »Wir greifen an!«

In dem tischlosen Raum — er war deshalb tischlos, damit keiner der versammelten Clan-Commander heimlich eine Waffe ziehen konnte — ertönte zustimmendes Brummen. »Wir werden sowohl Rooshrike- als auch Pom-Territorium verletzen müssen«, bemerkte einer der Anwesenden.

Ein anderer zischte verächtlich. »Wir werden keine Flotte brauchen, um diese Welt zu annektieren. Ein Viertelgeschwader könnte die Detektoren der Rooshrike mühelos umgehen.«

»Die Pom werden sich nicht hereinlegen lassen.«

»Die Pom greifen fremde Kriegsschiffe nur an, wenn sie annehmen, daß sie selbst bedroht sind«, stellte der Oberbefehlshaber fest. »Wir werden ihr Territorium offen durchqueren und Abstand von Welten und Basen halten.«

Der erste Sprecher drückte kurz die Handrücken auf seine Augen. »Das war kein Einwand, nur ein Hinweis. Die Feinheit fremder Gedankengänge sind mir noch immer neu.«

»Kriechen Sie nicht zu Kreuz«, fuhr ihn der Oberbefehlshaber scharf an. »Der Vertreter der Feigheit besitzt nicht nur Pflichten, sondern auch Rechte. Niemand wird Sie wegen dem angreifen, was Sie sagen — aber Sie müssen bei der Rolle bleiben.«

Der andere sah ihn zuerst erschrocken und dann verzweifelt an, und der Oberbefehlshaber gestattete sich einen Augenblick lang, amüsierte Befriedigung zu empfinden. Der Vertreter der Feigheit war immer die unangenehmste Stellung im Oberkommando, aber es war für gewöhnlich nicht schwer, Neulinge auf genau die Art, die er angewendet hatte, in die Falle zu locken. Wenn der Vertreter der Feigheit endlich die Macht seines Clans soweit ausgebaut hatte, daß er jeden Angriff abwehren konnte, den seine Rolle rückwirkend auslöste, war bestimmt wieder ein Neuling da, dem man diese Pflicht anhängen konnte.

Er wandte sich wieder der vor ihm liegenden Aufgabe zu. »Sie und Sie«, er zeigte auf die beiden mächtigsten Clan-Commander. »Jeder ein Kriegsschiff. Sie ...« — er zeigte auf einen dritten — »einen schweren Truppentransporter. Jeder Clan stellt eine Minimumkompanie. Rendezvous in zehn Tagen beim Kylisz-Außenposten; Angriff in elf Tagen. Noch Fragen?«

Er sah den neuen Vertreter der Feigheit an, doch dieser schweig. »Dann können wir gehen.«

12. Kapitel

DOKTOR SIMON CHANG HATTE ein rundes Gesicht, einen beinahe genauso runden Körper und ein von Natur aus sonniges Wesen, das sogar irgendwie den langweiligen dreiwöchigen Flug von der Erde überlebt hatte. Er sah eigentlich nicht wie ein Werkstoffwissenschaftler aus — jedenfalls fand das Meredith —, aber die Art, wie er die gordischen Knoten des Kabels betrachtete, sagte mehr über ihn aus als die Beglaubigungsschreiben, die er mitgebracht hatte. »Großartig«, lautete sein erster Kommentar.

Meredith mußte ihm zustimmen. Obwohl ein Großteil des Kabels von einer dichten Staubschicht bedeckt war, hatte in der Nähe des einen Endes ein sechs Meter langes Stück zunächst senkrecht in die Höhe geragt; sein Eigengewicht hatte es inzwischen zu einem glänzenden Viertelkreis gebogen. An einer Spitze hingen die Reste der Seile, an denen ein Wiedereintrittsfallschirm befestigt gewesen war; verschiedene Klammern und Sensoren wurden durch die Klebekraft des Kabels an ihm festgehalten. »Hoffentlich können Sie und Ihre Leute sich ihre Begeisterung bewahren«, meinte Meredith. »Das Kabel erweist sich als sehr harte Nuß.«

»Das bezweifle ich nicht.« Chang riß sich für einen Moment vom Anblick des Kabels los und sah sich im lagerhausgroßen Schuppen um, der um den Landeplatz errichtet worden war. »Aber wir haben einen Haufen Spezialausrüstung mitgebracht. Was haben Sie bis jetzt herausbekommen?«

Meredith nickte einem unglücklich aussehenden Offizier zu. »Hauptmann Witzany, Pioniercorps«, stellte er vor. »Seine Leute kommen Werkstoffspezialisten noch am nächsten. Erzählen Sie Dr. Chang, was Sie bis jetzt herausgefunden haben, Hauptmann.«

»Leider sehr wenig.« Witzany zeigte auf etwas, das wie ein riesiger Schraubstock aussah. »Wir wissen jetzt, daß seine Zugfestigkeit die einer Graphit-Apoxy-Stange mindestens um das Dreifache übertrifft, aber damit haben wir die Grenze unserer behelfsmäßigen Vorrichtung erreicht. Der Klebstoff — oder was immer es ist — verbindet sich nur sehr geringfügig mit Flüssigkeiten oder Gasen, dringt aber tatsächlich einige Zentimeter in jedes feste Material ein, mit dem er in Berührung kommt.«

»Setzt die Wirkung bereits ein, bevor es zu einem Kontakt kommt?«

»Nein, Sir. Es ist nicht wie ein Magnet, der Eisen anzieht, falls Sie das meinen.«

Chang nickte nachdenklich. »Haben Sie etwas über seine elektrischen Eigenschaften herausgefunden? Der erste Bericht war ziemlich widersprüchlich.«

»Daran ist das Kabel schuld, nicht wir. Es ist ein ausgeprägtes Alles-oder-Nichts-Material: entweder es isoliert oder es ist ein Supraleiter, aber es gibt keine Zwischenstufe. Falls es uns jemals gelingen sollte, es zu brechen, wird es also vermutlich zerspringen, ohne daß es sich vorher dehnt.«

»*Wenn* wir es brechen«, stellte Chang sanft richtig. »Haben Sie Tests mit dem Emissionsspektrum angestellt, wenn Sie das Kabel erhitzen? Ich weiß, daß es zum Supraleiter wird, aber die Hitze muß irgendwo herauskommen.«

»Das haben wir getan, Sir — wir mußten es drei Tage lang ununterbrochen erhitzen, damit es heiß genug wurde, aber wir haben es geschafft. Das Spektrum konzentriert sich natürlich hauptsächlich auf Rot und Infrarot.«

»Damit haben wir schon etwas.« Chang sah Meredith an. »Wenn wir davon ausgehen, müssen wir eine Ahnung von seiner Zusammensetzung bekommen.«

»Ich wünsche Ihnen viel Glück, Doktor«, meinte Meredith. »Hauptmann Witzanys Team ist es jedenfalls nicht gelungen, eine Verbindung zwischen einem wichtigen Teil des Spektrums und bekannten Elementen oder Legierungen herzustellen.«

Chang tat diese Bemerkung mit einer Handbewegung ab. »Meine Bibliothek wird der Aufgabe bestimmt gewachsen sein. Ich möchte so bald wie möglich zwei klare Kopien des Spektrums bekommen und den Computer benützen.«

Witzanys Gesicht verzog sein Gesicht einen Augenblick lang verbittert. »Ja, Sir. Ich werde Ihnen gern jede Unterstützung gewähren, die Sie brauchen ...«

»Danke, aber das wird nicht nötig sein«, unterbrach ihn Chang. »Von nun an übernehmen mein Team und ich die Arbeit. Überlassen Sie uns nur alle Daten, die Sie gesammelt haben; dann können Sie sich wieder Ihren normalen Pflichten widmen.«

Diesmal hielt die Verbitterung so lange an, daß Meredith sie wahrnahm. Witzany hatte anderthalb Monate schweißtriefend am Kabel gewerkt, und jetzt wurde es ihm ganz beiläufig weggenommen; das gefiel ihm überhaupt nicht.

Meredith erkannte plötzlich, daß es ihm auch nicht gefiel. Astra erhielt endlich die verdiente öffentliche Aufmerksamkeit — aber irgendwie erinnerte sie ihn nur an die halbherzige Unterstützung, die er bis jetzt erhalten hatte.

Witzany sah Meredith an. »Oberst Meredith hat alle unsere Berichte für geheim erklärt. »Ich brauche seine schriftliche Erlaubnis, um sie Ihnen zu übergeben.«

»Machen Sie sich nicht lächerlich, Hauptmann — ich besitze sowohl Vollmachten vom Kongreß als auch vom Generalstab, laut denen ich auf Astra alles untersuchen darf, was ich möchte.«

»Natürlich, Doktor«, mischte sich Meredith ein. »Es ist zwar nur eine Formalität, aber sie ist notwendig. Es wird nur ein paar Minuten dauern.«

»Oberst ...«

Meredith schnitt Changs Protest ab, indem er die Hand hob, weil sein Telefon in diesem Augenblick summte. »Entschuldigen Sie.« Er meldete sich.

Es war Major Brown aus Marthello. »Ein Rooshrike-Raumschiff nähert sich Astra, Oberst. Er sagt, daß er Beaeki nul Dies na ist — er ist der Kerl, der uns sofort nach unserem Eintreffen besucht hat —, und er will landen und mit Ihnen sprechen.«

Meredith kniff die Augen zusammen. »Worüber?«

»Das weiß ich nicht. Aber er ist *sehr* höflich.«

Meredith warf Chang einen Blick zu. »Können Sie mich über einen sicheren Richtstrahl mit dem *Pfadfinder* verbinden. Major? Ich möchte mit Kommandant Radford sprechen.«

»Einen Augenblick, Sir.«

Chang trat einen Schritt auf Meredith zu. »Ist etwas nicht in Ordnung?«

»Das weiß ich noch nicht«, fertigte ihn der Oberst kurz ab.

Im Telefon knisterte es, und dann meldete sich Radford. »Was ist los, Oberst?«

»Hat jemand auf der Erde vor Ihrem Abflug die Neuigkeit über unser Kabel weitergegeben?« fragte Meredith. »Genauer gesagt, hat es jemand an die Ctencri oder an andere Aliens weitergegeben?«

»Soviel ich weiß, war es noch eine streng geheime Kommandosache«, antwortete Radford langsam. »Warum glauben Sie ... das Rooshrike-Schiff?«

»Ja. Ich finde das Timing äußerst verdächtig, vor allem weil sie sich in den letzten drei Monaten überhaupt nicht um Astra gekümmert haben.«

Radford schwieg eine Weile. »Ich habe angenommen, daß wir das Kabel deshalb hinuntergebracht haben, damit niemand es klauen kann.«

»Das stimmt.« Meredith holte tief Luft und drückte auf einen Knopf an seinem Telefon. »Brown?«

»Ja, Oberst?«

»Verbinden Sie mich mit dem Rooshrike. Sie und Kommandant Radford hören mit und zeichnen das Gespräch auf! Verstanden?«

»Ja, Sir.«

»Lassen Sie mir eine Sekunde Zeit, damit ich einen sicheren Rekorder holen kann«, fügte Radford hinzu.

Meredith bemerkte plötzlich, daß im Kabel-Schuppen sämtliche Aktivitäten und Gespräche aufgehört hatten. Chang sah leicht verwirrt aus; aber Witzany und sein Team waren sich ihrer Sache sicher. Sie wußten, daß etwas nicht stimmte.

Das Telefon piepste. »Die Verbindung ist hergestellt, Oberst, melden Sie sich«, sagte Brown.

Meredith hob das Telefon etwas näher zu seinem Mund. »Hier spricht Oberst Lloyd Meredith. Ich möchte mit Beaeki Nul Dies na sprechen.«

Die Antwort erfolgte sofort. »Ich bin Beaeki Nul Dies na. Ich spreche für mein Volk.«

»Ach ja — ich spreche ebenfalls für mein Volk. Ich möchte den Grund Ihres Besuchs erfahren.«

»Ich möchte geschäftlich mit Ihnen sprechen.«

»Ich verstehe. Es geht vermutlich um unseren Schwefel, nicht wahr?«

»Sie brauchen nicht um den heißen Brei herumzureden«, erklärte Beaeki. »Ich biete Ihnen als Beweis unserer Aufrichtigkeit eine Gratisinformation: Wir wissen über die fortgeschrittene Technologie, die Sie entdeckt haben, und über das Kabel, das von dieser Technologie erzeugt wurde, Bescheid. Wir möchten ein Stück des Kabels kaufen, um es zu testen; ob wir dann brauchbare Quantitäten des Kabels erwerben möchten, hängt von seinen Eigenschaften ab.«

Meredith starrte das Telefon an, während ihm tausend Gedanken gleichzeitig durch den Kopf gingen. »Wie haben Sie von dem Kabel erfahren?« fragte er — eigentlich nur, um Zeit zu gewinnen.

»Wir haben die Information von den Ctencri erhalten, die vorhaben, bei künftigen Geschäften mit dem Kabel als Vertreter der Erde zu fungieren. Mein Volk findet, daß wir zu einer für beide Teile vorteilhafteren Abmachung gelangen können, wenn wir direkt mit Ihnen verhandeln.«

»Ich verstehe.« Die Erde hatte also ein Abkommen mit den Ctencri getroffen, ohne ihn darüber zu informieren ... oder hatten die Ctencri das Ganze einseitig eingefädelt? Oder hatten die Rooshrike die Ctencri-Connection erfunden, um Astra zu einem überstürzten, unbesonnenen Vertrag zu verleiten? Meredith zögerte, obwohl er wußte, daß es nichts Schlechteres gab, als wenn er jetzt unentschlossen wirkte; er hätte bedenkenlos sein Erstgeburtsrecht für einige zusätzliche Informationen hergegeben. »Ich fürchte, daß es mir im Augenblick unmöglich ist, Ihnen ein Stück des Kabels zu verkaufen. Wir werden Ihnen jedoch die Daten verkaufen, die wir herausgefunden haben, und zwar jetzt oder in einigen Tagen, sobald wir unsere neuen Testgeräte eingesetzt haben.«

Beaekis Antwort hätte Meredith vielleicht einen Hinweis darauf gegeben, was im Gang war, aber der Rooshrike hatte keine Zeit mehr für eine Antwort.

»Wir haben ein weiteres Schiff entdeckt, Oberst«, unterbrach Brown das Gespräch. »Es ist gerade in das System eingedrungen, wir haben den Blitz geortet. Etwa 1,4 Millionen Kilometer entfernt, und es fliegt auf Astra zu.«

»Wir haben einen zweiten Blitz festgestellt, Oberst«, verkündete Radford, »... und einen dritten.«

»Bestätigt«, sagte Brown.

»Sind das Ihre Schiffe, Beaeki?« fragte Meredith scharf.

»Nein«, erwiderte der Alien. »Es ist möglich, daß eine Handelsdelegation von einem anderen Volk ...«

»Das bezweifle ich entschieden«, unterbrach ihn Radford. »Handelsdelegationen unternehmen keine Flankierungsmanöver.«

Also Flankierungsmanöver. »Wenn es nicht Ihre Schiffe sind, dann schlage ich vor, daß Sie möglichst rasch von hier verschwinden«, sagte Meredith.

Der Rooshrike antwortete nicht, aber plötzlich drang aus dem Telefon leises Pfeifen. »Da geht er«, meldete Radford. »Wie eine Fledermaus mit Jets ... und jetzt ist er gesprungen. Die Eindringlinge nähern sich weiter.«

»Versuchen Sie, Verbindung mit ihnen aufzunehmen.«

»Verstanden.« Eine lange Pause folgte. »Keine Antwort. Entweder sie kennen die Standardfrequenzen nicht, oder sie besitzen kein Übersetzungsgerät, das Englisch versteht. Oder sie wollen nicht sprechen.«

»Es besteht wohl kein Zweifel daran, um welche der drei Möglichkeiten es sich handelt«, stellte Meredith ruhig fest. »Wir sollten uns für eine Invasion bereithalten.«

»Ich schließe mich Ihrer Meinung an.« Radfords Stimme war eiskalt. »Der *Pfadfinder* steht zu Ihrer Verfügung, Oberst.«

»Danke, aber ich wüßte nicht, was Sie unternehmen könnten, denn Sie würden sofort weggeputzt werden. Ich schlage vor, daß Sie sich zurückziehen — weit zurückziehen — und abwarten, was geschieht. Wenn die Aliens Sie direkt bedrohen, müßten Sie fliehen.«

»Ich muß Ihnen leider zustimmen. Also gut. Wir ziehen uns zurück und gehen auf Funkstille. Viel Glück!«

»Danke, Brown?«

»Sir?«

»Alarmstufe drei für alle Einheiten. Sie können es gleich als allgemeine Bekanntmachung durchgeben; die Zivilisten stecken genauso drin wie wir und sollten soviel Zeit wie möglich haben, um sich darauf vorzubereiten.«

»Ja, Sir. Bekanntmachung geht jetzt an alle Zentren. Einsatzbefehle?«

Meredith überlegte, und dabei bemerkte er zum ersten Mal, daß alle im Raum Anwesenden in einem Halbkreis hinter Witzany und Chang standen. Auf allen Gesichtern lag der gleiche Ausdruck, erschrocken und nervös, aber eisern entschlossen. Er hatte diesen Ausdruck erst einmal gesehen: bei ägyptischen Bauern, die sich dazu bereit machten, ihr Dorf gegen die auf sie zurollende libysche Kriegsmaschinerie zu verteidigen. Es war ein Schock; ihm war nicht klar gewesen, daß seine Leute nach nur drei Monaten Astra als ihr Zuhause betrachteten.

Und vor allem, daß es auch ihm so ging.

»Auflockerung auf Schwadronebene«, sagte er zu Brown. »Es hat keinen Sinn, Martello oder die Verwaltungsgebäude zu verteidigen. Wir werden uns in guerillagroße Gruppen aufspalten und es mit einer Zuschlagen-und-Fliehen-Taktik versuchen, sobald die großen Unbekannten gelandet sind.«

»Für diese Taktik gibt es nicht sehr viel Deckung.«

»Das weiß ich, aber wenn wir uns stellen und kämpfen, erledigen sie uns aus der Luft. So viele Männer wie möglich sollten sich in die Kaf-Berge oder in die Hügel beim Teardrop-See absetzen. Jemand sollte auch die Flieger in die Kafs bringen.«

»Und was wird aus dem Kabel, Oberst?« fragte Witzany.

»Lassen Sie es, wo es ist«, erwiderte Meredith. »Wenn sie nur das Kabel wollen, dann können sie es nehmen und wieder abhauen.«

»Was?« explodierte Chang. »Das Kabel ist von unschätzbarem Wert, Oberst …«

Meredith unterbrach ihn. »Von unschätzbarem Wert sind nur die Maschinen, die es hergestellt haben. Und ich könnte wetten, daß sie es in Wirklichkeit auf die Maschinen abgesehen haben.«

»Oberst«, meldete sich Brown. »Ich habe die Befehle durchgegeben, aber mit den Fliegern gibt es eine

Schwierigkeit — einer befindet sich mit Hafners Trupp am Olympus.«

»Verdammt!« Meredith hatte sich an Hafners tägliche Versuche, die Maschinen zu finden, so sehr gewöhnt, daß er ihn vollkommen vergessen hatte. »Befehlen Sie ihnen, dortzubleiben und sich nicht blicken zu lassen!«

»In Ordnung. Flieger Eins startet jetzt zu den Bergen.«

Im Geist hielt sich Meredith die Daumen — Flieger Eins war seit dem Zwischenfall mit der hohen Schwerkraft noch nicht in der Luft gewesen, aber dann schob er den Gedanken beiseite. Obwohl der Flieger wertvoll war, hingen von ihm nur zwei Menschenleben ab — zwei von den zehntausend, für die Meredith verantwortlich war. »In Ordnung. Ich fahre nach Unie zurück und werde mich mit Ihnen in Verbindung setzen, sobald ich dort eintreffe.«

Er war gerade an Wright vorbei und befand sich wieder auf einer richtigen Straße, als das unvermeidliche Ultimatum kam. »Sie wollen sich nicht identifizieren«, berichtete Brown, »aber sie befehlen uns, alle Flugzeuge und Bodenfahrzeuge anzuhalten und uns vor unseren Gebäuden zu versammeln.«

»Haben sie gesagt, was geschieht, wenn wir es nicht tun?«

»Nicht ausdrücklich, aber das ist ziemlich klar.«

»Wie steht es mit der Evakuierung?«

»Langsam. Die Zivilisten bewegen sich einfach nicht schnell genug.«

Meredith fluchte leise. »Sind die Invasoren schon so nahe, daß sie fahrende Autos entdecken können?«

»Das hängt hauptsächlich davon ab, ob sie wissen, wo sie suchen sollen. Eines der Schiffe befindet sich bereits unterhalb des synchronen Orbits; die anderen warten noch. Bis jetzt wissen die Fremden noch nichts vom *Pfadfinder.*«

»Gut. Teilen Sie den Aliens mit, daß Ihr Kommandant

sich weigert, klein beizugeben, solange er nicht über ihre Identität und ihre Absichten Bescheid weiß. Verwenden Sie soviel Slang wie möglich — veralteten Slang, falls Sie welchen kennen. Damit und mit der Übersetzung Ihrer Antwort können wir vielleicht etwas Zeit schinden.«

»In Ordnung. Trotzdem glaube ich nicht, daß wir alle aus den Städten hinausbringen werden. Habe ich die Erlaubnis, Verteidigungsstellungen einzurichten?«

»Es wird uns wohl nichts anderes übrigbleiben. Die Verwaltungsgebäude werden sich am besten dazu eignen — statt Sandsäcken können Sie die Säcke mit Dünger verwenden.«

»Daran habe ich auch schon gedacht. Wollen Sie jetzt die Einsätze festlegen oder warten, bis Sie in Unie sind und eine sichere Leitung haben?«

Meredith zögerte. Er hätte selbstverständlich die ganze Aktion am liebsten persönlich geleitet, aber er machte sich keine Illusionen darüber, wie lang er den Feind hinhalten konnte. »Es ist besser, wenn Sie es tun«, erklärte er Brown. »Lassen Sie die örtlichen Kommandanten selbständig handeln, sie sollen eine hinhaltende Verteidigung anstreben. Verwenden Sie möglichst das Computernetz — es wird ihnen wenigstens schwerfallen, das anzuzapfen.«

»Ja, Sir. Ich werde die endgültigen Pläne an Ihr Büro durchgeben; ich nehme an, daß wir sie so lange durch unser Verwirrspiel aufhalten können.«

Davon war Meredith keineswegs überzeugt; aber ob es nun die Verwirrung war oder einfach der Wunsch, sich die Gegend vorher genau anzusehen — die Invasoren zögerten tatsächlich so lange, bis der Oberst Unie erreicht hatte. Er durchflog in seinem Büro gerade Andrews hastig zusammengestellten Verteidigungsplan, als Brown ihn darüber informierte, daß das in einem Astra-nahen Orbit befindliche Schiff zwei Landefähren ausgesetzt hatte. Nur Minuten später wurde ein leises

Dröhnen hörbar, das sich rasch zum Überschallknall steigerte, als eines der Shuttles in östlicher Richtung über sie hinwegfegte. Durch das Fenster sah Meredith zu, wie es mitten im Flug anhielt und irgendwo zwischen Unie und Crosse landete. Er wartete verkrampft auf das Geräusch von Schüssen, aber vorläufig herrschte nur gespannte Stille.

Es geht also los, dachte Meredith, während er sich wieder an seinem Schreibtisch niederließ. *Die Schlacht um Astra hat begonnen. Ich möchte gern wissen, wie groß unsere Chancen sind.*

Doch solche Gedanken waren müßig. Er schaltete sein Telefon ein und sah nach, welche seiner Leitungen noch offen waren.

13. Kapitel

»Sie rollen jetzt irgendwelche Flieger heraus — sie sind größer als unsere«, berichtete Hafner und stellte seinen Feldstecher schärfer ein. »Es sieht aus, als hätten sie insgesamt vier Stück. Der Rest der Truppen schwärmt immer noch nach Crosse und Unie aus.«

Carmen, die neben ihm stand, beschattete mit einer Hand die Augen, während sie nach Westen blickte; die andere Hand war zur Faust geballt. Hafners Leute hatten schon zwei Drittel der Südflanke des Olympus bezwungen, als sie plötzlich feststellten, daß sie die Invasion der Aliens von einem Logenplatz aus beobachten konnten. Doch für Carmen war die Tatsache, daß sie zusehen, aber nicht helfen konnte, eine beinahe zu große Belastung. *Ich sollte dort unten sein,* dachte sie immer wieder. *Ich sollte an der taktischen Programmierung mitarbeiten. Ich nehme mir einen Tag frei, um Peter hier heraufzubringen, und die Welt geht vor die Hunde.* »Sollten wir sie nicht mittels Funk über die Flieger informieren?« fragte sie Peter.

Er schüttelte den Kopf, ohne den Feldstecher abzusetzen. »Ich bin davon überzeugt, daß sowohl Oberst Meredith als auch Major Barner das Schiff überwachen. Nein, wenn wir jetzt funken, machen wir sie nur auf uns aufmerksam. Ich möchte den Funkkontakt lieber für etwas wirklich Wichtiges aufheben.«

»Aber wir können nicht einfach hier herumsitzen und Daumen drehen«, wandte einer der Männer ein. »Können wir denn mit unserem Flieger nichts unternehmen? Einen Bombenangriff, Evakuierung, irgend etwas?«

»Wenn Sie aus Moissanit-Gestein Bomben fabrizieren können, wird es mich freuen«, antwortete Hafner scharf, »und was eine Evakuierung betrifft — nach nicht einmal einem halben Kilometer hätten Sie alle vier feindlichen Flieger auf dem Hals …«

Er unterbrach sich. »Ist dir etwas eingefallen?« fragte Carmen.

»Vielleicht.« Er ließ den Feldstecher sinken und blickte nach Süden. »Erinnerst du dich noch an die Stelle, an der an unserem ersten Tag hier der andere Flieger abgestürzt ist?«

»Flieger Zwei? Ungefähr.«

»Man hat nie herausbekommen, was daran schuld war, nicht wahr?«

»Nicht daß ich wüßte. Warum?«

»Wir wissen jetzt, daß es irgendwo in diesem Berg eine unglaubliche Ansammlung von Maschinen gibt«, antwortete er langsam. »Es wäre möglich, daß die elektromagnetischen Felder in den Repulsern des Fliegers irgend etwas ausgelöst haben — eine Resonanz oder eine Feedbackreaktion bei einem der Dinger im Untergrund.«

Sie dachte lange darüber nach. »Es ist wahrscheinlich möglich«, gab sie schließlich zu. »Aber ich weiß nicht, wie uns das nützen sollte. Außerdem glaube ich, daß wir ebenfalls über diese Stelle geflogen sind, also hat es sich bei dem Absturz um ein einmaliges Ereignis gehandelt.«

Hafner blickte immer noch nach Süden. »Vielleicht …« Er holte unvermittelt tief Luft und wandte sich dann wieder nach Westen. »Jedenfalls bekommen wir dadurch eine Vorstellung von dem Maßstab, den wir hier anwenden müssen. Die Aliens werden bestimmt nicht in der Lage sein, alles in einen Koffer zu packen und sich aus dem Staub zu machen.«

»Richtig.« *In Wirklichkeit hat er an etwas anderes gedacht,* sagte sie sich, während sie ihn mißtrauisch beobachtete. *Er hat etwas vor. Was?*

Aber er hatte offenbar keine Lust, darüber zu sprechen, jedenfalls im Augenblick nicht. Carmen schluckte ihre Fragen hinunter, wandte ihre Gedanken wieder dem Drama im Westen zu und war unglücklich, weil sie nicht dabeisein konnte.

Meredith hatte gehofft, daß der fremde Commander den Bildschirm des Kommunikators benützen würde, war aber nicht übermäßig erstaunt, als dieser es nicht tat. Obwohl der Funkverkehr außerhalb des Planeten vollkommen blockiert war, wiesen die bisherigen Aktionen der Aliens darauf hin, daß sie lieber übervorsichtig waren. Wenn sie ihre Identität geheimhielten, konnte das natürlich auch bedeuten, daß sie vorhatten, ihre Opfer am Leben zu lassen. Das mußte er sich merken. »Es tut mir leid, Commander«, sagte er zum vierten Mal innerhalb von zwei Minuten, »aber viele meiner Leute besitzen keine persönlichen Telefone. Ich kann sie einfach nicht innerhalb von Sekunden in ihre Unterkünfte zurückzaubern.« Auf seinem Computerschirm erschien eine Meldung von Major Gregory in Wright: Die zweite Landefähre hatte in den Feldern östlich von Wright aufgesetzt, und ihr entströmten beunruhigend viele Truppen in Raumanzügen. Erste Schätzungen ...

Die Antwort des Aliens unterbrach Merediths Lektüre. »Sie versuchen, Zeit zu gewinnen, indem sie Dialektvarianten verwenden, aber diese Taktik ist sinnlos. Ich habe nicht vor, Ihren Leuten etwas anzutun, wenn ich nicht dazu gezwungen werde. Aber ich habe auch nicht vor, ihnen ihre Bewegungsfreiheit zu lassen. Wenn es erforderlich ist, kann ich aus einem niedrigen Orbit Infrarot- und Struktursensoren einsetzen, um jeden einzelnen zu lokalisieren. Sie haben eine Planetenrotation lang Zeit, um sie in ihre Städte zurückzubringen. Danach werde ich annehmen, daß sie meine Befehle mißachten und entsprechend mit ihnen verfahren.«

Als Meredith schluckte, fühlte sich sein Hals trocken an. Er hatte keine Ahnung, wie gut die Sensoren der Aliens waren, aber er bezweifelte, daß sich seine Truppen innerhalb von 27 Stunden so tief in den Boden graben konnten, daß man sie nicht mehr entdeckte. *Ich hätte anfangen sollen, Verteidigungsanlagen zu bauen, sobald uns klar wurde, was wir hier gefunden haben,* warf er sich vor. *Aber verdammt, diese Handelsvereinigung galt als stabil.* »Ich warte auf Ihre Entscheidung, Commander«, sagte der Alien.

»Ja. Welche Garantien bieten Sie mir für die Sicherheit meiner Leute?«

Der andere begann zu sprechen ... aber Meredith hörte die Antwort nicht. Eine kurze Nachricht von Major Barner erschien auf seinem Bildschirm und erforderte seine gesamte Aufmerksamkeit:

AUFKLÄRER BERICHTEN FREMDE LANDEFÄHREN STEHEN AUF METALLENEN — WIEDERHOLE: METALLENEN LANDEKUFEN.

Meredith starrte den Bildschirm an, während ihm hundert Gedanken gleichzeitig durch den Kopf schossen. Es war klar, was Barner damit vorschlug — aber wie sollte Meredith diesen Vorschlag verwirklichen? Niemand wußte, wodurch der Vorgang beim ersten Mal ausgelöst worden war, und für Experimente hatte er jetzt bestimmt keine Zeit. Er mußte ein Risiko eingehen und hoffen, daß Astra ausnahmsweise auf ihrer Seite stand.

Der Fremde verstummte, und Meredith fuhr sich mit der Zunge über die trockenen Lippen. »Also gut. Wenn Sie die Funksperre aufheben, werde ich so vielen von meinen Leuten wie möglich die entsprechenden Anweisungen erteilen.«

»Die Sperre ist aufgehoben.«

Merediths Finger zitterten nur leicht, als er alle zur Verfügung stehenden Funkkanäle einschaltete und auch das Telefonnetz nicht vergaß. »Hier spricht Oberst Meredith«, begann er. »Um unnötiges Blutvergießen zu vermeiden, befehle ich allen Einheiten, sich unseren unerwarteten Gästen zu ergeben. Als Geste unseres Vertrauens sollen alle als Schutz verwendeten Säcke mit Düngemitteln sofort aufgeschlitzt und ihr Inhalt auf den Boden entleert werden. Ich wiederhole, der gesamte Dünger muß sofort auf den Boden entleert werden.«

»Sie haben sie nicht angewiesen, in die Städte zurückzukehren«, stellte der Fremde fest, als Meredith die Geräte abschaltete.

»Das war nicht notwendig«, erklärte der Oberst. Die Fremden konnten doch nicht *alles* über die Menschen wissen. »Wenn wir einen Akt des Vertrauens setzen, sind wir dazu verpflichtet, ihn zu Ende zu bringen, bevor wir andere Aktivitäten anfangen.«

Er wartete gespannt, aber der Fremde schwieg. *Jetzt kann ich nur noch warten,* sagte er sich, während er sich erfolglos den Schweiß abwischte. *Wenn es nicht funktioniert, müssen wir uns ergeben. Wenn es funktioniert, werden sie wahrscheinlich beginnen zu schießen.*

»Sie haben den Befehl gehört, Soldat.« Major Barner nickte dem verwirrten Sergeanten an der Barrikade zu. »Beginnen Sie zu schlitzen! Und sorgen Sie dafür, daß der Dünger gleichmäßig auf dem Boden verteilt wird.«

»Ja, Sir.« Der Mann sah noch immer nicht glücklich aus, bellte seinen Befehl aber trotzdem mit genügend Nachdruck. Seine Männer steckten die Pistolen ein, zogen die Kampfmesser und begannen, das dicke Plastik zu bearbeiten.

Barner hob den Feldstecher an die Augen und richtete ihn auf den Oberteil der fremden Landefähre. Mehr konnte er von ihr nicht sehen, weil ihm die Gebäude von Crosse im Weg standen. Wenn es funktionierte, dann konnte es jeden Augenblick losgehen ...

Carmen brauchte beinahe eine Minute, bis sie den Feldstecher so eingestellt hatte, daß sie die Unterseite der Landefähre genau sah — doch dann war sie ihrer Sache sicher. »Landekufen«, sagte sie zu Al Nichols, der neben sie getreten war. »Keine Gummibereifung. Beinahe sicher Stahl oder etwas genauso Verletzliches.«

Sie reichte ihm den Feldstecher.

»Daher also die Geschichte mit dem Dünger«, bemerkte Nichols, während er sich den Feldstecher umhängte. »Meredith nimmt offenbar an, daß zusätzliches Metall wieder den Blutegeleffekt auslösen wird. Er könnte recht haben.«

»Vorausgesetzt, die Konzentration von Metallen war daran schuld, daß es begonnen hat«, wandte Carmen ein. Sie warf einen Blick auf die Expeditionsmitglieder, die sich zusammengedrängt hatten und nach Westen blickten.

Hafner war nicht dabei.

Sie dachte nach, während sie noch einmal die Gruppe musterte, doch es gab eigentlich nur einen einzigen Ort, an dem er sein konnte. Sie ließ Nichols stehen und ging zum Flieger.

Hafner saß auf dem Pilotensitz, hatte die Stirn gerunzelt und studierte die Bedienungselemente konzentriert. »Hast du heute abend etwas vor?« fragte sie, während sie sich neben ihn setzte.

Er blickte auf und wandte sich dann wieder der Steuerung zu. »Sei ein Schatz, Carmen, und zeig mir, wie man dieses Ding startet. Und dann verschwinde.«

Sie starrte ihn einen Augenblick lang an. Dann legte sie den Schalter um, der die Kontrolle auf ihre Hälfte des Armaturenbretts übertrug. »Wohin fliegen wir?« Sie ließ den Sicherheitsgurt einschnappen.

»Du kannst nicht mitkommen«, knurrte er und versuchte, an ihr vorbei den Schalter zu erreichen. »Ich meine es ernst, Carmen, es ist zu gefährlich. Schalte die Kontrolle wieder um und verschwinde.«

»Verrate mir zuerst, was du vorhast.«

»Ach, verdammt.« Er fuhr sich durch die Haare. »Es ist ganz klar, was Oberst Meredith versucht, aber ich glaube, daß der Dünger allein nicht genügen wird. Wir müssen so schnell wie möglich noch mehr Metall in den Boden bringen.«

Sie sah ihn entsetzt an. »Du willst den Flieger abstürzen lassen?«

»Bist du verrückt? So verzweifelt bin ich bestimmt nicht. Ich will versuchen, die Aliens soweit zu bringen, daß einer ihrer Flieger abstürzt.«

»Das ist etwas anderes. Dazu brauchst du einen guten Piloten.« Sie schaltete die Zündung ein und dann die Repulser. Trotz des Krachs hörte sie Hafners Protestgeschrei. »Hör auf zu widersprechen«, rief sie, während der Flieger abhob. »Oberst Meredith kann mir Befehle erteilen, Peter, aber du nicht. Außerdem weißt du genau, daß ich recht habe. Also wohin?«

Er schwieg zuerst bockig, doch dann ergab er sich in sein Schicksal. »Nach Norden und vielleicht ein wenig nach Osten. Ich will einen der Flieger, die die Aliens ausgeladen haben, dazu bringen, daß er Jagd auf uns macht.«

Carmen nickte und schaltete den Hauptantrieb ein. Der Olympus blieb hinter ihnen zurück, und sie blickte kurz auf den Radarschirm. »Hast du dir etwas ausgedacht, um sie dazu zu bringen, daß sie uns nur jagen und nicht schießen?«

»Ich habe eine Idee, aber ich weiß nicht, ob sie funktioniert. Es ist einer der Gründe, warum ich allein fliegen wollte.«

Carmen verschluckte ihre Kommentare. »Dann setz deine Idee in die Tat um — denn da kommen sie.«

Hafner schaute zu seinem Fenster hinaus. Carmen saß auf der falschen Seite, aber der Radarschirm lieferte ihr alle Informationen, die sie brauchte. Zwei Flieger der Fremden kamen rasch näher, der eine in angemessener Höhe, der andere dicht über dem Boden. Hafner wandte sich ihr zu und setzte die Kopfhörer auf. »Ist das Ding eingeschaltet?«

Sie betätigte den Schalter und streifte sich selbst die

Kopfhörer über. »... sofort«, begrüßte sie die Stimme des Übersetzungsgeräts. »Ich wiederhole: Der unbefugte Ctencri-Flieger hat sofort zu landen.«

»Wenn Sie an dem Kabel interessiert sind, das wir entdeckt haben, sollten Sie uns besser in Ruhe lassen«, erklärte Hafner mit schöner Selbstsicherheit. »In unserem Besitz befinden sich empfindliche Geräte, die für den Betrieb der Maschinen unerläßlich sind. Also verschwinden Sie und lassen Sie uns weitermachen.«

Er schaltete den Sender ab, ohne die Antwort abzuwarten. »Du machst jetzt kehrt«, sagte er zu Carmen, »und fliegst dorthin zurück, wo der Flieger Zwei abgestürzt ist.«

»Würde es dir etwas ausmachen, mir das Geheimnis zu verraten?« fragte sie, während sie in eine Rechtskurve ging.

»Kein Geheimnis, nur ein Verdacht. Du hast vorhin bemerkt, daß wir dieses Gebiet inzwischen schon einige Male überflogen haben, aber Flieger Zwei war genau nach Süden unterwegs, als es geschah, und in diese Richtung sind wir nie geflogen.«

Carmen dachte darüber nach. Es war möglich; etwas wie eine lange unterirdische Zylinderspule oder Antenne konnte sich tatsächlich so auswirken. Aber es konnte genauso gut ein einmaliges Ereignis gewesen sein. »Hoffentlich hast du recht«, sagte sie und bedauerte, daß sie all das nicht gewußt hatte, als sie noch die Möglichkeit besaß, es ihm auszureden. »Willst du also, daß ich eine S-Kurve über dem Gebiet beschreibe und hoffe, daß unsere Verfolger geradeaus fliegen?«

»Genau. Hoffentlich sind sie so intelligent, daß sie einfach warten, bis uns der Treibstoff ausgeht und wir landen müssen. Vielleicht verzichten sie dann darauf, auf den Abzug zu drücken ... — du meine Güte!«

Carmen zuckte zusammen. Die Flieger der Aliens waren urplötzlich nur wenige Meter von ihnen entfernt zu beiden Seiten ihres Fliegers aufgetaucht.

»Carmen!« Hafners Aufschrei war halb ein Fluch, halb eine verzweifelte Frage.

»Ich weiß es auch nicht. Vor zwanzig Sekunden waren sie noch 15 Kilometer entfernt, und ich habe nicht bemerkt, daß sie beschleunigt hätten.« Sie unterbrach sich und zwang sich, an die vor ihr liegende Aufgabe zu denken. *Trotz ihrer überlegenen Ausrüstung,* sagte sie sich entschlossen, *wissen wir etwas, das sie nicht wissen.* Aber wie konnte sie dieses Wissen verwerten, wenn ihre Gegner jedes ihrer Manöver genau beobachteten?

Ihr fiel etwas ein. Vielleicht.

»Hol tief Luft, Peter, und halte dich fest! Es geht los.«

Vor ihnen fegte der Olympus auf sie zu wie ein auf dem Kopf stehender Tornado. Carmen zog den Steuerknüppel zurück und gab Vollgas, so daß der Flieger steil hochzog. Die Aliens machten das Manöver mühelos mit; und auch als sie den Flieger nach Süden wendete, folgten sie ihr sofort. Tief unter und ein wenig rechts von ihr zog der Kegel des Olympus vorbei. Irgendwo hier hatte der gesamte Antrieb von Flieger Zwei ausgesetzt ...

Sie biß die Zähne zusammen und schaltete die Repulser ab.

Die plötzliche Stille schien in ihren Ohren zu klingen. Sie warf Hafner, der die Lippen zusammenpreßte, einen Blick zu; er hatte aber offenbar begriffen, worum es ging. Carmen konzentrierte sich auf Landeklappen und Seitenruder und versuchte, sich daran zu erinnern, was sie über den Gleitflug gelernt hatte. Allzuviel war es leider nicht.

»Hast du eine Ahnung, wie weit wir auf diese Art kommen können?« Hafner bemühte sich, möglichst gleichgültig zu sprechen.

»Nicht die geringste.« Sie wollte seinen Ton nachahmen, aber er war der bessere Schauspieler. »Wir waren noch im Steigflug, als ich den Antrieb ausschaltete, und kommen jetzt in die Waagrechte. Alles hängt von den

Gleitflugfähigkeiten dieses Dings ab, und ich weiß nicht, wie es damit steht. Ich glaube, daß wir die Absturzstelle hinter uns haben werden, wenn ich den Antrieb wieder starten muß, aber ich weiß nicht, ob wir viel weiter kommen können.«

Hafner sah zum Fenster hinaus. »Sie hängen wie die Kletten an uns. Woran werden wir eigentlich merken, daß sie ... he! Er ist jetzt etwas tiefer als wir.«

Carmen blickte auf ihrer Seite kurz hinaus. »Meiner ebenfalls.« War es schon passiert? Ohne daß etwas aufgeblitzt oder geknistert hatte? »Halt dich fest!« befahl sie Hafner. »Wir riskieren es.«

Sie zog den Steuerknüppel zurück, so daß sich die Nase des Fliegers hob und sie beinahe in der Luft stillstanden. Wenn der Antrieb der Aliens noch funktionierte, würde es ihnen nicht schwerfallen, neben ihr zu bleiben, und dann konnte sie nur noch aufgeben.

»Sie sinken immer noch!« Hafner schlug aufgeregt mit der Faust auf die Kante des Armaturenbretts. »Sie gleiten ebenfalls, wir haben es geschafft!«

Carmen stieß erleichtert die Luft aus; sie hatte gar nicht gemerkt, daß sie sie angehalten hatte. Sie ging in den Gleitflug über und beschrieb eine langgezogene Kurve nach Steuerbord. Erst als sie nach Westen flogen, wagte sie, den Antrieb zu starten. Die Motoren sprangen sofort an, und als sie wieder auf den Olympus zuflogen, schaltete sie noch einmal den Sender ein. »Achtung Invasoren«, begann sie. »Ihre Flieger, denen wir befohlen hatten, sich zurückzuziehen, sind ausgeschaltet. Wenn Ihnen Ihr Leben etwas wert ist, dann verlassen Sie sofort Astra.« Sie schaltete ab und lächelte Hafner an. »Wenn es nichts anderes bewirkt, dann verwirrt es sie zumindest.«

Hafner starrte jedoch immer noch zum Fenster hinaus. »Kannst du uns an die Stelle zurückbringen, Carmen, an der die Fremden gerade abgestürzt sind? Ich bin nicht sicher, aber ich glaube, es hat begonnen.«

Es hatte tatsächlich begonnen.

Natürlich zunächst unmerklich. Der einzige Hinweis an Bord der riesigen Landefähren der M'zarch war ein leichtes Vibrieren, das zwar unerklärlich, aber nicht besonders beunruhigend war; die Truppen im Freien, deren Aufmerksamkeit nach außen gerichtet war, merkten nicht, daß die Landekufen geräuschlos in den Boden schmolzen. Die riesigen Schiffe lagen plötzlich auf dem Bauch und sanken weiter ein, und als endlich die Alarmglocken schrillten, war es zu spät. Die Repulser an der Unterseite konnten nicht mehr eingeschaltet werden, weil es sie nicht mehr gab.

Für die meisten noch an Bord befindlichen M'zarch war es auch in einem anderen Sinn zu spät. Sie waren in ihren gegen Angriffe abgesicherten Räumen gefangen, der Schock verlangsamte ihre Reflexe, und sie wurden unbarmherzig zermalmt, als die Wände verschwanden und die Decken auf sie herabstürzten, während ihre Kampfanzüge sich auflösten wie Zucker im Wasser. Und da sich in den Schiffen jene Leute befanden, die zu wertvoll waren, um der Gefahr ausgesetzt zu werden, waren die Truppen sich plötzlich selbst überlassen — es gab keine Taktiker, Offiziere oder Verbindungsleute der Clans mehr, keine Unterstützung durch schwere Waffen, keine Kommunikationsmittel und keine Deckung durch Verteidigungssensoren.

»Wir haben Ihre Landefähren zerstört«, erklang die Stimme des menschlichen Commanders aus dem Übersetzungsgerät, das vor dem Auserwählten Oberkommandierenden stand. »Sie werden Ihren Truppen befehlen, sich zu ergeben, oder Ihre Leute werden genauso vernichtet werden.«

Die Finger des Auserwählten zuckten. Das war unmöglich — die gepanzerten Landefähren der M'zarch konnten höchstens von Nuklearwaffen so rasch neutralisiert werden. Aber sie waren neutralisiert worden, und die Sensoren des Truppentransporters hatten keinen

Hinweis auf eine Nuklearschlacht aufgefangen. Umfaßte die Spinneret-Technologie auch Waffen? Wenn ja, dann war es wichtiger denn je, daß die M'zarch die Kontrolle über diese Welt erlangten.

Der S'tarm Clan-Verbindungsmann hinter ihm konnte offenbar seine Seele lesen. »Sie dürfen nicht zulassen, daß sich eine solche Technologie nicht im Besitz der M'zarch befindet«, erklärte er.

Der Auserwählte beherrschte sich. »Ich höre auf Vorschläge in bezug auf unsere Strategie«, wandte er sich an alle hohen Offiziere und Clan-Verbindungsleute auf der Brücke. »Ich kann einseitig die Bodentruppen erreichen; ich kann ihnen befehlen, anzugreifen, und sogar ihre Aktionen leiten, obwohl das nicht sehr effizient ist. Aber man muß vernünftigerweise annehmen, daß die Menschen im Fall eines Angriffs ihre Waffen gegen unsere Truppen einsetzen werden.«

»Es ist der Zweck der Truppen, ihr Leben dafür hinzugeben, daß der Besitz der M'zarch vergrößert ...«, begann jemand.

»Sie sind nicht dazu da, um sinnlos verheizt zu werden«, fuhr ihn der Auserwählte an. »Oder glauben Sie, daß ihre Panzerwesten dieser Waffe widerstehen werden, bis sie einen Erfolg erzielen können?«

»Sie haben noch eine Landefähre in Reserve«, murmelte der Cheftaktiker, der laut dachte, wie man es von Taktikern erwartete. »Aber solange Sie keine genaueren Informationen besitzen, können Sie keine wirksamen Gegenmaßnahmen ergreifen. Außerdem kennen wir auch die Reichweite der Waffen nicht.«

Es dauerte einen Augenblick, bis allen Clan-Verbindungsleuten die volle Bedeutung dieser Feststellung klar wurde. »Unmöglich!« schnaubte der S'tarm. »Dieses Schiff befindet sich sicherlich nicht in Gefahr, und wenn doch, dann sind die Kriegsschiffe ganz bestimmt nicht gefährdet. Wir können den Menschen immer noch mit der vollkommenen Vernichtung drohen.«

Der Auserwählte schwieg wieder. Wenn der S'tarm weiterhin so idiotische Kommentare abgab, würde irgendwann einer der Kommandierenden Offiziere den Narren herausfordern und dem Auserwählten die Mühe abnehmen, es selbst zu tun. Man äußerte *nie* Drohungen, die man nicht ausführen wollte, und die sinnlose Zerstörung eines so wertvollen Objekts wie dieser Planet würde für ihn und seinen gesamten Clan den Tod als Verbrecher bedeuten.

»Es ist sinnlos, dem Planeten mit der Zerstörung zu drohen.« Der Cheftaktiker lehnte den Vorschlag des S'tarm mit einer Geste ab, die gerade noch nicht so beleidigend war, daß dieser ihn herausfordern konnte. »Realistischerweise könnte man allerdings ihrem Raumschiff mit der Vernichtung drohen.«

Er hatte kaum ausgesprochen, als das Alarmgezwitscher seine Feststellung zur Theorie degradierte. »Auserwählter«, übertönte die Stimme des Verteidigungsoffiziers den Alarm, »wir haben den Sprung von sechs Raumschiffen auf Umzinglungskurs abgefangen. Der Struktur nach sind es Rooshrike-Kriegsschiffe der Korvettenklasse.«

Der Auserwählte gab das Zeichen, daß er verstanden hatte, doch in seiner Seele spürte er, wie sein Status zusammenbrach. Daß er bei einer solchen Aufgabe versagt hatte, würde ihn auf den niedrigen Rang zurückwerfen, von dem er so mühsam aufgestiegen war ... aber noch schlimmer wäre es, wenn er nicht nur versagte, sondern auch sinnlos Leben wegwarf. Seine beiden Kriegsschiffe konnten mühelos mit sechs Korvetten fertigwerden, aber diese sechs Korvetten waren bestimmt nur die Spitze der Angriffswelle, und er hatte weder die Fähigkeit noch das Bedürfnis, es mit der gesamten Rooshrike-Streitkraft aufzunehmen. »Steuermann«, rief er dem Piloten zu, »steigen Sie auf einen ortsfesten Orbit! Sprecher: Teilen Sie den Menschen mit, daß meine Bodentruppen sich ergeben, wenn man ihnen gestattet, dann den Planeten zu verlassen. Senden Sie auf der lokalen Frequenz den Truppen die entsprechenden Anweisungen. Dann befehlen Sie meinen Kriegsschiffen, alle Vorkehrungen zu treffen, um sich der im Anflug befindlichen Rooshrike-Streitkraft zu unterwerfen.«

»Sie ergeben sich?«

Der Auserwählte wandte sich dem S'tarm zu. »Ja«, knurrte er zwischen zusammengebissenen Zähnen. »Haben Sie etwas dagegen einzuwenden?«

»Ja! Der Ruhm des M'zarch-Volkes …«

Es war zwar keine formelle Herausforderung, aber er war sicher, daß der S'tarm begriffen hatte, noch bevor er vom Schott abprallte und sich an die schmerzende Brust griff. Der Auserwählte wartete kampfbereit, aber der andere hatte wahrscheinlich erkannt, daß er zu wenig Erfahrung im Kampf in der Schwerelosigkeit besaß, und schlich von der Brücke. *Auf dem Rückflug wird er mir wenigstens nicht unter die Augen kommen,* dachte der Auserwählte.

Auf dem Rückflug würde er auch nicht mehr der Auserwählte sein. Vielleicht würde sich der S'tarm dann rächen.

Das spielte auch keine Rolle mehr. Für den Auserwählten war das Leben, wie er es gekannt hatte, bereits vorbei.

14. Kapitel

Erst bei Sonnenuntergang am nächsten Tag berichteten die Beobachter, die Meredith am Fuß des Olympus stationiert hatte, daß die Hoch/tief-Abweichung der Schwerkraft begann; und die Sonne war bereits halb im Ozean versunken, als das neue Kabel aus dem Kegel des Vulkans katapultiert wurde.

»Erst Sonnenaufgang, dann Sonnenuntergang«, nickte Hafner, als Andrews Meredith die Mitteilung überbrachte. »Wahrscheinlich soll das Kabel mehr oder weniger in Astras Orbit geschossen werden. Dadurch kann man es vermutlich leichter abholen, wenn einige von ihnen in die Lagrangepunkte treiben.«

»Möglich«, meinte Meredith. »Obwohl ich sagen würde, daß das Abholen der einfachste Teil der Operation sein muß.«

Hafner grinste gequält. »Mit anderen Worten, wir haben am Olympus so gut wie keine Fortschritte gemacht.«

»Immer noch kein Hinweis auf einen Eingang?«

»Nicht der geringste. Obwohl der Krater aufgeht, um das Kabel hinauszulassen, scheint er nicht darauf programmiert zu sein, Leute hineinzulassen.«

»Vielleicht haben Sie ihn nur übersehen«, meinte Meredith. »Dreihundert Quadratmeter Kraterboden plus weiteren hundert Quadratmeter Kraterwand sind ein Gebiet, in dem man sehr leicht einen Eingang verstekken kann.«

»Nur glaube ich nicht, daß man ihn verstecken wollte, und Fabrikstore sollen für gewöhnlich leicht erkennbar sein.«

»Was meinen Sie mit ›nicht versteckt‹?« mischte sich Andrews ein. »Die ganze Anlage ist ja als Vulkan verkleidet.«

»Ich glaube allmählich, daß die Form zufällig entstanden ist«, erwiderte Hafner. »Der kurze Zylinder in dem Kegel ist relativ glatt — wahrscheinlich aus einem ähnlichen Material wie das Kabel, aber ohne den Klebstoff — und die äußere Oberfläche des Olympus sieht wirklich nicht wie vulkanisches Gestein aus. Je länger ich darüber nachdenke, desto mehr neige ich zu der Annahme, daß die Spinner ...«

»Spinner?« Meredith runzelte die Stirn.

»Ach, das ist die hypothetische Rasse, die das Ganze gebaut hat.« Hafner grinste verlegen. »Dr. Changs Team nennt nämlich den Apparat ›Spinneret‹, und daraus hat sich die zweite Bezeichnung von selbst ergeben. Ich bin jedenfalls davon überzeugt, daß die Spinner die Erde, die sie aushoben, um ihre unterirdische Fabrik zu errichten, einfach aufgehäuft haben, und daß die Hitze aus dem zentralen Schacht allmählich das lockere Gestein zu seiner jetzigen Form zusammengeschmolzen hat.«

»Ja, diese unterirdische Arbeitsstätte.« Meredith kam endlich zu dem Thema, über das er eigentlich mit Hafner sprechen wollte. »In dem Bericht, den Sie und Miss Olivero heute früh abgegeben haben, steht, daß Sie um Erlaubnis bitten, das Gebiet um das Tote Meer nach dem Eingang abzusuchen. Ist das nicht ein bißchen weit hergeholt? Die Entfernung zwischen dem Meer und dem Vulkankegel beträgt mindestens zehn Kilometer.«

Hafner zuckte die Achseln. »Die Stelle, an der die M'zarch-Flieger ihre Repulser verloren, ist beinahe genauso weit vom Kegel entfernt.«

»Aber sie liegt mindestens einen Kilometer westlich vom Meer.«

»Das stimmt. Aber wenn sich die Spinner nicht die Mühe gemacht haben, mitten im Nichts einen Fahrstuhl zu bauen, befindet sich der einzige geeignete Ort für einen Eingang in den Hügeln am Meer.«

Auf der anderen Seite des Schreibtischs hob Andrews

sein Telefon ans Ohr und murmelte etwas. Meredith ließ seinen Adjutanten nicht aus den Augen, während er fortfuhr: »Sie müssen verstehen, Doktor, daß ich es zwar für notwendig halte, mehr über dieses Spinneret zu erfahren, daß ich aber nicht über die Mittel für eine eingehende, lange Suche verfüge. Wir haben wieder unseren gesamten Metalldünger verloren und müssen entweder vorzeitig ernten oder neuerlich düngen. Letzteres müssen wir sofort und von Hand aus machen ...« Er unterbrach sich, weil Andrews aufblickte. »Ja?«

»Oberst, die *Pfadfinder* meldet, daß zwei Rooshrike-Schiffe den Orbit verlassen haben und im Begriff stehen, das Kabel abzufangen.«

Meredith überlegte. Ihm war sofort klar, daß er sich damit abfinden mußte, weil die *Pfadfinder* so gut wie keine Möglichkeit hatte, die Rooshrike an ihrem Vorhaben zu hindern. Doch der Rückzug der M'zarch-Bodentruppe war noch im Gang, und es war keineswegs der richtige Augenblick, um die Kavallerie, die Astra gerettet hatte, zu verärgern. »Radford soll den Rooshrike mitteilen, daß wir ihnen das Kabel als Dank für ihre rechtzeitige Hilfe überlassen, und so weiter — er kann sich die Formulierung selbst ausdenken.«

»Ja, Sir.«

Meredith wandte sich wieder Hafner zu und war eigentlich auf Widerspruch gefaßt, doch dieser nickte. »Gute Idee. Sie werden uns natürlich durchschauen, aber es zeigt ihnen, daß wir etwas von Politik verstehen. Ist übrigens das erste Kabel im Boden verschwunden, als der Blutegeleffekt einsetzte?«

»Nein, es hat sich nicht gerührt.«

»Hmmm ... soll das also heißen, daß ich keine weiteren Leute für meine Suche bekomme?«

Meredith breitete die Arme aus. »Wie gesagt müssen wir sofort etwas wegen der Feldfrüchte unternehmen. Wenn wir das erledigt haben, werden wir riesige, mit Plastik ausgelegte, blumenkistenartige Behälter bauen, um herauszufinden, ob das vielleicht eine Langzeitmaßnahme gegen den Blutegeleffekt sein könnte. Und das zu allen unseren übrigen Arbeiten. Ich kann Ihnen einen Wagen und eine vernünftige Menge Grabwerkzeug zur Verfügung stellen, aber das ist alles. Sie können es nehmen oder bleiben lassen.«

»Natürlich nehme ich es«, meinte Hafner. »Aber ich muß feststellen, Oberst, daß Sie einem unglaublich wertvollen Fund äußerst gleichgültig gegenüberstehen.«

»Dann haben Sie nicht aufgepaßt.« Meredith klang verärgert. »Wenn es mir gleichgültig wäre, hätten Sie und Ihre Kollegen während der letzten zwei Monate bei Feld- oder Bauarbeiten mitgewirkt, statt im Olympus herumzustochern. Ich bin kein Idiot, Doktor, ich verstehe sehr gut, was wir da haben. Aber das Überleben der Menschen hat Vorrang. Die *Aurora* wird in ein bis zwei Wochen eintreffen, und Radford hat gesagt, daß sie die zusätzlichen Vorräte mitbringt, um die wir ersucht haben. Wenn das stimmt und wenn Hills Pfennigfuchser nicht die Hälfte gestrichen haben, dann können wir unsere Maßnahmen ein wenig lockern. Aber ich glaube es erst, wenn ich es sehe.«

»Ich verstehe.« Hafner erhob sich. »Ich finde jedoch, daß wir das Problem mit den Feldfrüchten am einfachsten lösen können, indem wir das Schaltbrett des Spinnerets finden und den Metall-Egel abschalten.«

Damit verließ er das Zimmer. Meredith seufzte und sah Andrews an. »Irgendwann werde ich genug von Wissenschaftlern haben, die unter meinem Befehl stehen. Jeder einzelne von ihnen sieht nur seinen ureigensten Interessenbereich.«

»Was er zuletzt gesagt hat, kommt mir gar nicht so unsinnig vor, Sir«, wandte Andrews ein. »Natürlich nur unter der Voraussetzung, daß wir den Metall-Egel wieder einschalten können, wenn wir wollen.«

»Was keineswegs sicher ist. Aber selbst wenn wir etwas so Einfaches wie einen Ein-Aus-Schalter finden ...«

Meredith verzog das Gesicht. »Wir haben keine Ahnung, was für Überwachungsgeräte die Rooshrike oder auch die M'zarch auf ihren Schiffen haben. Und wer sagt uns, daß letztere abziehen, sobald sie ihre Truppen an Bord haben?«

»Sie glauben also, daß die da oben es merken, wenn wir den Eingang zum Spinneret finden?« fragte Andrews nachdenklich. »Ist das der Grund für die Verzögerungstaktik?«

»Hauptsächlich. Wir verfügen wirklich nicht über zusätzliche Arbeitskräfte, aber einige unserer Projekte könnten ohne weiteres zurückgestellt werden. Im Augenblick halte ich es jedenfalls für besser, Zeit zu schinden.«

Andrews schwieg eine Weile, bevor er weitersprach. »Sie erwarten hoffentlich nicht, daß uns das Pentagon Berge von Verteidigungswaffen schickt. Selbst wenn der Kongreß nicht ein halbes Jahr lang darüber debattiert, müßten sie das Material, das wir benötigen, praktisch erfinden.«

»Ich weiß — Waffen für den Krieg im Weltraum, die man sehr gut gegen Spionagesatelliten einsetzen kann, würden M'zarch-Kreuzer nicht einmal ankratzen. Nein, ich rechne mit den Leuten, die die Waffen bereits besitzen.«

»Den Rooshrike?«

»Und den Pom, den Orspham und den Whissst. Was würden Sie als Präsident unternehmen, wenn Sie erfahren, daß das Spinneret zum Beispiel in Obervolta entdeckt wurde und daß die Chinesen es sich unter den Nagel reißen wollen?«

»Ich würde ihnen zwei Geschwader F-26 zur Unterstützung schicken und ihnen alles anbieten, was sie wollen«, antwortete Andrews wie aus der Pistole geschossen. »Sie wollen also so lange Zeit schinden, bis alle Aliens in dem Gebiet von dem Angriff der M'zarch erfahren haben?«

»Genau. Vielleicht erzählen es die Rooshrike herum; wenn nicht, schicken wir eine Mitteilung an die Ctencri-Handelsgruppe auf der Erde und überlassen ihr alles weitere.«

»Drei Wochen in eine Richtung für die *Pfadfinder.* Haben Sie je erfahren, wie schnell die Rooshrike-Schiffe sind?«

»Nein, aber wir wissen, daß die Ctencri geknausert haben, als sie uns ihre Technologie verkauften. Ich schätze, daß die Schiffe der anderen Aliens in spätestens einem Monat hier aufkreuzen werden, um die Situation aus nächster Nähe zu analysieren. Bis dahin müssen wir uns darauf verlassen, daß die Rooshrike weitere Interessenten abhalten.«

»Und daß die Rooshrike auf keine dummen Ideen kommen.«

»Das natürlich auch.«

»Ein wirklich großartiger Spaß«, stellte der junge Whist fest und schnalzte äußerst vergnügt mit seiner Aufreißklaue.

»Das stimmt«, bestätigte der ältere Whist auf dem Bildschirm. »Nur das Auffinden des Spinneret wäre noch besser.«

»Richtig. Und dabei sind die M'zarch normalerweise vollkommen humorlose Leute.«

»Wir sollten einen Vertreter in den Rooshrike-Raum schicken, damit er sich das Ganze ansieht.«

Der junge Whist überlegte einen Augenblick lang. »Aber eine solche Aktion wäre vollkommen humorlos«, widersprach er und berührte mit seiner linksten Antenne einen Schalter. Oberhalb des Gesichts seines Landsmanns erschien eine Landkarte mit einer Zahlenreihe. »Das Analysegerät errechnet mit 89%iger Wahrscheinlichkeit, daß die Whissst etwas Derartiges unternehmen werden.«

»Ich verstehe dein Zögern, mein Sprößling. Aber du

mußt lernen, daß nicht alle Aktionen humorvoll sein können. In diesem Fall ist es vorteilhafter, wenn ein Vertreter die Vorgänge an Ort und Stelle beobachtet, statt daß wir das Vergnügliche einer Situation genießen. Außerdem ...« — die Antennen des älteren Whist zuckten —, »wer weiß, welche Scherze das Spinneret noch zu bieten hat?«

»Das ist richtig. Wenn ich mit Leuten von anderen Welten zu tun habe, würde ich zwar lieber humorvolle Aktionen setzen, aber ich beuge mich deiner Logik. Ich werde meine Anrufe tätigen.«

»Gut.« Der Schirm wurde dunkel.

Der junge Whist tippte unverzüglich die erste Nummer auf den Bildschirm, aber trotzdem teilte ihm der Monitor mit, daß es eine kleine Verzögerung geben würde. Kein Wunder, denn alle seine Brüder aus dem gleichen Jahr versuchten gleichzeitig, die ihnen zugeteilten, um ein Jahr jüngeren Verwandten anzurufen, und von diesen würde jeder weitere fünf anrufen ... und wahrscheinlich hatten andere Familien ebenfalls die Mitteilung erhalten und waren auch damit beschäftigt anzurufen. Die Pyramide war zweifellos eine sehr effiziente Methode, Neuigkeiten weiterzuleiten, aber diese praktische Tätigkeit war absolut humorlos: die Leitungen waren jedesmal überlastet.

Trotzdem ... Der junge Whist betrachtete die Landkarte, und sein Gesicht hellte sich auf. Selbst wenn die Whissst sich nach Astra begaben, konnten ihre Schiffe um den Rooshrike-Raum herumfliegen und aus der gleichen Richtung kommen wie die Orspham. Natürlich nur ein kleiner Spaß, aber besser als gar nichts.

Die Leitung wurde frei, und der Aufforderungston erklang. Er brachte seine Klauen in die gehörige Stellung, mit der man einen um ein Jahr jüngeren Bruder begrüßt, und wartete darauf, daß sich der andere meldete.

Auf der Heimatwelt der Pom wurde die Nachricht in Form von wogenden Sonarwellen verbreitet, die während ihrer Reise an Tausenden strategischen Punkten verstärkt wurden, bis sie jedes Riff und jeden Wellenkamm des mächtigen Ozeans erreichten. Es dauerte wesentlich länger, bis sich alles Volk versammelt hatte, obwohl die Pom auf ihre Schnelligkeit und Unermüdlichkeit stolz waren. Man hätte die Debatte natürlich einfacher entweder über die Sonarverstärker oder über die Niedrigfrequenz-Funkgeräte abhalten können, aber seit undenklichen Zeiten war die Versammlung die vorgeschriebene Art, auf die man wichtige Probleme behandelte ... und eine Bedrohung der Pom-Grenzen war eindeutig ein wichtiges Problem.

»Es stellt keine Bedrohung für uns dar«, wiederholte das Erste Männchen, während es einen verschlungenen Pfad durch die versammelten Pom schwamm und abschätzte, ob die Allgemeinheit auch seiner Meinung war. »Wir müssen nicht handeln. Gegenstand des Interesses sind die Menschen und das Spinneret. Der Machtbereich der Pom ist nicht bedroht.«

»Wirklich nicht?« widersprach das Erste Weibchen von ihrem Pfad aus. »Was ist, wenn Aliens den Pom-Raum verletzen? Nach Astra gelangt man nur durch den Rooshrike- oder den Pom-Raum, und von den Rooshrike weiß man, daß sie ihre Grenzen erbittert verteidigen. Werden dann die Invasoren nicht vorziehen, durch den Pom-Raum zu reisen?«

»Der Raum steht allen offen«, beharrte das Erste Männchen. »Es gibt keinen Hinweis darauf, daß Pom-Welten oder -Schiffe bedroht sein würden.«

»Wir haben eine Möglichkeit, Fortschritte zu machen«, erklärte das Zweite Weibchen, deren Pfad den des Ersten Weibchens kreuzte, um zu zeigen, daß sie der gleichen Meinung waren. »Für das Spinneretkabel gibt es viele potentielle Verwendungsmöglichkeiten, genau wie für die übrigen damit zusammenhängenden

Technologien. Es wird zweifellos leichter sein, von den Menschen als von einem erfolgreichen Invasor zu kaufen.«

»Wenn wir die Verteidigung unserer Grenzen verstärken, nützen wir also unseren Interessen zweimal«, fügte das Erste Weibchen hinzu.

»Es geht um interstellare Politik«, widersprach das Erste Männchen. »Damit haben die Pom nichts zu tun.«

Die Diskussion dauerte beinahe einen Tag, aber an ihrem Ende schwamm mehr als die Hälfte der versammelten Pom Pfade, die sich mit dem des Ersten Weibchens verflochten. Als die Abstimmung vorbei war, löste sich die Versammlung auf, und das Erste Männchen gab ihren Beschluß an das Nachrichtenschiff weiter, das hoch über den Wellen kreiste.

Innerhalb weniger Tage versammelten sich die Schiffe an der Grenze und riegelten den Pom-Raum so hermetisch ab wie nie zuvor in Friedenszeiten.

Aus dieser Richtung war das Spinneret jedenfalls vor einer Invasion sicher.

Die Orspham waren sich vollkommen einig. Die M'zarch hatten versucht, Astra zu besetzen, und die Orspham würden alles in ihrer Macht Stehende unternehmen, um dafür zu sorgen, daß es zu keinen solchen Versuchen mehr kam. Man würde sofort eine diplomatische Mission zur Heimatwelt der Menschen entsenden, und defensive militärische Unterstützung anbieten; ein militärischer Verband würde an der Grenze des Rooshrike-Raums darauf warten, daß er von den Menschen und den Rooshrike die Erlaubnis erhielt, nach Astra weiterzufliegen.

Diese Reaktion war nicht einfach durch die traditionelle Rivalität ausgelöst worden. Sogar die Orspham wußten, daß die M'zarch einen Riecher für wertvolle Gegenstände hatten; und wenn die M'zarch fanden, daß das Spinneret einen Krieg mit den Rooshrike wert war, dann mußte es tatsächlich wertvoll sein. Bis die

Orspham genaue Informationen über den Umfang und die Einzelheiten dieses Wertes besaßen, war es nur vernünftig, die M'zarch von dem Planeten fernzuhalten.

Die Orspham waren vielleicht langsam, aber sie waren nicht dumm.

Von allen Rassen in dem Gebiet der Galaxis erfaßten wahrscheinlich die Ctencri am deutlichsten die Auswirkungen des M'zarch-Angriffs und seines Scheiterns.

Der Erste Händler Sen ging im Geist den Rooshrike-Bericht noch einmal durch, während er sich eine Phiole mit *semarin* an die Nase hielt. *Formal eine Kriegshandlung,* dachte er unglücklich, *die von den Menschen durch den direkten Einsatz der Spinneret-Technologie abgewehrt wurde. Durch einen militärischen Einsatz, wie er im Buch steht.*

Die Entwicklung kam nicht gerade unerwartet — schließlich konnte jede Technologie für die Kriegsführung umgemodelt werden. Aber von nun an würden alle in erster Linie an die militärischen Anwendungsmöglichkeiten denken, und das würde den Verkauf ungeheuer erschweren. Die Nachfrage würde natürlich steigen, denn niemand würde ohne Waffen oder Verteidigungsanlagen dastehen wollen, die andere bereits besaßen. Doch dieser Umstand würde durch das spannungsgeladene Klima ausgeglichen werden, in dem die Ctencri von nun an arbeiten mußten. Und dann gab es natürlich immer noch die unangenehme Möglichkeit, daß eine Rasse mit echten interstellaren Fähigkeiten die Kontrolle über die neue Technologie erlangte. Wenn man den Menschen ausreichende Verteidigungsmittel zur Verfügung stellte, ohne ihnen gleichzeitig Angriffswaffen zu überlassen, stand man vor einem heiklen Problem, vor allem deshalb, weil man bei den Menschen nicht den Eindruck erwecken wollte, daß man sie wie unerfahrene Anfänger behandelte.

Na schön. Zunächst brauchte die Erde eine raschere

Kommunikationsmöglichkeit mit ihrer Kolonie. Im allgemeinen hielt sich die Handelsgemeinschaft streng an den Grundsatz, jungen Rassen keine modernen Raumantriebe zu überlassen, aber man konnte ja dafür sorgen, daß die Pläne den Menschen »zufällig« in die Hände gerieten … Nein. Es ging schneller und einfacher, wenn man ihnen zwei unbewaffnete Kurierschiffe mit versiegelten Antriebsaggregaten zur Verfügung stellte. Als Geschenk, beschloß der Erste Händler; eine Goodwill-Geste, die geschickt dafür sorgte, daß die Menschen den Ctencri zu Dank verpflichtet waren.

Die *semarin*-Phiole war leer; das flüchtige Parfum war verdunstet, ohne daß Sen es bemerkt hatte. Er warf die Phiole in die Öffnung des Recyclers, summte, um das Intercom einzuschalten, und befahl, ihn mit Generalsekretär Saleh zu verbinden.

Es war ein merkwürdiges Gefühl, sehr erleichtert und gleichzeitig stinkwütend zu sein, stellte Saleh fest. *Das werden die M'zarch büßen,* dachte er. *Bei allem was mir heilig ist, sie werden es büßen.*

Er riß sich zusammen und verdrängte seine Wut ins Unterbewußtsein, bis die Zeit für seine Rache reif war. Er überlegte einige Minuten lang schweigend, dann wählte er die Geheimnummer von Präsident Allerton.

Diesmal verzichtete er auf gesellschaftliche Floskeln. »Ich habe gerade eine Nachricht von den Ctencri erhalten, Mr. President. Eine Streitkraft der M'zarch hat versucht, Astra zu besetzen.«

Allertons Augen wurden schmal, doch er hörte schweigend zu, während Saleh über den Zwischenfall berichtete. »Weiß Händler Sen, ob die Rooshrike weiterhin über Astra wachen werden?« fragte er, als der Generalsekretär verstummte.

»Er behauptet, daß sie so lange bleiben werden, wie wir wollen. Aber ich nehme nicht an, daß sie es umsonst tun werden.«

»Sie glauben, daß ihre Honorarforderung auch Spinneret-Technologie umfassen wird?«

»Möglicherweise, aber darum geht es nicht. Kein Mensch und keine Menschengruppe können Besitzansprüche auf ein Gebiet geltend machen, wenn sie es nicht verteidigen können. Auf Astra sind wir schändlich nachlässig gewesen, und wir verdanken es nur Gottes Gnade, daß wir eine zweite Chance bekommen.«

»Und was schlagen Sie vor?« fragte Allerton ruhig. Salehs Ansicht nach zu ruhig. Wo blieben die Kriegshetze und das Säbelgerassel der kriegerischen Amerikaner, wenn man sie einmal wirklich brauchte?

»Ich schlage vor, daß wir sofort richtige Waffen nach Astra schicken«, knirschte er. »Natürlich Boden-Luft-Raketen, vielleicht Waffen für den Bodenkampf. Unsere Schiffe werden wir ebenfalls bewaffnen müssen ...«

»Und wer wird das alles bezahlen?«

Saleh verschlug es eine Sekunde lang die Sprache. »Haben Sie vergessen, daß das da draußen Ihre Leute sind?« fuhr er Allerton an, als ihm seine Zunge endlich wieder gehorchte.

»Sie wollen also, daß wir die Rechnungen für diese nutzlosen Waffen bezahlen«, nickte Allerton. »Das habe ich erwartet.«

»*Nutzlos?*«

»Sie nehmen doch nicht ernstlich an, daß wir auch nur eine einzige Waffe erzeugen können, die der feindlichen Technologie gewachsen ist? Unsere einzige Chance wäre, dem heutigen Stand der Technik entsprechende Waffen von den Ctencri zu kaufen, und ich bezweifle sehr, daß sie uns so etwas verkaufen würden.«

Saleh starrte Allertons Bild an und zwang sich wieder einmal, sich zu beherrschen. »Also gut. Falls wir einen Lieferanten für solche Waffen finden — sind Sie dann bereit, sich an den Kosten zu beteiligen?«

»Möglicherweise. Es hängt zum Teil davon ab, wer die Kontrolle über die Waffen hätte und wie Sie dafür sorgen könnten, daß sie nicht später in verschiedenen nationalen Arsenalen auftauchen.«

»Die Kontrolle würden natürlich wir — die Vereinten Nationen — behalten ...«

»Das ist etwas vage. Meinen Sie den Sicherheitsrat, die Generalversammlung oder nur das Sekretariat?«

Saleh sah ihn kühl an. »Sie trauen uns offenbar nicht.«

»Sie haben selbst wiederholt darauf hingewiesen, Mr. Saleh, daß alle Kontakte mit den Ctencri über die UNO laufen. Angesichts der Beschimpfungen des Westens, die neuerdings das Hauptthema der Reden in der Generalversammlung sind, habe ich sehr wohl das Recht, besorgt zu sein, wenn Sie von übereilten Waffenkäufen sprechen.«

»Aber Sie sind beleidigt, wenn ich vorschlage, daß der Nutzen, den Sie aus Astra und dem Spinneret ziehen, gerechter verteilt werden soll.«

»Sie wissen genau, daß das ein ganz anderer Kaffee ist.«

»Natürlich weiß ich das, aber die Weltmeinung ist selten so vernünftig. Deshalb informiere ich Sie jetzt schon über meine nächsten Schritte. Erstens: Ich werde morgen früh die Öffentlichkeit genau über die Entdeckung des Spinneret und über seine Eigenschaften sowie über den Angriff der M'zarch informieren. Gleichzeitig werde ich im Sicherheitsrat eine Resolution einbringen, derzufolge die UNO den Betrieb und die Verteidigung von Astra übernimmt.«

»Gegen eine solche Resolution werden die Vereinigten Staaten ihr Veto einlegen«, unterbrach ihn Allerton scharf.

»Das haben Sie bereits gesagt. Und zweitens: Ich werde die Schaffung einer wissenschaftlichen Sondereinheit in die Wege leiten, die das Spinneret und sein Kabel studieren soll. Sie werden von einem der beiden neuen Kurierschiffe, die uns die Ctencri großzügig überlassen haben, nach Astra gebracht werden — die Schiffe werden für den Flug etwa vier Tage brauchen.«

Er beobachtete befriedigt, wie Allerton das Gesicht verzog. »Also schnellere Schiffe«, stellte der Präsident nachdenklich fest. »Falls Sie erwarten, daß uns ein solcher Kommunikationsvorteil von Astra vertreibt, dann haben Sie sich geirrt. Astra braucht vor allem eine sichere Nachschubquelle, und ich bezweifle, daß Ihre kleinen Kurierschiffe auch nur annähernd die Kapazität unserer Schiffe besitzen.«

»Das stimmt. Aber wer weiß? Vielleicht bieten Sie uns in einem Monat einen Leasing-Vertrag für Ihre Schiffe an, denn ich versichere Ihnen, Mr. President, daß das Spinneret nicht lange alleiniger Besitz der USA oder einer anderen Nation bleiben wird. Er gehört der gesamten Menschheit, und diese Tatsache werde ich deutlich bekanntgeben und rechtskräftig machen. Überlegen Sie sich inzwischen, wie Sie sich möglichst würdevoll ins Unvermeidliche fügen werden. Guten Tag, Sir.«

Allerton starrte immer noch düster den Bildschirm an, als Saleh die Verbindung unterbrach.

15. Kapitel

Meredith hatte angenommen, daß es einen Monat dauern würde, bis die politischen Wellen des M'zarch-Angriffs Astra erreichten, doch zehn Tage nach dem Zwischenfall trafen die ersten Schiffe ein, drei Kriegsschiffe aus dem Orspham-Imperium, riesige Ungeheuer, neben denen die Rooshrike-Korvetten, die sie von der Grenze nach Astra geleiteten, winzig wirkten. Einige Tage später kamen die Whissst, deren Schiffe viel kleiner waren, und Meredith an stahlgepanzerte Brezeln erinnerten. Die Ctencri schickten keine Kriegsschiffe, aber ihr fliegendes Kaufhaus wäre der Traum jedes Hobbytechnikers gewesen, wenn man nach dem Katalog urteilte, den sie Astra übersandten. Jeder neu eintreffenden Rasse übermittelte Meredith höfliche Begrüßungsbotschaften, bestätigte dankbar ihre Hilfs- und Verteidigungsangebote, nahm jedoch keines wirklich an.

»Ich komme mir vor wie ein Ölscheich bei einem Treffen von geldgierigen Frauen«, erklärte er eines Nachmittags Major Barner in dessen Büro in Crosse. Er hielt sich in letzter Zeit sehr oft in den Büros anderer Leute auf; wenn er an all die Funk-Monitore hoch über sich dachte, mißtraute er dem Telefon zutiefst und benützte es nur für absolut harmlose Gespräche. »Jedesmal, wenn einer von ihnen bei mir anruft, hört man die Dollar rascheln.«

»Mit Ausnahme der Orspham«, wandte Barner ein. »Sie sind anscheinend mehr darauf aus, ein M'zarch-Schiff zu finden und abzuschießen. Haben Sie schon eine Ahnung, was Sie mit all den Aliens anfangen werden?«

»Noch nicht. Natürlich brauchen wir einen gewissen Schutz, schon um zu verhindern, daß die M'zarch noch einmal versuchen, uns zu überrumpeln. Wir müssen nur sicher sein, daß die Wächter, für die wir uns entscheiden, nicht irgendwann auf die Idee kommen, daß Raub lukrativer ist. Aber das ist im Augenblick unwichtig. Eine Weile können wir sie bestimmt noch hinhalten. Wollten Sie tatsächlich mit mir über die Ernte sprechen, oder ging die Einladung mehr von Hafners Leuten aus?«

»Letzteres.« Barner entfaltete eine Landkarte und zeigte auf ein frisch schraffiertes Areal. »Sie haben drei weitere Hügel und den größten Teil des Kamms an diesem Ende des Toten Meeres ausgeschieden.«

»Verwenden sie immer noch das von Browns Leuten zusammengestoppelte Sonar-Gerät?«

»Ja, und sie hoffen dabei, daß Barren aus Kabelmaterial nicht die gleichen Auswirkungen auf Schallwellen haben wie elektromagnetische Felder. Bis jetzt haben sie nichts gefunden, das wie eine Höhle aussieht.«

»Haben sie mit Dr. Changs Team darüber gesprochen? Ich weiß nicht, ob Chang mit dem Kabel Sonartests gemacht hat, aber seine Leute können bestimmt etwas zusammenbasteln.«

»Wahrscheinlich.« Barner zögerte. »Ich glaube nicht, daß Hafners Leute Chang dabeihaben wollen.«

»Was sie wollen, ist mir egal«, knurrte Meredith. »Wir haben ein Expertenteam hier und werden es einsetzen. Was bildet sich Hafner eigentlich ein — daß wir Verstekken spielen?«

»Hafner selbst ist es vermutlich gleichgültig. Aber einige seiner Leute — na ja, sie haben etwas gegen die Art, wie Chang hier hereingeplatzt ist und die Leitung im Kabelschuppen übernommen hat.«

Meredith fiel Hauptmann Witzanys Reaktion ein. »Vielleicht erinnern sich die Leute einmal daran, daß Astra ein Territorium der Vereinigten Staaten und kein freies, unabhängiges Land ist. Sie werden heute nachmittag einen Boten zu Chang schicken, der sich nach den Schall-Charakteristika des Kabels erkundigen soll.«

Er sah Barners Widerspruch voraus und schwächte den Befehl ab. »Sie müssen ihm aber nicht verraten, wozu wir die Information brauchen.«

»Das klingt schon besser.« Barner schob die Mappe zur Seite und legte einen Stapel vergrößerter Fotos an ihre Stelle. »Dr. Hafner hat das Gebiet auch gründlich fotografiert und schlägt vor, daß wir es mit einer Form-Analyse der Hügel versuchen. Ich halte es für eine gute Idee.«

»Ja.« Meredith nahm das oberste Foto in die Hand und warf einen Blick auf das nächste. »Leider müßten wir dazu das alles dem Computer eingeben, und das möchte ich eigentlich nicht riskieren.«

»Ich muß zugeben, daß meine Kenntnisse in bezug auf Computer nicht sehr groß sind, aber wenn Sie den gesamten Zugang über das Datennetz hinauswerfen, sollte das Ding ziemlich sicher sein. Niemand wird aus dreißigtausend Kilometern Entfernung im Boden vergrabene Kabel abhören, und das Gerät selbst müßte entsprechend abgeschirmt sein.«

»Bis zu ›müßte‹ bin ich auch gekommen. Da wir keinen blassen Schimmer vom neuesten Stand der Computertechnik bei den Aliens haben, ist das nicht sehr beruhigend.« Der Oberst legte das Foto wieder auf den Stoß. »Sie können diese Fotos genauso gut in Ihrer einbruchsicheren Ablage verschwinden lassen. Ich muß nach Unie zurück — Carmen Olivero hat mir erzählt, daß der Gemeinderat heute nachmittag irgendeine idiotische Resolution fassen will. Halten Sie mich über Hafners Fortschritte auf dem laufenden.«

»Ja, Sir.«

Draußen blieb Meredith neben seinem Wagen stehen und blickte einen Augenblick lang nach Süden. Auf den Feldern waren zwei Mähdrescher damit beschäftigt, die magere Ernte einzubringen. Beinahe dreißig Prozent der Pflanzen hatten den Schock durch den zweimaligen Entzug ihrer metallischen Spurenelemente nicht überlebt. *Hoffentlich bringt die* Celeritas *genügend zusätzliche Lebensmittel mit,* dachte er, während er einstieg und startete. *Und eine Menge Treibstoff.*

Der letzte Redner — wie üblich Perez — sprach gerade, als Meredith endlich erschien. Statt ebenfalls am Tisch Platz zu nehmen, ließ er sich neben der Tür auf einen Stuhl fallen. Carmen warf ihm einen kurzen, verärgerten Blick zu und wandte dann ihre Aufmerksamkeit wieder Perez und den übrigen Gesichtern am Tisch zu. Leider stand das Ergebnis so gut wie fest. Aus den vorhergehenden Reden und dem Applaus, den sie erhalten hatten, ging klar hervor, daß mindestens sechs der zehn Komiteemitglieder für Perez' Resolution waren, und von den restlichen vier waren nur zwei ernsthaft dagegen. Sie hatte auf eine Patt-Situation gehofft, in der ihre Stimme den Ausschlag geben würde, doch dieser Fall war nicht eingetreten.

Perez setzte sich, und Carmen wartete, bis der Applaus verklang. »Irgendwelche Kommentare?« fragte sie. »Dann wollen wir sofort abstimmen. Alle, die für ...«

Das Ergebnis war ein eindeutiges sieben zu drei. Carmen wandte sich Meredith zu. »Das Bürgerkomitee von Astra fordert Sie auf, Oberst, für alle Personen, die nicht Bürger von Astra sind, folgendes Verbot zu erlassen: sie dürfen sich weder dem Olympus noch dem nördlich von Wright liegenden Kabel oder einem anderen Teil der fremden Technologie und der vielleicht noch auftauchenden Gebrauchsgegenstände nähern oder sie untersuchen. Dieses Verbot soll vor allem für Dr. Changs bereits auf Astra befindliche Gruppe und für die verschiedenen in diesem System anwesenden fremden Repräsentanten gelten.«

»Ersuchen abgelehnt«, erwiderte Meredith prompt. »Gibt es noch einen Grund, aus dem meine Anwesenheit erforderlich ist?«

Am Tisch erhob sich unzufriedenes Gemurmel, und Carmen machte sich auf den unvermeidlichen Ausbruch gefaßt, doch Perez beherrschte sich.

»Sie verstehen uns offenbar nicht, Oberst«, meinte er ruhig. »Diese Resolution werden Sie nicht einfach vom Tisch wischen. Diesmal haben wir es vorschriftsmäßig gemacht: ich besitze von zweiundsiebzig Prozent der Bewohner von Ceres unterschriebene Petitionen, die diese Resolution unterstützen, und andere Komitees verfügen in ihren Bezirken über ebensolche Unterlagen. Das Spinneret gehört Astra, Oberst, und weder Sie noch die anonymen Bürokraten in Washington werden es uns wegnehmen.«

Meredith sah ihn kalt an. »Bedauerlicherweise läßt Sie Ihr Gedächtnis in bezug auf gewisse Tatsachen des Lebens im Stich, Perez — zum Beispiel hinsichtlich Ihrer Staatsbürgerschaft und meiner Befehlsgewalt auf Astra. Es steht mir frei, nichts zur Kenntnis zu nehmen, was Sie oder Ihre zweiundsiebzig Prozent zu sagen haben — und wenn Sie es mit Gewalt versuchen, kann ich Sie alle ins Gefängnis stecken.«

Perez zuckte mit keiner Wimper. »Es würde keineswegs so glatt und mühelos gehen, wie Sie es darstellen. Wenn Sie Changs Gruppe nicht sofort hinauswerfen, garantiere ich Ihnen, daß es zu einem Aufruhr kommt — und diesmal werde ich niemanden zurückhalten.«

Meredith bewegte sich nicht, und auch sein Gesichtsausdruck veränderte sich nicht, aber Carmen hatte plötzlich das unangenehme Gefühl, daß Perez einen Schritt zu weit gegangen war. »In einem solchen Fall würde ich es ebenfalls nicht tun, Mr. Perez.« Merediths Ton war eiskalt.

»Natürlich«, gab Perez zu. »Und Sie würden gewinnen … aber nur kurzfristig. Denn Hinweise auf Meinungsverschiedenheiten hier unten würden sehr wahrscheinlich einen oder mehrere der draußen wartenden Aliens auf die Idee bringen, daß wir — natürlich ausschließlich zu unserem Besten — eine strenge neutrale Hand brauchen, und sie würden entsprechende Schritte ergreifen.«

Im Raum war es totenstill. Meredith rührte sich weiterhin nicht und blickte Perez starr in die Augen, aber Carmen spürte, daß er nur deshalb schwieg, weil er keine Antwort wußte. Nach einigen Sekunden nahm Perez eine dicke Mappe von dem Papierstapel, der vor ihm lag, und fügte eine Kopie der Resolution hinzu. Dann ging er zu Meredith und reichte ihm das Bündel. »Sie werden bestimmt feststellen, Oberst, daß wir vor allem Einigkeit demonstrieren müssen, wenn wir hier überleben wollen.«

Meredith erhob sich mit zusammengepreßten Lippen und nahm die Papiere entgegen. »Wir werden sehen«, antwortete er kurz, warf Carmen einen Blick zu und verließ den Raum.

Carmen fuhr sich mit der Zunge über die Lippen. »Die Versammlung ist vertagt.« Sie schlug mit ihrem improvisierten Hammer heftiger als notwendig auf den Tisch und wandte dann ihre Aufmerksamkeit sofort den Papieren zu, die sie in ihre Aktenmappe stopfte. Die anderen verstanden den Wink und machten es ihr widerspruchslos nach; sogar ihre Gespräche beschränkten sich auf das Notwendigste. Sie wartete, bis die letzten Schritten verklungen waren, bevor sie fluchte.

»Ich bin Ihrer Meinung. Und ich entschuldige mich.«

Sie blickte erschrocken auf. Perez saß auf dem Stuhl, den Meredith gerade geräumt hatte. »Ich habe geglaubt, daß Sie sich mit den anderen hinausgeschlichen haben«, knurrte sie.

»Ich wollte sicher sein, daß es Ihnen gut geht. Und daß Sie verstehen, warum ich es getan habe.«

»Mir geht es ausgezeichnet. Und es ist absolut nicht notwendig, daß Sie mir die Feinheiten Ihrer Erpressungsmethoden erklären.«

Sie wollte an ihm vorübergehen, aber er stand auf,

packte sie am Arm, steuerte sie zum Tisch zurück und schob sie auf einen Stuhl. »Sie sind zornig, weil Sie mit meinen Methoden nicht einverstanden sind«, stellte er fest, während er sich neben sie setzte. »Aber es ist leider eine geschichtliche Tatsache, daß man eine herrschende Klasse ausschließlich durch Gewalt dazu bringen kann, die Macht zu teilen.«

»Dann machen Sie doch weiter, verbünden Sie sich mit einem der Aliens da draußen — damit werden Sie Ihr Ziel bestimmt erreichen.«

Er seufzte. »Ich hatte gehofft, daß Sie verstehen werden, was ich wirklich will. Ich will nicht eine Ungerechtigkeit gegen die nächste eintauschen. Astra könnte das Amerika dieses Jahrhunderts werden — ein Land, in das sich die Menschen flüchten können, um der sinnlosen Sturheit der Weltpolitik zu entgehen. Aber solange wir nur ein transplantiertes Stück der USA sind, wird es nie soweit kommen.«

»Womit wollen Sie eigentlich die müden, niedergedrückten Massen ernähren, sobald sie eingetroffen sind?« fragte sie ironisch. »Wir können nicht einmal die zehntausend Kolonisten, die jetzt hier sind, aus eigener Kraft ernähren.«

»Wir können sie mit allem ernähren, was Sie wollen, einschließlich importiertem Kaviar — oder haben Sie sich nie überlegt, was wir für unsere Spinneret-Kabel bekommen können?«

Sie schüttelte den Kopf. »Ihre Vorstellungen von Marketing sind genauso unausgegoren wie Ihre Politik. Wenn sich herausstellt, daß das Kabel tatsächlich wertvoll ist, wird es nicht mehr sehr lange uns gehören — dazu kreisen zu viele Kriegsschiffe über unseren Köpfen.«

»Mit denen werden wir fertig. Die Dritte Welt hat sehr viel Übung darin, Großmächte gegeneinander auszuspielen.«

Sie lachte höhnisch. »Wie großartig. Sie befreien uns

von der Politik Amerikas und verwandeln uns statt dessen in ein transplantiertes Jugoslawien, in dem wir unsere Energie darauf verwenden, mit den örtlichen Supermächten zu jonglieren. Ein ungeheurer Fortschritt!«

Sie stellte befriedigt fest, daß er seinen Zorn nur mit Mühe unterdrückte. »Ich bin nicht an der Lage schuld, in die uns das Spinneret gebracht hat. Sie gefällt mir genauso wenig wie Ihnen, aber indem wir herumsitzen und bedauern, daß sich alles so entwickelt hat, ändern wir überhaupt nichts. Es tut mir nur leid, daß Sie Ihre Mittelklasseerziehung nicht wenigstens so lange ablegen können, daß Sie die Ereignisse vom Standpunkt der weniger Begünstigten aus sehen. Bei Ihnen habe ich meine Zeit vergeudet.«

Er hatte also alles bewußt inszeniert — darüber hatte sie nachgedacht, seit er dank ihrer Vermittlung bei Meredith die unglückseligen Komitees durchgesetzt hatte. »Sie bilden sich zuviel ein.« Sie stand wieder auf. »Nicht meine Erziehung, sondern Sie und Ihre Methoden haben mir Ihre Utopie vermiest.«

»Carmen ...«

Sie beutelte seine Hand ab. »Weil Sie ja alle Antworten besitzen, denken Sie einmal darüber nach, womit Ihre Menschenmassen ihren Lebensunterhalt verdienen werden, sobald sie endlich auf Astra angelangt sind. Oder haben Sie vor, das Spinnereteinkommen einfach gleichmäßig zu verteilen, so daß die Menschen nur noch den ganzen Tag wie überdimensionale Parasiten herumsitzen? Wenn das Ihre Vorstellung von einer befriedigenden Existenz ist, sind Sie unvernünftiger, als ich geglaubt habe.« Sie drehte sich um und schlug beim Hinausgehen die Tür hinter sich zu.

Erst auf halbem Weg zum Verwaltungsgebäude war sie soweit, daß sie wieder klar denken konnte. Sie ging langsamer und betrachtete die eintönigen Ziegelgebäude ringsum. Sie hatte vorher in modernen Militärbasen gelebt, und Astra war ihr wie ein Rückfall in das 19. Jahrhundert vorgekommen, aber ihr war noch nie aufgefallen, wie wehrlos der Planet äußeren und inneren Angriffen gegenüber war. *Was soll ich nur tun?* dachte sie unglücklich.

Einerseits war die Frage banal, andererseits unlösbar. Natürlich würde sie sofort Oberst Meredith aufsuchen und ihm ihre Hilfe gegen Perez' Machtstreben anbieten. Wie sie mit ihm fertigwerden sollten, war allerdings eine ganz andere Sache.

Das leise Rülpsen eines fernen Überschallknalls unterbrach ihre Gedanken, und als sie nach Westen blickte, sah sie gerade noch, wie ein Shuttle zur Basis Martello hinunterglitt. Eine Delegation der Aliens? Es konnte nichts anderes sein, denn es würde noch zwei Wochen dauern, bis von der Erde eine Reaktion auf den Angriff der M'zarch eintraf. Carmen schritt schneller aus und ging zu den Docks von Unie hinüber. Der Oberst befand sich bestimmt auf der Basis, um die Besucher zu begrüßen, und es hatte keinen Sinn, wenn sie bis zu seiner Rückkunft in seinem Büro herumsaß. Dann fiel ihr etwas ein: Da sie Vorsitzende des Komitees war, konnte sie vielleicht Perez' Aufwiegelungsversuchen einen Riegel vorschieben, indem sie sich bei Diskussionen offen auf Merediths Seite stellte.

Der bewaffnete Wachtposten an den Docks war eine überraschende, aber positive Neueinführung; Meredith nahm Perez' Drohungen offenbar ernst. Carmen befürchtete schon, daß man ihr den Zutritt zu den Booten verwehren würde, aber ihr militärischer Ausweis wurde anerkannt, und kurz darauf steuerte sie ein dröhnendes Motorboot durch die Splayfoot Bay nach Martello.

Sie waren insgesamt zehn, und die Namen auf den Personalausweisen hatten genauso viel Gewicht wie eine von der UNESCO aufgestellte Liste. Die meisten schwiegen, einige von ihnen betrachteten durch die

Fenster den Landeplatz von Martello oder die Hügel auf dem Festland im Osten.

Bei ihnen befanden sich vier UNO-Beamte, deren Namen genauso prominent waren, die aber keineswegs die gleiche Geduld wie die Wissenschaftler aufbrachten, während Meredith die Beglaubigungsschreiben jedes einzelnen prüfte. Vielleicht waren sie beleidigt, dachte Meredith, weil er sie in Major Browns Büro empfing, statt sie nach Unie in sein Büro zu transferieren. Vielleicht hätte er es tatsächlich tun sollen, denn dann hätte er mehr Zeit zum Überlegen gehabt.

Schließlich konnte er es nicht länger hinauszögern. »Ich möchte zunächst feststellen, daß Ihre Anwesenheit auf Astra eine Ehre für die Kolonie ist«, wandte er sich an die Wissenschaftler, während er ihnen ihre Papiere zurückgab. »Unter anderen Umständen wären Sie uns überaus willkommen, aber ich fürchte, daß Sie diese Reise umsonst unternommen haben.«

»Würden Sie das bitte näher erklären, Oberst«, verlangte Ashur Msuya kühl. Meredith sah ihn zum ersten Mal, aber Msuyas bösartige, gegen den Westen gerichtete Reden waren seit Jahren der wichtigste Sammelpunkt für das bißchen Einigkeit, das der afrikanische Block aufbrachte. Als Meredith nach Astra abreiste, war Msuya nur der Leiter der Delegation von Mozambique gewesen; doch in seinem Beglaubigungsschreiben wurde er jetzt als stellvertretender Staatssekretär für Treuhandschaft und nicht autonome Gebiete bezeichnet; diese Änderung in seinem Status fand Meredith reichlich verdächtig.

Er wandte sich Msuya zu. »Es ist ganz einfach. Die Regierung der Vereinigten Staaten hat mir das Kommando über Astra — über ganz Astra — übertragen, und ich habe gesetzlich nicht die Möglichkeit, diese Autorität ohne direkte Befehle von meinen Vorgesetzten oder von Präsident Allerton an Sie oder jemand anderen abzutreten.«

Msuya lächelte bösartig. »Ja, ich habe erwartet, daß Sie sich auf irgendwelche Vorschriften berufen werden, aber Astra ist Territorium der Vereinten Nationen, und wir brauchen nicht die Erlaubnis des Pentagons, um das Mandat zurückzunehmen, das Ihrer Regierung gegeben wurde. Wenn Sie sich unbedingt an Paragraphen klammern wollen, kann ich auch damit argumentieren, daß das Spinneret und sein Kabel überhaupt nicht Teil von Astra sind, und daß Ihr Mandat sie nicht einschließt. In beiden Fällen übernehmen wir die Kontrolle des Spinneret.«

»Ich muß wiederholen, Mr. Msuya, daß ich ohne entsprechende Befehle nicht aufgrund Ihrer Aussage handeln kann, und alle diese Papiere sind letztendlich nichts als Ihre Aussage. Wenn unser Nachschubschiff entsprechende Befehle mitbringt, sieht die Sache anders aus. Aber bis dahin ...« Er schüttelte den Kopf.

Einer der Wissenschaftler räusperte sich. »Und wenn Ihr Schiff überhaupt keine Anweisungen mitbringt?«

»Dann schicke ich eine Nachricht mit ihm zurück, in der ich Ihren Auftrag schildere und um Anweisungen ersuche. Die Antwort würde ich allerdings erst nach sechs Wochen erhalten.«

»Unser Schiff könnte Ihnen innerhalb von acht Tagen eine Antwort bringen«, bemerkt Msuya. »Es ist ein modernes Schiff — eines der beiden, die die Ctencri der UNO überlassen haben.«

»Interessant. Was hat Saleh dafür bezahlt?«

»Sie sind Geschenke.«

Und ob, dachte Meredith. Laut sagte er: »Natürlich. Aber für die Übermittlung solcher Botschaften würde ich amerikanische Schiffe vorziehen.«

Msuya lehnte sich zurück und musterte Meredith. »Mit anderen Worten, Sie schinden Zeit. Schön, wie Sie wollen. Aber Sie werden doch hoffentlich bereit sein, dem wissenschaftlichen Team Unterkünfte zur Verfügung zu stellen, solange es am Kabel arbeitet. Meine

Delegation und ich können an Bord unseres Schiffes bleiben, wenn Ihnen das lieber ist.«

Und damit sitze ich in der Tinte, dachte Meredith niedergeschlagen. Er hatte bestimmt nicht vor, eine Gruppe Ausländer an das Spinneret-Kabel zu lassen, ganz gleich, was die UNO sagte. »Es wird mir eine Ehre sein, die Damen und Herren als meine Gäste zu begrüßen, aber ich fürchte, daß Sie nicht die Möglichkeit haben werden, das Kabel zu untersuchen.«

»Oberst Meredith!« Msuya erhob sich und trat an den Schreibtisch. »Es ist Ihnen offensichtlich gleichgültig, daß Sie durch Ihre unkooperative Haltung Ihre Karriere gefährden; wahrscheinlich würden Sie auch Ihr Leben geringschätzen, wenn ich mit einer bewaffneten Streitmacht auf Astra erschienen wäre. Aber ich muß Ihnen eines sagen: jetzt gefährden Sie Ihr Land. Wir wissen, daß US-Wissenschaftler hier sind, die das Kabel untersuchen; wenn Sie uns davon fernhalten, wird man sich auf der Erde ernsthaft Fragen über Amerikas Absichten stellen. Das könnte leicht zu einem sofortigen Embargo für alle Waren und Technologien der Aliens an Astra und die USA führen — und ich versichere Ihnen, daß dieses Embargo absolut dicht sein wird.«

Er holte Luft, und Meredith nützte die Pause aus. »Ich verstehe Ihre Besorgnis, aber ich kann Ihnen versichern, daß wir nicht die Absicht haben, Informationen über das Kabel zurückzubehalten.« Er rückte sich im Stuhl zurecht, weil er keine Ahnung hatte, was er jetzt sagen sollte, und dabei knisterte das Papier in seiner Jackentasche. Er griff erleichtert nach diesem Geschenk des Himmels. »Doch Sie dürften falsche Schlußfolgerungen gezogen haben. Es geht nicht darum, daß die UNO-Wissenschaftler im Vergleich zu den Amerikanern benachteiligt werden, sondern vorläufig hat überhaupt kein Nicht-Astraner Zutritt zum Kabel.« Er zog die Kopie der Komitee-Resolution, die Perez ihm gegeben hatte, aus der Tasche und reichte sie Msuya.

Dieser überflog sie stirnrunzelnd. »Was soll jetzt wieder dieses Märchen von einem Komitee? Astra steht unter Militärverwaltung.«

»Wir Amerikaner sind äußerst demokratische Menschen«, erklärte Meredith. »Das Komitee wurde kurz nach unserer Ankunft als beratende Körperschaft gegründet.«

»Dann besitzt diese Resolution keine rechtliche Grundlage.« Msuya warf das Papier auf den Schreibtisch.

»Die Grundlage dieser Resolution ist die öffentliche Meinung, auf die wir Amerikaner großen Wert legen«, sagte Meredith.

Eine Wissenschaftlerin räusperte sich. »Sie behaupten, daß alle Nicht-Astraner vom Kabel abgezogen werden, Oberst?«

Meredith erkannte die Falle. »Ich war gerade im Begriff, Dr. Changs Team den entsprechenden Befehl zu erteilen, als ich vom Eintreffen Ihrer Delegation verständigt wurde. Das Komitee hat diese Resolution vor nicht einmal einer Stunde gefaßt.«

»Dann sollten wir Ihnen wohl einige Minuten Zeit lassen, damit Sie den Befehl weitergeben können«, antwortete die Wissenschaftlerin.

Meredith blieb nichts anderes übrig. Andrews wartete in Browns Vorzimmer, und Meredith wählte die Nummer. »Gehen Sie bitte zum Kabelschuppen, Leutnant, bringen Sie Dr. Changs Team hierher und fertigen Sie Kopien von ihren Unterlagen an. Dann suchen Sie Hauptmann Witzany auf und übertragen ihm wieder das Testen des Kabels.«

Eine von Andrews besten Eigenschaften war seine Fähigkeit, auch merkwürdige Befehle widerspruchslos zur Kenntnis zu nehmen. »Ja, Sir. Ich nehme an, daß die Wissenschaftler auf jeden Fall hierher mitkommen sollen, auch wenn sie anderer Ansicht sind.«

»Richtig. Wenn sie protestieren, sagen Sie ihnen, daß sie hier eine Erklärung bekommen werden.«

»Ja, Sir. Übrigens, Miss Olivero ist hier, Oberst, und möchte Sie dringend sprechen.«

Die Vorsitzende des Komitees ... Wenn Carmen schnell schaltete und begriff, was gespielt wurde, konnte sie Merediths Position stärken. »Bitten Sie sie, zu uns zu kommen«, wies er Andrews an.

Als Carmen das Zimmer betrat, war ihr Gesicht vollkommen ausdruckslos. Meredith hätte liebend gern gewußt, was Andrews ihr über die Besucher erzählt hatte. Er erhob sich. »Carmen Olivero, derzeitige Vorsitzende des Bürgerkomitees von Astra«, stellte er sie vor. »Das ist Mr. Msuya vom UNO-Sekretariat; ich habe ihn gerade über den Beschluß des Komitees informiert, Nicht-Astranern den Zugang zu dem Spinneret-Kabel zu untersagen.«

Einen Herzschlag lang glaubte er, daß sie sein Kartenhaus zum Einsturz bringen würde, denn sie sah ihn überrascht an, aber nur einen Augenblick lang. »Ich verstehe. Ich bin froh, daß Sie beschlossen haben, keinen Einspruch gegen die Resolution zu erheben, denn es wäre angesichts des Abstimmungsergebnisses von sieben zu drei ohnehin aussichtslos gewesen.« Sie wandte sich Msuya zu. »Hatten Sie vor, die Untersuchung des Kabels zu übernehmen, Sir?«

»Das Kabel ist Eigentum der UNO«, antwortete er und drehte sich wieder zu Meredith um. »Ich weiß nicht, was Sie durch diese Scharade erreichen wollen, Oberst, aber Sie können versichert sein, daß keiner der hier Anwesenden darauf hereinfällt. Sie werden uns die amerikanischen Wissenschaftler vorführen, mit großer Geste erklären, daß Sie sie vom Projekt abziehen — und in dem Augenblick, in dem wir fort sind, werden sie weiterarbeiten.«

»Ich bedaure, daß Sie mich für so hinterlistig halten.« Merediths Ton war genauso scharf wie der Msuyas, weil er fand, daß er sich die Beleidigungen nicht länger gefallen lassen durfte. »Sie und Dr. Chang können sich während des Rückflugs zur Erde über mich unterhalten; er wird bestimmt einiges hinzuzufügen haben.«

Msuya blinzelte, und seine Stimme klang zum erstenmal unsicher. »Was soll das heißen?«

»Wir können es uns leider nicht leisten, zusätzliche Mäuler zu stopfen«, erwiderte Meredith ruhig. »Es wird Ihnen doch bestimmt nichts ausmachen, Dr. Chang und sein Team mitzunehmen? Der Flug dauert ja nur vier Tage, haben Sie gesagt.«

Msuya holte tief Luft und wandte sich wieder Carmen zu. »Ihr Bürgerkomitee maßt sich also an, einem bevollmächtigten Militärkommandanten Vorschriften zu machen? Was wird Ihrer Meinung nach der US-Kongreß sagen, wenn er davon erfährt? Oder das Pentagon? Vermutlich werden sie schleunigst einen neuen Kommandanten einsetzen.«

Meredith hielt den Atem an, aber Carmen hatte längst begriffen, was los war. »Meiner Meinung nach hat weder das Pentagon noch eine andere Behörde Grund, unzufrieden zu sein. Keine normale Militärbasis besteht zu neunzig Prozent aus Zivilisten, und ich verbürge mich dafür, daß die Kolonie dank des Komitees reibungsloser funktioniert. Soviel ich weiß, entspricht das auch dem Wortlaut des Mandats: wir sollen auf der Welt Astra eine lebensfähige Ansiedlung errichten und erhalten; soviel Personal wie notwendig auswählen, ausrüsten und ausbilden; genügend ...«

Sie rasselte den gesamten Abschnitt auswendig herunter, und als sie verstummte, war sogar Msuya sichtlich beeindruckt. »Sie haben wenigstens die Leitung Ihres Komitees jemandem übertragen, der juristische Kenntnisse besitzt«, sagte er zu Meredith. »Aber Sie graben sich eine Grube, in der Sie verhungern werden. Natürlich können Sie uns jetzt aus Astra hinauswerfen, aber wie lange können Sie überleben, wenn die UNO alle Nahrungsmittel und Nachschublieferungen an Sie einstellt? Wie lange können Sie durchhalten, wenn der

Sicherheitsrat beschließt, eine Streitmacht auszusenden, um Ihren eklatanten Ungehorsam zu brechen?«

Meredith konnte nicht anders — er lachte laut. »Eine Streitmacht? Haben Sie die Ansammlung von Kriegsschiffen gesehen, die Astra umkreisen? Da draußen geht es zu wie bei einem dreidimensionalen Stau — und jeder von denen da oben wartet nur darauf, daß jemand eine Invasion versucht, damit er eingreifen kann. Wenn Sie von militärischen Aktionen reden, sollten Sie diese Tatsache berücksichtigen.«

Einen Augenblick lang starrten die beiden Männer einander schweigend an. Als die Spannung den Höhepunkt erreicht hatte, rief Meredith auf dem Computer einige Daten ab. »Ihr Shuttle ist aufgetankt und wird in einer Stunde startklar sein. Ich werde Major Brown anweisen, mit Ihnen einen kurzen Rundgang durch die Basis Martello zu unternehmen.«

»Das ist unerhört«, protestierte einer der Wissenschaftler. »Wollen Sie zulassen, Mr. Msuya, daß er uns einfach vor die Tür setzt?«

»Im Augenblick kann ich nichts dagegen unternehmen, Doktor«, erwiderte Msuya. »Aber dieser Zustand ist nur vorübergehend.«

Meredith bestellte Brown telefonisch zu sich und wartete schweigend, bis der Major eintraf. Als Brown die Delegation hinausgeleitete, war Meredith auf eine letzte Drohung Msuyas gefaßt, doch der Staatssekretär versäumte diese Chance. Carmen wollte der Gruppe folgen, doch Meredith bedeutete ihr, zu bleiben. Als die Tür zufiel, atmete sie langsam aus. »Sie hätten ihn nicht auslachen sollen, Oberst.«

Meredith setzte sich wieder an seinen Schreibtisch; er war plötzlich sehr müde. »Ich weiß, aber gerade diese Drohung war so lächerlich. Außerdem hat es keine Rolle gespielt — Msuya konnte nicht noch wütender werden, als er ohnehin schon war. Aber — warum wollten Sie mich sprechen? Andrews nahm an, daß es wichtig ist.«

Sie lächelte unsicher. »Eigentlich wollte ich Ihnen meine Hilfe anbieten, damit Sie Perez' Powerplay durchkreuzen können. Ich bin anscheinend etwas zu spät gekommen.«

»Überhaupt nicht — sowohl Ihr Timing als auch Ihre Einschätzung der Lage waren perfekt.«

»Ich habe gemeint ...«

»Sie haben den Augenblick versäumt, in dem ich die Seite gewechselt habe.«

Sie wurde rot. »Ja also ... ich war etwas überrascht.«

»Es war mein Fehler — ich hätte darauf gefaßt sein müssen, daß die UNO versucht, die Kolonie direkt zu übernehmen, und mich entsprechend vorbereiten sollen. Sie hat wesentlich schneller gehandelt, als ich angenommen habe.«

»Und was geschieht jetzt?« wollte Carmen wissen. »Schicken Sie Dr. Chang tatsächlich nach Hause?«

»Mir bleibt nichts anderes übrig. Sie haben Msuyas Gesichtsausdruck gesehen — er kann es nicht erwarten, sich wie ein Berserker auf Astra oder die USA zu stürzen. Dadurch, daß ich alle hinausgeworfen habe, müßten die USA vorläufig aus dem Schneider sein, obwohl man jetzt Druck auf den Präsidenten ausüben wird, mich auszutauschen. Hoffentlich versteht er, was ich teue, und hält sie hin.«

»Und wenn er das nicht kann? Juristisch bewegen Sie sich auf sehr dünnem Eis, Oberst. Trotz des Komitees sind letzten Endes doch nur Sie dafür verantwortlich, was auf Astra geschieht — und die UNO hätte das Recht auf ihrer Seite, wenn sie den Nachschub einstellt.«

Meredith blickte nachdenklich zum Fenster hinaus. Wie das noch im Orbit befindliche Kurierschiff war auch das Shuttle der UNO-Delegation deutlich ein Erzeugnis der Aliens — zweifellos ein weiteres »Geschenk« der Ctencri. Meredith war nie ein so entschiedener Gegner der UNO gewesen wie einige seiner Kollegen, aber daß der gesamte Handel mit den Aliens über diese Organisation ging, war äußerst bedenklich. Dadurch erhielt das Sekretariat viel zuviel Macht; er überlegte kurz, ob Msuyas Reise ausschließlich von dieser Körperschaft ausgegangen war. Msuya hatte keine Abstimmung des Sicherheitsrates erwähnt, obwohl das astranische Mandat nur durch eine solche Abstimmung geändert werden konnte. Es sei denn, die USA hätten vor der Androhung wirtschaftlicher Sanktionen kapituliert und mit der Mehrheit gestimmt.

»Also gut«, sagte er unvermittelt. »Wie es so schön heißt, auch andere beherrschen dieses Spiel.« Er wählte die Nummer des Kommunikationszentrums. »Setzen Sie sich mit dem Rooshrike-Schiff in Verbindung, das uns am nächsten ist«, wies er den diensthabenden Offizier an. »Ich möchte mit Beaeki nul Dies na sprechen, sobald es ihm möglich ist.« Er wartete die Bestätigung ab und wandte sich dann wieder Carmen zu. »Gibt es in Ihrer Abteilung jemanden, der bereits beim Abschluß von Handelsabkommen mitgewirkt hat?«

Carmen beugte sich über den Schreibtisch und drückte einige Computertasten. »Vielleicht Ruth Eldridge … nein, da ging es um Arbeitsrecht.« Sie tippte weiter, aber der Bildschirm blieb leer. »Anscheinend gibt es niemanden, Sir.«

»Verdammt! … Und wie wäre es mit Ihnen? Wollen Sie mir helfen, Handelsbeziehungen zu den Rooshrike anzuknüpfen?«

Sie sah ihn verdutzt an. »Ich? Warum?«

»Warum nicht? Bei solchen Verhandlungen sind gesunder Menschenverstand und rasches Reaktionsvermögen genauso wichtig wie Erfahrung. Außerdem sind Sie Vorsitzende des Komitees, und dieser Anstrich von Legalität könnte mir Perez und seine Leute vom Hals halten.«

»Aber — finden Sie nicht, Oberst, daß Sie mir etwas zuviel außerplanmäßige Arbeit aufhalsen?«

Er mußte unwillkürlich lächeln. »Sie drücken sich merkwürdig aus, aber Sie haben recht. Also gut: ich enthebe Sie hiermit aller Ihrer normalen Pflichten. Heute abend oder morgen früh bekommen Sie Prioritätsstatus in bezug auf Material und Arbeitskräfte, aber gehen Sie bitte sparsam damit um.«

»Ich verstehe.« Sie seufzte. »Also gut, ich tue es. Was genau wollen Sie von den Rooshrike?«

»Im Grund nur einen direkten Kanal zu den Märkten der USA und der Aliens, einen Kanal, den die UNO nicht blockieren kann. Im Augenblick sind Nahrungsmittel und schwere Maschinen vordringlich — die Liste, die wir im Computer gespeichert haben. Alles, was wir an den Spinneret-Metall-Egel verloren haben.«

»Was ist mit Waffen?«

»Brauchen wir nicht.« Er bemerkte ihren Gesichtsausdruck. »Ja, ich weiß, daß ich von der Armee bin und daß wir schon einmal angegriffen worden sind. Aber im Augenblick ist es für unser Überleben am besten, wenn wir uns so harmlos wie möglich geben. Vergessen Sie nicht, die Kriegsschiffe im ersten Stock wissen noch weniger über das Spinneret als wir — und sie wissen nicht, daß wir ihn nicht unter Kontrolle haben. Ich mußte bereits einige verschleierte Fragen über die Waffe, die wir gegen die Landefähren der M'zarch eingesetzt haben, abwehren, und mindestens eine davon betraf die Reichweite des Dings. In dem Augenblick, in dem wir auf militant machen, würden sich die Freunde im Obergeschoß sehr schnell zu einer gemeinsamen Aktion entschließen.«

»Damit haben Sie wahrscheinlich recht. Nur habe ich es nicht gern, wenn ich so verletzlich bin.«

»Mir geht es genauso, aber im Augenblick können wir nichts dagegen unternehmen.«

Sie ging mit einem Achselzucken über die Angelegenheit hinweg. »Wie wollen wir den Rooshrike die Waren bezahlen, die sie uns liefern?«

Meredith holte tief Luft. Er tat es sehr ungern, aber er sah keine Alternative. »Wir werden die Rooshrike und jede andere Rasse, mit der wir Geschäfte machen — mit Stücken des Spinneret-Kabels bezahlen. Den Meterpreis werden wir festsetzen, sobald wir die Tests über die Eigenschaften des Materials abgeschlossen haben.«

»Sie wollen einfach zulassen, daß die Aliens das Kabel kaufen? Und wenn einer von ihnen herausbekommt, woraus es besteht oder wie der Klebstoff funktioniert, oder sonst was?«

»Ich glaube kaum, daß wir uns mit diesem Problem herumschlagen müssen«, bemerkte er trocken. »Und wenn es doch der Fall ist, wird es unseren Gewinn kaum schmälern. Wenn Dr. Hafner recht hat, dann ist die Fabrik der Spinner so groß wie eine Kleinstadt, und ich kann mir nicht vorstellen, daß die Rooshrike oder die Ctencri so etwas über Nacht aufstellen.« Als er merkte, daß sie noch immer besorgt war, fragte er: »Sie sind anderer Meinung?«

»Was ist mit der Erde? Werden Sie der UNO oder der USA das Kabel umsonst überlassen, oder müssen die beiden ebenfalls dafür bezahlen?«

»Ich weiß noch nicht, wie wir uns ihnen gegenüber verhalten werden. Am liebsten würde ich die durch die Errichtung der Kolonie verursachten Kosten zurückzahlen und die Erde dann wie jeden anderen Kunden behandeln, aber weil die USA dadurch den Löwenanteil am Kabel bekommen würden, wäre die UNO bestimmt stinksauer. Und die sechswöchige Verzögerung in der Kommunikation ist auch nicht sehr vorteilhaft — wir könnten einen Krieg auslösen und erst davon erfahren, wenn er schon wieder zu Ende ist.« Er sah zum Computer hinüber. »Setzen wir noch zwei der schnellen Kurierschiffe auf die Wunschliste. Wenn die UNO moderne Antriebsaggregate bekommen kann, dann sollte es uns auch möglich sein.«

»Ja, Sir.« Sie zögerte. »Bevor ich zu Ihnen gekommen

bin, Oberst, habe ich mit Perez gesprochen. Auch er hat davon geredet, daß man das Spinneret-Kabel verkaufen könnte.«

»Tatsächlich? Ich hätte angenommen, daß er über triviale geschäftliche Überlegungen erhaben ist.«

Sie wurde rot. »Er denkt weniger an Profit als daran, daß er aus Astra eine Zufluchtsstätte für die Armen der Erde machen will. Für ihn ist das Spinneret das Füllhorn, durch das er diesen Traum verwirklichen kann.«

»Das glaube ich. Perez ist ein tausendprozentiger Idealist.«

»Vielleicht. Aber Sie sprechen jetzt von der gleichen Vorgangsweise, und ich mache mir Sorgen darüber, was wir mit dem plötzlichen Reichtum anfangen werden. Ich möchte nicht, daß wir uns zurücklehnen und nichts tun, während das Spinneret unsere Rechnungen bezahlt.«

Meredith rieb sich das Kinn. »Ich bezweifle, daß es soweit kommen wird. Das Kabel ist zwar verteufelt stark, aber was kann man letzten Endes mit kosmischen Spaghetti anfangen?«

»Das weiß ich nicht — aber die Spinner haben es offenbar gewußt.«

Meredith blickte einen Augenblick lang ins Leere. Das Metall eines gesamten Planeten — Trillionen Tonnen —, die alle zu Kabeln mit sechs Zentimeter Durchmesser verarbeitet wurden. Warum? »Sie sollten jetzt in Ihr Büro zurückkehren und sich mit Ihren Vorbereitungen befassen«, schlug er vor, weil müßige Überlegungen sinnlos waren. »Ich möchte morgen vormittag eine erste Besprechung mit Beaekis Leuten abhalten.«

Sie stand auf. »Ich werde bereit sein.«

»Gut. Sobald ich mit den Rooshrike gesprochen habe, gebe ich Ihnen den Zeitpunkt bekannt.«

Nachdem sie gegangen war, starrte er eine Weile vor sich hin. Er und Perez waren also zur Abwechslung einmal der gleichen Ansicht? In mancher Hinsicht war ihm die Vorstellung unangenehm, aber er konnte sie vielleicht dazu benützen, um dem Hispanier den Wind aus den Segeln zu nehmen. Schon eine kurze Atempause würde ihm gut tun; Perez, die UNO, die Musterkollektion fremder Schiffe über seinem Kopf — für seinen Geschmack stand er zu vielen Gegnern gleichzeitig gegenüber …

Apropos Gegner …

Er schob seinen Stuhl näher zum Terminal, rief eine Datei ab und tippte:

DURCHSUCHT SÄMTLICHE VERFÜGBARE LITERATUR ÜBER ALIENS AUF GESCHICHTLICHE AUFZEICHNUNGEN, LEGENDEN ODER MYTHEN ÜBER ANDERE RASSEN, GOTTÄHNLICHE WESEN USW., VOR ALLEM IN DEN TERRITORIEN DER ROOSHRIKE UND POM. KOMPLETTE ANALYSE ERFORDERLICH, EINSCHLIESSLICH WECHSELBEZIEHUNGEN UND QUERVERBINDUNGEN, WO VORHANDEN.

Erkenne deinen Feind, lautete ein alter Spruch … und falls die Spinner noch weitere Spuren hinterlassen hatten, wollte Meredith über sie Bescheid wissen.

16. Kapitel

Der Bericht war kurz und aufreizend nichtssagend, und Generalsekretär Saleh schlug ihn wütend zu. »Sie haben vermutlich keine Ahnung, worum es bei diesen Treffen mit den Rooshrike geht?« fragte er sarkastisch.

Ashur Msuya schüttelte den Kopf. Er war keineswegs besser gelaunt als Saleh, aber er hütete sich davor, seinen Vorgesetzten zu reizen. »Ich weiß nichts Konkretes. Über Veränderungen in den Verteidigungseinrichtungen oder etwas Ähnliches ist nichts verlautbart worden. Möglicherweise geht es um Handelsabkommen, aber die Lieferungen der Rooshrike können ebensogut eine Vergütung für das Kabel sein, das sie sich nach dem Angriff der M'zarch geschnappt haben.«

»Es geht bestimmt um ein Handelsabkommen«, meinte Saleh. »Allerton will eine unabhängige Pipeline zu dem Markt der Aliens eröffnen.«

»Oder Meredith versucht es. Ich weiß nicht, auf wessen Seite er gerade steht.«

»Vergessen Sie Ihre Vorbehalte. Er ist amerikanischer Soldat auf amerikanischem Boden und zieht nur eine Schau ab.«

»Vielleicht. In beiden Fällen wäre es aber höchste Zeit, daß die UNO ihren Anspruch auf Astra geltend macht.«

»Sie meinen damit wahrscheinlich das gegen die Kolonie gerichtete wirtschaftliche Embargo.«

Msuya nickte. »Was immer Meredith — oder Allerton — vereinbaren —, die Rooshrike können keine Nahrungsmittel liefern, die wir nicht zur Ausfuhr freigeben.«

»Die Amerikaner besitzen selbst Raumschiffe ...«

»In die sie jetzt den Ctencri-Antrieb eingebaut haben

und die durch Ctencri-Shuttles vom Boden aus versorgt werden. Wir können den Nachschub von Ersatzteilen und Treibstoff-Zylindern jederzeit stoppen. Es würde Monate dauern, bis ihre alten Shuttles wieder einsatzbereit sind.«

Saleh überlegte. Schon als Msuya zum ersten Mal damit anfing, hatte ihm die Idee nicht gefallen, und sie mißfiel ihm jetzt genauso. Eine Kolonie abwürgen, an deren Gründung er selbst beteiligt gewesen war — aber soweit würde es bestimmt nicht kommen. Bevor die Amerikaner ihre Leute verhungern ließen, würden sie nachgeben. »Sind Sie sicher, daß ihre eigene Ernte nicht ausreichen wird?«

»Absolut. Auch nach der Ernte kann man sehr genaue Ertragsanalysen erstellen.«

»Und wenn die Rooshrike eine Versorgungslinie zur Erde einrichten?« Saleh lächelte und beantwortete seine Frage sofort selbst. »Das lassen wir natürlich nicht zu. Theoretisch liegt die Erde innerhalb der Ctencri-Grenzen, und wir müßten sie nur ersuchen, die Rooshrike-Händler nicht hereinzulassen. Also gut; ich werde die Frage heute nachmittag mit Allerton besprechen und ihm die Möglichkeit geben, das Geschäft mit den Rooshrike abzublasen.«

»Warum wollen Sie sich die Mühe machen? Damit verschaffen Sie ihm nur noch mehr Zeit, Vorbereitungen für das Embargo zu treffen.«

»Wenn wir eine so drastische Maßnahme ergreifen«, erwiderte Saleh kühl, »muß für die Weltöffentlichkeit zweifelsfrei feststehen, daß sie absolut gerechtfertigt war.«

Ob das auch wirklich zutraf, war beinahe nebensächlich. Das war jedem Politiker klar.

Allerton hatte Außenminister Joshua Purvis noch nie so überrascht gesehen. »Was für Rooshrike-Verträge?« fragte er.

Allerton hob hilflos die Schultern. »Anscheinend handelt es sich um etwas, das Meredith, aus welchem Grund auch immer, selbst in die Wege geleitet hat. Wir können es frühestens in einer Woche erfahren, wenn die *Pfadfinder* hereinkommt. Und vielleicht nicht einmal dann.«

»Was haben Sie also seiner Hoheit dem Generalsekretär geantwortet?«

»Ich habe natürlich versucht, ihn hinzuhalten — ich habe ihm erklärt, daß ich erst dann Schritte unternehmen und Erklärungen abgeben kann, wenn ich Astras Bericht über die Vorgänge dort draußen in Händen habe.«

»Hat er es geschluckt?«

»Eigentlich nicht. Er bot mir an, einen Vertreter der USA in einem ihrer neuen Ctencri-Schiffe nach Astra zu fliegen, damit dieser die Situation analysiert und entsprechende Maßnahmen ergreift.« Allerton unterbrach sich, griff nach einem Blatt Papier, das vor ihm auf dem Schreibtisch lag, und reichte es Purvis. »Um das Ganze noch komplizierter zu machen, ist vor einer halben Stunde ein Ctencri-Schiff eingetroffen und hat Salehs Leuten diesen Bericht überbracht. Seine Geduld wird auf eine harte Probe gestellt.«

Purvis überflog die Seite. »Was ist das — die Ergebnisse der Tests, die die Rooshrike mit dem Spinneret-Kabel angestellt haben? Du heiliger Strohsack!« Er sah Allerton an. »Das kann doch nur ein Druckfehler sein, John. Hundert Millionen Kilogramm per Quadratzentimeter?«

»Lesen Sie die Fußnote — das ist die Mindest-Zugfestigkeit. Offenbar ist es nicht einmal den Rooshrike gelungen, das Kabel zu brechen.«

»Aber *hundert Millionen Kilogramm per Quadratzentimeter?*« Purvis griff nach seinem Taschenrechner. »Das bedeutet, daß ein solches Kabel einen halb beladenen Supertanker heben könnte.«

»Vergessen Sie nicht, daß es weniger dicht ist als Wasser, von Metallen ganz zu schweigen. Denken Sie jetzt an den Überzug aus einem Superkleber und an die einmaligen Eigenschaften des Kabels als Supraleiter — und daran, daß Saleh glaubt, wir wollen das alles für uns behalten.«

Purvis las das Papier noch einmal, dann legte er es auf den Schreibtisch. »Wir sollten sofort genau festlegen, welche Politik wir verfolgen wollen, und dann dafür sorgen, daß Meredith sich daran hält. Ob wir es auf uns nehmen wollen, uns Astras wegen bei dem Rest der Welt unbeliebt zu machen, ist natürlich Ihrer Entscheidung überlassen. Aber auch dieser Standpunkt sollte neu überdacht werden.«

»Mit anderen Worten — wir sollen Saleh gegenüber klein beigeben und der UNO Astra mitsamt dem Spinneret auf einem silbernen Tablett servieren.«

»Das habe ich nicht gesagt. Aber ein Lebensmittelembargo würde für Astra einen schweren Schlag oder sogar eine Katastrophe bedeuten, und es wäre nur die Spitze des Eisbergs, denn Saleh besitzt noch andere Möglichkeiten. Juristisch haben wir vielleicht Anspruch auf das Spinneret-Kabel, aber solange Saleh die Ctencri in der Tasche hat, kann er dafür sorgen, daß wir keinen Zentimeter von dem Zeug bekommen. Bei einer echten Auseinandersetzung könnten die *Aurora* und die *Pfadfinder* nur die Rolle von raumtauglichen Fischerbooten spielen.«

»Sie glauben, daß die Ctencri der UNO *bewaffnete* Schiffe überlassen würden?«

»Bevor das Spinneret auftauchte, wollten sie uns nicht einmal Raumantriebsysteme der neuen Generation überlassen; jetzt besitzt Saleh zwei. Wahrscheinlich sehen die Ctencri eine Chance, sich mit den offiziellen Besitzern von Astra gut zu stellen, und ergreifen sie. Wer weiß, wie weit sie gehen würden, um ihre Investitionen zu schützen.«

Allerton seufzte. »Dann sollten wir lieber Salehs Angebot, uns nach Astra zu bringen, annehmen, und dort die Situation so rasch wie möglich bereinigen.«

»Wollen Sie, daß ich fliege?«

»Nein ... diesmal werde ich es selbst tun.« Er lächelte verschmitzt über Purvis' Gesichtsausdruck. »Kommen Sie schon, Josh — die Raumfahrt ist heutzutage genauso einfach wie eine Überquerung des Delaware. Und viel sicherer.«

»Es sei denn, Saleh hätte vor, Sie für unbestimmte Zeit in Gewahrsam zu nehmen — Sie können ihm kaum eine bessere Gelegenheit dazu liefern.«

Allerton winkte ab. »Saleh ist weder stark noch verzweifelt genug, um ein Staatsoberhaupt zu entführen. Jedenfalls noch nicht.«

»Vielleicht«, unkte Purvis. »Vielleicht auch nicht.«

»Es ist so angenehm, zur Abwechslung einmal hierher eingeladen zu werden«, bemerkte Perez, während er sich in einen Stuhl sinken ließ. »Normalerweise muß ich Ihrem Sekretär die Daumenschrauben ansetzen, damit er mich hereinläßt.«

Merediths Gesichtsausdruck veränderte sich nicht, und Perez schaltete im Geist die Möglichkeit aus, daß der Oberst nur mit ihm plaudern wollte. »Soviel ich weiß«, begann Meredith, »haben Sie darüber nachgedacht, wie Sie mit Hilfe des Spinneret-Kabels Ihr Taschengeld auffetten könnten.«

»Das stimmt. Und soviel ich weiß, wollen Sie es jetzt tatsächlich tun.«

Meredith zog die Augenbrauen hoch. »Haben Sie diese Weisheit von Miss Olivero?«

»Sie hat nur bestätigt, was ich schon erraten hatte. Sollte es ein Geheimnis bleiben?«

Meredith lächelte sardonisch. »Das würde Ihnen so passen. Geheime Abkommen des korrupten Militärdiktators — etwas Besseres könnte Ihnen nicht passieren.«

»Das ist ein bißchen unfair, Oberst.« Perez war rot geworden. »Ich verdrehe die Wahrheit nicht bewußt — ich will nur andere daran hindern.«

»Natürlich.« Meredith tippte auf einige Computertasten und wandte sich dann seinem Besucher zu. »Da haben wir ein Stückchen Wahrheit für Sie — ich bin neugierig, was Sie davon halten.«

Perez beugte sich vor. *Vorläufige Analyse des Alien-Kabels,* las er — und wußte plötzlich, was er vor sich hatte. »Es ist das Testergebnis der Rooshrike, nicht wahr? Halten Sie deshalb das Handelsabkommen geheim?«

»Wir haben die *Verhandlungen* geheimgehalten, bis jetzt sind keine Abkommen geschlossen worden. Schließlich mußten wir mehr über das Kabel wissen, bevor wir einen Preis dafür festsetzten.«

»Sie wollen die Angaben der Rooshrike als Grundlage dafür verwenden?«

»Ich weiß, was Sie denken, aber wir kommen nicht darum herum. Die Rooshrike besitzen sowohl bessere Prüfgeräte als auch ein besseres Gefühl dafür, was das Kabel auf dem freien Markt bringen würde.«

Perez überlegte kurz. »Wenn wir ihnen einen kleinen Prozentsatz der Einnahmen aus unseren Verkäufen an andere Rassen bieten, könnten wir sie vielleicht davon abbringen, einen zu niedrigen Preis vorzuschlagen.«

»Miss Olivero hat den Vertretern der Rooshrike diese Idee bereits unterbreitet. Sie wirkten nicht abgeneigt.«

»Ich verstehe.« *Eine vielseitig talentierte Frau,* dachte Perez überrascht. Er hatte vor einigen Jahren selbst Handelsverträge abgeschlossen — und erkannt, daß es nicht das Richtige für ihn war. Carmen hatte natürlich den Vorteil, daß sie auf einem Verkäufermarkt arbeitete. »Was für Preise haben Sie vorgesehen?«

»Im Augenblick denken wir daran, vierzig Millionen Dollar pro Kilometer plus den zweieinviertel Tonnen Metall zu verlangen, die man für ein Kabel dieser Länge braucht.«

Perez pfiff leise. »Das kommt mir etwas viel vor.«

»Es liegt nur etwas unter dem derzeitigen Goldpreis«, erklärte Meredith. »Das Kabel ist aber wesentlich wertvoller.«

»Vielleicht als Studienobjekt. Außer dem Errichten von langen Hängebrücken sehe ich kaum weitere Anwendungsmöglichkeiten.«

»Tatsächlich?« Meredith lehnte sich zurück und zählte an den Fingern ab. »Erstens: Biegen Sie es zu Schlingen — das geht ohne weiteres —, und zwar so, daß die Schlingen eng nebeneinander liegen. Durch den Kleber wird das Ganze zu einer flachen Platte: überziehen Sie es mit einem Stoff, der den restlichen Klebstoff aufsaugt, und Sie haben sechzig Quadratmeter eines vollkommen undurchlässigen Materials. Befestigen Sie an jeder Ecke ein weiteres Kabel, verschaffen Sie sich einen kräftigen Kran, und Sie haben eine Schlinge, mit der Sie kleine Berge herumtragen können. Zweitens: Schlingen Sie das Kabel zu einer Spirale, und Sie haben eine supraleitende Magnetspule — hier gibt es eine Million Anwendungsmöglichkeiten. Drittens: Fügen Sie einige Kabel mit den Enden aneinander und bilden Sie draußen im Raum einen riesigen Kreis aus ihnen. Hängen Sie mehrere solcher paralleler Kreise zusammen, und Sie haben das Gerüst für eine radförmige Raumstation. Viertens: Wickeln Sie es um eine dünne Metallhaut — es kann auch Pappendeckel sein —, und Sie haben den Rumpf eines Raumschiffs. Muß ich weitersprechen?«

»Nein, ich habe begriffen.« Perez war wider Willen beeindruckt. Der Oberst hatte wesentlich gründlicher darüber nachgedacht als Perez. »Ich kapituliere: die Käufer werden Ihnen bald die Tür einrennen. Warum haben Sie mich überhaupt hergeholt, wenn Sie sich schon alles selbst zurechtgelegt haben? Damit ich Ihren Beschluß genehmige?«

»Das wohl kaum. Sie vergessen, daß ich nicht Ihre Erlaubnis brauche, um Astra nach meinem Gutdünken zu regieren. Nein, ich wollte mit Ihnen darüber sprechen, was wir tun wollen, wenn das Geld allmählich hereinkommt.«

»Vor einiger Zeit hat Carmen davon angefangen«, erwiderte Perez. »Sie war der Ansicht, daß wir zu einer Welt der Parasiten werden würden.«

»Sind Sie anderer Meinung?«

»Ich habe die Erfahrung gemacht, daß die Menschen, wenn sie die Wahl haben, lieber für ihren Lebensunterhalt arbeiten. Kein Mensch, der in irgendeiner Form von der Fürsorge lebt, ist damit wirklich glücklich.«

»Stimmt. Nehmen wir einmal an, daß wir jedem Menschen, der von der Erde hierher auswandert, eine sinnvolle Beschäftigung geben wollen. Was werden diese Menschen tun?«

Perez war verwirrt. »Was meinen Sie damit? Sie werden das gleiche tun wie auf der Erde.«

»Stimmt nicht. Oder haben Sie nicht bemerkt, daß es weder Mineralien noch fruchtbares Ackerland gibt?«

Perez starrte ihn einen Augenblick lang an ... und dann klingelte es. »Es wird weder Industrie noch Landwirtschaft geben. Meinen Sie das?«

Meredith nickte. »Es wird beides geben, aber im wesentlich geringerem Umfang als auf der Erde. Es ist sinnlos, Rohmaterialien hierher zu transportieren, damit wir Arbeit haben, wenn wir die Fertigprodukte genauso einfach einführen können.«

»Aber es gibt doch auf der Erde bestimmt ähnliche Situationen«, wandte Perez ein und versuchte, sich an ein passendes Beispiel zu erinnern. »Nehmen Sie zum Beispiel — sagen wir Monaco. Es besitzt so gut wie keine Metalle und funktioniert trotzdem.«

»Wollen Sie so etwas für Ihre Massen? Daß sie die Diener und Kellnerinnen für die Touristen abgeben? Vorausgesetzt, daß wir überhaupt jemals Touristen hierherbekommen.«

»Natürlich will ich das nicht ...«

»Wollen Sie sie alle in die Regierung stecken? Sie zu Geschäftsinhabern machen? Sie einander Versicherungspolicen verkaufen lassen? Sie sind derjenige, der aus Astra das Paradies der Armen machen will — verraten Sie mir, wie Sie das bewerkstelligen wollen.«

»Schon gut, ich habe begriffen.« Perez stand auf. »Ich gebe zu, daß man das Problem überdenken muß, aber ich bin sicher, daß es eine Lösung gibt. Wenn Sie mich jetzt entschuldigen wollen ...«

»Ich bin noch nicht fertig«, unterbrach ihn Meredith.

Perez dachte darüber nach, ob er trotzdem gehen solle, überlegte es sich aber und setzte sich wieder. »Ich soll Ihnen wahrscheinlich mein Wort darauf geben, daß das Komitee erst wieder auf weiteren Kolonisten bestehen wird, wenn wir uns über unsere Vorgangsweise klargeworden sind.«

»Nein — ich halte Sie für vernünftiger. Nein, es geht um etwas ganz anderes. Wir müssen mit den Kriegsschiffen dort oben zu einer Sicherheitsvereinbarung gelangen. Miss Olivero glaubt, daß Sie einige Vorschläge dazu machen können, wie wir bei den Leuten, die wir heimschicken, weder Paranoia noch Feindseligkeit hervorrufen.«

Perez blinzelte; er hätte nie geglaubt, daß der Oberst ausgerechnet auf diesem Gebiet von ihm Ratschläge verlangen würde. »Sie wollen natürlich nicht, daß die Schar ewig dort oben bleibt?«

»Die Rooshrike wollen es nicht. Sie sind nahe daran, den ganzen Verein aus dem System hinauszuwerfen und die Sicherheitsbelange selbst zu übernehmen.«

»Keine gute Idee — vor allem, nachdem Sie und Carmen mit ihnen Geheimbesprechungen geführt haben.«

»Das habe ich ihnen auch gesagt. Wir haben sie dazu überredet, uns eine Woche Zeit zu lassen, damit wir eine bessere Lösung ausarbeiten können.«

»Hm ... vielleicht wäre eine Lotterie oder eine ähnliche Veranstaltung fairer ...« Er unterbrach sich, als Merediths Telefon summte. Der Oberst meldete sich, und Perez ließ seine Blicke und seine Gedanken wandern. Sechs fremde Rassen, die alle darum rangelten, an das Spinneret heranzukommen. Er hatte Carmen gegenüber erwähnt, daß man sie gegeneinander ausspielen müsse, aber je länger er darüber nachdachte, desto schwieriger erschien es ihm. Mit welchen Psychologien hatten sie es zum Beispiel zu tun? Durfte man annehmen, daß alle Aliens die gleiche Vorstellung von Gewinn und Verlust hatten? Sicherlich gab es Überschneidungen — schließlich trieben sie miteinander Handel. Aber für einen so einmaligen Gewinn wie das Spinneret würde jeder ohne weiteres seine normalen Geschäftsmethoden über Bord werfen, ganz zu schweigen von ihren Verträgen und ihrem Ehrencodex.

»... warten Sie dort, haben Sie verstanden? Versuchen Sie *nicht* weiterzumachen, bevor ich da bin.«

Die Spannung in Merediths Stimme ließ Perez aufhorchen. Ein Blick auf das Gesicht des Obersten verriet ihm, daß sich etwas ereignet hatte. »Werden wir angegriffen?« flüsterte er.

Meredith winkte gereizt ab und sprach weiter. »Ich bringe alles mit, was wir brauchen ... Sie bleiben einfach, wo Sie sind. Gut.« Er unterbrach die Verbindung und wählte eine andere Nummer. »Major Barner? Hier Oberst Meredith. Grün-sieben-los, und zwar sofort! Sie treffen westlich vom Ziel mit mir zusammen, um Anweisungen entgegenzunehmen ... Richtig. Ende.«

Während Meredith aufstand, wählte er eine weitere Nummer und sah Perez an. »Wir werden das Gespräch ein andermal ...«

»Was ist los?« Perez verstellte Meredith den Weg zur Tür.

»Dr. Hafners Team hat in einem Hügel beim Toten Meer ein Tor entdeckt. Es handelt sich vielleicht um den Eingang zu den Maschinen des Spinneret.« Er hob das Telefon an den Mund. »Hier Oberst Meredith. Ich brauche in fünfzehn Minuten einen Flieger ... nein danke, ich fliege selbst. Danke.«

Er ließ den Arm sinken und wollte um Perez herumgehen. »Nehmen Sie mich mit.« Perez vertrat ihm wieder den Weg.

Meredith funkelte ihn an — und nickte dann unvermittelt. »Von mir aus. Aber stehen Sie uns nicht im Weg rum!« Er umrundete Perez und verschwand durch die Tür.

Perez folgte ihm und beschleunigte seine Schritte, um ihn einzuholen. *Vielleicht werden wir endlich herausfinden, wozu dieses ganze Spinneret-Theater gut ist,* dachte er.

17. Kapitel

Es schien ewig zu dauern, bis der Flieger von Westen herunterstieß und zwischen den niedrigen Hügeln landete, aber Hafner wußte, daß seit seinem Anruf nicht einmal eine halbe Stunde vergangen war. Sein Vier-Mann-Team hatte die Zeit inzwischen genützt und das Doppeltor soweit freigelegt, daß man sich ein Bild von seiner Größe machen konnte. In der Stille, die auf die Landung des Fliegers folgte, vernahm Hafner das Dröhnen von Automotoren, und fragte sich unbehaglich, wie groß die Menschenmenge sein würde, die Meredith mitbrachte. Er überlegte, ob er zu dem Flieger gehen solle, ließ es aber bleiben. Meredith und der lästige Perez waren ausgestiegen, und die Fragen konnten warten, bis sie vor dem Tor standen.

Dann trafen alle gleichzeitig ein: die beiden Männer aus dem Flieger sowie sechs mit Soldaten vollgestopfte Wagen. »Was soll das?« fragte Hafner, während die Truppen herausquollen und rund um den Hügel in Stellung gingen. Major Barner aus Crosse leitete die Aktion.

»Sicherheitsmaßnahmen«, erwiderte Meredith kurz, ging an dem Geologen vorbei und blieb vor dem Tor stehen.

Hafner trat zu ihm und versuchte, den Wirbel hinter ihnen zu vergessen. Solche Augenblicke sollten eigentlich mit Champagner, nicht mit dem Aufstellen von Maschinengewehren gefeiert werden. »Wir haben das Loch erweitert, damit das Tor genügend Platz zum Aufgehen hat«, erklärte er dem Oberst. »An den Angeln sehen Sie, daß es sich nach außen öffnet.«

Meredith fuhr mit den Fingerspitzen über das Tor. »Dafür, daß es so lange verschüttet war, fühlt es sich unheimlich glatt an.«

»Die Spinner haben offenbar für die Ewigkeit gebaut«, bemerkte Perez, der ihnen gefolgt war.

»Ja.« Der Oberst drehte sich um. »Dann wollen wir es ausgraben. Sergeant! Zwei Grabungsteams! Im Laufschritt!«

Die Karawane war mit genügend Spaten ausgerüstet, und zwei Minuten später flogen die Erdschollen. Es ging relativ rasch, weil der bröckelige Boden kaum Widerstand bot; wäre das Tor so hoch gewesen, wie seine Gesamtbreite von zehn Metern erwarten ließ, hätte man einen Großteil des Tages für die Arbeit gebraucht. Doch es stellte sich heraus, daß es nicht ganz vier Meter hoch war, und nach einer Stunde war es freigelegt.

»Was jetzt?« fragte Perez, nachdem Meredith das Tor so oft fotografiert hatte, wie er für nötig hielt.

Der Oberst wandte sich Hafner zu. »Fällt Ihnen eine Methode ein, mit der wir es aufbringen können, Doktor?«

»Na ja.« Hafner trat zu dem haardünnen Spalt zwischen den beiden Flügeln und drückte vorsichtig auf einen erhabenen Teil, der das Tor in Augenhöhe überspannte. »Das da könnte noch am ehesten ein Schloß oder Türknauf sein. Leider läßt es sich in keine Richtung bewegen.«

Meredith versuchte es selbst. »Glauben Sie, daß man uns bewußt ausgesperrt hat?«

»Schwer zu sagen.« Hafner trat einige Schritte zurück und musterte den Hügel. »Diese Erhebung sieht aus, als bestünde sie einfach aus angehäuftem Material — Staub und Sand sammeln sich zuerst an der windabgekehrten Seite eines Hindernisses an und begraben allmählich das Ganze unter sich.«

»Sie meinen, daß der Eingang nicht absichtlich versteckt wurde?« fragte Perez.

»Genau.«

»Dann ist es leicht möglich, daß er auch nicht absichtlich versperrt wurde«, schloß Perez. »Womit versuchen wir es zuerst: mit einem Schmiedehammer oder mit Dynamit?«

»Vielleicht ziehen Sie eine kleine Atombombe vor?« fuhr ihn Hafner an. »Das geht schneller und kracht viel schöner.«

»Ich habe nicht vorgeschlagen, daß wir das Tor aufsprengen«, stellte Perez sanft richtig. »Etwas, das so viele Jahre überdauert hat, wird ein paar Sprengkapseln bestimmt überleben. Ich möchte nur den Sand entfernen, der vielleicht den Mechanismus des Schlosses blockiert.«

»Ach so.« Hafner kam sich wie ein Idiot vor.

»Es ist einen Versuch wert.« Meredith musterte den erhabenen Teil. »Es sieht aus, als wäre durch den schmalen Spalt zwischen diesem Ding und dem Tor Staub eingedrungen.«

»Versuchen wir es trotzdem zuerst mit etwas weniger Drastischem als Dynamit«, schlug Hafner vor, als der Oberst einen Soldaten herbeiwinken wollte.

»Zum Beispiel?«

»Flußsäure. Wir können sie in die Spalte spritzen oder von oben hineintropfen lassen. Sie würde den Staub beseitigen, ohne den Mechanismus anzugreifen.«

Hafner empfand es als kleinen persönlichen Triumph, als Meredith zustimmte.

Wenige Minuten später hatte Hafner die Flasche mit Flußsäure aus seiner Ausrüstung geholt und einen kräftigen Schuß hinter den erhabenen Teil gesprüht. Er wartete eine Weile und versuchte dann noch einmal, den Riegel zu bewegen. Diesmal ließ er sich einen Millimeter in die Höhe schieben. Hafner verwendete wieder die Säure, versetzte dem Ding einige vorsichtige Schläge mit einem Goldgräberpickel, und plötzlich ließ sich der Riegel bewegen. Hafner drehte ihn um 180 Grad um seinen Zapfen auf dem linken Torflügel — und dann steckte er wieder fest.

Knirschend wie eine Dampfwalze auf einer Schotterstraße ging das Tor langsam auf.

»Runter mit Ihnen!« fuhr Meredith Hafner an, der vor den aufgehenden Torflügeln zurückwich. Ein Soldat riß ihn zu Boden. Hinter dem Tor lag ein finsterer, anscheinend abwärts führender Tunnel, in dem sich nichts regte — zumindest konnte Hafner von seinem Standort aus keine Bewegung entdecken. Er wollte aufstehen und Meredith erklären, daß keine Gefahr bestand, aber der Soldat hielt ihn noch immer fest, und Hafner ergab sich in sein Schicksal.

Ihm wurde das leise Motorengeräusch erst bewußt, als es verstummte — jetzt standen die Torflügel parallel zueinander, als wären sie eine Verlängerung des Tunnels. Hinter Hafner wurde ein auf einem Wagen montierter Scheinwerfer eingeschaltet, der den düsteren Tunnel ableuchtete und von mattem Metall reflektiert wurde.

»In Ordnung, rührt euch«, rief Meredith. Der Griff um Hafners Arm lockerte sich; er stand auf und wandte sich dem Oberst zu. Erst jetzt erblickte er den doppelten Halbkreis aus Soldaten hinter ihm; während sie sich langsam erhoben, schwenkten ihre Waffen vom Tunneleingang weg. *Mein Gott,* dachte er, und seine Hände begannen zu zittern. *Wenn die Spinner etwas zurückgelassen hätten, das Besucher begrüßen soll, hätten die Soldaten es entzweigeschnitten!*

»Sogar ihre Tore funktionieren noch«, bemerkte Meredith zu Hafner. »Der Geruch ist komisch.«

Wenn Hafner an die Gewehre in seinem Rücken dachte, überlief ihn eine Gänsehaut. Er trat an den Tunneleingang und schnüffelte. »Wahrscheinlich nur *sehr* muffige Luft. Ich habe auf der Erde Höhlen geöffnet, die viel schlechter gerochen haben. Aber wenn Sie wollen, kann ich die Luft analysieren.«

»Bitte.« Meredith trat zu einem der Torflügel und untersuchte die Innenseite. Hafner drängte sich an den

Soldaten vorbei, um die Geräte zur Luftanalyse zu holen.

Als er endlich anfangen konnte, hatte sich der Geruch beinahe verflüchtigt, und er konnte eigentlich nur noch feststellen, daß es sich um die normale astranische Luft handelte. »An Anomalien finde ich nur Spuren von Metalloxiden und eine etwas höhere Konzentration von Radon«, erklärte er Meredith. »Natürlich könnten unbekannte Bakterien vorhanden sein, doch ich besitze nicht die Ausrüstung für solche Untersuchungen.«

»Wenn ich an Astras Situation denke, halte ich diese Tatsache für relativ ungefährlich«, erwiderte Meredith grinsend. »Also sehen wir mal nach, was uns die Spinner hinterlassen haben.« Er winkte Major Barner und wollte zu den Wagen zurückgehen.

»Einen Augenblick, Oberst.« Hafner hatte keine Ahnung, wie Meredith reagieren würde, aber sein Gewissen zwang ihn weiterzureden. »Wie viele Soldaten wollen Sie mitnehmen?«

»Drei Gruppen, das sind dreißig Mann. Machen Sie sich keine Sorgen, meine Leute können bestimmt mit allem fertigwerden, worauf wir stoßen.«

»Genau darum geht es. Sie werden mit allem fertigwerden, ob es notwendig ist oder nicht.«

»Wie bitte?«

»Ich bezweifle, daß es da drinnen etwas gibt, das uns gefährlich werden kann, vorausgesetzt, wir lassen die Finger von Geräten«, erklärte Hafner. »Viel mehr Sorgen bereitet mir, daß jemand etwas Unersetzliches entzweischießt, weil es das Licht der Taschenlampe reflektiert hat.«

»Kommen Sie, Doktor, meine Männer sind nicht schießwütig ...«

»Außerdem halte ich es für den richtigen Augenblick, um einen Präzedenzfall zu schaffen.« Hafner zeigte auf den Tunnel. »Wenn wir die übrigen Rassen dazu bringen wollen, im Spinneret eine friedliche Produktionseinrichtung zu sehen, dann müssen wir es von Anfang an als zivile Anlage betrachten. Wenn Sie mit Soldaten hineinmarschieren, ziehen sämtliche Aliens die falschen Schlußfolgerungen.«

Merediths Geduld war sichtlich am Ende. »Das ist eine grobe Vereinfachung oder gar Vermenschlichung. Mindestens zwei der Rassen da oben kennen keinen Unterschied zwischen Militaristen und Zivilisten.«

»Dann müssen eben wir eine Unterscheidung machen, so wie alle Völker auf der Erde. Zum Beispiel in der UNO.«

Meredith sah ihn lange schweigend an, und Hafner hätte gern gewußt, was er in dem Moment dachte. Die Macht und der Einfluß des Geologen waren so gut wie nicht vorhanden, was Meredith natürlich genau wußte. Hafners einzige Chance bestand darin, daß der Oberst erkannte, welche politischen Konsequenzen sich aus seiner Handlungsweise ergeben konnten, und sich dementsprechend entschied.

Er tat es. »Also gut.« Er blickte zu den Soldaten zurück. »Die militärische Präsenz wird sich auf Major Barner und mich beschränken. Sie haben doch nichts dagegen, wenn ich vor dem Eingang eine Igelstellung einrichte?«

Das letzte war blanker Hohn, aber der störte Hafner nicht. »Nein, das geht in Ordnung.«

»Danke.« Der Oberst erteilte Befehle: er, Barner, Perez, Hafner und Hafners Assistent Nichols würden sich drinnen umsehen. Alle würden Notfall-Tornister mitbekommen, Meredith und Barner würden Betäubungs- und Doppel-Ladestreifen-Pistolen bei sich haben. Es kam zu einer kurzen Diskussion darüber, ob sie ein Auto brauchten, doch die Tatsache, daß sie im Wagen zusätzliche Ausrüstung mitnehmen konnten, gab den Ausschlag, obwohl die Militärs grundsätzlich dagegen waren, daß eine Gruppe sich auf so engem Raum zusammendrängte. Außerdem bekam Barner ein Sprechfunkgerät mittlerer Reichweite mit.

»Wir werden so lange wie möglich Kontakt mit Ihnen halten«, erklärte Meredith dem für das Crosse-Kontingent verantwortlichen Hauptmann. »Machen Sie sich keine Sorgen, wenn die Verbindung abreißt, denn die Wände werden die Impulse sehr bald verschlucken. Wenn wir in vier Stunden noch nicht zurück sind, setzen Sie sich mit Major Brown in Martello in Verbindung: er soll Ihnen Anweisungen erteilen und Sie unterstützen.« Während der Oberst auf den Beifahrersitz kletterte, musterte er sein Team: Nichols saß am Steuer, die anderen drängten sich im Fond zusammen. »Alle fertig? Okay, Nichols, langsam und vorsichtig.«

Als der junge Geologe in den Tunnel einfuhr, stellte Hafner fest, daß er recht hatte; der Boden senkte sich sanft. Er beugte sich vor und musterte seine Umgebung, als der Tunnel plötzlich in hellem Licht erstrahlte.

Nichols stieg auf die Bremse, und Hafner hörte das Klicken von zwei Sicherungsflügeln. Kurze Zeit herrschte gespannte Stille, doch als sich ihre Augen an das Licht gewöhnt hatten, stellten sie fest, daß der Tunnel immer noch leer war.

»Automatisch«, murmelte Barner. »Wir sind auf die Spinner-Version des roten Teppichs gerollt, und sie haben das Licht für uns eingeschaltet.«

Meredith holte tief Luft. »Im Augenblick scheint uns tatsächlich nichts zu bedrohen. Fahren wir weiter!«

Nichols gab wieder Gas, und Meredith drehte sich zu Hafner um. »Sie haben einmal gesagt, Doktor, daß das Spinneret seit mindestens hunderttausend Jahren in Betrieb ist. Gilt diese Zahl auch für die Zeitspanne, wärend der das Tor unter Sand und Staub begraben war?«

Hafner fiel es schwer, die Achseln zu zucken, weil er zwischen Perez und der rechten Tür eingezwängt war. »Das kann ich wirklich nicht mit Bestimmtheit sagen. Wir wissen so gut wie nichts über die Klima-Muster auf Astra, ganz zu schweigen von der Erosion und der Konsolidierungszeit der Mineralien. Vermutlich handelt es sich um Zehn- oder Hunderttausende Jahre.«

»Ist das überhaupt wichtig?« wollte Perez wissen. »Es kommt doch aufs gleiche heraus, ob ein Gerät tausend oder eine Million Jahre hält.«

»Der Unterschied …« Meredith unterbrach sich. »Vergessen Sie's. Ist das dort links auch ein Tor?«

Es war tatsächlich ein Tor, das genauso hoch und beinahe genauso breit wie der erste Eingang war. »Es sieht aus, als gleite es auf, statt aufzugehen«, stellte Barner fest, während sie ausstiegen.

Hafner nickte; er hatte bereits festgestellt, daß es keine sichtbaren Angeln gab und daß die Tür zurückgesetzt war, statt bündig mit der Wand abzuschließen. »Bitte treten Sie alle zurück, dann werde ich nachsehen, ob der erhabene Teil in der Mitte genauso funktioniert wie beim Eingang.«

Diesmal war der Mechanismus nicht durch Sand verlegt, und Hafner entdeckte sofort, daß der Teil geschoben statt gedreht werden mußte. Die Tür glitt in die Wand, Beleuchtungskörper gingen an, und sie erblickten einen großen, leeren Raum.

»Sieht wie der Turnsaal einer Oberschule aus«, bemerkte Perez. »Bodenmarkierungen und alles.«

»Sie könnten hier nie Basketball spielen«, murmelte Hafner und blickte zur vier Meter hohen Decke hinauf.

Nichols trat einen Schritt vor. »In der Ecke stehen Kisten, Doktor Hafner.« Er zeigte hin.

»Wo?« Meredith trat neben ihn. Er hielt seine Pistole immer noch in der Hand. »Interessant.« Der Oberst blickte zur gegenüberliegenden Wand hinüber und dann zurück zu den Kisten. »Sehen Sie, daß sie nicht wirklich in Reihen aufgestellt sind? Das Muster auf dem Boden ist symmetrisch, aber die Kisten bilden einen Bogen.«

»Seltsam«, murmelte Barner. »Ein riesiges Brettspiel?«

»Nicht unbedingt«, widersprach Meredith. »Vielleicht haben sie ihre Vorräte so gelagert.«

»Dann ist es eine ziemliche Platzverschwendung«, stellte der Major fest.

»Selbst wenn man sie in Reihen aufgestellt hätte, hätte man immer noch Platz für die Ventilatoren und die Gabelstapler gebraucht«, widersprach Meredith. »Und wenn man etwas finden will — eine Zahl plus Palettenzahl kann man sich genauso leicht merken wie eine Kurvenzahl plus der Entfernung an ihr. Soviel ich weiß, ist in Japan bei den Adressen heute noch ein ähnliches System in Verwendung.«

Hafner starrte das komplizierte Fußbodenmuster an und versuchte, sich eine Rasse vorzustellen, die lieber in Schnörkeln als in geraden Linien dachte. *Denken die Rooshrike genauso?* überlegte er. *Es könnte sich auszahlen, das herauszufinden.«*

»Sollen wir eine Kiste öffnen und nachsehen, was sie enthält?« fragte Nichols.

»Noch nicht.« Meredith wandte sich wieder dem Wagen zu. »Mit solchen Einzelheiten können sich die nachfolgenden Teams befassen.«

Auf den nächsten zwei oder drei Kilometern kamen sie an mehreren solchen Lagerraum-Toren vorbei, doch Meredith verbot ihnen, die Räume und ihren Inhalt zu untersuchen. »Es steht fest, daß wir einen Frachteingang und die Lagerräume gefunden haben. Das ist zwar interessant, aber viel wichtiger ist der Kontrollraum für die Spinneret-Maschinen.«

Perez mischte sich ein. »Nur aus Neugierde — was haben Sie vor, Oberst, sobald wir herausbekommen, wie das alles funktioniert?«

Meredith drehte sich zu ihm um. »Als erstes möchte ich den Metall-Egel abschalten oder drastisch einschränken — wenn uns das nicht glückt, müssen wir uns wahrscheinlich auf Hydrokulturen beschränken. Ich möchte auch herausfinden, ob das Spinneret nur Sechs-

Zentimeter-Kabel erzeugen oder ob es aus dem Material auch Platten anfertigen kann. Warum — hätten Sie ein eigenes Projekt?«

»Mich interessiert die Technologie, die diesen Dingen zugrundeliegt. Werden Sie zum Beispiel auch den Antigrav-Mechanismus auf den Markt werfen?«

Nichols erfaßte das Schlüsselwort noch vor Hafner. »›Auch‹?« wiederholte er, bevor Meredith antworten konnte. »Was ist los? Was verkaufen wir?«

»Wir gehen mit dem Spinneret-Kabel auf den Markt«, antwortete Meredith widerwillig. »Es ist eigentlich kein Geheimnis, aber wir wollten die Kolonie erst darüber informieren, wenn wir uns mit den Rooshrike auf die Bedingungen und Preise geeinigt haben.«

»Mit den Rooshrike?« fragte Hafner. »Ich habe geglaubt, daß der gesamte Handel mit der Erde über die Ctencri geht.«

»Das stimmt«, gab Meredith zu. »Das ist einer der Gründe, warum wir mit den Rooshrike verhandeln.«

Hafner dachte eine Weile darüber nach und fand verschiedenes daran auszusetzen. Während er in der astranischen Erde gewühlt hatte, waren offenbar wichtige Entscheidungen gefallen, über die Meredith anscheinend nicht sprechen wollte. Ob Carmen wußte, was hier gespielt wurde? Er nahm sich vor, sich so rasch wie möglich mit ihr in Verbindung zu setzen.

»Doch der Schwerkraft-Ausschalter und der Metall-Egel bleiben auf Astra«, fuhr Meredith fort. »Haben Sie etwas dagegen einzuwenden?«

»Keineswegs«, meinte Perez. »Ich würde sogar weitergehen und vorschlagen, daß wir uns mit den Maschinen nicht zu genau befassen. Sobald man ein solches Wissen speichert, fordert man seinen Diebstahl heraus, und wir können es uns nicht leisten, Astras Geheimnisse zu verlieren.«

»Dr. Hafner und Dr. Nichols werden dieser Philosophie nicht viel abgewinnen können«, wandte Meredith ein. »Oder sind Wissenschaftler glücklich, wenn sie mit einer Maschine arbeiten, die mit schwarzer Magie betrieben wird?«

Hafner spürte, daß sich die Richtung änderte. »Wir fahren jetzt in der Waagrechten«, meldete er; er war froh, daß er den Streit unterbrechen konnte. »Außerdem sehe ich vorn einen Korridor, der den unseren kreuzt.«

»Das stimmt.« Meredith warf einen Blick auf den Kilometeranzeiger. »Etwa sechs Kilometer vom Eingang ... das heißt, wir befinden uns hundert bis zweihundert Meter unter der Erdoberfläche. Merkwürdig, daß die Detektoren der Rooshrike die Anlage nicht entdeckt haben; ihre Reichweite beträgt angeblich einen halben Kilometer.«

»Vielleicht besteht das Ganze aus dem gleichen Zeug wie das Kabel«, warf Barner ein. »Das haben die Detektoren kaum erkennen können.«

»Das geht auch nicht«, stimmte Hafner zu. »Das Metallkabel eignet sich gut für Konstruktionen und Elektrokabel, aber in der Elektronik muß man normales Metall verwenden.«

»Warum?« erkundigte sich Perez.

»Für jede Art von Elektronik braucht man normal leitende Metalle und Halbleiter«, erklärte Hafner. »Das Kabelmetall leitet entweder großartig oder entsetzlich. Wahrscheinlich haben die Wände die Elektronik irgendwie abgeschirmt.«

Sie hatten den Quergang erreicht, und Meredith befahl Nichols anzuhalten. »Gibt es in einer der beiden Richtungen etwas Interessantes?« fragte er und sah sich gleichzeitig selbst um.

»Auf meiner Seite endet der Korridor bei einem großen Tor«, berichtete Barner.

Hafner beugte sich vor und blickte an Perez vorbei. Er hatte plötzlich eine Ahnung, was sie hinter diesem

Tor finden würden. »Sehen wir es uns an!« schlug er vor.

Meredith warf ihm einen seltsamen Blick zu, nickte jedoch. »Wenn Sie meinen, daß es die Mühe wert ist. Wie steht es mit dem Kontakt zur Außenwelt, Major?«

»Er ist schwächer geworden, aber wir empfangen sie noch.«

»Teilen Sie ihnen mit, daß wir von nun an aus einem Korridor in den nächsten wechseln und daß wir deshalb nur zeitweise mit ihnen Kontakt haben werden. Also gut, Nichols, fahren Sie uns hinüber!«

Hafners Ahnung erwies sich als richtig. Hinter dem Tor befand sich ein weiterer Korridor, der parallel zum ersten verlief und dessen Durchmesser vielleicht viermal so groß war. Oberhalb von ihnen hing eine riesige Zylinderspule, deren beiden Enden sich in der Ferne verloren.

»Ein Partikelbeschleuniger?« flüsterte Nichols, während sie die riesige Spule betrachteten.

»Wer weiß?« meinte Hafner. »Eines steht allerdings fest: es schlägt das Plasma unserer Repulser k.o.«

Meredith hatte den Zusammenhang offenbar erst jetzt erkannt. »Sie meinen, daß eine Art Resonanzeffekt mit diesem Ungetüm unseren Flieger zerstört hat?«

»Oder mit einem der Geräte, die an die Zylinderspule angeschlossen sind«, antwortete Hafner. »Das Kraftfeld innerhalb der Spule muß ungeheuer sein, wenn das Zeugs, das durchsickert, solche Wirkungen auslöst.«

»Hat jemand eine Ahnung, wozu es gut ist?« fragte Barner.

»Es könnte praktisch alles sein«, antwortete Hafner. »Die ganze Anlage ist unglaublich. Warum haben sich die Spinner die Mühe gemacht, so etwas zu bauen?«

»Vielleicht war das ihre normale Abbaumethode«, schlug Perez vor. »Natürlich ist die Anlage beeindrukkend, aber das sind Bohrinseln im Meer ebenfalls.«

»Wo ist dann der Rest ihrer Zivilisation geblieben?«

wandte Nichols ein. »Irgendwelche Spuren hätten doch zurückbleiben müssen.«

»Nach hunderttausend Jahren?«

»Auf der Erde haben wir noch ältere Fossilien entdeckt.«

»Die Spinner stammten wahrscheinlich nicht aus diesem System«, mischte sich Meredith ein. »Oder nicht einmal aus diesem Teil des Raums. Gehen wir zum Wagen zurück und fahren wir weiter.«

Als sie wieder den Haupttunnel entlangfuhren, fragte Perez: »Wieso glauben Sie, daß die Spinner nicht auf Astra zu Hause waren? Daß wir noch keine Fossilien gefunden haben, ist kein Argument — wir haben ja nicht nach ihnen gesucht.«

»Ja, aber es gibt weder auf Astra noch in dem System irgendwelche Konstruktionen aus Kabelmetall«, erklärte Meredith. »Vergessen Sie nicht, daß die Rooshrike Astra genau untersuchten, als sie es entdeckten. Und wenn die Spinner auch nur in der Nähe gelebt hätten, müßte sich in der Archäologie oder in den Legenden der Rooshrike wenigstens ein Hinweis auf sie finden lassen.«

»Vielleicht gibt es solche Hinweise«, wandte Hafner ein. »Erzählungen von gottähnlichen Geschöpfen und dergleichen könnten sich darauf beziehen.«

»Der Computer ist anderer Ansicht. Sämtliche mythologischen Gestalten ähneln den Rooshrike so sehr, daß sie keine Fremden sein können.«

»Aber wenn die Geschichten tausendmal nacherzählt wurden ...«

»Stop!« schrie Barner, so daß Hafner verstummte und Nichols auf die Bremse stieg. »In dem Korridor rechts, an dem wir gerade vorbeigekommen sind, scheint es ein Loch in dem Felsen zu geben.«

Nichols fuhr die wenigen Meter zurück und bog in den Korridor ein. Hafner beugte sich vor und blickte Meredith über die Schulter. Tatsächlich — wo die Metallwände und die Beleuchtung aufhörten, ging der Tunnel weiter. »Sie haben gute Augen, Major«, bemerkte er.

»Sie sind nicht besser als die Ihren«, erwiderte Barner bissig. »Ich benütze sie nur.«

Hafner wurde rot und schwieg.

Der Korridor endete in einer T-Verbindung mit einem weiteren Korridor; der rohe Tunnel, den Barner entdeckt hatte, führte durch den Querbalken des T, als hätte jemand vorgehabt, den Korridor zu verlängern, wäre aber mit der Arbeit nicht fertig geworden.

»Schlampige Arbeit«, bemerkte Nichols und fuhr mit den Fingern über den roh behauenen Stein innerhalb des Lochs. »Offenbar hat man ihnen die Mittel gekürzt.«

»Das glaube ich nicht«, widersprach Meredith. »Die gesamte Wand ist unverkleideter Felsen, als hätten sie vorgehabt, durchzubohren.«

Hafner trat zurück und blickte in den Korridor hinein. »Sie haben recht — dort unten, nach der senkrechten Strebe, scheint es ein zweites Loch zu geben.«

Meredith zog eine Taschenlampe aus seinem Tornister und leuchtete in den Korridor. »Er geht sehr weit hinein ... und da hinten glitzert es metallisch.« Er wechselte die Taschenlampe in die linke Hand, bückte sich und trat durch den Durchgang. »Sie warten hier und halten die Augen offen! Ich bin in einer Minute zurück.«

Es dauerte fünf Minuten, bis der Oberst wieder auftauchte. »Also?« fragte Perez, als er die Taschenlampe einsteckte.

»Bei einem fremden Design kann man seiner Sache zwar nie sicher sein, aber das da drinnen sieht aus wie ein automatischer Bagger.«

»Sie haben den Tunnel also tatsächlich verlängert«, bemerkte Nichols.

»Oder sie hatten den Felsen wegen der nicht-metallischen Elemente abgebaut, die der Metall-Egel nicht herausziehen kann«, sagte Hafner. »Vielleicht erfahren wir mehr, wenn wir den Bagger herausholen.«

»Das würde ich nicht empfehlen«, widersprach Meredith. »Das Ding ist noch aktiv.«

Alle drehten sich gleichzeitig zu ihm um. »Es ist *was?*« fragte Hafner und horchte in den Tunnel.

»Es ist nicht in Betrieb — ein Felsen blockiert die Raupenketten. Aber an seiner Rückseite befindet sich etwas, das wie ein Schaltbrett aussieht, und darauf leuchtet noch ein halbes Dutzend Lämpchen.« Meredith klopfte sich den Staub von den Schultern und ging zum Wagen. »Kommen Sie, fahren wir weiter!«

Sie kehrten in den Hauptkorridor zurück und schlugen wieder die Richtung in den Berg ein, doch jetzt waren alle sehr schweigsam. Eigentlich hätte es kein solcher Schock sein dürfen, dachte Hafner, denn sie wußten schließlich, daß der wichtigste Teil der Spinneret-Anlage noch funktionierte. Aber irgendwie hatte er sich das Spinneret immer als einen einzigen ortsfesten Apparat vorgestellt, der nur zufällig überlebt hatte. Daß eine kleine, nebensächliche Maschine — und ein Tunnelbagger war nichts anderes — sich ebenfalls in ausgezeichnetem Zustand befand, war sehr beeindruckend und ein bißchen unheimlich.

Der Korridor bog in einem Winkel von dreißig Grad nach links ... und sie befanden sich ohne Vorwarnung in einer neuen Welt.

Barner schnappte nach Luft. »Du heiliger Strohsack!« Er verrenkte sich den Hals, um nach oben zu blicken. »Was, zum Teufel, ist das?«

18. Kapitel

Hafner schaute wie Barner zuerst nach oben zu dem unwahrscheinlich blauen Himmel hinauf. Bauschige weiße Wölkchen trieben über ihren Köpfen dahin und verschleierten gelegentlich die Sonne, die annähernd im Zenith stand. Es dauerte beinahe eine Minute, bis er sich von dem Anblick losreißen und sich auf das Dorf vor ihnen konzentrieren konnte.

Sein erster Eindruck war, daß sie vor einer Nachahmung der Altstadt von Jerusalem standen. Gebäude mit weißen Mauern und Kuppeln drängten sich an engen, gewundenen Straßen zusammen, während nicht weit von ihnen eine dekorative Mauer vor einem minarettähnlichen Turm stand. Natürlich entdeckte er auf den zweiten Blick unzählige Unterschiede zwischen diesen Gebäuden und allem, was er von der Erde her kannte. Die Formen und die Anordnung der Fenster, die komplizierten Verzierungen an Toren und Bogengängen, das schwache Leuchten der Wände waren eindeutige Hinweise darauf, daß sie sich in einer fremden Welt befanden.

Perez unterbrach als erster die Stille mit einem spanischen Satz, der gleichzeitig blasphemisch und ehrfürchtig klang. »Das ist unmöglich«, flüsterte er. »Der Himmel — wir befanden uns doch hundert Meter unter der Erde.«

»Er ist künstlich«, erklärte Meredith, und Hafner mußte unwillkürlich die Sicherheit des Obersten bewundern. Er selbst hatte den Himmel eine Minute lang angestarrt, ohne einen Fehler in der Simulierung zu entdecken. Natürlich war es eine Simulierung; es konnte nichts anderes sein. »Wahrscheinlich ein Hologramm oder etwas Ähnliches, das auf eine gewölbte Decke projiziert wird«, fuhr Meredith fort. »Es sieht aus, als hätten sich die Spinner für einen langen Aufenthalt hier unten eingerichtet.«

»Aber warum unter der Erde?« fragte der immer noch erschütterte Perez. »Warum nicht an der Oberfläche, wo sie natürliches Sonnenlicht haben konnten?«

»Wahrscheinlich wollten sie ihre Steaks ungestört braten.« Nichols nieste heftig. »Oder riechen Sie es nicht?«

Hafner schnüffelte vorsichtig. Er hatte die Gerüche, die die leichte Brise herantrug, nicht bemerkt, aber jetzt stellte er fest, daß Nichols recht hatte. Ein schwacher Geruch, der an verbranntes Fleisch erinnerte, herrschte vor; aber darunter entdeckte er Spuren von Jasmin, Schwefel und einer Kreuzung zwischen rostigem Eisen und Oregano. »Richtig«, stimmte er zu. »Es riecht, als hätte jemand eine Speisekammer in Brand gesteckt.«

»Auch der Geruch ist wahrscheinlich künstlich.« Meredith zeigte auf einen Fleck nackter Erde, den Hafner übersehen hatte. »Das war vielleicht ein Garten oder ein kleiner Park. Sie sehen selbst, daß alles, was hier gewachsen ist, längst verschwunden ist. Alles, was sich zersetzen konnte, hat das vor Jahrhunderten getan.«

Der Wind legte sich und setzte dann aus einer anderen Richtung wieder ein, wobei sich auch der Geruch veränderte. Hafner blickte in die Höhe; auch die Wolken hatten sich verändert. »Jemand hat sich unheimlich viel Mühe gegeben, damit die Arbeiter sich hier zu Hause fühlen.«

»Ja.« Meredith zeigte auf das Minarett. »Lassen wir eine Markierung an diesem Eingang zurück und sehen wir uns den Turm an. Ich möchte auch die Mauer begutachten.«

Barner fischte einen fluoreszierenden, orange-rosa gestreiften Stab aus seinem Tornister und stieg aus. Nichols nieste wieder und schüttelte den Kopf. »Ich verstehe nicht, warum sie sich die Mühe gemacht haben, hier unten Mauern aufzustellen«, sagte er mehr zu sich selbst. »Warum wollten sie diesen Ort in zwei Hälften teilen?«

»Vielleicht ist es ein dekoratives Element«, meinte Perez. »Oder es hat die Arbeiter von der Elite getrennt.«

»Oder«, mischte sich Meredith ein, »es erfüllte einen echten Verteidigungszweck, und wenn das zutrifft, dann sollten wir möglichst rasch herausbekommen, wogegen sie sich verteidigten.« In diesem Augenblick kletterte Barner in den Wagen, und Meredith nickte Nichols zu. »Fahren wir, Doktor! Aber diesmal wirklich langsam und vorsichtig.«

Perez fand, daß es eine echte Geisterstadt war; sie weckte Kindheitserinnerungen, die besser begraben gewesen wären. In vielen der Gebäude, an denen sie vorbeifuhren, standen die Türen offen; er blickte im Vorüberfahren nervös in jeden Eingang, als erwarte er, daß ein einsamer Überlebender des Massenexodus herausgestürzt käme und sie angriffe. Ursprünglich war er davon begeistert gewesen, daß Hafner eine militärische Begleitung bei dieser Erkundungsfahrt vereitelt hatte; jetzt bedauerte er beinahe, daß Meredith seine dreißig Mann nicht mitgenommen hatte.

Zumindest Hafner schien sich genauso unbehaglich zu fühlen. »Sie müssen es sehr eilig gehabt haben«, murmelte er. »Eine Menge Türen und Fenster sind offen geblieben.«

»Warum hätten sie sie versperren sollen?« wandte Barner ein. »Es sei denn, sie haben auch Einbrecher importiert.«

»Sie haben das Spinneret weiterlaufen lassen«, stellte Hafner fest.

Barner zuckte die Achseln. »Man läßt eine Neonlampe brennen, wenn man gleich zurückkommen will.«

»Richtig«, bestätigte Meredith. »Warum sind sie also nicht zurückgekommen?« Er klopfte Nichols auf die Schulter und zeigte nach vorn. »Dort links verbreitert sich die Straße. Halten Sie dort! Wir werden uns einige Häuser ansehen.«

Nichols befolgte die Anweisung, und sie stiegen aus. Das Gebäude neben dem Parkplatz war größer als die übrigen, hatte zurückgesetzte Türen und einen überwölbten Torweg, der sich beinahe bis zur Straße erstreckte. »Ich gehe hinein«, sagte Meredith leise und zog seine Pistole. »Die übrigen bleiben hier. Haben wir im Augenblick Kontakt mit der Außenwelt?«

»Nein, Sir.« Auch Barner hatte seine Pistole gezogen.

»Haben Sie das Gerät immer noch auf Viertelkraft geschaltet?«

»Ja.«

»Gut. Ich erwarte eigentlich keine Schwierigkeiten, aber wenn Sie einen Schuß hören und ich zehn Sekunden später noch nicht da bin, schalten Sie auf volle Stärke und fordern Hilfe an! Falls die Schnüffler im Orbit mithören ... wenn es zu einer solchen Situation kommt, haben wir wahrscheinlich wichtigere Sorgen.«

Barner nickte. »Verstanden. Viel Glück, Oberst.«

»Danke.« Meredith trat in den Torweg, blieb aber stehen, als Perez hinter ihm herkam. »Was wollen *Sie?*« knurrte er.

»Ich begleite Sie«, erwiderte Perez ruhig. »Wenn Sie da drinnen Gefahren vermuten, dann haben zwei eine bessere Chance als einer. Und Sie müssen zugeben, daß ich der Entbehrlichste von allen bin.«

Meredith schnaubte, winkte aber ungeduldig mit der Pistole. »Von mir aus. Aber rühren Sie nichts an, und wenn ich Ihnen einen Befehl erteile, dann spuren Sie, verstanden?«

»Verstanden.«

Von der Straße aus hatte es so ausgesehen, als wäre die Tür geschlossen, aber in Wirklichkeit stand einer der Flügel weit offen. Meredith untersuchte das ganze Areal beinahe eine Minute lang, bevor er auch den zweiten Flügel aufstieß. Er bedeutete Perez, stehenzubleiben, trat über die Schwelle und verschwand nach rechts. Einen Augenblick später tauchte seine winkende Hand auf. Perez gelangte allmählich zu der Erkenntnis, daß ihn seine Neugierde in eine reichlich unangenehme Situation gebracht hatte, ging aber trotzdem vorsichtig weiter.

Sie befanden sich in einem großen Raum, dessen Wände bis zur Decke von Regalen bedeckt waren. Auf einigen lagen Gegenstände, die sie nicht identifizieren konnten, und die alle gleichmäßig von einer Staubschicht bedeckt waren. Ihnen genau gegenüber stand ein breites, truhenartiges Pult, dessen Oberfläche abgenützter war als alles, was Perez bis jetzt gesehen hatte. Er machte Meredith darauf aufmerksam, und dieser nickte. »Ich habe zuerst geglaubt, daß hier alles aus gestrichenem Kabelmetall besteht, aber das hier sieht mehr nach Keramik aus, mit der vielleicht Gegenstände aus Kabelmetall überzogen wurden.« Er betrachtete die beiden einander gegenüberliegenden Türen und ging dann zum Pult. Perez versuchte, beide Türen gleichzeitig im Auge zu behalten, während er Meredith folgte.

»Hier sieht der Boden etwas abgetretener aus«, stellte Meredith fest. Er berührte vorsichtig den Rand des Pults, drückte leicht darauf …

Und ein mehrere Zentimeter langer Splitter löste sich mit einem Knacks in eine weiße Staubwolke auf.

Perez preßte die Lippen zusammen und unterdrückte einen Ausruf, dann wich er hastig zurück, als die Wolke auf ihn zutrieb. Meredith hatte sich mit schußbereiter Pistole zusammengekauert. Perez hielt den Atem an und horchte, hörte jedoch nichts.

»Ich habe recht gehabt«, flüsterte Meredith eine Sekunde später, richtete sich auf und wischte die Keramikreste von dem matten Metall, das darunter zum Vorschein gekommen war. »Beinahe sicher Kabelmetall.«

Perez sah sich um. »Nehmen Sie an, daß das hier ein Laden oder etwas Ähnliches war?«

»Ein Laden, eine Imbißstube, eine Bar — vielleicht aßen die Spinner gern im Stehen. Befassen wir uns jetzt mit den anderen Türen — und sprechen Sie leise, ja?«

»Wovor haben Sie eigentlich Angst?« wollte Perez wissen. Die zerbröselnde Oberfläche des Pults hatte die Vorstellung von einer Geisterstadt wieder in die richtige Perspektive gerückt. Sogar Geister verschwinden nach einigen Jahrhunderten.

»Es könnte noch einen Grund geben, warum die Spinner ihre Türen unbesorgt offengelassen haben«, erwiderte Meredith. »Vielleicht haben sie ausgezeichnete Einbruchsicherungen besessen.«

»Nach so vielen Jahren ...«

»Der Bagger hat noch funktioniert.«

Perez schluckte. »Richtig. Aber bis jetzt hat uns noch nichts angegriffen.«

»Bis jetzt. Wir überprüfen die beiden Türen und gehen dann weiter. Ich glaube nicht, daß wir in diesem Teil der Stadt etwas finden werden.«

Sie befanden sich in der Mitte des Raums, als Merediths Sprechfunkgerät leise piepste. »Meredith«, meldete sich der Oberst. »... Wo ist es?«

Perez trat neben ihn und hörte Barners Antwort. »... hundert Meter und kommt näher. Es ist nicht besonders rasch, aber es könnte bewaffnet sein.«

»Ziehen Sie sich so leise wie möglich zurück; ich will wissen, ob das Ding hinter uns beiden her ist.« Meredith ging zur Eingangstür und blickte hinaus. »Es sieht aus, als bestünde die Grundstruktur aus Kabelmetall«, berichtete er, als er zurückkam. »Sehen Sie sich die Tür an, Perez. Stellen Sie fest, ob sie ins Freie führt.«

Perez riß sich aus seiner Lähmung und schlich auf Zehenspitzen zur Tür. Sie führte in einen weiteren, mit ähnlichen Regalen ausgestatteten, viel kleineren Raum. Es gab keine anderen Türen, aber eines der Fenster ging auf die Straße und war so groß, daß sie auch rasch hinausspringen konnten. *Falls wir es öffnen können,* dachte er und schob sich an der Wand entlang hin, um es zu versuchen. Er ging in die Hocke, griff hinauf, suchte einen Riegel ... und erblickte dabei zum ersten Mal die Maschine, die hinter ihnen her war.

Sie sah aus, als hätte jemand eine riesige mechanische Spinne gebaut, ihr einen Schildkrötenpanzer aufgesetzt und dem Ganzen ein Schlangennest aufgepfropft. *Ein gehendes Gorgonenhaupt,* dachte Perez und erschauerte. Die Maschine kam tatsächlich auf ihr Gebäude zu. Jenseits der Straße kauerten Barner und die übrigen neben einem der Häuser.

»Perez!«

Perez zuckte heftig zusammen; erst dann wurde ihm klar, daß das Flüstern von Meredith kam. »Es kommt, Oberst«, hauchte er. »Ich sehe es.«

»Ich weiß, aber uns bleibt mindestens eine Minute, bis es hier ist. Geht das Fenster auf?«

Perez' Hände erinnerten sich daran, daß sie etwas tun sollten. »Ja ... ich spüre den Riegel ... er hat sich um eine Vierteldrehung bewegen lassen.« Er schaute wieder vorsichtig hinaus. »Ich möchte im Augenblick lieber nicht versuchen, es aufzustoßen.«

Meredith kauerte jetzt neben ihm und betastete ebenfalls das Fenster. »Na ja, wir müssen uns darauf verlassen, daß es nicht klemmt.« Er hob sein Sprechfunkgerät. »Major, in dem Augenblick, in dem das Ding das Haus betritt, müssen Sie alle abfahrbereit im Wagen sitzen. Kein Feuerschutz für uns, außer es ist unbedingt erforderlich, ich möchte auf keinen Fall weitere Exemplare anlocken.« Barner bestätigte den Empfang, und Meredith steckte das Gerät ein. »Sie warten hier!« befahl er Perez. »Sobald ich schieße, stoßen Sie das Fenster auf und springen hinaus! Wenn es klemmt, lassen Sie sich auf den Boden fallen und schreien. Ich versuche es dann mit panzerbrechender Munition.«

Perez nickte schweigend, und Meredith ging zur Tür zurück. Er schob sie einen Spaltbreit auf, hielt die Pistole nach Scharfschützenart mit beiden Händen und blickte hinaus. Perez biß sich auf die Lippe, starrte die Pistole an und hoffte, daß der Oberst in seinem Magazin keinen Platz an Leuchtkugeln oder etwas ähnlich Nutzloses verschwendet hatte. *Kann panzerbrechende Munition überhaupt etwas gegen Kabelmetall ausrichten?* fragte er sich plötzlich. *Ein ungeschützter Punkt — es muß einen verwundbaren Punkt geben, den er treffen kann ...*

Aus dem anderen Raum kam das Klick-klack-klick von Metallfüßen. Perez hielt den Atem an ... und Meredith schoß.

In dem geschlossenen Raum war der Krach ohrenbetäubend; in dem Widerhall gingen die beiden nächsten Schüsse beinahe unter. Von den Wänden und der Decke brach ein Schneesturm aus Keramikstaub los, während das Gebäude durch die Explosionen erschüttert wurde. Perez hob einen Arm, um seine Augen vor dem Staub zu schützen, und warf sein ganzes Gewicht gegen das Fenster. Es klemmte einen Augenblick lang, dann ging es kreischend auf. Perez ergriff den Rand, setzte hindurch, schlug sich dabei die Schulter an und verlor beinahe das Gleichgewicht, als er aufkam. Meredith befand sich dicht hinter ihm, stieß ihn in die richtige Richtung und schrie etwas, das Perez nicht verstand. Er rannte los und bekam Staub und Tränen gerade rechtzeitig aus den Augen, um bei der offenen Wagentür zum Stillstand zu kommen und neben Hafner in den Sitz zu plumpsen. Einen Augenblick später landete Meredith auf dem Beifahrersitz, und Perez wurde in die Polsterung gedrückt, als Nichols das Gaspedal durchtrat. Der Wagen schoß davon, und Perez wurde hin und her geschleudert, während Nichols wild kurbelte, um das Fahrzeug auf der gewundenen Straße zu halten.

»Ist alles in Ordnung?« fragte Meredith.

»Ich glaube schon.« Perez zog ein Taschentuch heraus und wischte seine Augen trocken. Auf der anderen Wagenseite brummte jemand, und Perez sah gerade noch, wie Barner mühsam durchs Fenster hereinglitt; er hatte offenbar die Rückendeckung übernommen.

»Soviel ich gesehen habe, hat es keinen einzigen Schuß abgegeben«, meldete Barner, der zum Rückfenster hinausblickte.

»Ich weiß nicht, ob das Ding es nicht doch versucht hätte«, antwortete Meredith. »Von dem Augenblick an, als es durch die Tür kam, haben mich mindestens zwei Schlangen beobachtet.«

»Haben Sie es erledigt?« fragte Barner.

»Das habe ich gar nicht versucht. Ich habe auf die Füße geschossen, um es umzuwerfen, damit wir inzwischen fliehen können.«

»Vielleicht hat auch der Staub etwas genützt.« Barner wandte sich vom Rückfenster ab. »Glauben Sie, daß es die örtliche Polizei war?«

»Vielleicht eine Diebstahlsicherung«, meinte Hafner.

»Diebstahlsicherungen werden für gewöhnlich in Privathäusern installiert.« Perez hustete Keramikstaub aus.

»Bei uns«, widersprach Hafner. »Das Gesamtbild dieser Stadt wirkt nach menschlichen — sagen wir nach westlichen — Begriffen recht gemütlich. Es ist leicht möglich, daß ein geselliges Volk wie die Spinner eine zentralisierte Diebstahlsicherung vorzog.«

»Also Polizei unter anderem Namen«, stellte Barner fest. »Wirklich wichtig ist, wie viele von ihnen noch funktionieren.«

Der Wagen nahm eine scharfe Kurve und geriet ein wenig ins Schleudern. »Sie können langsamer werden, Nichols«, sagte Meredith.

»Okay.« Nichols sah sich rasch um, bevor er widerstrebend vom Gas ging. Perez hätte gern gewußt, wie sehr ihn der Zwischenfall erschüttert hatte. Ihm fiel nur allmählich ein, daß er selbst zu beschäftigt gewesen war, um darüber nachzudenken, was das Gorgonenhaupt im Schild führte...

Die fremdartige Architektur und Geographie der Spinner-Höhle täuschte über die Entfernungen, und es stellte sich heraus, daß die Mauer weiter entfernt und höher war, als sie zuerst angenommen hatten. Sie war gut sechs Meter hoch, und ihre Oberfläche war von einem komplizierten Muster in zarten Farben bedeckt — als wären hundert Regenbogen zerschlagen und ihre Splitter auf die Vorderkante eines Gletschers aufgesetzt worden. Meredith empfand dieses Bild als merkwürdig beunruhigend.

»Also, Oberst«, meldete sich Perez hinter ihm. »Ist sie für eine Verteidigung gedacht oder nicht?«

Meredith überflog die gesamte Länge der Mauer. Keine Zinnen oder Schießscharten, durch die man feuern konnte, keine Türme oder Türmchen, kein Hinweis darauf, daß es sie je gegeben hatte. »Wenn es eine Verteidigungsanlage war, dann eine extrem passive«, stellte er fest. »Trotzdem müssen wir auf die andere Seite gelangen. Hat jemand etwas entdeckt, das wie ein Tor oder ein Durchlaß aussieht?«

»Ich habe weiter links eine Spalte bemerkt«, sagte Barner, »aber ich finde sie nicht mehr.«

»Vielleicht geht sie im Farbmuster unter«, meinte Meredith. »Sehen wir nach!«

Sie stiegen in den Wagen und fanden nach kaum fünfzig Metern die hohe, schmale Öffnung, die Barner gesehen hatte.

»Ich hätte nicht geglaubt, daß es so schwer sein kann, ein einfaches Loch zu finden«, brummte Barner, während er sich durch den Spalt beugte und einen Blick auf die andere Seite warf. »Es ist leider ganz sicher, daß wir hier nicht mit dem Wagen durchkommen, Oberst, aber es sieht aus, als wären es bis zum Turm zu Fuß höchstens zehn Minuten.«

Meredith winkte ihn zur Seite und trat selbst durch die Öffnung. Im Gegensatz zur anderen Seite gab es hier so gut wie keine Bauwerke. Die wenigen, die er erblickte, sahen nicht wie Häuser, sondern wie Industrie- oder Geschäftsgebäude aus: lang und niedrig und nur gelegentlich mit den Verzierungen versehen, die die Kuppelhäuser aufwiesen. *Oder wir stehen vor der Cafeteria und dem Freizeitzentrum der Stadt,* rief er sich ins Gedächtnis. *Die leeren Flächen können Gärten oder Wälder gewesen sein. Was wäre in diesem Fall der Turm?*

Der Turm. Er erhob sich in etwa fünfhundert Metern Entfernung und sah wie eine Kreuzung zwischen einem Kirchturm und einem Flugplatztower aus. Er war etwa fünfzig Meter hoch, in halber Höhe sowie in der Nähe der Spitze befanden sich Fenster. Ein halbes Dutzend Häuser mit flachen Dächern drängte sich an seiner Basis zusammen. Werkstätten oder Quartiere für die Nachtschicht? Oder kamen die kleinen Ungeheuer, die sie bereits kennengelernt hatten, von hier?

»Wir gehen hinüber.« Er kam zur Gruppe zurück. »Major, holen Sie die Gewehre und vier Handgranaten aus dem Kofferraum! Sie, Dr. Hafner, begleiten ihn und bringen den Geigerzähler — er steht unter dem Beifahrersitz!«

Hafner machte bei der Erwähnung der zusätzlichen Waffen große Augen, aber er gehorchte widerspruchslos. Meredith blickte auf die Uhr: sie hatten bereits mehr als eine von den vier Stunden verbraucht, die er sich für die Erkundung zugestanden hatte. Die Rückfahrt sollte rascher vonstatten gehen, aber zwei Stunden waren für diesen Turm sehr wenig Zeit. Sie würden versuchen müssen, die interessantesten Abschnitte zu finden.

Barner und Hafner kehrten schwerbeladen zurück. Meredith hängte sich die Stoner 5.56 über die Schulter und befestigte zwei Handgranaten an seinem Gürtel. »Behalten Sie eine lockere Formation bei und halten Sie die Augen offen!«

Die Hütten an der Basis des Turms standen nicht mit ihm in Verbindung, wie Meredith angenommen hatte, sondern waren in einem Abstand von zwei bis drei Metern erbaut worden.

»Interessant«, stellte Hafner fest, während sie den Turm auf der Suche nach dem Eingang umkreisten. »Das erste Bauwerk, das keine Keramikverkleidung aufweist.«

»Kann man daraus schließen, daß das Gebäude neueren Datums ist?« fragte Perez. »Daß sie ihn gegen das Ende zu errichtet haben, als sie keine Zeit mehr für Verschönerungsmaßnahmen hatten?«

»Oder aber er ist Schwingungen ausgesetzt.« Meredith erinnerte sich an die zerbrechliche Keramik im Dorfgebäude. »Dort drüben ist eine Tür — gehen wir hin!«

Wie alle anderen Türen war auch diese hoch, schmal und mit komplizierten Schnitzereien verziert. Außerdem war sie nicht versperrt und führte in einen leeren Vorraum, der wie ein kleines Tortenstück aussah, von dessen Spitze jemand abgebissen hatte. Anstelle der fehlenden Spitze gab es einen vom Fußboden bis zur Decke reichenden Zylinder. »Vermutlich der Fahrstuhl«, sagte Barner, nachdem er einen letzten Blick hinausgeworfen und die Tür hinter ihnen geschlossen hatte. »Wollen wir nachsehen, ob er in Betrieb ist?«

»Wir können nachsehen«, antwortete Meredith zögernd, »aber wir werden ihn lieber nicht benützen. Schauen wir lieber, ob die Spinner Treppen gekannt haben.«

Sie benötigten einige Minuten, aber dann entdeckten sie, daß der Zylinder rotierte, wenn sie auf eine erhabene Stelle an der Wand drückten, und daß dadurch eine türlose Öffnung zum Vorschein kam. Sie traten in die Öffnung: rechts gelangte man in die Fahrstuhlkabine, während sich links die Treppe befand, wie Meredith vermutet hatte. Der Oberst übernahm die Führung, und sie stiegen hinauf.

Sie kamen nur langsam voran, weil die Treppe eng

war, und weil Meredith darauf bestand, sein Gewicht immer nur vorsichtig auf die nächste Stufe zu verlagern. Hafner murmelte mindestens einmal, daß dies bei Gebäuden aus Kabelmetall Zeitverschwendung war, aber Meredith kümmerte sich nicht darum. Sie sprachen nicht viel; rings um sie und oberhalb von ihnen ertönte leises Summen und Klicken, und niemand hatte Lust, die Geräusche mit müßigem Geplauder zu übertönen.

Meredith führte sie zum oberen Ende der Treppe, weil er hoffte, daß sich die wichtigsten Geräte dort oben befinden würden. Sobald sie im Innern den Knopf für den rotierenden Zylinder gefunden hatten, funktionierte der Mechanismus reibungslos. Der Oberst ging mit schußbereiter Pistole durch den kurzen Korridor voran und gelangte in ein grelles Farbenmeer.

Einen Augenblick lang blieb er regungslos stehen und versuchte, sich an den Anblick zu gewöhnen. *Gib einem kleinen Kind eine Schachtel mit Buntstiften und das Foto eines Shuttlecockpits, und das Ergebnis könnte ähnlich aussehen,* dachte er. Der einen Meter breite Halbkreis, der unterhalb der Fenster um den Raum verlief, war ein vertraut aussehendes Schaltpult, aber die darin eingelassenen Armaturenbretter waren es eindeutig nicht. Sie waren mit den leuchtendsten Farben bemalt, die Meredith je zu Gesicht bekommen hatte, und hatten gebogene und sogar gezackte Ränder; manche waren annähernd rechteckig, aber die meisten waren es nicht. Einige Sekunden lang versuchte Merediths Gehirn trotzdem, sie vertrauten Vielecken zuzuordnen — Quadraten, Trapezen, Dreiecken — gab es aber bald auf. Auch die Schalter, die meist schwarz waren, obwohl auch farbige vorkamen, waren ohne Rücksicht auf gerade Linien angeordnet. Keins der Armaturenbretter wies die gleiche Form oder das gleiche Layout auf, und manche Farbzusammenstellungen waren beinahe schmerzhaft. *Es muß ein farbenblindes Kind sein,* fügte er im Geist hinzu.

Die anderen drängten sich jetzt hinter ihm und murmelten Bemerkungen über diese Attacke auf ihre Sehorgane. Am wenigsten beeindruckt war Hafner, der nur kurz stehenblieb und dann an das Schaltpult trat. »Die Schalter sind wenigstens bezeichnet«, verkündete er. »Das ist schon etwas.«

Meredith trat zu ihm. Links von jedem der Knöpfe und Knäufe befanden sich kleine, schwarze Zeichen, die wie eine Kreuzung zwischen chinesischen und arabischen Schriftzeichen aussahen. »Das hilft uns tatsächlich weiter«, bemerkte er trocken, und wandte sich wieder der Mauer zu, die dieses Stockwerk in zwei Hälften teilte. Er wollte die Tür finden. Zwei raumhohe Zylinder, kleinere Versionen des Fahrstuhlzylinders, kamen am ehesten dafür in Frage.

»Es sieht aus, als wären wir am richtigen Ort«, bemerkte Nichols. »Hier müssen mindestens fünf- bis zehntausend Schalter vorhanden sein. Wozu sollte man das Zeug sonst brauchen?«

»Wer weiß, was sie dort unten noch alles haben«, widersprach Perez und beugte sich vorsichtig über einen freien Teil des Schaltpults, um zum Fenster hinauszusehen. »Jedenfalls hat man von hier einen guten Überblick. Vielleicht ist das Ganze nur für die Energieversorgung des Dorfes zuständig.«

»Vielleicht finden wir im anderen Raum einen Hinweis.« Meredith warf einen letzten Blick auf die seltsamen Schriftzeichen der Spinner. *In einem Science Fiction-Film würde der Held höchstens zehn Sekunden brauchen, um ein solches Schaltpult zu entschlüsseln,* dachte er. *Wir hätten eines dieser Genies mitnehmen sollen.*

»Oberst«, sagte Barner, und bei seinem Ton fuhr Meredith herum. Der Major schaute zu einem anderen Fenster hinaus. »Wir bekommen Gesellschaft.«

Meredith blickte in die Richtung, in die Barners Finger zeigte, und biß die Zähne zusammen. Acht Kollegen des mechanischen Geschöpfs, das sie aus dem Dorf verjagt hatte, näherten sich aus verschiedenen Richtungen dem Turm.

»Gorgonenhäupter?« zischte Perez. »Wir sollten verschwinden, Oberst!«

Meredith schätzte automatisch Entfernung und Geschwindigkeit ab. Es würde knapp werden. »Alles die Treppe runter«, befahl er. »Rasch!« Er drehte sich um, machte einen Schritt und erstarrte.

»Dreimal verdammte Scheiße!« murmelte Barner.

Die beiden kleinen Zylinder hatten rotiert und ihre Öffnungen zeigten auf den Raum. In jedem von ihnen stand ein Gorgonenhaupt.

19. Kapitel

Eine Zeitlang war das einzige Geräusch, das Meredith vernahm, das Pochen seines Herzens. Die beiden Gorgonenhäupter blieben, wo sie waren, als wären sie durch den gleichen Schock erstarrt wie die Menschen. Nur ihre sanft schwankenden, schlangenartigen Tentakel zeigten, daß sie noch aktiv waren.

Verdammt! Was tun wir jetzt? dachte Meredith. Die Maschinen waren kaum fünf Meter entfernt — sie waren unmöglich zu verfehlen, aber nur, wenn er Zeit hatte, eine seiner Waffen in Anschlag zu bringen. Ein unbewaffnetes Gorgonenhaupt war vielleicht imstande, ihn zu erwischen, bevor er feuern konnte; wenn es bewaffnet war, konnte es ihn viel schneller außer Gefecht setzen. Einen Ausbruchsversuch unternehmen? Wenn die beiden Gorgonenhäupter unbewaffnet waren, würden es vielleicht einer oder zwei von ihnen in das Treppenhaus schaffen, aber nur, wenn sie unbewaffnet waren. Und dann mußten sie immer noch mit den Verstärkungen vor dem Turm fertigwerden.

»Jetzt müßte einer von uns sagen: ›Bringen Sie mich zu Ihrem Anführer‹«, soufflierte Perez.

»Halten Sie den Mund!« knurrte Meredith.

»Nein, Oberst, ich meine es ernst«, widersprach Perez. »Sie haben uns noch nicht angegriffen, und haben auch keine feindseligen Bewegungen gemacht. Vielleicht erkennen sie, daß wir keine Spinner sind, und warten darauf, daß wir mit der Kommunikation beginnen.«

»Oder vielleicht warten sie darauf, daß ihre Freunde von unten heraufkommen.« Trotzdem war es den Versuch wert. Meredith riß sich zusammen und trat einen Schritt vor. Auf jedem Gorgonenhaupt verfolgte ein Tentakel seine Bewegungen, aber das war die einzige Reaktion. »Ich bin Oberst Lloyd Meredith, Kommandant der terranischen Kolonie auf Astra«, stellte er sich in unbeteiligtem Konversationston vor. »Wir kommen in friedlicher Absicht und suchen die Schöpfer dieser Höhle.«

Er unterbrach sich und spürte, wie ihm der Schweiß in den Kragen rann. Wieder erfolgte keine Reaktion. »Weitere Vorschläge?« fragte er die anderen.

»Vielleicht sollten Sie versuchen, zur Treppe zu gelangen«, meinte Barner. »Ich komme mit dem Sender wegen des vielen Metalls um uns nicht durch, Sie könnten es im Freien vielleicht schaffen.«

»Als würde uns eine fünfzehn Kilometer entfernte Rettungsmannschaft etwas nützen«, murmelte Nichols.

»Vergessen wir eine Weile den Pessimismus, ja?« sagte Meredith scharf. Doch es sah allmählich so aus, als wären Kamikazeaktionen ihre einzige Chance.

»Also gut, Major, bereiten Sie sich darauf vor, ihre Kopfhörer hinunterzureißen. Die übrigen müssen sich in dem Augenblick, in dem etwas passiert, flach auf den Boden werfen. Kapiert?« Aus der Gruppe kam zustimmendes Gemurmel. »Okay, es geht los.«

Meredith schob einen Fuß vorsichtig vor, ohne die Maschinen neben dem Ausgang aus den Augen zu lassen. Der zweite Fuß folgte, dann wartete er eine Weile, bevor er den ersten Fuß wieder vorschob. Die Tür war nur noch anderthalb Meter entfernt ...

Vollkommen unerwartet schnellte das linke Gorgonenhaupt eines seiner Tentakel vor, das seine Länge verdoppelte und sich um Merediths linkes Handgelenk schlang.

Später erinnerte sich Meredith daran, daß Barner sein Gewehr in Anschlag brachte und daß die anderen erschrocken aufschrien; aber einen entsetzlichen Augenblick lang gab es im gesamten Universum nur sein Handgelenk und die kalten Saugnäpfe, die es festhielten.

Es kam nicht in Frage, daß er versuchte, zu der Treppe zu gelangen; Meredith war nur von dem instinktiven Bedürfnis beherrscht, das Tentakel rasch loszuwerden. Er warf sich zurück, riß den Arm hoch ...

Und landete zu Perez' Füßen auf dem Rücken.

»Was ist geschehen?« fragte Barner.

Meredith setzte sich auf, kümmerte sich nicht um das leichte Schwindelgefühl und untersuchte seinen Arm. Vollkommen intakt, vollkommen funktionsfähig, und an der Stelle, wo ihn die Schlange gepackt hatte, gab es nicht einmal eine Druckstelle. »Es hat einfach losgelassen«, stieß er hervor, konnte es aber selbst kaum glauben. »Anscheinend hat es mich gar nicht festhalten wollen.« Er wandte seine Aufmerksamkeit wieder dem Gorgonenhaupt zu, das sein Tentakel eingezogen, aber sonst nicht reagiert hatte. Wartete es? Und worauf?

»Hat es vielleicht etwas in Ihr Handgelenk injiziert?« fragte Hafner besorgt.

Meredith schüttelte den Kopf. »Keine Einstichstellen und keine Entzündung — das habe ich bereits überprüft. Sogar bei einem Hypospray spürte man etwas.« Er stand vorsichtig auf und wandte sich wieder dem Gorgonenhaupt zu. Die natürliche Angst kämpfte gegen die natürliche Neugierde, und letztere siegte. »Ich versuche es noch einmal.« Er war selbst darüber erstaunt, wie ruhig seine Stimme klang, biß die Zähne zusammen und ging wieder zum Ausgang.

Diesmal marschierte er direkt auf das Gorgonenhaupt zu, kam aber nur anderthalb Schritte weit, bevor das Tentakel wieder vorschnellte. Er brachte es fertig, stillzuhalten, als das Metall sein Gelenk umschloß, ließ aber die anderen beiden Tentakel nicht aus den Augen, die wie zum Zustoßen bereite Klapperschlangen über der Maschine hin- und herschwankten. Fünf Sekunden lang ereignete sich nichts, dann stieß das Gorgonenhaupt ein Geräusch aus, als hätte es Schluckauf, und plötzlich war Meredith in eine Rauchwolke gehüllt. Er holte unvorsichtigerweise tief Atem und erstickte beinahe. »Es ist schon in Ordnung«, keuchte er, um den Reaktionen der anderen zuvorzukommen. »Es ist nur so, als wäre ich lebendig in Gewürzkräutern begraben.« Er schnüffelte wieder, aber die Wolke hatte sich bereits aufgelöst. Gleichzeitig zog das Gorgonenhaupt das Tentakel von Merediths Arm zurück.

»Und?« fragte Perez von hinten.

»Warum fragen Sie mich?« fuhr ihn Meredith an. »Ich führe hier nicht das Kommando.«

»Ich weiß nicht«, wandte Hafner ein. »Versuchen Sie es doch noch einmal mit der Treppe, Oberst.«

Meredith überlegte kurz. »Also gut. Denken Sie an die Kopfhörer, Major.«

Keine der Maschinen rührte sich, als Meredith in den Eingang zum Treppenhaus trat, und sie reagierten auch nicht, als Barner ihm die Kopfhörer zuwarf. »Sie haben kein Interesse an mir«, bemerkte er, während er die Kopfhörer aufsetzte. »Hoffentlich haben sie es auch dem Rest der Bande mitgeteilt.«

»Ich wäre sehr erstaunt, wenn sie es nicht getan hätten«, meinte Hafner. »Ich glaube, daß man Sie zum Freund erklärt hat.«

»Sie meinen, daß diese Zimtrauchschwaden eine Unbedenklichkeitsbescheinigung waren?«

»Entweder das oder die Bestätigung, daß Sie im Computer gespeichert sind. Das Tentakel hat vielleicht Ihren Geruch, Ihren Herzschlag oder etwas Ähnliches aufgezeichnet.«

»Das ist lächerlich«, protestierte Meredith. »Ich kann unmöglich wie ein Spinner riechen.«

»Vielleicht sind die Daten verlorengegangen«, mischte sich Nichols ein. »Vielleicht versucht das Gorgonenhaupt, die Unterlagen wieder herzustellen und verwendet Sie als Prototyp.«

»Aber ...« Meredith überlegte es sich und sprach nicht weiter. »Schön, testen wir es! Die übrigen Gorgonenhäupter stehen bestimmt schon unten vor der Tür.

Wenn sie mir keine Schwierigkeiten machen, dann haben Sie recht.«

Er mußte durch den Vorraum und um den Turm herumgehen, aber als er die Treppe wieder heraufkam, war er überzeugt.

»Ich kann es nicht glauben«, keuchte er, als er den Kontrollraum betrat. »Die verdammten Dinger waren zahm wie Schoßhündchen — sie haben mich beschnüffelt und sich dann überhaupt nicht mehr um mich gekümmert.« Er wandte sich Barner zu. »Sehen wir mal, ob die Gorgonenhäupter Sie ebenfalls akzeptieren, Major.«

Sie taten es, und schließlich unterzogen sich alle dem Geruchstest. »Ich verstehe es noch immer nicht«, erklärte Barner, während die übrigen ihre neuerworbene Immunität vorsichtig ausprobierten. »Warum sollte nach all dieser Zeit ausgerechnet ihr Sicherheitssystem versagen?«

»Und noch dazu auf eine Art versagen, die uns nützt«, fügte Nichols hinzu, während er vorsichtig ein Gorgonenhaupt berührte. »Es hätte sich genauso gut dazu entschließen können, niemanden in den Turm hereinzulassen.«

»Es ist vielleicht gar keine so glückliche Fügung, wie Sie annehmen«, wandte Perez ein. »Man kann es genauso gut durch eine einzige, nebensächliche Störung plus dem Zusammenbruch der Kommunikationen erklären. Nehmen wir zum Beispiel an, daß es irgendwo in diesem Gebäude ein automatisches Schloß oder einen unabhängigen Scanner gibt, und daß diese Einrichtung versagt hat. Die Gorgonenhäupter finden uns hier; aber weil uns das andere System nicht hereingelassen hätte, wenn wir nicht hier sein dürften, müssen wir hier sein dürfen, verstehen Sie? Und weil die Gorgonenhäupter uns nicht auf ihrer VIP-Liste finden, schließen sie schleunigst diese Lücke in ihrem Gedächtnis.«

»Die Idee ist gut, aber die Dinger sind dumm«, brummte Hafner.

»Ich weiß nicht«, widersprach Perez. »Ich habe diese Technik selbst schon angewendet. Wenn man sich erst einmal innerhalb eines Sperrgebiets befindet, ist es nicht mehr schwer, drinnenzubleiben.«

»Was auch immer der Grund ist, aus dem die Gorgonenhäupter uns akzeptieren, er wird uns sehr nützlich sein, wenn die Anthropologen herkommen. Die Arbeit würde ihnen bestimmt keinen Spaß machen, wenn ihnen dabei Schlangen über die Schulter schauen.«

Meredith runzelte die Stirn. »Was für Anthropologen sollten das sein?«

»Hätte ich Linguisten sagen sollen? Die Leute, die wir herbringen müssen, damit sie all das übersetzen.« Hafner zeigte auf die Armaturen.

»Wahrscheinlich werden wir auch Computerexperten brauchen«, fügte Nichols hinzu. »Und Mathematiker, Werkstoffwissenschaftler ...«

»Moment mal!« unterbrach ihn Meredith. »Wo sollen wir Ihrer Ansicht nach diese Leute hernehmen?«

Nichols zwinkerte. »Es war doch nicht schwer, Doktor Chang und seine Gruppe zu bekommen. Wir müssen nur mit dem nächsten Shuttle eine Liste hinunterschicken.«

Meredith sah Perez an und bemerkte dessen verdrossenen Gesichtsausdruck. Aus naheliegenden Gründen hatte der Oberst das Ultimatum des Komitees und Changs erzwungene Abreise nicht an die große Glocke gehängt — und offenbar waren die anderen diesem Beispiel gefolgt. »Dr. Chang befindet sich leider nicht mehr auf Astra«, erklärte er deshalb Nichols. »Er wurde durch eine Resolution des Komitees, die Nicht-Astranern den Zutritt zu Spinneret-Einrichtungen verwehrt, zur Abreise gezwungen.« Er verbeugte sich ironisch vor Perez. »Es sei denn, das Komitee würde sich dazu entschließen, seinen Erlaß wieder aufzuheben.«

Perez lief rot an — Meredith wußte nicht, ob es Verlegenheit oder Zorn war. »Mit der Resolution wollten wir

Astra davor bewahren, daß ihre einzige Einnahmequelle von Außenseitern geplündert wird und wir dann verrotten oder verhungern. Diese Gefahr besteht immer noch.«

»Sind Sie jetzt nicht ein bißchen zu melodramatisch?« fragte Hafner. »Ganz zu schweigen davon, daß Sie noch im neunzehnten Jahrhundert leben. Wir sind keine wilden Eingeborenen, die hilflos zusehen, wie das Spinneret in seine Bestandteile zerlegt und auf die Erde gebracht wird.«

»Die Geheimnisse können trotzdem gestohlen werden«, beharrte Perez. »Außerdem brauchen wir keine zusätzlichen Fachleute. Die Ctencri besitzen Computerprogramme, die unbekannte Sprachen dechiffrieren können — sie haben die wichtigsten Sprachen der Erde in weniger als einer Woche übersetzt.«

»In ihrer Datenbank besitzen sie auch annähernd hunderttausend Rundfunk- und TV-Kanäle«, wandte Nichols ein. »Wir hingegen besitzen nur einen Haufen Schalter.«

Perez wirkte noch immer unbeeindruckt, aber Meredith merkte, daß er weich wurde. »Ja also … wenn das Untersuchungsteam klein und international ist« — er warf Meredith einen Blick zu —, »dann könnten wir wahrscheinlich entsprechende Sicherheitsmaßnahmen ergreifen.«

»Warum international?« fragte Barner mißtrauisch. »In den USA gibt es alle Fachleute, die wir brauchen.«

»Verschieben wir die Debatte darüber auf später«, mischte sich Meredith ein. Er wollte nicht in Gegenwart von Hafner und Nichols mit Perez streiten; die Drohungen, zu denen er vielleicht greifen mußte, vertrugen keine Zeugen. »Wir werden uns darüber einigen, wen wir einladen, *nachdem* wir festgestellt haben, was wir brauchen, und *nachdem* das Komitee entschieden hat, ob es sich bei dieser Frage querlegen will oder nicht.«

»Dann sollten wir jetzt zurückfahren«, schlug Hafner

vor. »Natürlich gibt es hier noch viel zu sehen, aber in der Zeit, die uns noch zur Verfügung steht, schaffen wir nicht alles.«

»Sehr richtig.« Meredith trat ans Fenster, musterte die Wand der Höhle und prägte sich die Richtung ein, in der ihr markierter Ausgangstunnel lag. Zwei weitere Tunnelöffnungen waren sichtbar — eine von ihnen mußte zu der Schwerkraftanlage unterhalb des Vulkankegels führen. Eine der vordringlichsten Aufgaben war die Anfertigung eines genauen Plans dieses Labyrinths, beschloß er; daran mußte eine gründliche Untersuchung des Turms und aller anderen Kontrolleinrichtungen anschließen, die sie fanden. Und danach — eine Reparatur des Baggers, den er entdeckt hatte? Vielleicht. Es würde aufschlußreich sein, welche Rolle er in diesem Ballett gespielt und warum sein Beitrag niemandem gefehlt hatte. Er drehte sich wieder um. »Für einen Tag gibt es hier zuviel zu sehen. Fahren wir nach Hause!«

20. Kapitel

Die erste Serviette war einfach gewesen, aber aus irgendeinem Grund mußte Carmen die zweite viermal falten, bevor sie endlich stimmte. Sie legte sie auf den Teller, trat zurück und überblickte den Tisch. *Schrecklich,* fand der Perfektionist in ihr, der sich ausgerechnet in diesem Augenblick melden mußte, *Luxusservietten auf Militärtellern. Aber eigentlich spielte es keine Rolle — Peter würde es nicht einmal bemerken.*

Letzteres traf bestimmt zu. Hafner war keineswegs unkultiviert — sonst hätte sie es nicht mit ihm ausgehalten. Aber die letzten Wochen waren für ihn hektisch gewesen, und die letzten vier Tage hatten dem Ganzen die Krone aufgesetzt. Es hatte sie große Mühe gekostet, ihn wenigstens für dieses Dinner nach Unie zurückzuholen.

Womit sie bei einem weiteren Problem angelangt war. Sie kannte Hafner seit beinahe vier Monaten, und obwohl sie ihn als Freund schätzte, waren ihre Gefühle für ihn alles andere als romantisch. Warum hatte er ihr also so sehr gefehlt, während er beim Toten Meer im Boden herumstocherte? Und warum hatte sie sich abgerackert, um diesen Abend zu einem besonderen Erlebnis zu machen? *Vielleicht habe ich einfach vergessen, wie es ist, wenn man einen wirklich guten Freund hat,* dachte sie — was eigentlich deprimierend war. *Eines steht fest: ich muß mich demnächst irgendwo häuslich niederlassen.*

Es klopfte, und sie blickte überrascht auf die Uhr. Hafner kam selten zu spät, aber für gewöhnlich auch nicht zu früh. Aber es spielte keine Rolle: alles war bereit. Sie öffnete lächelnd die Tür.

»Hallo, Carmen. Darf ich reinkommen?«

Ihr Lächeln verflog. »Guten Tag, Cris«, antwortete sie

kühl und förmlich. »Eigentlich erwarte ich jemand anderen. Wenn Sie also ...«

»Dr. Hafner, nehme ich an. Keine Sorge, es dauert nur eine Minute.« Er machte einen Schritt — und irgendwie war er plötzlich an ihr vorbei und nickte anerkennend, als er den gedeckten Tisch sah.

Carmen schloß zähneknirschend die Tür und folgte ihm. »Entgegen einer weitverbreiteten Ansicht bin ich nicht siebenundzwanzig Stunden täglich im Dienst«, erklärte sie eisig. »Wenn Sie Ihre Besuche freundlicherweise auf die Dienstzeit beschränken ...«

Er drehte sich zu ihr um. »Irgendwo in der Computerbibliothek gibt es ein Exemplar des *Wissenschaftlichen Adreßbuchs.* Aus Gründen, auf die ich nicht eingehen will, ist es für geheim erklärt und hinter einem Sicherheits-Paßwort versteckt worden. Ich möchte, daß Sie mir den Zugang zu ihm ermöglichen.«

Carmen holte tief Luft. »Erstens denke ich nicht daran, Ihnen ohne ausdrücklichen Befehl Geheimmaterial zu überlassen. Zweitens ist es eine unglaubliche Frechheit von Ihnen, unter einem so lächerlichen Vorwand hier hereinzuplatzen. Ich hätte Ihnen telefonisch nein sagen können.«

Er hatte sie aussprechen lassen und hob jetzt den Finger. »Erstens gibt es in dem *Adreßbuch* nichts, das auch nur andeutungsweise geheim ist. Es steht nicht nur in der Hälfte aller Bibliotheken von Nordamerika und Europa, sondern es war noch vor einem Monat auch auf Astra allgemein zugänglich. Und zweitens ...« Er zögerte. »Meredith sollte nicht erfahren, daß ich mit Ihnen gesprochen habe.«

Sie zog die Augenbrauen hoch. »Wir sind ja richtig paranoid, was? Wie kommen Sie auf die Idee, daß der Oberst über Ihre Anrufe informiert werden möchte?«

Er lächelte. »Kommen Sie schon, Carmen, stellen Sie sich nicht dumm! Ich bin der Dorn in Merediths Fleisch, das größte Hindernis für seinen Traum, Astra zu Amerikas zweiundfünfzigstem Staat zu machen. Er wird den astranischen Wissenschaftlern empfehlen, amerikanische Fachleute einzuladen, damit sie uns helfen, die Schaltanlagen des Spinneret zu entziffern, und er hat das *Adreßbuch* nur deshalb versteckt, damit ich keine internationale Gruppe vorschlagen kann.«

Sie überlegte kurz. Perez war der letzte, dem sie Gefälligkeiten erweisen wollte — er war bis jetzt jedem, mit dem er in Berührung gekommen war, auf die Nerven gegangen. Aber es war sinnvoll, die besten Leute zu holen, die man bekommen konnte. Je früher sie lernten, das Spinneret zu betreiben, desto besser; und angesichts der derzeitigen Situation in der Spinneret-Höhle hatte kein Fremder auch nur die geringste Chance, sich dort einzuschleichen und etwas zu stehlen. Und was Meredith betraf — wenn Perez etwas hintenherum erreichen wollte, hatte der Oberst bereits bewiesen, daß er imstande war, jeden Angriff des anderen zu seinem Vorteil auszunützen.

Und Peter mußte jeden Augenblick da sein.

»Also gut«, seufzte sie. »Morgen früh werde ich versuchen, Ihr *Adreßbuch* zu finden. Wenn ich es in weniger als zehn Minuten schaffe, übertrage ich es unter ›Cris‹ in die allgemeine Datei. Aber ich habe nicht vor, mehr Zeit dafür zu verschwenden, ist das klar?«

»Ich bin Ihnen sehr dankbar.« Perez verbeugte sich und ging zur Tür. »Wenn Sie mich jetzt entschuldigen wollen — ich muß nach Crosse zurück, denn ich habe morgen Frühdienst. Gute Nacht und danke.«

»Gute Nacht.«

Carmen schloß die Tür energisch hinter ihm, lehnte sich einen Augenblick lang dagegen und schüttelte den Ärger ab. Dann blickte sie auf die Uhr und ging in die Küche, um nach dem Dinner zu sehen.

Sie hatte beinahe erwartet, daß Hafner Perez in die Arme laufen würde — diese Konfrontation hätte sich entschieden lähmend auf den Abend ausgewirkt. Es war deshalb eine Erleichterung, daß sie beinahe zehn Minuten warten mußte, bis Hafner endlich an die Tür klopfte.

»He«, begrüßte er sie leicht verwirrt, als sie öffnete. »Entschuldige, daß ich zu spät komme.«

»Das macht nichts. Die Lasagne brauchen noch zwanzig Sekunden, dann sind sie fertig.«

»Lasagne? Eine ganz schön extravagante Mahlzeit für eine arme Beamtin — diese Privatwohnung ist dir offensichtlich zu Kopf gestiegen. Allein der Parmesan muß ein Vermögen gekostet haben.« Er setzte sich an den Tisch und betrachtete die gefaltete Serviette bewundernd.

»Hat er eigentlich nicht, obwohl ich tatsächlich ein bißchen voreilig bin.« Sie schaltete den Mikrowellenherd ein und richtete das Gemüse an. »Die Rooshrike beginnen Donnerstag mit regelmäßigen Warenlieferungen von der Erde, und ich habe dafür gesorgt, daß jedes zweite Nahrungsmittelpaket sogenannte Luxusgüter enthält.«

»Das ist schön — es wird meiner Stimmung sicherlich sehr gut tun. Wirst du die Sachen über den normalen Dienstweg verteilen, oder eigene Läden einrichten?«

»Das weiß ich nicht.« Der Mikrowellenherd klingelte, und sie trug die dampfende Schüssel vorsichtig auf. »Ich strebe ein normales Wirtschaftssystem an, aber Oberst Meredith findet, daß die Lage noch zu unsicher dafür ist. Außerdem glaube ich nicht, daß ein Luxus-Lebensmittelladen der richtige Anfang ist. Er riecht zu sehr nach den Ausländerläden in Moskau.«

»Ja.« Er faltete die Serviette beinahe widerwillig auseinander. »Ich hätte gern eine Flasche Wein mitgebracht, aber ich habe keine Freunde an höchster Stelle wie du.«

»Außer den Gorgonenhäuptern.«

Er lächelte gequält. »Mit solchen Freunden ...« Er schüttelte den Kopf und begann zu essen.

»Du hast einen schweren Tag hinter dir, nicht wahr?« Sie schenkte beiden Wasser ein.

»Eigentlich war er nur entsetzlich langweilig. Ich tue überhaupt nichts — ich sitze nur bei den Gorgonenhäuptern und sorge dafür, daß sie Ruhe geben. Alle anderen fotografieren die Etiketts bei den Schaltern und geben dem Computer alles ein, was sie entdecken. Mir war nicht klar, wie müde man wird, wenn man nur herumsitzt und nichts tut.«

»Ihr könnt doch die Leute allein lassen, sobald sie im Turm sind, nicht wahr?«

»Nur nicht im Kontrollraum. Eigentlich wollte ich ›oberstes Stockwerk‹ sagen, wir wissen nicht hundertprozentig, ob es der Kontrollraum ist. Aber auch in den anderen Räumen kann niemand zur Treppe oder zu den Fahrstühlen gehen, ohne daß ihn einer von uns fünf begleitet. Und wehe, jemand versucht, den Turm zu verlassen. Davidson hat es einmal getan und wurde beinahe von einem der Tentakel erwürgt.«

»Autsch. Ihr könnt euren Wächtern wohl nicht beibringen, daß sie das Dorf behüten sollen statt des Turms?«

»Es gibt bestimmt eine Möglichkeit — genau wie es bestimmt eine Möglichkeit gibt, andere Leute in den Großorden der Höhlenmütter einzuführen, wie Al Nichols uns nennt. Wir haben sie nur noch nicht gefunden.«

Carmen schüttelte den Kopf. »Ich verstehe immer noch nicht, warum ihr fünf diesen Sonderstatus bekommen habt, und warum ihn seither niemand erhalten kann. Es kommt mir irgendwie launenhaft vor ...«

»Das ist es nicht.« Hafners Teller war leer, und er bediente sich noch einmal. »Wenn Perez' Theorie stimmt, dann ist das System der Gorgonenhäupter folgerichtig. Wir fünf haben den Kontrollraum erreicht, ohne daß uns eine ihrer Einheiten oder etwas anderes aufgehalten hatte. Für die Gorgonenhäupter waren wir daher Aufseher und mußten als solche registriert werden. Aber jetzt haben sie einen Kordon um den Turm aufgestellt, deshalb kommt kein anderer allein hinein, und deshalb kann kein anderer Aufseher werden.«

»So daß ihr fünf abwechselnd Fremdenführer spielen müßt.« Die ganze Geschichte war noch immer bizarr, aber sie begriff allmählich, daß sie auch ihre Logik hatte. *Schließlich sind die Spinner Aliens,* rief sie sich ins Gedächtnis.

»Eigentlich sind wir nur drei bis dreieinhalb«, meinte Hafner. »Oberst Meredith kommt kaum jemals vorbei, und Perez und Major Barner sind zusammen nur für eine Schicht gut. Manchmal bedaure ich, daß ich seinerzeit für das Komitee eingetreten bin — dann würde sich Perez wenigstens jetzt nicht ständig auf ›offizielle Angelegenheiten‹ berufen und dann verduften.«

»Wenn es kein Komitee gäbe, wäre Perez auch nicht hier. Dann müßtet ihr die Arbeit unter euch vier aufteilen.«

»Und wenn ich mich nicht plötzlich an meine Grundsätze erinnert hätte, dann wären wir um dreißig Soldaten mehr«, brummte Hafner. »Vielleicht lerne ich doch noch einmal, den Mund zu halten.«

Sie aßen einige Minuten lang schweigend. Das Fenster der Eßnische ging nach Westen, so daß Carmen das Verwaltungsgebäude sehen konnte, in dem noch überall Licht brannte. *Arbeiten sie die Einzelheiten unserer Handelsabkommen aus,* fragte sie sich, *oder versuchen sie immer noch, die Spinneret-Schrift zu entschlüsseln? Wahrscheinlich beides.* Eine Zeitlang hatte sie übelgenommen, daß niemand ihr von der Entdeckung des Spinneret-Tunnels erzählt hatte. Ihrer Ansicht nach war sie maßgeblich an diesem Erfolg beteiligt, deshalb hätte sie auch am Triumph beteiligt sein müssen. Inzwischen war sie aber darüber froh, daß sie nicht dabei gewesen war, denn sie war schon bei zu vielen Projekten unentbehrlich.

»Woran denkst du?«

Sie erwachte aus ihren Überlegungen. »Entschuldige — mir ist nur eingefallen, wieviel Arbeit noch erforderlich ist, um Astra wirtschaftlich stabil zu machen. Und das hängt zu einem großen Teil davon ab, wie schnell es uns gelingt, das Spinneret zu beherrschen.«

Jetzt sah auch Hafner zum Fenster hinaus. »Hast du eigentlich eine Ahnung, Carmen, was die Rassen da draußen mit dem Kabel anfangen wollen, das sie uns abkaufen?«

Sie runzelte die Stirn. »Eigentlich nicht.«

»Es ist keine müßige Frage«, fuhr er fort, beinahe als hätte er sie nicht gehört. »Die Spinner haben ungeheure Anstrengungen unternommen, um diese Höhle auszubauen — ich werde dich demnächst in ihr Dorf mitnehmen, und du wirst sprachlos sein. Aber warum haben sie es getan? Sie saugen einem ganzen Planeten seine Metalle aus, um ein Sechs-Zentimeter-Kabel daraus zu machen — wofür haben sie das Zeug verwendet?«

»Für alles Erdenkliche. Wir haben selbst eine drei Seiten lange Liste aller Verwendungsmöglichkeiten aufgestellt, und wir wissen noch nicht einmal die Hälfte von allem, was es über das Kabel zu wissen gibt.«

Er schüttelte den Kopf. »Du verstehst nicht, worum es mir geht. Die Gebäude dort unten — eigentlich das gesamte Spinneret — bestehen seit hunderttausend Jahren. Warum stellt eine Kultur etwas her, das so lange hält?«

Sie ließ sich mit der Antwort Zeit, denn die Frage war nicht belanglos. »Vielleicht haben sie auf ihrer Heimatwelt die vollkommene Stadt oder etwas Ähnliches errichtet. Vielleicht ein Grab oder eine Gedenkstätte wie die Pyramiden oder den Taj Mahal.«

»Oder vielleicht einen Käfig für etwas sehr Großes und sehr Langlebiges. Das ist eine der Möglichkeiten, die mir nicht aus dem Sinn gehen.«

»Daran möchte ich lieber nicht denken. Vielleicht haben sie nur länger gelebt als wir. Bei einer entsprechenden Lebensdauer sind hunderttausend Jahre nichts Besonderes.«

»Vielleicht.« Hafner lehnte sich zurück. »Gibt es auf der Liste, die du erwähnt hast, offenkundige militärische Anwendungsmöglichkeiten?«

»Ich ...« Sie runzelte die Stirn. »Jetzt, da du fragst — nein.«

»Der Oberst geht auf Nummer Sicher. Aber ich bezweifle, daß es ihm etwas nützt. Keine der Rassen da draußen ist so dumm oder so naiv, daß sie diese Möglichkeiten übersehen könnte.«

Carmen nickte schweigend. Über dieses Thema hatten Meredith und sie nie offen gesprochen, aber es hatte von Anfang an wie ein Damoklesschwert über den Handelsbesprechungen gehangen. Man konnte die supraleitende Zylinderspule dazu verwenden, um Geschosse zu schleudern, man konnte ein Kriegsschiff in das unzerstörbare Kabel wickeln; man konnte ein besonders langes Kabel in eine feindliche Raumflotte manövrieren, so daß die Schiffe zusammenklebten — zu beinahe jeder friedlichen Verwendungsmöglichkeit gab es ein bedrohliches kriegerisches Gegenstück. »Wir können unseren Kunden unmöglich vorschreiben, wie sie ihre Kabel verwenden sollen«, meinte sie schließlich. »Das ist wahrscheinlich einer der Gründe, warum Oberst Meredith allen Aliens Zugang zum Kabel gewähren will — um dadurch die strategischen Vorteile zu verringern, die es bieten könnte.«

»Es könnte trotzdem das politische Gleichgewicht stören. Nehmen wir an, eines der Imperien da draußen hat interne Schwierigkeiten, die die zentrale Regierung mit einem in Kabel verpackten Raumschiff rasch unterdrücken kann. Dann kann diese Regierung ihre gesamten Mittel und ihre Aufmerksamkeit uneingeschränkt ihren Nachbarn zuwenden.«

»Was erwartest du denn von uns?« brauste Carmen auf. Sie wußte genau, daß er sie nicht persönlich angriff, fühlte sich aber trotzdem bemüßigt, ihr Prospekt zu verteidigen. »Sollen wir Astra der UNO übergeben? Oder uns vollkommen zurückziehen und den Planeten den Rooshrike überlassen? Was immer wir tun — das Kabel wird erzeugt werden, und jemand wird es verwenden. Der Geist ist aus der Flasche draußen, du kannst ihn nicht wieder hineinstopfen.«

Er hob die Hände. »Friede! Ich habe nicht deine Arbeit angegriffen — schließlich habe ich selbst kräftig am Stöpsel mitgezogen. Doch wie gesagt, es gibt eine zweite Möglichkeit. Vielleicht haben die Spinner das Kabelmaterial ebenfalls für Kriegszwecke verwendet. Wenn die Einwohnerschaft des Dorfes auf die Heimatwelt zurückgeholt wurde, um mitzukämpfen, so wäre das eine Erklärung dafür, warum sie das Spinneret weiterlaufen ließen. Aus irgendeinem Grund sind sie dann nie mehr zurückgekehrt.«

Sie erschauerte. »Mußtest du unbedingt davon anfangen?«

»Entschuldige. Lassen wir das Thema, einverstanden? Ich habe zwar keinen Wein mitgebracht, aber dafür Musik. Leg die Kassette auf, während ich den Tisch abräume, und dann kannst du mir deine Lebensgeschichte weitererzählen. Letztes Mal haben wir es bis zum Ende der Oberschule geschafft.«

Sie kicherte und griff nach der Kassette, die er ihr reichte. »Von mir aus — aber diesmal fängst du an.«

Er stapelte bereits die Teller auf. »Wenn du darauf bestehst. Aber ich warne dich. Auf dem College war ich als entsetzlicher Langweiler verschrien.«

Sie bemühten sich beide, aber an diesem Abend kam keine richtige Stimmung auf, und Hafner verabschiedete sich vorzeitig.

Wird es von nun an immer so sein? fragte sich Carmen, als sie eine Stunde später zu Bett ging. Sie hatte versucht zu lesen, hatte sich aber nicht auf das Buch konzentrieren können. *Wird das Spinneret von nun an das Le-*

ben auf Astra so weitgehend beherrschen, daß wir es nie ganz ausschließen können?

Sei nicht so melodramatisch, ermahnte sie sich. *Du bist müde, du bist überarbeitet, und du tust dir selbst leid. Steh es durch, Mädchen; zumindest bis morgen früh kann dir nichts passieren.*

Da irrte sie sich.

Es war noch immer finstere Nacht, als das eindringliche Summen des Telefons sie aus einer surrealistischen Zusammenfassung aller Kriegsfilme weckte, die sie je gesehen hatte. »Hallo?« meldete sie sich benommen.

»Carmen? Hier spricht Oberst Meredith. Wie schnell können Sie in Martello sein?«

»Ich schätze in einer halben Stunde«, antwortete sie noch halb schlafend. »Was ist los?«

»Eines der UNO-Schiffe ist gerade im Orbit eingetroffen und schickt ein Shuttle herunter. In ihm befinden sich unser alter Freund Msuya und Präsident Allerton.«

»Allerton?« fragte sie ungläubig, während ihr Gehirn plötzlich auf Hochtouren lief.

»Das habe ich gesagt — und ich habe dabei kein gutes Gefühl. Ganz gleich, was die beiden im Schilde führen — ich will Sie dabeihaben, sowohl in Ihrer Eigenschaft als Vorsitzende des Komitees als auch als Hauptbeteiligte an den Handelsverträgen.«

»Ja, Sir. Wird noch jemand anwesend sein?«

»Nur wir beide und vielleicht Major Brown. Warum?«

»Ich weiß nicht recht, Oberst, aber ich habe das Gefühl, daß man uns ein Ultimatum stellen will. Vielleicht sollten wir eine kleine Delegation einladen, sozusagen als Vertreter der Bevölkerung.«

Er überlegte eine Weile. »Wenn eine solche Gruppe sich überhaupt nicht einig ist, würden Sie genau das Gegenteil von dem erreichen, was Sie vorhaben.«

»Das ist richtig. Aber Msuya weiß bereits, daß es das

Komitee gibt, und daß Sie sich mit ihm beraten. Zumindest gelegentlich.«

»Deshalb sollen Sie dabei sein.«

»Ja, Sir, aber ich habe keine Handlungsvollmacht. Ich kann Sie natürlich in allem unterstützen, aber wenn das Komitee später zu einer anderen Ansicht kommt, könnten wir Schwierigkeiten bekommen.«

»Mit anderen Worten, ich soll Perez einladen.«

Carmen schluckte. »Ja, Sir. Und vielleicht auch Doktor Hafner als Vertreter der Wissenschaftler.«

Diesmal schwieg er länger. »Sie haben wahrscheinlich recht«, gab er schließlich zögernd zu. »Vorläufig können wir uns Streitigkeiten in Gegenwart von Msuya eher leisten als Unruhen vor den Augen der Rooshrike. Auf lange Sicht ... das müssen wir auf uns zukommen lassen. Also gut, ich rufe die beiden an. Seien Sie so rasch wie möglich im Konferenzraum von Martello; das Shuttle landet in knapp einer Stunde, und ich möchte mich zuerst mit Ihnen beraten.«

Carmen hatte sich das Telefon um das Handgelenk geschnallt und schlüpfte in ihre Unterwäsche. »In spätestens einer halben Stunde.«

»Gut. Haben Sie übrigens einen besonderen Grund, warum Sie Perez und Hafner vorgeschlagen haben?«

»Ja, Sir. Da die beiden die Spinner-Höhle kennen, wissen sie genauer, worum es geht. Das könnte eine Rolle spielen.«

»Hoffentlich haben Sie recht. Auf bald.«

21. Kapitel

DER KONFERENZRAUM IN MARTELLO war durch das Zusammenlegen von zwei kleinen Büroräumen und einer Werkstatt für die Verhandlungen zwischen Carmen und fremden Handelsvertretern geschaffen worden. Er war nicht einmal andeutungsweise feudal, aber die Stühle waren bequem, und der Tisch war auf Hochglanz poliert worden. Meredith stand hinter seinem Stuhl, sah sich noch einmal um und bedauerte, daß er keine Zeit gehabt hatte, sich mit dem Raum eingehender zu befassen. Ein Raum, der zu Besprechungen mit einem Ctencri-Händler paßte, war noch lange nicht das Richtige für ein Gespräch mit dem Oberkommandierenden.

Die Tür ging auf, und ein junger, sichtlich nervöser Korporal trat ein. »Oberst Meredith: ich melde den Präsidenten der Vereinigten Staaten und Mr. Msuya von den Vereinten Nationen.« Er drückte sich an die Tür und grüßte zackig, während Allerton und Msuya den Raum betraten.

Ihnen folgten vier Männer in dunklen Anzügen, die sich unauffällig an der Rückwand verteilten. *Geheimdienst?* fragte sich Meredith. *Oder hat Msuya diesmal beschlossen, ein paar Schläger mitzubringen?* Er verbarg seine Besorgnis und grüßte Allerton. »Mr. President, Mr. Msuya: willkommen auf Astra. Ich bedaure, daß wir Sie nicht zeremonieller empfangen können, aber hier herrscht ein akuter Mangel an Militärkapellen!«

Allerton lächelte, doch Msuya verzog keine Miene. »Das geht in Ordnung«, erwiderte der Präsident. »Wir sind ohnehin geschäftlich hier.«

Er tut also nicht einmal so, als handle es sich um einen Höflichkeitsbesuch.

»Das habe ich mir gedacht, Sir.« Meredith zeigte auf die Leute neben sich. »Gestatten Sie mir, Ihnen Doktor

Peter Hafner, die Leiterin des Bürgerkomitees Carmen Olivero und Komiteemitglied Cristobal Perez vorzustellen, die ich gebeten habe, an der Besprechung teilzunehmen. Natürlich vorausgesetzt, daß Sie keine Einwände erheben.«

»Ich erhebe Einwände«, meldete sich Msuya. »Die Anwesenheit von Zivilisten ist sinnlos. Sie sind der Oberbefehlshaber von Astra, Oberst, und ich lehne diesen ›Komitee-Verschleierungsversuch‹ ab.«

Meredith wandte sich betont Allerton zu. »Mr. President?«

»Mr. Msuya hat insofern recht, als die gesamte Verantwortung für die Aktivitäten auf Astra bei Ihnen liegt«, sagte Allerton. »Wenn diese Leute jedoch in beratender Eigenschaft anwesend sind, dann können wir uns einverstanden erklären.«

Msuya murmelte etwas, und einen Augenblick lang sahen er und Allerton einander an. Dann zuckte er die Achseln, zog einen Stuhl zu sich und setzte sich. *Allerton hat also dem Druck der UNO noch nicht endgültig nachgegeben,* dachte Meredith, *oder ist wenigstens bereit, es bei unwichtigeren Problemen mit Msuya aufzunehmen.* Er prägte sich diese Information ein, sah Allerton an und wartete auf die Eröffnung.

Sie erfolgte sofort. »Wir haben in letzter Zeit Berichte über unübliche politische Entscheidungen Ihrerseits erhalten. Sie haben sich geweigert, Mr. Msuyas wissenschaftlichem Team eine Überprüfung des Spinneret-Kabels zu gestatten! Sie haben Doktor Changs Gruppe vollkommen unerwartet auf die Erde zurückgeschickt. Sie sind nicht in der Lage, der Erde Muster des Kabels zur Überprüfung zukommen zu lassen; und sie versuchen, nicht genehmigte Handelsverträge abzuschließen. Alle diese Tatsachen werfen die Frage auf, ob Sie fähig sind, hier den Oberbefehl zu führen. Ich möchte gern Ihre Erklärungen für Ihre Handlungsweise hören, falls es solche Erklärungen gibt.«

Eine gut einstudierte Rede, dachte Meredith, ohne den Präsidenten aus den Augen zu lassen. »Stehe ich vor einem Kriegsgericht, Sir?« fragte er offen.

»Keineswegs. Weder Ihr Rang noch Ihre bisherigen Leistungen werden in Frage gestellt. Wie gesagt geht es um Ihre Amtsführung auf Astra.«

»Ich verstehe.« Meredith warf einen Blick auf Msuyas Pokergesicht und überlegte rasch. »In bezug auf die wissenschaftlichen Teams bin ich der Ansicht, daß die endgültige Entscheidung über in die Kolonie entsandtes Personal in meinen Zuständigkeitsbereich fällt, auch wenn der Aufenthalt dieses Personals auf Astra zeitlich beschränkt ist. Da die Rooshrike das zweite Spinneret-Kabel herausgefischt und mir versichert hatten, daß sie uns die Ergebnisse ihrer Tests mitteilen würden, hielt ich es für überflüssig und sogar lächerlich, die Zeit mit den geringen Mengen an Material, über das wir verfügen, zu vergeuden.«

»Es war unsere Zeit, die wir vergeudet hätten«, mischte sich Msuya mit einer Sanftmut ein, die auf spätere Explosionen schließen ließ. »Außerdem standen wir als bevollmächtigte UNO-Gruppe juristisch außerhalb Ihrer Befehlsgewalt.«

»Entschuldigen Sie, Mr. Msuya, aber für diese Tatsache besaß ich keine unabhängige Bestätigung«, widersprach Meredith. »Ich habe Ihnen damals erklärt, daß ich solche Befehle oder Ermächtigungen vom Inhaber des Mandats, also von der Regierung der Vereinigten Staaten, erhalten müsse.« Er sah zu Carmen hinüber, die ihm unmerklich zunickte. »Und was die Lieferung von Teilen des Kabels an die Erde betrifft, sind wir absolut dazu bereit, sobald wir die beste Möglichkeit herausgefunden haben, es durch den Hyperraum zu befördern.«

»Umsonst?« fragte Msuya.

»Man wird uns zumindest die äquivalente Masse in anderen Metallen liefern müssen — das wird für alle unsere Kunden gelten. Und in bezug auf den Preis sind wir noch zu keinem Entschluß gelangt.«

»Ich verstehe nicht, wieso hier eine Entscheidung notwendig ist«, wandte Msuya ein. »Astra ist UNO-Territorium; wir sollten nicht für etwas bezahlen müssen, das ohnehin uns gehört.«

»Iowa ist ein Staat der USA, aber seine Farmer verschenken trotzdem nicht ihr Getreide.«

Msuya zog die Augenbrauen hoch. »Ich habe gesagt, daß Astra UNO-Territorium, kein Teil der Vereinigten Staaten ist. Es sei denn, es gäbe eine einseitige Vereinbarung, von der ich nichts weiß.«

»Natürlich nicht.« Allerton sah Meredith verärgert an. »Oberst Meredith hat nur einen Vergleich gezogen.«

Einen verdammt dummen, schalt sich Meredith. Msuyas Sache stand an und für sich gut, auch ohne daß ihm Meredith zusätzliche Munition lieferte. Links von ihm rutschte Hafner nervös auf seinem Stuhl herum, und rechts von ihm murmelte Perez etwas vor sich hin.

»Ich verstehe.« Msuyas Ton besagte klar, daß er diesen Punkt nur aufgeschoben hatte. »Damit kommen wir natürlich zu der Frage der Handelsübereinkommen und dazu, ob Sie berechtigt sind, sie abzuschließen. Leugnen Sie, daß Sie das Eigentum der UNO, nämlich das Spinneret-Kabel, ohne entsprechende Genehmigung zum Kauf angeboten haben?«

Meredith holte tief Luft — und Carmen ergriff unerwartet das Wort. »Ich würde sagen, Mr. Msuya, daß wir uns streng an unsere gesetzlichen Verpflichtungen gehalten haben, zu denen die Entwicklung und Verteidigung der astranischen Kolonie gehört. Im Augenblick kreisen in unserem Orbit Raumschiffe von sechs fremden Rassen, und mehr als die Hälfte davon sind voll ausgerüstete Kriegsschiffe. Überlegen Sie sich einmal, was die Aliens unternehmen würden, wenn sie den Eindruck bekämen, daß wir die Technologie und die Kabelproduktion des Spinneret für uns behalten wollten.«

»Sie haben den Angriff der M'zarch sehr gut abgewehrt.«

»Dank einem glücklichen Zufall und der Ahnungslosigkeit der M'zarch«, wandte Meredith ein. »Miss Olivero hat recht: unsere Nachbarn werden nur dann friedfertig bleiben, wenn ihnen daraus direkte Vorteile erwachsen.«

»Soll das heißen, daß diese Kabelangebote im Grund Täuschungsmanöver sind?«

»Keinesfalls«, antwortete Meredith. »Oder wollen Sie der menschlichen Rasse nachsagen, Betrüger zu sein?«

»Mit anderen Worten, wenn die UNO Ihre Geschäfte nicht genehmigt, dann ...«

Er bemühte sich sehr, Meredith in die Ecke zu drängen, und dieser hatte allmählich genug davon. »Wenn die UNO unsere Abkommen ablehnt, dann müssen Sie uns erklären, warum wir als statusgleiche Kolonie, wie es die Rooshrike nennen, keine örtlichen Handelsabkommen abschließen dürfen. In diesem Fall müssen Sie aber auch bereit sein, mit den diplomatischen Kontakten wieder von vorn zu beginnen.«

»Also gut. Weil Sie davon angefangen haben: was soll dieses Handelsabkommen mit den Rooshrike? Haben Sie nicht gewußt, daß die UNO einen Exklusivvertrag mit den Ctencri hat?«

»Vielleicht erinnern Sie sich daran, Mr. Msuya, daß Sie bei Ihrem letzten Besuch auf Astra mit einem totalen Embargo von Nahrungsmitteln und anderen Gütern gedroht haben. Wie schon Miss Olivero erwähnt hat, bin ich verpflichtet, Astra zu schützen. Das konnte ich am besten bewerkstelligen, indem ich eine unabhängige Versorgungslinie schuf.«

Zu Merediths Befriedigung sah ihn Msuya verblüfft an; er hatte sichtlich nicht mit dieser Antwort gerechnet. »Sie können die Kolonie nicht gegen ihren Besitzer verteidigen«, knurrte er. »Das ist lächerlich.«

»Vielleicht. Aber ich habe noch immer keine Beweise

dafür erhalten, daß diese Drohungen und Befehle wirklich von der UNO kommen. Es könnte genauso gut sein, daß die Ctencri der Erde mit einem Embargo drohen, wenn die UNO ihnen nicht gehorcht.«

Msuyas Kiefermuskeln verkrampften sich; doch dann lehnte er sich kühl lächelnd zurück. »Für einen Angehörigen der Armee tanzen Sie sehr gut, Oberst. Wir wollen sehen, ob Sie auch aus diesem Problem hinaustanzen können.« Er zeigte nachlässig auf Allerton. »Mr. President.«

Allerton sah aus, als hätte er arge Zahnschmerzen, aber seine Stimme klang trotzdem bestimmt. »Als Oberkommandierender der Streitkräfte der Vereinigten Staaten befehle ich Ihnen, Oberst Meredith, alle Anweisungen zu befolgen, die Mr. Msuya Ihnen in bezug auf die Spinneret-Maschinen oder das Kabel erteilt.«

Meredith überlegte fieberhaft. »Ist das US-Mandat widerrufen worden?« fragte er, um Zeit zu gewinnen.

»Nein, Sie sind noch immer der Befehlshaber der Kolonie. Nur über das Spinneret wird die UNO direkt verfügen.«

»Ich verstehe.« *Wir haben also den Embargo-Drohungen nachgegeben,* dachte er bitter. »Und wenn ich mich weigere?«

Allerton zuckte mit keiner Wimper. »Dann werden Sie Ihres Amtes enthoben und an Bord des UNO-Schiffs in die Vereinigten Staaten zurückgebracht.«

»Das heißt, daß Sie meinen potentiellen Nachfolger bereits mitgebracht haben. Darf ich fragen, um wen es sich dabei handelt?«

»Sie werden durch General Benigno Sandoval von der Volksrepublik Philippinen ersetzt werden«, erwiderte Msuya. »Und, ja, er befindet sich an Bord des Raumschiffs.«

Eine Marionette von Msuya. Meredith dachte daran, daß das seit zehn Jahren an der Macht befindliche Regime die Wirtschaft der Philippinen zugrundegerichtet hatte. *Jedenfalls bekommt die UNO jetzt das Spinneret. Es sei denn ...*

Links von ihm rührte sich Hafner. »Darf ich fragen, Mr. Msuya, was Sie mit dem Spinneret anfangen wollen, falls Sie die Verfügungsgewalt darüber bekommen?«

Msuya hatte bei dem *falls* kurz die Augen zusammengekniffen. »Wir werden vor allem Ihre Arbeit fortsetzen, das heißt, die Maschinen kennenlernen und herausbekommen, wie man sie verwendet.«

»Und dieses Wissen wird ausschließlich der UNO und nicht den einzelnen Regierungen der Welt zur Verfügung stehen?«

»In erster Linie. Wir können das Risiko nicht eingehen, daß heikle Informationen zu den Aliens durchsikkern.«

»Ich verstehe. Das Kabel würde ebenfalls UNO-Eigentum sein, nicht wahr? Wie würde es an Länder verteilt werden, die, sagen wir, damit Hängebrücken bauen wollen? Würden sie es umsonst bekommen oder werden Sie etwas dafür verlangen?«

»Ich glaube nicht, daß Sie das etwas angeht.«

»O doch«, mischte sich Perez ein. »Es ist nämlich so, daß derjenige, der die Befehle erteilt, Doktor Hafner und mich brauchen wird, damit wir die Arbeiter in den Kontrollraum des Spinneret führen.«

»Tatsächlich.« Msuya lächelte herablassend. »Das ist wohl eine Vorschrift der örtlichen Gewerkschaft?«

»Nein. Es geht darum, daß Sie sonst keine Luft mehr bekommen.«

»Wenn Sie uns drohen wollen ...«

»Keineswegs. Wenn Sie erlauben, erkläre ich Ihnen die Geschichte mit den Maschinen, die wir Gorgonenhäupter nennen.« Perez schilderte die Ereignisse kurz und präzis, und als er fertig war, sah Msuya keineswegs mehr amüsiert aus. »Deshalb können wir Ihnen nur dann guten Gewissens helfen«, schloß Perez, »wenn wir davon überzeugt sind, daß Sie tatsächlich das Beste für alle Völker der Erde wollen.«

Msuya musterte Perez lange. Meredith rührte sich nicht und versuchte herauszukriegen, worauf Perez hinaus wollte. Sollte die UNO einer Massenauswanderung von Hispaniern nach Astra zustimmen? Oder strebte er eine Machtposition im neuen astranischen Regime an?

Msuya hatte offensichtlich Merediths Gedanken gelesen. »Ich kann Ihnen, Mr. Perez, und auch Ihnen, Dr. Hafner, versichern, daß wir alle erforderlichen Schritte unternehmen werden, um sicherzustellen, daß das Spinneret zum Wohl der gesamten Menschheit verwendet werden wird. Ihr Beitrag dazu wird bestimmt sehr wertvoll sein: vielleicht wäre die gemeinsame Leitung des Spinneret durch Sie und die übrigen drei Gentlemen die richtige Art, um offiziell zu bekunden, wie wichtig Ihre Mitarbeit ist.«

»Ein interessantes Angebot.« Perez beugte sich vor und sah Meredith an. »Ich muß mich aber bei Oberst Meredith entschuldigen — ich glaube, daß ich sein Gespräch mit Ihnen und Präsident Allerton unterbrochen habe. Sie haben das Wort, Oberst.«

Meredith erwiderte kurz Perez' Blick, bevor er sich wieder Allerton zuwandte. *Worauf will er hinaus? Er hat Msuyas Angebot — warum zieht er mich wieder ins Gespräch? Nur um zu sehen, ob ich mir die Schlinge selbst um den Hals lege?*

»Wir sind eigentlich schon am Ende«, sagte Allerton. Auch er sah Meredith an, und zwar genauso intensiv wie Perez. »Der Oberst wird die Leitung des Spinneret sofort an Mr. Msuya übertragen.«

Meredith riß sich zusammen. *Also gut, ihr Leichenfledderer, jetzt bin ich dran. Jetzt werdet ihr sehen, ob ich eine Wetterfahne bin.* »Das werde ich nicht tun, Sir. Ich glaube nicht, daß zur Zeit Mr. Msuya oder ein anderer UNO-Beamter mit den Spinneret-Problemen so gut fertigwerden kann wie wir Astraner, und deshalb kann ich mein Kommando nicht guten Gewissens an ihn abtreten.«

»Dann sind Sie Ihres Amtes enthoben.« Die Befriedigung in Msuyas Stimme war unüberhörbar. »General Sandoval kann in einer Stunde hier sein; bis dahin ...«

»Einen Augenblick, Sir«, unterbrach ihn Perez mild. »Sie haben das Komitee nicht gefragt, ob es General Sandoval als Ersatz für Oberst Meredith akzeptiert.«

Msuya starrte ihn an. »Wovon reden Sie? Wen die UNO zum Leiter ihres Territoriums ernennt, ist ihre Sache.«

Perez blickte Carmen an. »Ich gebe zu bedenken, Miss Olivero, daß diese Einstellung einer ordnungsgemäß gewählten Körperschaft gegenüber ein Hinweis darauf ist, daß die UNO nicht fähig ist, das Spinneret richtig zu verwalten.«

»Ich stimme Ihnen zu.« Nur ein leises Tremolo in Carmens Stimme verriet ihre Anspannung. »Mr. President, Mr. Msuya — bis zu einer offiziellen Abstimmung lehnt das astranische Komitee die Ablösung von Oberst Meredith ab.«

»Was soll dieser Unsinn?« fuhr sie Msuya an. »Meredith verläßt Astra, das steht fest. Wenn Sie nicht damit einverstanden sind, können Sie General Sandoval durch seine Truppen einen Protest zukommen lassen.«

»Truppen?« fragte Hafner. »Sie bringen also eine Besatzung ...«

Meredith brachte ihn mit einer Handbewegung zum Schweigen. »Miss Olivero hat recht. Ich verlasse Astra nicht.«

Die Stille am anderen Ende des Tisches war beinahe greifbar. »Sie werden die Kolonie verlassen«, stellte Msuya schließlich fest, »sonst machen Sie sich des Hochverrats an den USA und der UNO schuldig. Ihre eigenen Truppen werden sich gegen Sie wenden, um nicht an Ihrem Verbrechen beteiligt zu sein.«

»Möglich. Aber Sie überschätzen ihre Loyalität der

UNO gegenüber. Die meisten erinnern sich noch daran, wie wenig Interesse Sie für Astra gezeigt haben, bevor das Kabel auftauchte.«

»Sie befehligen schäbige vierhundert Mann«, schnauzte Msuya, der endlich die Beherrschung verlor. »Ich kann von den Ctencri ein Frachtschiff mieten und innerhalb von zehn Tagen viermal soviel Soldaten hierherbringen. Möchten Sie zusehen, wie Ihre Leute wie Ungeziefer vernichtet werden?«

Meredith zeigte auf das Telefon an seinem linken Handgelenk. »Ich kann den Vertreter der Rooshrike im Orbit schneller kontaktieren, als Ihre sechzehnhundert Mann an Bord des Shuttle gehen können. Was wird er Ihrer Meinung nach tun, wenn ich ihm mitteile, daß Invasoren Astra angreifen, und ihn um Hilfe ersuche?«

»Ich würde ihm erklären, daß Sie nicht mehr für Astra zuständig sind ...«

»Er kennt mich. Sie kennt er nicht.«

»Die Ctencri würden uns unterstützen.«

»Die Ctencri haben keine Kriegsschiffe hier, und die Rooshrike haben keinen Grund, ihnen einen Gefallen zu erweisen.«

Msuya murmelte etwas Bösartiges.

Allerton räusperte sich. »Ihnen ist doch klar, daß Mr. Msuya in bezug auf die juristischen Folgen recht hat. Indem Sie meinen ausdrücklichen Befehl mißachten, landen Sie automatisch vor einem Kriegsgericht. Sie alle haben zweifellos gegen verschiedene Bundesgesetze verstoßen, und möglicherweise sogar Hochverrat begangen.«

Meredith wandte sich ihm zu. »Alle Astraner, die unter den neuen Bedingungen nicht hierbleiben wollen, können mit dem nächsten Schiff auf die Erde zurückkehren.« Er hätte zu gern gewußt, was der Präsident dachte. Allertons Ton war genauso scharf gewesen wie seine Worte; aber sein Gesicht war vollkommen entspannt, als wäre er zutiefst befriedigt. *Hat er das errei-*

chen wollen? fragte sich Meredith. *Eine offene Rebellion, so daß die USA nicht mehr unter dem Beschuß der UNO stehen? In diesem Fall erwartet ihn jetzt ein echter Leckerbissen.* »Die übrigen werden Sie *in absentiam* verurteilen müssen. Aber ich bezweifle, daß die amerikanischen Gesetze auf die Bürger eines anderen Staates anwendbar sind.«

Es dauerte drei Sekunden, bevor jemand reagierte. »Auf wen?« flüsterte Hafner, während Perez und Carmen Meredith nur sprachlos anstarrten.

Allertons Gesichtsausdruck veränderte sich nicht. »Sie sagen sich also von der Union los?«

»Eigentlich nicht, Sir — Astra war nie US-Territorium. Wir rufen unsere Unabhängigkeit aus.«

Msuya schlug mit beiden Fäusten auf den Tisch. »Das reicht! Wache! Alle vier sind verhaftet.«

Die beiden Männer rechts von der Tür hielten plötzlich kleine Revolver in der Hand und traten vor. »Auch Ihre Männer, Allerton«, fuhr ihn Msuya an.

Die anderen beiden Männer setzten sich langsam in Bewegung, blieben aber auf Allertons Handzeichen hin stehen. »Der Geheimdienst steht nicht unter Ihrem Befehl«, erklärte der Präsident kühl. »Sie sind nicht berechtigt, in einem solchen Fall einzugreifen, und werden es deshalb nicht tun.«

Msuya blickte ihn haßerfüllt an, und Meredith hob sein Telefon. »Haben Sie alles mitbekommen, Major?« fragte er.

»Ja, Sir.« Browns Stimme konnte im ganzen Raum gehört werden. »Die Rooshrike sind verständigt worden. Die Landetruppe hält sich bereit.«

Msuya war der erste, der die Sprache wiederfand. »Sie bluffen.«

Meredith schüttelte den Kopf. »Wenn wir sie darum ersuchen, kommen sie. Für einen richtigen Kampf sind Sie nicht gerüstet, Mr. Msuya.«

»Ich kann Sie und Ihre Komplizen sofort erschießen lassen.«

»Das stimmt«, gab Meredith zu. »Aber damit töten Sie drei der fünf Leute, die Zutritt zum Spinneret-Kontrollraum haben. Wenn den anderen beiden etwas zustößt, sind Sie für ewige Zeiten ausgesperrt.«

Msuya blieb eine Weile regungslos sitzen, dann erhob er sich langsam und winkte seinen Männern, die die Revolver einsteckten. »Ich habe Ihnen schon einmal gesagt, Oberst, daß Sie mich zwar aus Astra hinauswerfen können, daß Sie es aber bedauern werden. Die Warenlieferungen, die Sie bei den Rooshrike bestellt haben, werden die Erde nicht verlassen; dafür werden die UNO und die Ctencri sorgen. Das Embargo gegen Astra wird nahtlos sein und erst aufgehoben werden, wenn die Bevölkerung von Astra verhungert ist, oder Sie in Ketten nach New York gebracht werden. Denken Sie daran, wenn Sie darauf angewiesen sind, Sand zu essen.«

Er ging zur Tür, riß sie auf und verschwand in der Nacht; seine Männer folgten ihm. Allerton erhob sich ebenfalls und nickte; sein Gesicht war ausdruckslos. »Ich bin sicher, Oberst, daß das nicht das letzte Wort war. Aber ich wünsche Ihnen Glück — natürlich inoffiziell.« Er verließ das Zimmer, ohne eine Antwort abzuwarten.

»Na sowas«, flüsterte Hafner, als die Geheimdienstleute die Tür hinter sich zuzogen. »Er muß noch unter Schock stehen.«

Perez schob seinen Stuhl zurück und sank in sich zusammen. »Keineswegs«, seufzte er. »Allerton ist von der Entwicklung begeistert. Wir haben ihm durch unsere Unabhängigkeitserklärung der UNO gegenüber aus der Patsche geholfen — er ist für unsere Handlungsweise nicht verantwortlich, deshalb kann Saleh kein Handelsembargo gegen die USA verhängen.«

»Er verhängt es statt dessen gegen uns«, murmelte Carmen.

»Wir wären dem Embargo auf keinen Fall entgangen«, erklärte Perez. »So müssen wenigstens die USA nicht leiden.«

Meredith sah ihn erstaunt an. »Ich hatte den Eindruck, daß Sie die USA nicht besonders mögen.«

»Man kann ohne weiteres die Regierung nicht mögen, aber sich um das Volk Sorgen machen«, erwiderte Perez.

»Und die UNO mögen Sie noch weniger?«

»Mir gefällt die Vorstellung nicht, daß dic UNO Astra kontrollieren will. Ich bin genau wie Sie der Meinung, daß wir das Spinneret besser betreuen können als jede große Regierung. Seit die UNO den Handel mit den Ctencri in der Hand hat, entwickelt sie sich sehr rasch zu einer mächtigen Regierung.« Er erhob sich müde. »Wenn Sie uns nicht mehr brauchen, Oberst, möchte ich schlafengehen.«

»Natürlich.« Meredith nickte. »Sie können alle gehen. Wenn ich morgen vormittag unsere neue Unabhängigkeit verkünde, sollten Sie hellwach sein. Ich habe das Gefühl, daß es nicht ganz glatt über die Bühne gehen wird.«

»Machen Sie sich keine Sorgen, Oberst.« Hafner gähnte ausgiebig, während er sich aus den Stuhl hochrappelte. »Bis zum Abendessen werden wir wahrscheinlich schon eine Nationalhymne haben.«

Nachdem alle gegangen waren, blieb Meredith noch einige Augenblicke lang sitzen, obwohl seine Glieder schwer wie Blei waren. *Ausgerechnet eine Nationalhymne,* dachte er. *Man merkt sofort, wie wenig Erfahrung er im Umgang mit Menschen hat.*

Sein Telefon summte: Major Brown. »Das UNO-Shuttle ist startbereit, Oberst«, meldete Brown. »Soll ich die Starterlaubnis erteilen?«

»Klar.« Einen Augenblick später erfüllte das Dröhnen der Repulser den Raum, obwohl die Wände schallisoliert waren. Das Geräusch verklang nur langsam und wurde endlich so leise, daß ein normales Gespräch wieder möglich war. »Major? Sind Sie noch da?«

»Ja, Sir«, knurrte Brown. »Der verdammte Schuft ist

langsam und niedrig geflogen; wahrscheinlich wollte er in Unie so viele Leute wie möglich aufwecken.«

»Viel wahrscheinlicher hat er versucht, den Eingang zum Spinneret zu finden. Msuya gibt nicht so leicht auf.« Er überlegte kurz. »Haben Sie noch die Verbindung zu den Rooshrike?«

»Ja, Sir.«

»Laden Sie Beaeki nul Dies na für übermorgen zu mir zu einer Besprechung ein — das heißt, eigentlich für morgen, weil schon Donnerstag früh ist. Dann senden Sie die gleiche Mitteilung an alle übrigen Aliens. Setzen Sie den Zeitpunkt mit 16 Uhr an.«

»Freitag 16 Uhr«, wiederholte Brown. »Was gebe ich als Grund der Zusammenkunft an?«

»Wir wollen unsere Marketingpläne für das Spinneret-Kabel besprechen — und eine Sicherheitsabmachung für Astra treffen.«

Brown antwortete nicht sofort. »Sie nehmen doch nicht ernsthaft an, daß Saleh Truppen hierher schicken wird?«

»Das weiß ich nicht, aber an seiner Stelle würde ich verdammt schnell handeln. Als souveräne Nation können wir ohne Vermittlung der UNO-Bürokratie Handelsabkommen mit anderen Ländern abschließen, und wenn zu den Handelsgegenständen Rooshrike-Technologie gehört, dann umgehen wir das Monopol der UNO. Saleh würde dann nicht mehr Beherrscher des Universums, sondern Schiedsrichter im größten Kindergarten der Welt sein, und ich bin davon überzeugt, daß er das nicht stillschweigend hinnimmt.«

»Sie bestellen die Aliens also deshalb hierher, damit Msuya nicht den Lauscher an der Wand spielen kann?«

»Mehr oder weniger. Aber auch, um unsere neue Unabhängigkeit zu demonstrieren — den Aliens ist es wahrscheinlich ziemlich gleichgültig, wo die Gespräche stattfinden, aber auf der Erde ist es ein Autoritätssymbol, wenn man die Leute zu sich bestellt statt umgekehrt.«

»Wenn Sie mir die Bemerkung gestatten, Oberst, so finde ich, daß wir uns über wichtigere Dinge als über Seitenhiebe gegen Msuya den Kopf zerbrechen sollten. Wie wollen Sie das Ganze den Truppen und den Zivilisten verkaufen, die alle brave US-Staatsbürger sind?«

»Das weiß ich nicht«, gab Meredith offen zu. »Wir wären bestimmt irgendwann an diesem Punkt angelangt, denn wir konnten nicht ewig UN-Territorium bleiben, also ist der Gedanke nicht so weit hergeholt. Trotzdem wird es ein Schlamassel werden. Hoffentlich können wir verhindern, daß die Leute sich wütend für eine Möglichkeit entscheiden, bevor sie alle Für und Wider abgewogen haben.«

»Wir dürfen vor allem die Truppen nicht aus den Augen lassen«, bemerkte Brown. »Ein ehrgeiziger Leutnant könnte auf die Idee verfallen, einen ›loyalistischen Coup‹ als Abkürzung zum Hauptmannsrang zu benützen.«

»Ein Leutnant oder jemand, der noch höher steht«, meinte Meredith. »Sie sollten vielleicht den anderen Gebietskommandanten ein wenig auf den Zahn fühlen, bevor wir unsere Unabhängigkeit verkünden. Barner wird wahrscheinlich nichts dagegen haben, aber Gregory und Dunlop könnten Schwierigkeiten machen.«

»Vor allem Dunlop. Sie haben ihn ja nicht gerade sanft angefaßt«, sagte Brown. »Aber vielleicht haben wir Glück, und er entschließt sich, auf die Erde zurückzukehren.«

»Das wäre schön, aber ich vermute eher, daß er bleibt. Er hat soviel schlucken müssen, um überhaupt hierbleiben zu können, daß wir ihn wahrscheinlich nur mit einer Brechstange aus Ceres hinausbekommen würden.«

»Vielleicht können wir ihm einreden, daß er ein zu guter Patriot ist, um weiterhin die verunreinigte Luft von Astra zu atmen.« Brown holte tief Atem. »Entschuldigen Sie, aber er geht mir manchmal schrecklich auf den Wecker. Mir ist noch etwas eingefallen: sollten wir nicht die Rooshrike bitten, alle Funkkommunikationen vom UNO-Schiff zu blockieren?«

»Damit ihre Propaganda der unseren nicht in die Quere kommt?«

»Na ja ... ich weiß, daß es totalitär klingt, aber es wäre eine gute Idee. Wenigstens so lange, bis wir den Leuten unseren Standpunkt auseinandergesetzt haben.«

»Es gefällt mir nicht, aber Sie haben freie Hand. Außerdem kann man Astra unmöglich als Diktatur bezeichnen, solange Perez frei herumläuft.«

Brown grinste. »Er wäre beinahe komisch, wenn er es nicht so gut verstünde, die Menschen herumzukriegen.«

»Diesmal hat sein Talent aber uns genützt. Perez hat uns in den Sattel geholfen, und jetzt bleibt ihm nichts anderes übrig, als dafür zu sorgen, daß wir oben bleiben.«

»Hoffentlich gelingt es ihm. Um ehrlich zu sein: ich weiß selbst nicht, ob wir nicht zuviel Wirbel um das Spinneret machen.«

Meredith lächelte schwach. *Sie haben wieder recht gehabt, Carmen; es spielt eine Rolle, ob man das Dorf der Spinner gesehen hat oder nicht.* »Erinnern Sie mich daran, Major, daß ich Sie einmal in die Spinner-Höhle mitnehme. Dann werden Sie selbst sehen, daß wir etwas haben, wofür es sich zu kämpfen lohnt, auch wenn ich dafür wäre, daß sich diese Kämpfe auf Wortgefechte beschränken.«

»Übrigens, Oberst, wissen Sie, wie die Rooshrike die Stärke ihres Spinneret-Kabels getestet haben?«

»Nein, ich bin nicht bis zu diesem Teil Ihres Berichts gekommen. Ist es wichtig?«

»Nicht besonders. Sie haben an jedes Ende einen fünf Tonnen schweren Asteroiden angehängt und das Ganze in Drehung versetzt. Sie waren bei zwölf Umdrehungen pro Minute angelangt, als die Zentrifugalkraft die Asteroiden in Stücke riß. Wenn ihre wissenschaftlichen Methoden so aussehen, dann möchte ich nicht wissen, was sie sich im Kriegsfall ausdenken.«

Und dabei sind die Rooshrike angeblich technologisch hinter den anderen Rassen zurück, dachte Meredith. »Mir geht es genauso«, beruhigte er Brown. »Hoffentlich können wir eine Privatvorführung vermeiden. Schicken Sie die Mitteilungen ab; wir sprechen wieder miteinander, wenn ich ein wenig geschlafen habe.«

»Ja, Sir. Angenehme Träume.«

22. Kapitel

Als Perez mit seinem Motorboot am Kai der Basis Martello anlegte, war das Dröhnen des landenden Shuttles längst verstummt. »Cristobal Perez; Komiteemitglied«, sagte er den beiden Soldaten, die die Boote bewachten. Genau wie ihre Kollegen in Unie musterten sie ihn skeptisch; aber sie riefen wie ihre Kollegen die Zentrale an und ersuchten um Anweisungen, und eine Minute später war Perez zum Konferenzraum unterwegs. *Es ist erst vierzig Stunden her, seit Astra selbständig wurde — zumindest auf dem Papier,* dachte er; er hatte Kopfschmerzen, weil er zu wenig geschlafen und zuviel geredet hatte. *Mir kommt es mehr wie eine Woche vor.*

Meredith hatte am nächsten Morgen um zehn Uhr die Nachricht über den Rundfunk durchgegeben; er hatte dabei zwar Astras neuen Status sehr attraktiv geschildert, war aber die Antwort auf verschiedene allgemeine Fragen schuldig geblieben. Perez hatte seither einen großen Teil seiner Zeit damit verbracht, den unterschiedlichsten Einzelpersonen und Gruppen diese Fragen zu beantworten. Im allgemeinen machten sich die Leute Sorgen wegen des Verhältnisses zwischen Astra und den USA und wegen eventueller Vergeltungsmaßnahmen, die auf der Erde vielleicht gegen Freunde und Verwandte ergriffen wurden. An seinen Kopfschmerzen waren hauptsächlich diese Gespräche schuld. Den Rest hatte ihm das Projekt gegeben, über dem er die ganze Nacht gebrütet hatte.

Die Posten an der Tür des Konferenzraumes waren noch um einen Grad eigensinniger, aber schließlich ließen auch sie ihn durch, und obwohl Perez wußte, was ihn erwartete, war die Szene noch immer ein Schock für ihn. Er hatte Fotos von allen fünf außerirdischen Rassen gesehen, aber nur wenn man sie persönlich aus der Nähe erblickte, begriff man, wie fremd sie wirklich waren. Der Ctencri mit der faltigen Haut und dem wie ein Fledermausflügel geformten Kamm saß steif in seinem Stuhl; seine plötzlichen Kopfbewegungen erinnerten vage an ein pickendes Huhn. Im Gegensatz dazu wirkte der Whist neben ihm infolge seiner Unbeweglichkeit beinahe wie ein Buddha — soweit man ein Geschöpf, das wie ein fetter Pilz mit Hummerscheren und Fühlern aussieht, mit einem Buddha vergleichen kann. Der M'zarch, der eine Art Parade-Körperpanzer trug, war ein ungeschlachter Alptraum aus dem Mittelalter; seine mächtige Gestalt wurde nur von dem ihm gegenübersitzenden bärengroßen Orsphis übertroffen. Perez hatte gehört, daß die Feindschaft zwischen diesen beiden Rassen alt und intensiv war, und obwohl er ihre Körpersprache nicht kannte, spürte er die Spannung zwischen ihnen. Er erschauerte unwillkürlich und war froh, daß er mit diesen beiden nichts zu tun haben würde. Der Rooshrike trug einen Raumanzug und saß neben einem großen, torpedoförmigen Wasserbehälter, hinter dessen dunklem Glas zu Perez' Schrecken ein Delphin mit Fühlern schwamm. Meredith hatte nicht erwähnt, daß der Pom zur Besprechung kommen würde; offenbar fanden diese Aliens, daß ihre Anwesenheit die Kosten wert war, die der Flug eines wassergefüllten Shuttle nach Astra und zurück verursachte. *Wie können sie auch nur ein shuttlegroßes Schiff starten?* fiel ihm plötzlich ein. *Wasser ist sehr schwer.*

Meredith und Carmen saßen nebeneinander am Kopfende des Tisches und waren offenbar gerade mit der Einleitung fertiggeworden. Die Aliens berieten sich, und die Luft war von leisem Zirpen, Zischen und Grunzen erfüllt. Perez schlich zu Carmen, nickte Meredith höflich zu und beugte sich über ihre Schulter. »Wie geht es?« flüsterte er und warf einen Blick auf die auf dem Tisch liegenden Papiere.

»Bis jetzt großartig, jeder ist mit dem von uns vorgeschlagenen Kabelpreis einverstanden, und jetzt beraten sie offenbar darüber, ob sie Oberst Merediths Sicherheitsplan akzeptieren können.«

»Wie sieht dieser Plan aus?«

»Wir gestatten je zwei Kriegsschiffen der Whissst und Orspham, in einem stationären Orbit zu bleiben, das auch das normale Parkorbit für unbewaffnete Handelsschiffe sein wird. Die Pom und Rooshrike können weiter draußen patrouillieren, und werden natürlich ein Auge darauf haben, wer ihre Territorien durchquert.«

»Die M'zarch und die Ctencri sind nicht daran beteiligt?«

»Vorläufig nicht. Die M'zarch werden für ihren Invasionsversuch bestraft; die Ctencri wollen nicht einmal zugeben, daß sie Kriegsschiffe besitzen, geschweige denn sie herzeigen.«

»Also wenn die Orspham oder die Whist ...«

»Whissst. In der Mehrzahl ist der S-Ton länger.«

»Entschuldigen Sie. Wenn die Orspham oder Whissst versuchen, sich rasch etwas zu schnappen und das Weite zu suchen, müssen sie durch die gesamte Rooshrike-Raumflotte hindurch. Und wenn jemand anderer frech wird, werden wir rechtzeitig gewarnt, während sie versuchen — was eigentlich?«

»Damit befassen wir uns gerade.«

»Aha.« Perez blickte zum Rooshrike hinüber, der sich erhoben hatte. »Es ist annehmbar«, sagte sein Übersetzungskästchen.

»Gut.« Meredith erhob sich ebenfalls. »Dann ...«

Er wurde durch einen glucksenden Laut aus der Richtung des Pom-Vertreters unterbrochen. »Es ist annehmbar«, sagte eine laute Stimme.

Diesmal nickte Meredith nur und wartete. Der M'zarch, der Orspham, der Whist und der Ctencri erhoben sich nacheinander und stimmten zu. »Ich danke Ihnen für Ihre Zeit und Ihre Kooperation«, erklärte Meredith, als alle bis auf den Pom standen. »Wie bisher sollen alle Handelsfragen oder Bestellungen an den Menschen Carmen Olivero gerichtet werden, wobei die festgelegten Kanäle zu benützen sind.« Nach einer kurzen Pause fügte er hinzu: »Die Zusammenkunft ist damit beendet.«

Er drehte sich zu Perez um, und als hätten die Aliens nur darauf gewartet, setzten sie sich in Bewcgung, verließen den Tisch und begaben sich gemächlich zu der auf den Landeplatz führenden Tür. »Das ist wenigstens erledigt«, bemerkte Perez, der Meredith von unangenehmen Fragen darüber ablenken wollte, was er eigentlich hier zu suchen hatte. Der Ctencri war stehengeblieben und hatte die wie Kieferzapfen aussehenden Stoßzähne des Orsphis berührt; dann hatte er kurz mit dem Whist gesprochen. »Außerdem haben wir zusätzlich eine gesellschaftliche Information erhalten: die Hackordnung der Aliens.«

»Meinen Sie damit die Reihenfolge, in der sie das Abkommen angenommen haben?« fragte Carmen, die ihre Papiere einsammelte. »Da irren Sie sich. Die Zustimmung erfolgte in der Reihenfolge der zunehmenden Distanz zwischen Astra und ihren Hauptstädten.«

»Oh.« Auf der anderen Seite des Raums folgte der Ctencri gerade dem M'zarch ins Freie. »Ich werde jetzt auf das Festland zurückkehren. Bis später.«

Einige Meter hinter der Tür holte er den Ctencri ein. »Wenn Sie gestatten, würde ich gern kurz mit Ihnen sprechen, Sir«, sagte er.

Der Ctencri blieb stehen und zwitscherte. »Gewiß«, sagte die Scheibe, die er um den Hals trug.

Perez schluckte. Er stand in Sichtweite von einem Dutzend Soldaten mit dem Ctencri zusammen und hatte das Gefühl, daß er allen auffallen mußte. »Ich möchte Sie und Ihr Volk um einen Gefallen bitten, und zwar sollten verschiedenen Leuten auf der Erde unauffällig Botschaften von mir überbracht werden — das heißt, die UNO-Behörden dürfen nichts davon erfahren.«

»Sie wollen, daß wir Botendienste für Sie verrichten?«

»Ich bezweifle, daß es Ihnen sehr viel Arbeit machen wird. Sie haben bestimmt inzwischen ein Netz von menschlichen Informanten in allen Teilen der Welt aufgebaut. Meine Kuverts sind nach Nationen geordnet; Sie müssen sie nur an Ihre Agenten verteilen, die sie frankieren und aufgeben müßten.«

Der Ctencri überlegte. »Was bieten Sie als Bezahlung für diesen Dienst?«

»Darüber können wir uns sicherlich später einigen. Vermutlich wird es ein bestimmtes Quantum Spinneret-Kabel sein.«

»Eine wertvolle Bezahlung für eine eher geringfügige Aufgabe.«

Die Ctencri waren tatsächlich gute Geschäftsleute; sie wurden mißtrauisch, wenn ein Geschäft zu günstig aussah. »Das stimmt nicht ganz, denn das war noch nicht alles. Einige von diesen Leuten — vielleicht auch alle — werden nach Astra kommen wollen, und wenn die Regierungen auf der Erde davon erfahren, werden sie wahrscheinlich versuchen, dies zu verhindern. Ich verlasse mich darauf, daß Sie diese Leute unauffällig hierherbringen können.«

Die Gesichtszüge des Aliens veränderten sich, und sein Kamm wurde steif. Perez' Beinmuskeln verkrampften sich, weil er befürchtete, in ein Fettnäpfchen getreten zu sein. »Sie verlangen sehr viel«, meinte der Ctencri schließlich. »Können Sie für die Bezahlung garantieren?«

Perez begann wieder zu atmen. »Allerdings. Ich bin Mitglied des astranischen Komitees und verfüge auch sonst über entsprechenden Einfluß. Wenn Sie Ihren Teil der Abmachung einhalten, werden Sie eine adäquate Bezahlung bekommen.«

»Geben Sie mir die Mitteilungen.«

Perez griff in sein Jackett, zog das dicke Kuvert heraus

und reichte es dem Ctencri. »Sie werden wenige Tage, nachdem die Briefe aufgegeben wurden, von diesen Leuten hören. Es gibt ja Kanäle, durch die Sie mit ihnen Kontakt aufnehmen können?«

»Das stimmt; und wir werden ihre Namen als Referenz aufzeichnen, bevor die Mitteilungen zur Post gebracht werden.«

»Gut. Ich nehme an, daß die ersten von ihnen in einigen Wochen hier eintreffen werden. Und vergessen Sie nicht: das Ganze muß vor den Behörden geheimgehalten werden.«

»Ich vergesse es nicht. Ist das alles?«

»Ja.«

»Auf Wiedersehen.« Der Ctencri drehte sich ohne Abschiedsgeste um und setzte seinen Weg fort. Perez sah ihm einen Augenblick nach, dann ging er zum Kai. *Das war es also,* dachte er. Die Transaktion machte ihn seltsam nervös. *In einigen Wochen stelle ich entweder Meredith vor vollendete Tatsachen, oder stecke bis über beide Ohren in Schwierigkeiten. Oder beides.*

»Ein Paket?« fragte Meredith leise, indem er sich das Telefon dicht an den Mund hielt. »Was für ein Paket?«

»Etwa fünfundzwanzig mal zehn mal fünf Zentimeter«, antwortete der Soldat. »Es hat leicht ausgesehen, wie Papier oder verpackte Disketten, also nicht wie Hardware. Sie haben einige Minuten miteinander gesprochen, aber wir konnten nicht rechtzeitig ein Abhörgerät auf sie einstellen. Sollen wir Perez verhaften oder das Ctencri-Shuttle nicht abfliegen lassen?«

Meredith überlegte. Beaeki nul Dies na und der Vertreter der Pom waren wie vereinbart für eine kurze Besprechung zurückgeblieben, und er wollte sie nicht warten lassen, und schon gar nicht deshalb, weil er den Ctencri einem Verhör unterzog. Außerdem besaß im Augenblick weder Perez noch sonst jemand auf Astra Informationen, die geheimgehalten werden mußten.

Wenn sie sich über die Steuergeräte des Spinnerets einmal im klaren waren — aber das lag noch weit in der Zukunft. »Nein«, sagte er dem Soldaten. »Lassen Sie beide laufen. Ich werde überprüfen lassen, was Perez in letzter Zeit getrieben hat, und später überwachen lassen, wozu er den Computer verwendet. Sind Sie sicher, daß er vom Ctencri nichts erhalten hat?«

»Absolut, Sir. Perez hätte nicht einmal einen winzigen Gegenstand einstecken können.«

»In Ordnung. Lassen Sie es mich wissen, wenn Perez außer den Kais auch andere Orte aufsucht; im übrigen versehen Sie Ihren normalen Dienst. Das war sehr gute Arbeit, Sergeant, es wird in Ihrer Personalakte lobend vermerkt werden.«

»Danke, Oberst.« Aus der Stimme des Sergeanten war seine Freude deutlich herauszuhören. »Ich tue nur meine Pflicht, Sir.«

»Machen Sie so weiter!«

Meredith schaltete das Telefon ab; sein Ärger über Perez hatte sich bereits etwas gelegt. *Für jeden Mann wie Perez gibt es zumindest einen Menschen wie Sergeant Wynsma,* stellte er fest und hatte das Gefühl, daß Astras Militär zumindest für den Augenblick auf seiner Seite stand.

Wenn es brenzlig wurde, dann konnte diese Loyalität allerdings ins Wanken geraten.

Carmen, die bei den Aliens saß, hatte ihn anscheinend im Auge behalten, denn als er den Arm sinken ließ, nickte sie ihm zu. »Alles erledigt, Sir, Beaeki nu Dies na kann uns die Tanks übermorgen liefern — ihre Bergbaubasis auf dem inneren Planeten besitzt einen kompletten Satz Reservetanks. Und Waywisher sagt, daß sie uns innerhalb eines Monats ein normal großes Schiff überlassen können.«

»Ausgezeichnet.« Meredith sah Beaeki an. »Haben Sie bedacht, daß sich unsere Pflanzen chemisch sehr von den Ihren unterscheiden?«

»Wir haben uns eingehend mit Lebensformen auf

Kohlenstoffbasis beschäftigt«, erwiderte der Rooshrike. »Die Tanks werden mit Ihrer Flora absolut kompatibel sein, vor allem weil bei den hier herrschenden niedrigen Temperaturen die Moleküle noch träger sind.«

Meredith nickte und wandte sich dem Pom in seinem Glasbehälter zu. »Wir machen uns keine Illusionen darüber, was uns die Miete Ihres Schiffes kosten wird, Waywisher. Ist Ihnen klar, daß wir nur mit Spinneret-Kabel bezahlen können?«

»Unser Bedarf an Ihrem Kabel ist groß«, antwortete die tiefe Stimme des Pom-Übersetzers. »Wir unterstützen Sie in dieser Angelegenheit gern, weil Sie uns die Möglichkeit bietet, die auf uns zukommenden Kosten zu verringern.«

»Ich verstehe.« Meredith fühlte sich nicht ganz wohl in seiner Haut. Bis auf ihre Raumschiffe bauten die Pom angeblich nichts oder nur wenig, das strukturell stärker sein mußte. Planten sie ein großes Raumprojekt, zum Beispiel ein Habitat in einem Orbit? Oder dachten sie an etwas ganz anderes, vielleicht an eine Flotte unzerstörbarer Schiffe?

Er schob den Gedanken beiseite. Die Informationen der Rooshrike hatten bis jetzt immer gestimmt, und sie hatten nie auch nur angedeutet, daß die Pom nicht friedlicher Natur waren. Er wandte sich an beide Aliens. »Wenn Ihre Lieferungen eintreffen, werden auch die unseren bereitstehen. Ihre erste Ladung Metall wird zugleich mit den Tanks geliefert werden, nicht wahr, Beaeki nul Dies na?«

»Ja. Einhundertzehn Kubiktonnen für ein fünfzig Kilometer langes Kabel. Sie können doch ein so langes Kabel herstellen?«

»Selbstverständlich.« Meredith versuchte, selbstsicher zu klingen. *Die Spinneret GmbH ist jetzt im Geschäft,* dachte er. *Hoffentlich streikt kein Teil der Anlage.*

23. Kapitel

Die Hydrokulturtanks der Rooshrike trafen einen Tag zu spät ein, aber weil Astras Mikrobiologen ohnehin so lang brauchten, um Kulturen von veredelten Algen anzulegen, ließ Carmen es dabei bewenden. Der Kommandant des Rooshrike-Schiffs, der offenbar daran gewöhnt war, daß die Kunden auch auf dem Kleingedruckten bestanden, war über ihre Nachsicht sehr erleichtert. Sie nahm seine Entschuldigungen gnädig entgegen, beschloß aber, sich so bald wie möglich genauer über interstellare Geschäftsgepflogenheiten zu informieren. Sie hatte nichts dagegen, daß man sie für fair hielt, aber die anderen durften nicht annehmen, daß sie auch bei Mord ein Auge zudrücken würde.

Die Metallieferung ging ganz anders über die Bühne, und der Kommandant wußte sichtlich genau, was er tat. Die Transportshuttles schwebten auf die Minute pünktlich vom Himmel herab; eines nach dem anderen glitt zum neuen Landegebiet nördlich des Olympus, entlud das Alteisen und startete mit seinen Repulsern so rechtzeitig, daß das nächste Shuttle nicht warten mußte. Der Stapel von Kisten wurde immer größer, und Carmen machte sich abwechselnd Sorgen darüber, was geschehen würde, wenn der Metall-Egel sich vorzeitig einschaltete, oder was sie tun sollten, wenn er sich überhaupt nicht einschaltete.

Zum Glück waren ihre Sorgen vollkommen unnötig. Das letzte Shuttle verschwand am blauen Himmel, und die Arbeiter begannen, das Metall auf dem Boden zu verteilen, als die geräuschlose Magie des Egels einsetzte. Carmen stand neben dem Rooshrike-Projektmanager, als das Metall anfing, im Boden zu versinken; und obwohl das Übersetzungsgerät auf seinen erschrockenen Kommentar nicht reagierte, nickte sie verständnisinnig.

Gewisse Dinge sind eben universell.

Die Stimmung im Spinneret-Kontrolltower war wesentlich weniger philosophisch und schwankte zwischen Aufregung und Frustration. »Es beginnt«, meldete Major Barner, der den Kopfhörer krampfhaft ans Ohr drückte. »Der Egel hat sich eingeschaltet.«

Hafner nickte, beobachtete das überladene Schaltpult und versuchte, die wechselnden Lichtmuster zu verfolgen. Das war natürlich unnötig; die präzise aufgestellten Kameras zeichneten jeden Quadratmillimeter der Kontrolleinrichtungen auf und synchronisierten ihre Daten mit Hunderten Monitoren über und unter der Erde. Doch Hafner kam sich überflüssig vor, und um nicht müßig zuzusehen, überwachte er die Leuchtanzeigen.

Der Kurzwellensender knisterte. »Ebene zehn gerät in Bewegung«, berichtete einer der Beobachter. »Die gesamte Datenbank ist plötzlich beleuchtet. Haben Sie etwas bemerkt, das damit zusammenhängen könnte?«

»Bleiben Sie dran, ich überprüfe es.« Hafner gab die Nachricht an Barner weiter und mußte dann warten, bis dieser sein Kommunikationsnetz durchgecheckt hatte. Peinlich daran war, daß Hafner ursprünglich Merediths Forderung unterstützt hatte, jeder Beobachtungsstelle einen einzigen Langwellensender zuzuweisen. Vom Sicherheitsstandpunkt aus war die Maßnahme vernünftig; aber Hafner hatte nicht erwartet, daß sie sich so frustrierend auswirken würde. *Zuerst war ich die Höhlenmutter, jetzt bin ich eine organische Telefon-Relaisstation,* murrte er innerlich, während er die beiden Gorgonenhäupter an der Tür betrachtete. *Ist es denn wirklich eine Katastrophe, wenn jemand einen Blick auf die Kontrolleinrichtungen wirft? Und wie sollte er es anstellen — die Gorgonenhäupter bestechen?*

»Die lange Spule schaltet sich ein«, meldete Barner.

Hafner erwachte aus seinen Träumereien. »Sie meinen die Zylinderspule, die Flieger vom Himmel herunterholt?«

»Genau.« Barner horchte noch für einen Augenblick. »Hoffentlich ist alles in Ordnung — das Summen ist so laut, daß man es durch die Wand hört, und die Tonhöhe hat sich schon zweimal verändert.«

Hafner hob besorgt sein Funksprechgerät zum Mund. »Stimmons? Haben sich die Lichter irgendwie verändert?«

»Ja: zwei sind ausgegangen. Und hören Sie, mir ist gerade eingefallen, woran mich das Muster erinnert. Es ist beinahe wie eine Tabelle der periodischen Elemente, bei der der Abschnitt rechts oben fehlt ...«

»Alle Nichtmetalle?« warf Hafner ein.

»Ja. Aber darunter liegen drei zusätzliche Reihen von Lichtern, dort wo sich für gewöhnlich die aktinidischen Schichten befinden.«

Barner war zu ihnen getreten und hatte das Gespräch mit angehört. »Ich habe geglaubt, daß es nur 107 Elemente gibt.«

»Vielleicht haben die Spinner noch ein paar entdeckt«, meinte Hafner. »Das Kabel besteht ja aus einem Material, das wir nicht kennen.«

»Was tut also die Zylinderspule, sortiert sie das hereinkommende Metall nach Elementen?«

»Das würde ich annehmen.« Barners rasche Auffassungsgabe verblüffte Hafner. »Sie verwenden die Zylinderspule vielleicht als riesigen linearen Beschleuniger, in dem die Frequenz der elektrischen Antriebsfelder von der Masse und der Ladung der zu beschleunigenden Ionen abhängt. Entweder ist er darauf eingestellt, sich ein Element nach dem anderen vorzunehmen, oder aber das hereinkommende Material bestimmt die Reihenfolge.«

»Ist Ihnen klar, daß diese Anlage eine ungeheure Menge Energie verbraucht? Haben Sie schon einen Hinweis darauf, woher sie stammt?«

»Wahrscheinlich haben sie ihren Generator irgendwo

am Ende eines Tunnels aufgestellt. Dort würde ich jedenfalls ...« Er unterbrach sich, als sich Barners Gesichtsausdruck plötzlich veränderte. »Was ist los?«

»Doktor«, sagte der Major langsam. »Wenn die Zylinderspule die Repulser eines Fliegers in tausend Meter Höhe ausschalten kann, wie wirkt sie sich dann auf die Männer in dem Tunnel aus?«

»Ja also ...« Hafners Mund wurde trocken. Die Mediziner waren mit den Standorten der Beobachter einverstanden gewesen — oder? »Aber Sie haben doch eben mit ihnen gesprochen.«

»Nein, das waren die Männer im äußeren Korridor.« Barner schaltete seinen Sender ein. »Haben Sie Kontakt mit den Männern drinnen, Edmonds? ... Nein, ich meine, seit das Summen eingesetzt hat? ... Verdammt. Machen Sie die Tür auf und ...«

»Warten Sie eine Sekunde«, unterbrach ihn Hafner. »Sie sollen zuerst die Stärke des elektrischen Felds in dem Korridor prüfen, in dem sie sich befinden. Wenn sie keine Werte bekommen, dann funktioniert die Wand vielleicht wie eine Abschirmung, und sie sollten die Tür lieber nicht öffnen.«

»Es ist ohnehin unwichtig«, sagte Barner leise. »Die Tür läßt sich nicht öffnen. Anscheinend hat sie sich selbst verriegelt.«

Hafner starrte ihn an, seufzte und wandte sich ab.

Die Zylinderspule summte noch zwei Stunden lang, bevor sie sich und die Sicherheitsverriegelung der Tür ausschaltete. Die verkrümmten Leichen der beiden Männer lagen vor der Tür.

Bei Sonnenuntergang sandte das Spinneret mechanisch und gleichgültig das Kabel zu den genauso gleichgültigen Sternen empor.

Noch zwei Männer, dachte Meredith müde. Seine Augen verschleierten sich ein wenig, während er den Bericht las. *Noch zwei Männer.*

Er lehnte sich seufzend zurück und starrte durch das offene Fenster in die Dunkelheit hinaus. Es war spät, und er würde am nächsten Tag den versäumten Schlaf spüren, aber er war viel zu aufgewühlt, um zu Bett zu gehen. Der Prozeß war reibungslos abgelaufen: sie hatten das bestellte Kabel ordnungsgemäß erzeugt, sie hatten auf Disketten und mit anderen Methoden Daten über die Arbeitsweise des Spinneret gesammelt und erste Hinweise darauf erhalten, über welche Schaltpulte im Turm welche Vorgänge kontrolliert wurden.

Und der Tod von zwei Männern hatte das alles in Asche verwandelt.

Jemand klopfte an seine offene Tür, und als Meredith aufblickte, sah er Carmen vor sich. »Sie sind lange aufgeblieben«, stellte er fest, zeigte auf einen Stuhl und schaltete sein Terminal auf Warteposition.

»Ich habe auf dem Heimweg bei Ihnen Licht gesehen und mir gedacht, daß ich hineinschauen könnte.« Sie setzte sich und reichte ihm eine Diskette. »Vielleicht interessiert es Sie, daß uns die Rooshrike im Augenblick 1,8 Milliarden Dollar schulden.«

»Wir sind also entweder eine große Aktiengesellschaft oder ein kleiner Staat.« Er schob die Diskette ein und überflog die auf ihr gespeicherten Angaben. »Der Betrag besteht aus den zwei Milliarden, abzüglich der Tanks für die Hydrokulturen?«

»Richtig. Aber weil wir anderes Zeug um mehrere hundert Millionen Dollar bestellt haben, wird sich der Saldo bald ändern. Vorläufig sind wir jedoch reich.«

Er zog die Diskette heraus und gab sie ihr zurück. »Die Rooshrike sind doch hoffentlich mit ihrem neuen Spielzeug glücklich?«

»Sie sind begeistert. Als ich das letzte Mal von ihnen hörte, hatten sie ein Ende eingefangen und ihr Raumschiff gemächlich für den Sprung in Position gebracht.«

»Hoffentlich springt das Kabel mit ihnen.«

»Das sollte klappen. Sileacs tal Mors Verwandte haben erwähnt, daß sie Tests mit normalen, von Raumschiffen geschleppten Kabeln gemacht haben. Außerdem haben ja auch die Spinner das Zeug aus dem System hinausgeschafft.« Sie musterte ihn kurz und fuhr dann fort: »Ich habe gehört, daß wir heute zwei Männer verloren haben.«

»Ausgebrannte Gehirne oder so ähnlich — keiner unserer Ärzte weiß, was genau geschehen ist.«

»Ich habe nicht gewußt, daß elektrische Felder töten können.«

»Ich auch nicht — und auch sonst niemand. Es sieht so aus, als hätte Perez wieder einmal recht. Wir werden einfach nicht fähig sein, allein mit allen Problemen fertigzuwerden. Es war vorgesehen, daß die Bevölkerung der Kolonie geologische Studien und Ackerbau betreiben sollte, sonst nichts. Dr. Hafner und etliche andere Leute sind zu verdammt richtigen Schlußfolgerungen gelangt, aber keiner von uns weiß wirklich, was da unten vor sich geht. Es ist ein Wunder, daß nicht mehr Menschen ums Leben gekommen sind.«

»Und wie sieht die Lösung des Problems aus? Sollen wir Fachleute von der Erde importieren?«

»Entweder das, oder wir ziehen die Aliens ins Vertrauen. Die eigentliche Frage ist, ob Saleh den harten Mann spielen und das Embargo auch auf Menschen ausdehnen wird.«

»Werden Sie eine Liste der Fachleute aufstellen, die Sie einladen möchten?«

Er zog die Augenbrauen hoch. »Sie haben mit Perez gesprochen, nicht wahr? Ach so — Sie haben ihm also das *Wissenschaftliche Adreßbuch* kopiert, so daß er es den Ctencri geben konnte, richtig?«

Sie wurde feuerrot, doch dann verschwand die Röte aus ihrem Gesicht, und sie sah ihn verblüfft an. »Was hat er getan? Er hat mir gesagt, daß er nur eine Liste der Wissenschaftler aufstellen will, die er hier haben möchte.«

»Er hat sich offenbar die verfahrensrechtlichen Einzelheiten geschenkt«, meinte Meredith trocken, »und den Ctencri einen Stapel Einladungen zur Weiterleitung übergeben. Ich bin neugierig, wie er die UNO dazu bringen will, die Leute herzuschaffen.«

Carmen war immer noch verwirrt. »Aber woher wußten Sie …?«

»Er hat nach dem Sicherheitstreffen dem Ctencri ein Päckchen übergeben, und hat bis jetzt noch keine Möglichkeit gehabt, die Datei zu löschen, in die Sie das *Wissenschaftliche Adreßbuch* übertragen haben.« Er lächelte, weil sie beschämt den Kopf senkte. »Machen Sie sich keine Sorgen, ich bin nicht auf Sie wütend — er hätte es auch ohne Ihre Mithilfe geschafft. Er hat wahrscheinlich keinen Schaden angerichtet, obwohl ich ihn ins Gebet nehmen werde, weil er mich umgangen hat.«

»Hoffentlich bekomme ich ihn vorher in die Finger«, knurrte Carmen. »Dieser glattzüngige …«

»Heben Sie sich Ihren Zorn auf. Stellen Sie sich auf den Standpunkt, daß er Ihnen einen großen Gefallen schuldet, und machen Sie es ihm klar. Vielleicht bremst ihn das ein wenig.«

»Das bezweifle ich. Ich werde aus ihm einfach nicht klug, Oberst. Heute steht er auf unserer Seite, und morgen denkt er sich schon wieder eine neue Hinterlist aus.«

»Er hat nie auf unserer Seite gestanden, sondern wir gelegentlich auf der seinen. Er hat ein Wunschbild von Astra vor Augen und stößt uns in diese Richtung.«

»Ja, sein Paradies für die ›Armen der Erde‹. Wahrscheinlich will er ein Duplikat der Freiheitsstatue in den Orbit bringen.«

»Wie es jetzt aussieht, werden seine Massen vermutlich die einzigen neuen Kolonisten sein, die wir bekommen werden. Jede Nation — also letzten Endes die UNO — kann bestimmen, wem sie die Erlaubnis erteilt, die Erde zu verlassen, und Saleh wird uns bestimmt nicht die Besten und Intelligentesten schicken.«

»Das heißt, daß Cris' Wissenschaftler nur dann hierherkommen können, wenn die Ctencri sie herfliegen.«

»Es sieht so aus.« Meredith blickte auf die Uhr. »Sie sollten jetzt nach Hause gehen. Nachdem die heutige Operation ein solcher Erfolg war, werden Sie morgen damit beschäftigt sein, neue Bestellungen entgegenzunehmen.«

Carmen stand seufzend auf. »Werden wir ein richtiges Begräbnis veranstalten, oder wollen Sie die Todesfälle vor den Aliens geheimhalten, indem Sie die beiden Toten heimlich bestatten?«

»Wir werden ein richtiges Begräbnis veranstalten — wir müssen ja nicht an die große Glocke hängen, wie sie gestorben sind.« Er schob seinen Stuhl wieder an den Schreibtisch und schaltete sein Terminal ein. Carmen verstand den Wink und ging.

Einen Augenblick lang starrte Meredith auf das Terminal und fragte sich zum millionsten Mal, warum ihm diese Last aufgebürdet worden war. *Darum habe ich nicht gebeten,* erklärte er dem Universum vorwurfsvoll. *Ich wollte auf Astra einen bescheidenen Erfolg erzielen, meinen Brigadier-Stern abholen und nach Hause fliegen. Warum, zum Teufel, konnten die Spinner nicht ihre verdammte Voodoo-Maschine abstellen, als sie abreisten?*

Das Terminal wußte auch keine Antwort, und Meredith machte sich wieder an die Arbeit. Wenigstens würde er demnächst Wissenschaftler hier haben, die ihm helfen würden, die Last zu tragen — vorausgesetzt, die Ctencri hielten sich an die Abmachung mit Perez.

Loretta Williams stellte gerade das Gemüse auf den Herd, als es an der Tür läutete. »Kannst du das übernehmen, Kirk?« rief sie, während sie nach den Topflappen griff. »Ich muß den Braten herausnehmen.«

»Klar, Mom«, antwortete der Teen lakonisch aus dem winzigen Wohnzimmer.

Loretta war mit dem Braten beschäftigt und hörte

nicht, wie die Tür aufging, sie blickte erst auf, als Kirk in der Küche stand. »Zwei Kerle wollen dich sprechen. Sie behaupten, daß sie von der Regierung kommen.«

Ihr erster Gedanke war, daß es etwas mit ihrem letzten Ansuchen um eine Subvention zu tun hatte. Dann fiel ihr ein, daß die Angestellten der Volkwirtschafts-Stiftungen ausschließlich von neun bis vier arbeiteten; sie drehte sich um, und beim Anblick der beiden Männer hinter ihrem Sohn war ihr sofort klar, daß sie nichts mit Wissenschaft zu tun hatten. Sie trugen normale Straßenanzüge, und man hätte sie für Bürokraten aus Washington halten können — bis man ihre Gesichter sah.

»Dr. Williams?« fragte der größere der beiden.

»Ja.« Loretta gab Kirk die Topflappen. *Finanzamt?* fragte sie sich. *Oder gar FBI?* Der zweite Mann sah wie ein Iraner aus; konnte es sich um das Tonfragment handeln, das sie aus Dasht-i-Kavir mitgebracht hatte?

Der Größere hatte bereits seine Brieftasche geöffnet. »Ich bin Stryker, CIA. Das ist Mr. Taraki von der UNO: Wir würden gern kurz mit Ihnen sprechen.«

»Gern.« Lorettas Lippen waren trocken. Die *CIA?* »Mach das Essen fertig, Kirk; du und Lissa, ihr könnt ohne mich anfangen.«

Sie schloß die Küchentür hinter sich und führte die Männer in die entfernteste Ecke des Wohnzimmers. Erst als sie alle saßen, bemerkte sie, daß die beiden sie geschickt in die Ecke manövriert hatten, so daß sie zwischen ihr und dem Ausgang saßen. Sie entspannte sich bewußt und wartete auf die Anschuldigung.

»Ich habe einen Brief für Sie, Dr. Williams.« Tarakis Englisch war gut, obwohl der Akzent unüberhörbar war — Farsi oder einer der Dialekte aus dieser Ecke, nahm sie an. Er zog ein Kuvert aus der Tasche und reichte es ihr.

Als sie das Schreiben herauszog, bemerkte sie, daß das Siegel bereits erbrochen war. Es war kurz, aber nachdem sie es gelesen hatte, schwieg sie verwirrt. Sie las es noch einmal, weil sie hoffte, daß sie dann klarer sehen würde, aber vergeblich.

Schließlich blickte sie auf. »Ich weiß nicht, was ich sagen soll«, murmelte sie. Als keiner der beiden Männer sprach, fuhr sie fort: »Ich gebe zu, daß Astra im Augenblick ein Unruheherd ist, aber es schmeichelt mir trotzdem, daß man mich einlädt, die Spinner-Sprache zu entziffern.«

»Würden Sie gern nach Astra reisen?« fragte Stryker.

Sie zögerte, weil sie über die Vorgänge in der Kolonie nicht auf dem laufenden war. »Ich würde gern hinfliegen, aber soviel ich weiß, hat die UNO im Augenblick eine Sperre über Astra verhängt.«

»Das stimmt«, bestätigte Taraki. »Ihr Brief ist an Bord eines Ctencrischiffes auf die Erde gelangt. Und Sie sollten auf die gleiche Weise hinaufgelangen.«

Das hat also der Hinweis bedeutet, daß ich mich mit den Ctencri in Verbindung setzen soll, dachte sie und warf unwillkürlich einen Blick auf den Brief. »Das klingt ungesetzlich.«

»Das hängt davon ab«, meinte Stryker. »Halten Sie sich für eine gute Amerikanerin?«

»Eigentlich schon«, antwortete sie, obwohl die Frage sie verblüffte. »Und wie stehen Sie zur UNO?« fuhr der CIA-Mann fort.

»Die Tiraden gegen Amerika ärgern mich manchmal, aber die UNO hat sehr viel Gutes für die ärmeren Nationen getan. Im großen ganzen bin ich für sie.«

Die beiden Männer sahen einander an; Taraki zuckte die Achseln und nickte. Stryker wandte sich Loretta zu. »In diesem Fall möchten wir, daß Sie die Einladung annehmen — unter einer Bedingung. Sie müssen alles, was Sie herausbekommen, sofort an die UNO weiterleiten.«

»Sie wollen, daß ich spioniere?« Sie versuchte vergeblich, sich ihren Abscheu nicht anmerken zu lassen.

»Sie glauben offenbar, daß es unrecht ist, gegen die Verräter der Menschheit zu arbeiten«, sagte Taraki.

»Entgegen den Befehlen von Generalsekretär Saleh und Präsident Allerton versuchen die Kolonisten, das Spinneret für sich zu behalten. Wenn eine Gruppe Terroristen vorhätte, die Straße von Hormuz zu verminen oder das Pockenvirus wieder zum Leben zu erwecken, würde dann Ihr Gewissen genauso irrational reagieren?«

»Ich ... also eigentlich — wahrscheinlich nicht. Aber die astranischen Kolonisten sind keine Terroristen, sondern normale amerikanische Bürger, jedenfalls die meisten von ihnen ...«

»Nicht mehr«, unterbrach sie Stryker. »Sie haben ihre vollkommene Unabhängigkeit von der Erde ausgerufen.«

Sie schwieg und versuchte, diese Information zu verdauen. Etwas so Außergewöhnliches hätte sogar ihre Aufmerksamkeit erregt; das hieß also, daß die Regierung es geheimhielt. Und das wiederum bedeutete ... was eigentlich? »Es tut mir sehr leid, aber ich glaube nicht, daß ich dazu imstande bin.«

Stryker schüttelte den Kopf. »Ich fürchte, daß Ihnen keine Wahl bleibt, Dr. Williams. Sie sind die einzige Linguistin auf der astranischen Liste, die sowohl über die erforderlichen Kenntnisse als auch über die übrigen — sagen wir — Qualitäten verfügt, die wir suchen. Wenn Sie den Auftrag nicht freiwillig übernehmen, hat der Präsident eine Sonder-Durchführungsbestimmung auf seinem Schreibtisch liegen, durch die Sie zur amerikanischen Armee eingezogen werden.«

Loretta fuhr sich mit der Zunge über die trockenen Lippen. Während ihr zwei Gedanken durch den Kopf gingen — *das ist ganz schön totalitär,* und die *Ereignisse auf Astra bereiten ihnen wirklich Sorgen.* Doch sie wußte genau, daß sie einem solchen Befehl nachkommen würde. Sie würde nie mehr lernen, sich gegen diese Art von Autorität aufzulehnen. »Ich brauche ein paar Tage, um Verschiedenes mit der Universität zu regeln«, erklärte sie. »Außerdem brauche ich jemanden, der sich um meine Kinder kümmert ...«

»Das ist alles erledigt.« Stryker und Taraki erhoben sich. »Morgen früh um neun Uhr holt ein Wagen Sie und Ihre Kinder ab.«

»Moment mal«, wandte sie ein. »Was haben Kirk und Lissa damit zu tun?«

»Irgendwann nächste Woche werden wir bekanntgeben, daß Astra gegen uns rebelliert«, erklärte Stryker. »Es wäre möglich, daß Ihre angebliche Kollaboration hier bekannt wird, und wir können natürlich vorläufig nicht die Wahrheit bekanntgeben. Vielleicht kommt es sogar zu Ausschreitungen, und dann ist es besser, wenn sich Ihre Kinder irgendwo befinden, wo wir sie beschützen können.«

»Oh.« Eine unsichtbare Hand schnürte Loretta den Hals zu; dieser Aspekt war ihr noch nicht eingefallen. »Aber was ist mit der Schule und ...«

»Dafür sorgen wir, Doktor, vertrauen Sie uns«, beruhigte sie der CIA-Mann. »Ihren Kindern wird es großartig gehen, und wenn Sie auf die Erde zurückkehren, werden die beiden auf die Leistung ihrer Mutter stolz sein. Hören Sie jetzt auf, sich Sorgen zu machen, und seien Sie morgen um neun Uhr abreisebereit. Wir danken Ihnen.«

Sie begleitete die Männer zur Tür und kehrte dann langsam in die Küche zurück. Kirk und Lissa waren beinahe fertig; das Bewußtsein, daß etwas Ungewöhnliches im Gang war, hatte sogar die üblichen Kabbeleien verhindert. Sie brachte ihnen die Neuigkeit so behutsam wie möglich bei, doch die beiden nahmen sie erstaunlich gelassen zur Kenntnis. *Irgendwer muß es tun,* dachte Loretta, während sie sich ihr Essen nahm, *und ich bin dieser Jemand. Wer weiß — vielleicht wird es mir sogar Spaß machen, eine Spionin zu spielen.*

Aber obwohl sie sich gut zuredete, schmeckte der teure Braten nach Löschpapier, und sie brauchte lang, bis sie endlich einschlief.

Zwischendurch: [redacted] Loretta hat wirklich Grund zum Zweifel: Soll sie für höhere Ziele zur Spionin werden? Kein Wunder also, daß bei solchen Aussichten der teure Braten wie Löschpapier schmeckt. Es kommt eben immer auf die Situation an. [redacted] Wir können uns indessen sehr gut vorstellen, jetzt zwischendurch mit Appetit etwas Warmes zu genießen. Was? Etwas ganz Irdisches – nämlich die... [redacted]

24. Kapitel

Carmen hatte auf der Erde oft mit Sauerstoffflaschen getaucht, und während der Reise nach Astra hatte sie auch einige Male die Schwerelosigkeit erlebt, doch an die Kombination dieser beiden Erfahrungen mußte sie sich erst gewöhnen.

Sie trieb im Zentrum des Pomschiffes, machte leichte Schwimmtempi, um die zum Heck gerichtete Strömung auszugleichen, zwang sich, ihren aufrührerischen Magen zu vergessen und konzentrierte sich auf die riesigen, rings um sie in den Schiffsrumpf eingelassenen Fenster. Durch eines von ihnen erblickte sie Astras Sonne, deren Licht den Raum erfüllte und das Wasser in einen glitzernden Nebel verwandelte. »Beeindruckend«, sagte sie vorsichtig und bemühte sich, mit möglichst unbewegtem Gesicht zu sprechen. Die Tauchmaske war laut Leutnant Andrews vollkommen wasserdicht, aber er war kein Fachmann, und sie hatte nicht die geringste Lust, das klebrige Zeug zu schlucken.

»Danke«, sagte eine tiefe Stimme in ihrem Ohr. Der Pom war zu den Fenstern getrieben; mit einem kräftigen Schlag seiner Schwanzflosse machte er jetzt kehrt und schwamm zu Carmen zurück. Sie erblickte gerade noch einen kleinen, schwarzen Würfel in einer Tentakel des Fremden, bevor er ihn wieder in eine Tasche an seinem Geschirr gleiten ließ. »Die Lichtintensität ist nur noch wenige Prozent vom Optimum entfernt«, fuhr die Stimme des Übersetzers fort. »Es ist noch zu früh, um für die Algen eine gute Wachstumskurve zu erzielen, aber wir werden in wenigen Stunden soweit sein.«

»Gut.« Aus dem Dunkel schoß ein zweiter Pom, und die von ihm verursachten Wellen brachten Carmen ins Trudeln. Sie schlug ein bißchen um sich und stoppte die Drehbewegung. *Als wäre ich im Delphintank im Aquarium,* dachte sie. *Während der Fütterung,* fügte sie hinzu, als ein dritter Pom unbekümmert zwischen ihren Beinen durchschwamm. Einen Augenblick lang trieben die drei Aliens wie die Speichen eines Rades in der Flüssigkeit: ihre Nasen berührten einander beinahe, während sie berieten. Dann trennten sie sich, und der Kopfhörer erwachte zum Leben.

»Die Strömungsgeschwindigkeit ist jetzt richtig eingestellt«, teilte ihr der Projektleiter mit. »Die hellen und dunklen Perioden wechseln so ab, daß das Algenwachstum das Maximum erreicht.«

»Gut. Werden Ihre Trockenschleudern in der Lage sein, den Output zu verarbeiten?«

»Bestimmt. Die Pflanzen, die normalerweise in diesem Schiffstyp gezüchtet werden, wachsen beinahe doppelt so schnell wie die Algen.«

»Interessant. Vielleicht werden wir ein Exemplar als Muster kaufen, um es zu studieren. Wenn es mit unserer Chemie kompatibel ist, dann könnten wir zu diesem Produkt wechseln.«

»Ganz ehrlich: Sie wären besser dran, wenn Sie ein zweites Schiff mieten. Die Kosten und die Schwierigkeiten, um ein Schiff dieser Größe zu reinigen, sind indiskutabel.«

»Aber Sie haben es doch zumindest einmal getan.«

»Bei diesem Schiff? Nein. Es war neu, zwar mit Wasser gefüllt, aber noch nicht bepflanzt. Wir haben alle Glück gehabt, weil das Timing so genau paßte.«

Carmen nickte. Veredelte Lebensmittel aus Algen würden zwar nicht die Lösung von Astras Ernährungsproblemen bedeuten, boten aber vorläufig der Kolonie die Möglichkeit, mit ihren Vorräten bis zur nächsten Ernte auszukommen. *Sobald das Output- und Liefersystem stabilisiert sind, können wir die Hydrotanks der Rooshrike auf Gemüse umstellen. Ob wir wohl jetzt schon Haustiere halten könnten — aber woher sollten wir sie beziehen?*

»Wenn Sie mit Ihrer Inspektion fertig sind«, unterbrach der Pom ihre Gedankengänge, »dann möchte Waywisher im Kontrollraum unter vier Augen mit Ihnen sprechen.«

»In Ordnung.« *Wahrscheinlich will er über den Pachtzins verhandeln,* dachte sie und schwamm zum Rumpf, wo es infolge der Strömungen leichter war, zum Bug zurückzukehren. Zwei Pom schlossen sich ihr an, der dritte verschwand in Richtung auf das Heck. Aus dem zentralen Raum führte ein halbes Dutzend Öffnungen nach vorn; sie schwamm durch eine von ihnen und schaltete ihr Licht ein, als das Sonnenlicht verblaßte. Der »Dunkelraum«, wie sie ihn bei sich nannte, war beinahe genauso groß wie der Abschnitt, den sie gerade verlassen hatten, und genauso voll von Algen. Zum Glück war die Ausgangsluke mit rot-orangen Lichtern eingefaßt, und sie fand sie ohne Schwierigkeiten. Die Schleuse war so groß, daß alle drei in ihr Platz hatten — ein deutliches Plus für Besucher, die nicht über die Greiforgane verfügten, für die der Mechanismus entworfen worden war. Nach der Wärme des Algentanks fühlte sich das hereinströmende klare Wasser wie der Nordatlantik an, und sie war froh, als die innere Tür endlich aufging und sie Arme und Beine wieder bewegen konnte.

Der Algentank hatte sie an ein Aquarium erinnert, während der vordere Teil des Schiffs ein mit Weihnachtskerzen beleuchtetes dreidimensionales Unterwasser-Labyrinth war. Sie nahm an, daß die plötzlichen Windungen und Biegungen der Korridore einen Sinn hatten, aber ein einziger Besuch genügte nicht, um das System zu erfassen. *Der Grundriß muß interessant sein,* dachte sie, als sie innerhalb von nicht einmal vier Metern zweimal im rechten Winkel abbog. *Auf keinen Fall möchte ich zu einem Landetrupp gehören, der dieses Schiff besetzen soll.* Ihr fiel ein, daß Meredith sie beauftragt hatte, eine Frage zu klären, und sie dachte über eine mögliche höfliche Formulierung nach.

Aus dem Labyrinth gelangten sie in einen Kontrollraum, der weniger durch bunte Lämpchen und Apparate als durch die Kompetenz der hier Beschäftigten beeindruckte. Waywisher erwartete sie bei einem der Bullaugen. Als sie auf ihn zuhielt, setzte auch er sich in Bewegung und traf genau auf halbem Weg mit ihr zusammen.

»Guten Tag, Miss Olivero«, sagte der Übersetzer, während Waywisher kurz um sie herumschwamm — sie nahm an, daß es sich um einen Begrüßungstanz handelte. Vielleicht war es auch ein Hinweis auf die Verantwortlichkeit, denn als Waywisher fertig war, zog sich ihr bisheriger Begleiter auf die andere Seite des Raums zurück. »Ich hoffe, daß die Ausstattung des Schiffs Ihren Wünschen entspricht.«

»Es dürfte der Fall sein. Genau werden wir es erst in einigen Tagen oder Wochen wissen, wenn das System ausgewogen funktioniert. Sie wollten unter vier Augen mit mir sprechen?«

»Ja.« Ein leises Summen ertönte, und als der Übersetzer weitersprach, hatte sich der Ton ein wenig verändert. »Wir sind jetzt beide von der Kommunikation mit unseren Artgenossen abgeschnitten. Ich möchte Ihnen ein Tauschgeschäft vorschlagen: Information gegen eine Gutschrift auf Spinneret-Kabel.«

Carmen versuchte, ihren verkrampften Magen nicht zu beachten. »Welche Informationen?«

»Wir haben logische Hypothesen über das Kabelmaterial und den ›Leim‹, wie Sie ihn nennen, entwickelt. Wir überlassen Ihnen diese Information gegen eine Gutschrift von einer Billion Dollar.«

»Das ist eine schöne Stange Geld. Wieso glauben Sie, daß die Information so wertvoll ist?«

»Es ist nicht anzunehmen, daß Ihre Wissenschaft in naher Zukunft imstande sein wird, Ihnen diese Einsichten zu vermitteln. Sobald Sie jedoch auf der richtigen Spur sind, werden Sie zweifellos in bezug auf das Spinneret und seine Kontrolle viel raschere Fortschritte machen.«

»Wieso nehmen Sie an, daß wir noch nicht darüber verfügen?«

»Zwei Ihrer Gefährten starben während oder kurz nach der ersten Rooshrike-Kabeloperation. Die Schlußfolgerung liegt nahe.«

»Also gut. Weil wir schon beim Thema sind — wozu brauchen Sie soviel Kabel? Sie leben doch unter Wasser, also kann Ihr Bedarf an einem so haltbaren Material nur beschränkt sein.«

Falls Waywisher sich über die Frage ärgerte, ließ er es sich nicht anmerken. »Eben wegen unseres Habitats brauchen wir das Kabel so verzweifelt. Wie starten wir Ihrer Ansicht nach unsere Schiffe?«

Sie stotterte, weil er das Thema so unvermittelt wechselte. »Ja ... also ... wahrscheinlich tun Sie das gleiche wie alle anderen: Sie bauen die Schiffe im Orbit und transportieren das Material mit Shuttles hinauf.«

»Nein. Für uns ist es wirtschaftlicher, wenn wir sie auf der Oberfläche des Planeten bauen (*unter Wasser* übersetzte Carmen), und sie beinahe leer starten. Nur die Steuerräume stehen unter Wasser und beinahe die ganze Besatzung liegt in Transportcontainern im Kälteschlaf. Eine Kadermannschaft fliegt das Schiff zum nächsten gasförmigen Riesenplaneten — oder zum Asteroidengürtel, falls es in dem System einen gibt, und baut so lange Eis ab, bis das Schiff gefüllt ist; das kann bis zu einem Jahr dauern. Erst dann wird die Mannschaft geweckt, und das Schiff funktionsfähig gemacht.«

»Kompliziert«, murmelte Carmen.

»Und sehr teuer«, fügte der Pom hinzu. »Von achtundzwanzig Mann, die in Kälteschlaf versetzt werden, überlebt ihn einer nicht.«

»Jetzt verstehe ich, wie wichtig das Kabel für Sie ist«, murmelte Carmen.

»Die Ozeane unserer Heimat sind groß und frei, wir waren immer ein Volk, das unbehindert dorthin schwamm, wohin es wollte. Sollen wir jetzt auf die Oberfläche einer einzigen Welt beschränkt sein?« Die Flossen des Pom zitterten einen Augenblick lang, und Carmen spürte plötzlich, daß sie einen kurzen Blick in die innerste Seele der Pom geworfen hatte. *Es ist merkwürdig,* dachte sie, *wie sehr die Übersetzungsgeräte den Umstand verschleiern, wie fremd wir einander wirklich sind. Ist das eine Stärke oder eine Schwäche der Technik?* Es war ein interessanter Gedanke, doch sie konnte ihn nicht weiter verfolgen, weil Waywisher sich wieder unter Kontrolle hatte. »Aus diesem Grund möchten wir Ihr Kabel haben. Mit ihm können wir eine Vorrichtung bauen, durch die wir unsere Schiffe direkt in den Raum senden können.«

Carmen verstand plötzlich. »Sie wollen eine Bohnenranke bauen, nicht wahr? Ein Spinneret-Kabel aus dem Orbit zur Oberfläche des Planeten spannen und es als Lift benützen.«

Die Tentakel des Pom bebten. »Sie kennen solche Einrichtungen? Erstaunlich.«

»Ich kenne nur die Theorie«, gab Carmen zu und durchstöberte ihr Gedächtnis nach Einzelheiten, die haften geblieben waren. »Wir haben es vor mindestens einem halben Jahrhundert ausgerechnet. Ich weiß nicht, ob wir kein entsprechendes Material besaßen oder ob jemand einen Fehler in der Theorie gefunden hat, oder was immer.«

»Die Theorie weist keine Fehler auf, aber wir haben kein Material gefunden, das stark genug wäre. Jedenfalls bis jetzt nicht.«

»Ja, das Kabel wäre ideal.« Hatten die Spinner es dafür verwendet? »Aber eine Billion Dollar ist noch immer eine Menge Geld. Wir wären vielleicht bereit, es für einwandfreie, unumstößliche Daten auszugeben. Aber ich brauche zuerst eine Übersicht, einen Hinweis darauf, was wir genau kaufen würden.«

Waywisher überlegte kurz. »Das klingt vernünftig.

Also gut. Die ersten Hinweise erhielten wir durch die Hitzetests der Rooshrike mit ihrem ersten Kabel. Wie Sie wissen, wird es bei relativ niedrigen Temperaturen zum Supraleiter und verteilt die Hitze gleichmäßig auf die gesamte Masse. Sie wissen aber vielleicht nicht, daß es bei höheren Temperaturen beinahe das Strahlungsspektrum eines schwarzen Körpers aufweist, jedoch mit Lücken, die den Absorptionslinien verschiedener Metalle ähneln. Bei noch höheren Temperaturen verschwinden die Linien.«

»Ja, das stand alles im Rooshrike-Bericht. Einige Linien ähnelten jenen einfacher Moleküle — Titanoxid und so. Ich hatte nicht gewußt, daß sie die Daten noch jemandem außer uns überlassen haben.«

»Haben sie auch nicht. Aber sie haben ihre Tests im Raum durchgeführt, und eine unserer Sonden befand sich in der Nähe.«

»Ach so.« Es fiel Carmen immer schwerer, an dem Bild der Pom als sanfte, arglose Geschöpfe festzuhalten. »Die Rooshrike nahmen an, daß es ein Hinweis auf das Vorhandensein von nicht umgewandelten Metallen in der Außenhaut des Kabels ist.«

»Das stimmt nicht. Die Stärke des Kabels ist ein Hinweis darauf, daß es sich um ein vollkommen homogenes Material handelt.«

»Warum? Viele Legierungen sind stärker als die einzelnen Metalle, aus denen sie bestehen.«

»Das stimmt. Aber Legierungen können nicht innerlich durch gesteigerte Nuklearkräfte gebunden werden.«

Carmens Haut kribbelte. Man nahm an, daß die Beherrschung der Nuklearkraft den Pom ermöglicht hatte, überhaupt unter Wasser eine Technik zu entwickeln, und dieses Geheimnis hüteten sie eifersüchtig vor den anderen Rassen. Wenn sie *diese* Information anboten … »Haben Sie selbst auf diese Art Verbindungen geschaffen?« fragte sie möglichst unbefangen.

»Ja.« Waywishers Flossen und Tentakel bebten ruhelos, ein stummes Eingeständnis, was ihn diese Enthüllung kostete. »Die Theorie ist ganz einfach, doch ihre Anwendung kann schwierig sein, und durch sie kann man auch den ›Leim‹ zum Teil als schrittweise verstärkten Grenzeffekt erklären. Die absorptionsartigen Spektrallinien wären dann die Folge einer schwachen elektromagnetischen Kopplung von nuklearen Fluktuationen und der Reaktion der Elektronenhülle. Wird alles, was ich sage, richtig übersetzt?«

»Ich glaube schon«, antwortete Carmen ironisch. Auf Astra hieß es immer, die Geheimnisse des Spinneret müßten gehütet werden — und die Pom arbeiteten seit Jahrhunderten mit diesen Geheimnissen. »Ich bin keine Wissenschaftlerin, kenne aber die Ausdrücke. Warum kaufen Sie dann unser Kabel, wenn Sie es selbst erzeugen können?«

Waywisher bellte — beinahe wie ein Seehund —, ein Geräusch, das das Gerät nicht übersetzte. »Wir beherrschen die Technik nur bei den leichtesten Metallen: Die Schwierigkeiten sowie die endgültige Stärke des fertigen Produkts nehmen mit dem Atomgewicht sehr rasch zu. Wenn unsere Theorie stimmt, dann besteht das Spinneret-Kabel aus einem vollkommen neuen Element, das ungefähr dreihundertsiebzig Mal schwerer ist als Wasserstoff, und dessen Zugkraft ungefähr zehn hoch zwölf Kilogramm pro zehn Quadratzentimeter beträgt.«

Carmen erschauerte, als ihr klar wurde, daß das Kabel tausendmal stärker war, als die Rooshrike angenommen hatten. »Das glaube ich nicht«, murmelte sie.

»Die Zahlen stimmen plus/minus zehn Prozent.«

»Ich habe es nicht so gemeint, ich habe nur mit mir gesprochen.« Sie überlegte kurz, dann kam sie auf das Wesentliche zurück. »Sie haben das Ganze — Theorie, Zahlen, Mutmaßungen — für uns aufgeschrieben?«

»Ich habe es bei mir. Es befindet sich auf einer Diskette, die mit dem Lesegerät kompatibel ist, das wir Oberst Meredith vor vier Tagen geliefert haben.«

»Also gut. Kabel im Wert von einer Billion Dollar als Bezahlung für die Diskette. Sie werden leider auch noch die entsprechenden Tonnen Metall liefern müssen.«

»Das geht in Ordnung.« Waywishers Tentakel fuhr in sein Geschirr und kam mit einem flachen Päckchen heraus. »Ich muß Sie ja nicht darauf aufmerksam machen, daß diese Information eines der größten Geheimnisse des Pomvolkes ist, und daß sie an kein anderes Volk weitergegeben werden darf.«

»Selbstverständlich.« Carmen nahm das Päckchen vorsichtig entgegen. »Über die Tatsache, daß wir die Information überhaupt besitzen, werden nur wenige auserwählte Personen informiert werden. Ihr Vertrauen ehrt uns.«

»Uns bleibt kaum eine andere Wahl.« Waywishers Flossen bewegten sich sanft, und Carmen merkte plötzlich, daß sie zur äußeren Schleuse trieben, vor der ihr Shuttle wartete. »Sie besitzen etwas, das wir brauchen; es ist kein Akt des Vertrauens, wenn wir Ihnen etwas Gleichwertiges dafür bieten. Außerdem hindert Sie Ihre militärische Schwäche daran, uns bedenkenlos zu verraten, was ein Imperium vielleicht tun würde. Denn wenn Sie so etwas täten, würde dies Ihre sofortige Vernichtung bedeuten.«

Carmen schluckte. »Außerdem legen wir Wert auf Ihre Freundschaft.«

Waywisher manövrierte sie beide mit einem Schlag seiner Schwanzflossen zur Schleuse und hielt Carmen, die wieder ins Trudeln geraten war, mit einem Tentakel fest, während er mit dem anderen den Mechanismus betätigte. »Auf Wiedersehen, Miss Olivero. Wir freuen uns auf eine lange, harmonische Beziehung zwischen unseren Völkern.«

»Genau wie wir.« Carmen strampelte sich rückwärts in die Schleuse. »Auf Wiedersehen, Waywisher.«

Während das Schleusentor zuging, dachte sie: *Vor allem eine lange Beziehung.*

Leutnant Andrews wirkte bereits äußerst besorgt, als sie endlich aus der Schleuse ins Shuttle trat. »Ist alles in Ordnung?« fragte er, während er ihr half, die großen Sauerstoffflaschen in ihre Halterungen zu hängen.

»Klar.« Sie streifte Schwimmflossen und Atemmaske ab und schlüpfte in weiche Stiefel. »Warum fragen Sie? Nur, weil Ihr Monitor kurze Zeit nichts angezeigt hat?«

»Sie haben es gewußt?« Jetzt musterte er sie scharf und entdeckte das Päckchen, das Waywisher ihr gegeben hatte. »Es hat sich also um kein Versagen der Ausrüstung gehandelt, sondern Waywisher wollte tatsächlich unter vier Augen mit Ihnen sprechen.«

»So ähnlich. Es tut mir leid, aber ich darf ausschließlich Oberst Meredith darüber berichten.«

»Das stört mich nicht — Geheimnisse, die ich niemandem erzählen darf, frustrieren mich nur. Sie sollten sich umziehen, denn wir bleiben noch eine Umkreisung lang oben.«

Sie runzelte die Stirn. »Warum?«

Er grinste. »Weil jetzt ein Ctencri-Shuttle im Anflug ist und Major Brown darauf Wert legt, daß es soviel Platz wie möglich hat, wie es sich für VIPs gehört.«

»VIPs? Soll das heißen ...«

»Ja. Perez hat mit seinem Trick Erfolg gehabt. Die wissenschaftliche Kavallerie ist eingetroffen.«

25. Kapitel

ANGESICHTS DER ZAHL und der Loyalität der Gruppe, die an der Längsseite des Konferenztisches saß, hätte sich Loretta Williams kaum als Teil der Kavallerie bezeichnet. Es war eher eine Guerillaeinheit aus fünf Personen; ein Team, das sich geschworen hatte, einen verderbten Diktator und seine Verräterbande zu stürzen. Es war ein edles und — sie gestand es sich ein — romantisches Bild, das während ihrer Ausbildung und der Reise nach Astra so oft heraufbeschworen worden war, daß sie beinahe daran glaubte.

Nur kam ihr Oberst Meredith keineswegs wie ein verderbter Diktator vor.

Und es war nicht nur der Anschein, der dagegen sprach. Loretta hatte während ihrer Außenarbeit einen großen Teil der Welt kennengelernt und die Fähigkeit entwickelt, Menschen nach ihren Sprechmustern und ihrer Körpersprache zu beurteilen.

Während er am Tischende stand und die Spinnerethöhle und das spartanische Leben schilderte, das Astra im Augenblick zu bieten hatte, wirkte er viel eher wie ein ernster, wenn auch irregeleiteter Abteilungsleiter, als wie ein macht- und profithungriger Despot. Aber vielleicht war er auch nur ein ausgezeichneter Schauspieler. Das hoffte sie jedenfalls, und sie würde von dieser Voraussetzung ausgehen, bis etwas eintrat, das sie vom Gegenteil überzeugte.

Die Versammlung dauerte ungefähr eine Stunde, und nachher brachte sie ein Flieger in eine Art Armeelager an dem See, den Meredith das Tote Meer genannt hatte. Es gab nur eine Handvoll fester Gebäude, doch jedem Wissenschaftler wurde eines zur Verfügung gestellt. Von außen sahen sie unwirklich aus, und das gemütliche Innere war eine angenehme Überraschung. Lorettas

Gepäck war ordentlich neben dem Bett aufgestapelt — *wahrscheinlich ist es während der Zusammenkunft durchsucht worden,* dachte sie, und nachdem sie sich die vier Räume des Hauses rasch angesehen hatte, begann sie auszupacken.

Sie war mit dem zweiten Koffer halb fertig, als sie ein leises Klopfen an der Tür unterbrach. Sie öffnete und stand einem freundlichen jungen Mann in Zivilkleidung gegenüber. »Ja?« fragte sie.

»Dr. Williams? Ich bin Al Nichols, einer der Leute, die mit Ihnen zusammenarbeiten werden. Ich hoffe, daß ich Sie nicht bei etwas Wichtigem gestört habe, zum Beispiel beim Schlafen.«

»Keineswegs. Bitte kommen Sie herein, Dr. Nichols.«

»Al«, stellte er richtig, ging an ihr vorbei und sah sich im Zimmer um. »Nicht schlecht — ich habe nicht gewußt, daß man diese Häuser so hübsch hergerichtet hat. Ich wollte Sie nur kennenlernen und Sie im Namen von Astras wissenschaftlicher Gemeinde willkommen heißen. Hoffentlich hatten Sie eine gute Reise.«

»Sie war nicht schlecht — nur hatten wir nicht viel zu tun. Kann ich Ihnen etwas zum Trinken anbieten? Ich weiß allerdings nicht, was ich hier habe.«

»Nein, danke. Die Vielfalt der Auswahl ist leider nicht überwältigend. Im Augenblick haben wir eine Menge Geld und keine Gelegenheit, es auszugeben. Als wären wir Millionäre in Idaho.«

Sie lächelte, weil seine Fröhlichkeit ihre Abwehrhaltung schwächte. »Dann setzen wir uns doch, und Sie erzählen mir alles über das Spinneret.«

»Grob ausgedrückt ist es eine fremde Maschine, die unzerstörbare Kabel und Magengeschwüre erzeugt.« Er setzte sich auf die Couch, während Loretta ihm gegenüber Platz nahm. »Im *Wissenschaftlichen Adreßbuch* werden Sie als einer der besten lebenden Paläographen bezeichnet, aber das da drinnen wird die Herausforderung Ihres Lebens sein.« Er zeigte auf das Aussichtsfenster, durch das man gerade noch hinter den Zeltreihen die von Meredith erwähnten Tunneltore sehen konnte.

»Ich freue mich darauf. Sind Sie ebenfalls Linguist?«

»Kaum. Ich bin ausgebildeter Geologe, aber weil ich mich mit dem Spinneret befassen mußte, stand ich vor der Alternative, entweder das Fach zu wechseln oder vor Langeweile verrückt zu werden. Zum Glück mußte ich nicht ganz von vorn anfangen — wir haben ein sehr ordentliches Übersetzungs-Computersystem, das die Rooshrike für uns von den Ctencri gekauft haben. Ich habe die Spinner-Kontroll- und Anzeigeetiketts in den Computer transkribiert, aber bis jetzt haben wir nur Hinweise darauf, was sie bedeuten könnten.«

»Ich verstehe.« Sie begriff nicht ganz, warum man ihm diese Aufgabe übertragen hatte. Gab es niemanden mit mehr Erfahrung? »Ich habe ein bißchen Übung im Entschlüsseln von unbekannten Sprachen. Gemeinsam sollten wir in der Lage sein, das Problem zu lösen.«

»Hoffentlich.« Nichols blickte auf die Uhr. »Hoppla — die Pflicht ruft. Ich muß die nächste Schicht in den Turm begleiten.« Er stand auf. »Vielleicht können Sie mich anrufen, sobald Sie sich eingerichtet haben, und ich zeige Ihnen dann, was ich bis jetzt getan habe«, schlug er vor, während Loretta ihn zur Tür begleitete. »Meine Nummer steht in Ihrem Telefonbuch, und wenn ich gerade in der Höhle bin, richtet man es mir aus.«

»Das werde ich tun. Danke für Ihren Besuch.«

»Auf bald.«

Sie schloß die Tür hinter ihm und ging ins Wohnzimmer, wo sie durch das Fenster zusah, wie er zum Tunnel joggte. Dann kehrte sie seufzend in das Schlafzimmer zurück, um weiter auszupacken. Einige Augenblicke lang war alles normal gewesen; sie war eine Wissenschaftlerin, die mit einem Kollegen über ein gemeinsames Projekt sprach. Doch dieses warme, angenehme Gefühl klang schnell ab. *Das Ganze wäre wesentlich einfacher, wenn die Leute wenigstens ein bißchen verlegen aussä-*

hen, dachte sie. *Vielleicht wird die Fassade Risse bekommen, wenn wir ein paar Tage hier sind. Ich hoffe es jedenfalls.*

Aber irgendwie glaubte sie nicht so recht daran.

»Ein weiterer kräftiger Schuß sollte reichen.« Die Stimme des jungen Chemikers klang sowohl infolge seiner Filtermaske als auch infolge der natürlichen Dämpfung in dem engen Tunnel leiser. Perez nickte schweigend; er bedauerte, daß er sich für diesen Job gemeldet hatte, und war gleichzeitig froh, daß er nicht derjenige war, der Flußsäure auf den Steinbrocken träufeln mußte, der die Ketten des Spinner-Baggers blockierte. Den scharrenden Geräuschen hinter ihm entnahm er, daß er nicht der einzige war, der so dachte.

Der ganze Tag war stumpfsinnig gewesen. Meredith hatte beschlossen, nach Baggern Ausschau halten zu lassen, und die Vier-Mann-Gruppe war daraufhin auf eine Rundreise durch das äußere Tunnelnetz des Spinneret geschickt worden. Sie hatten dazu sechs Stunden gebraucht und acht Bagger entdeckt ... aber nur dieser hier — den Meredith bei der ersten Erkundung der Höhle gefunden hatte — konnte vielleicht ohne vollständiges Wartungshandbuch instandgesetzt werden. Perez' Mitwirkung hatte hauptsächlich darin bestanden, daß er nach Gorgonenhäuptern Ausschau hielt, die immer größere Teile der Höhle patrouillierten, je mehr sich die menschlichen Aktivitäten verstärkten. Niemand wußte, ob die Gorgonenhäupter den Auftrag hatten, auch die Bagger zu bewachen, aber niemand wollte ein Risiko eingehen. Sie hatten bis jetzt nur herausbekommen, daß die Gorgonenhäupter dazu da waren, um Eindringlinge festzuhalten, bis sie verhört werden konnten; sie wußten noch immer nicht, warum sie es immer auf den menschlichen Hals abgesehen hatten.

»Er bewegt sich!« rief der Chemiker und wich hastig einige Schritte zurück. »Komm schon ... na also.«

Mit lautem Krachen flogen die Reste des Steins davon. Das leise Summen wurde beinahe sofort von einem lauten Knirschen übertönt, als die Maschine sich der Tunnelwand zuwandte und zu bohren begann. »Als hätte er nie aufgehört«, brüllte der Chemiker. »Ich habe geglaubt, daß wir ihn zumindest wieder einschalten müssen.«

»Wahrscheinlich hat die Maschine nur darauf gewartet, daß jemand den Stein entfernt, und schaltet sich selbsttätig ein und aus«, brüllte Perez zurück. Der Bagger war jetzt schon etliche Zentimeter in den Fels eingedrungen, und obwohl Perez nicht sah, was die Maschine mit dem Gestein tat, stand fest, daß sie es nicht einfach hinter sich schleuderte. »Gehen wir wieder in die Höhle.«

Sie kehrten zu ihrem Wagen zurück, der vor dem Tunnel mit dem Bagger stand, und fuhren zum Eingang. Sie sprachen nur wenig, weil sie alle gleich müde waren, und Perez benützte die Stille, um nachzudenken. Die Wissenschaftler, die er nach Astra eingeladen hatte, konnten jeden Augenblick eintreffen, und er mußte sich noch überlegen, was er Meredith erzählen sollte, wenn sie plötzlich auftauchten.

In nächster Nähe des Eingangs war in der Höhle ein Operationszentrum eingerichtet worden, eine Art Freiluftbüro, das überhaupt nicht in die fremdartige Umgebung paßte. Perez lieferte den Wagen ab, erfuhr, daß Meredith ihn im Turm brauchte, und holte das Fahrzeug seufzend wieder heraus. Er fuhr zum nächsten Spalt in der Großen Mauer, wie sie jetzt genannt wurde, und ging von da zu Fuß zum Turm. Der Fußmarsch war eine unangenehme Zeitvergeudung, aber keine der Spalten in der Mauer war so groß, daß ein Wagen hindurchfahren konnte. Carmen hatte bei den Ctencri selbstfahrende Golfwägelchen bestellt, aber es hatte Verzögerungen gegeben, und bis sie eintrafen, blieb ihnen nichts anderes übrig, als Kondition zu tanken.

Perez fand Meredith im zentralen Kontrollraum des

Turms, wo er sich mit Major Barner unterhielt, dessen Schicht es war. Er hatte allerdings nicht erwartet, daß die beiden Gäste hatten … und vor allem, wer diese Gäste waren.

»Ach, Perez«, nickte Meredith. »Ich möchte Sie zwei Herren vorstellen. Dr. Bhartkumar Udani, Dr. Victor Ermakow — Komiteemitglied Cristobal Perez. Sie werden zweifellos in ihm den Gentleman wiedererkennen, der Ihnen geschrieben hat, Sie mögen hierherkommen.«

Perez' Selbstbeherrschung war noch nie auf eine so harte Probe gestellt worden; später erinnerte er sich überhaupt nicht mehr an diese ersten Minuten, außer daß sich anscheinend niemand über sein Benehmen wunderte. Als sein Gehirn wieder zu arbeiten begann, hatte Meredith die Wissenschaftler bereits an Barner weitergereicht, und alle drei hatten den Raum verlassen.

»Nun?« fragte Meredith, als sie allein waren. »Nicht einmal ein einfaches ›Nein sowas, Oberst, was für eine Überraschung‹?«

Perez räusperte sich. »Ich hatte erwartet, daß Sie mich zu sich kommen lassen, während die Wissenschaftler noch im Orbit sind.«

»Um von Ihnen zu erfahren, was sie hier suchen? Das hatten wir längst herausgefunden. Man hat beobachtet, wie Sie dem Ctencri das Päckchen übergaben.«

Perez schluckte. »Ich habe nicht erwartet, daß Sie es so ruhig hinnehmen.«

Merediths Gesichtsausdruck veränderte sich nicht — aber als er Perez ansah, lief es diesem kalt über den Rücken. »Verwechseln Sie Selbstbeherrschung nicht mit Ruhe, Perez. Ihnen hat nicht gefallen, wie ich Astra leite, deshalb haben Sie mich gezwungen, neue Vorschriften zu schlucken — und jetzt haben Sie mir gezeigt, daß Sie sich nicht daran halten. Von Rechts wegen sollten Sie unter Hausarrest gestellt werden oder zumindest Astras erstes Ex-Komiteemitglied sein.«

»Und warum bin ich es nicht? Weil es funktioniert hat?«

»Sie glauben offenbar, daß es funktioniert hat. An wie viele Wissenschaftler haben Sie Briefe geschickt?«

»Ungefähr 150. Ich war nicht sicher, ob alle kommen würden ...«

»Es sind fünf gekommen.«

Perez starrte ihn an. »Fünf? Das ist alles?«

»Fünf. Francisco Arias aus Brasilien, Slobodan Curcic aus Jugoslawien, Loretta Williams aus den USA und die beiden, die Sie gerade kennengelernt haben. Hoffentlich haben Sie den Ctencri keinen Blankoscheck dafür angeboten.«

Perez schüttelte den Kopf. »Wir haben uns auf eine nicht näher bestimmte Menge Kabel geeinigt. Carmen kann die geringe Beteiligung in Rechnung stellen, wenn sie die Einzelheiten bespricht. Deshalb noch einmal die Frage: Warum werde ich nicht bestraft?«

»Weil ich möchte, daß Sie Ihre Schuld mit Schweiß und nicht mit Blut bezahlen. Trotz des Algenschiffs stehen uns magere Zeiten bevor, und ich werde Sie persönlich für das Verhalten der Hispanier auf Astra verantwortlich machen. Sie haben darüber gemurrt, daß der Profit nicht aufgeteilt wird, und es wird Ihre Aufgabe sein, ihnen klar zu machen, daß der gesamte Profit des Spinneret direkt in ihre Mägen wandert.«

»Sie müssen es nicht so deutlich machen, Oberst. Solange die Leute fair behandelt werden, wird es keine Schwierigkeiten geben. Gestehen Sie mir und den übrigen Hispaniern wenigstens soviel gesunden Menschenverstand zu.«

»Gut. Dann erzählen Sie mal, wie die Suche nach den Baggern verlaufen ist. Sind einige von ihnen funktionsfähig?«

»Nur der eine mit dem Stein zwischen den Ketten.« Perez war über den Themenwechsel erleichtert. »Wir haben den Stein herausgeholt, und daraufhin begann er, sich hurtig in den Felsen zu graben. Ich habe im Operationszentrum veranlaßt, daß er rund um die Uhr überwacht wird.«

»Gut. Wir möchten sehen, wohin er fährt, wenn er voll ist. Können Sie die Pferdestärken der Maschine abschätzen?«

»Kaum. Ich würde sagen zwischen 50 und 100. Warum?«

»Weil die Fähigkeit, 100000 Jahre nichts zu tun und dann trotzdem soviel Kraft zu entwickeln bedeutet, daß der Bagger entweder über unglaubliche Batterien verfügt oder seine Kraft aus einer anderen Quelle bezieht. In beiden Fällen ist er eine Versuchung für Invasoren.«

»Sie machen sich meiner Meinung nach deswegen viel zuviel Sorgen, Oberst. Nach dem M'zarch-Fiasko wird niemand den Mut zu einer Invasion haben, vor allem weil niemand genau weiß, was wir auf Astra an Waffen besitzen.«

»Vielleicht, aber vielleicht auch nicht. Je länger sie zögern, desto besser können wir unsere Position ausbauen, und das ist ihnen bestimmt auch klar.«

»Na wenn schon.« Perez war bereits zum Fahrstuhl unterwegs. »Meiner unmaßgeblichen und unfachmännischen Meinung nach ist es bereits zu spät für eine Invasion. Wenn das alles war, was Sie von mir wollten, ist mein Dienst für heute zu Ende, und ich gehe nach Hause. Kommen Sie mit?«

»Noch nicht. Ich bleibe hier und sehe mir an, was geschieht, wenn der Bagger seine Last ablädt.«

Generalsekretär Saleh, Führer der UNO, leitender Handelsbevollmächtigter für Geschäfte mit Außerirdischen und vielleicht der mächtigste Mann der Welt, legte das letzte Blatt Papier mit dem bitteren Gefühl der Hilflosigkeit auf den Tisch. »Eigentlich wollen Sie freie Hand für alles haben, was Sie auf Astra unternehmen werden. Sie wissen, daß ich Ihnen das nicht geben kann.«

»Warum nicht?« fragte Ashur Msuya. »Die Menschen wollen Action — oder haben Sie in letzter Zeit keine Nachrichtensendungen gesehen?«

Saleh machte eine geringschätzige Handbewegung. »Sie erwarten doch nicht, daß ich diese sorgfältig inszenierten Demonstrationen ernst nehme?«

»Der Rest der Welt tut es. Und in meinem Vorschlag ist eindeutig festgehalten, daß die letzte Entscheidung über alles, was ich unternehme, bei Ihnen liegt.«

»Natürlich — nur wird dieser Absatz durch den achttägigen Hin- und Rückflug bedeutungslos.«

»Nur, wenn Sie auf echtem Vetorecht und auf echter Verantwortung bestehen.«

Saleh sah seinem Gegenüber lange in die Augen; er wußte, daß er nicht imstande war, diesen Mann zurückzuhalten. Saleh hatte ihn ursprünglich deshalb zum Leiter der nach Astra entsandten Mission bestimmt, weil er sich so bedingungslos für die Dritte Welt einsetzte und weil Saleh gehofft hatte, daß er dadurch die Ansprüche des Westens eindämmen würde. Aber der Plan war ins Auge gegangen. Selbst wenn Msuya einmal für die Gerechtigkeit gekämpft hatte, so hatte sein blinder Haß auf Meredith diese Gefühle ausgelöscht. Er würde mit oder ohne Salehs Erlaubnis einen Weg finden, um den Oberst zu vernichten. Wenn Saleh sich ihm in den Weg stellte, war Msuya fähig, einen Machtkampf im UNO-Sekretariat zu entfesseln, der Saleh seine Stellung kosten und gleichzeitig jede Chance der Welt auf internationalen Frieden und Einigkeit zunichte machen konnte.

Wenn Saleh hingegen Msuyas Vorschlag zustimmte, dann war er gedeckt. Gelang es Msuya, Astra zurückzugewinnen, dann würde dieser Erfolg zum Teil dem Generalsekretariat zugeschrieben werden; versagte Msuya, dann fiel das ausschließlich in seine Verantwortung. Die Verzögerung der Kommunikation machte Msuya praktisch autonom. Wenn er aufgrund der Informationen ihrer neuen astranischen Spione handelte, dann hatte Saleh keine Möglichkeit, sein Veto einzulegen.

Das wußte Msuya. Er setzte seine politische Zukunft aufs Spiel, um Gelegenheit zur Rache zu bekommen.

Saleh blickte seufzend auf die vor ihm liegenden Papiere. »Also gut. Sie fliegen mit der *Trygve Lie* nach Astra, und sobald Sie dort eintreffen, schicken Sie die *Hammarskjöld* nach Hause. Sie werden sich an die in diesem Papier festgelegten Beschränkungen halten, nur beobachten und Informationen sammeln. Ohne meine schriftliche Erlaubnis werden Sie nichts unternehmen.«

»Ich verstehe.«

Natürlich verstehst du. Saleh unterschrieb und schob das Papierbündel Msuya zu. »Lassen Sie sich von meinem Sekretär eine Ausfertigung geben. Ich werde dafür sorgen, daß die *Hammarskjöld* regelmäßig mit Ihnen zusammentrifft, Ihnen Nachschub und die von Ihnen gesammelten Informationen auf die Erde bringt. In einem Notfall könnte man wahrscheinlich die Ctencri dazu überreden, eine Nachricht an uns weiterzuleiten.«

Msuya lächelte kalt, während er sich erhob. »Machen Sie sich keine Sorgen, ich bin davon überzeugt, daß es zu keinen Notfällen kommen wird.« Er drehte sich um und verließ den Raum.

Meine neue Grenze, dachte Saleh, dessen Blick Msuya folgte. *Meine idealistischen Hoffnungen für die Heimat- und Hoffnungslosen, für die Welt, deren Entwicklung ich persönlich in die Wege geleitet habe … und jetzt kann ich nur hilflos abwarten, ob meine Bemühungen zunichte gemacht werden.* Zum ersten Mal in seinem Leben verstand er die ständige Melancholie im Gesicht seiner Großmutter, die ihn als Kind mit Sorge und Angst erfüllt hatte.

Seine Großmutter war Hebamme in einem kleinen, südjemenitischen Dorf gewesen, in dem die Säuglingssterblichkeit 15 % betrug.

26. Kapitel

PLÖTZLICH WAR HERBST.

Natürlich kein Herbst wie in Pennsylvanien, dachte Hafner, während er auf einen der Hügel am Toten Meer stieg; nicht einmal wie der Herbst in Südkalifornien. Hier gab es keine Ahornbäume oder Eichen, die bunte Blätter verstreuten wie Gottes Währung, die er den Reichen und den Armen zukommen ließ. Auf Astra waren die einzigen Hinweise auf den Herbst die kühlen, allmählich kürzer werdenden Tage. Hafner drehte sich um und betrachtete den Kegel des Olympus. *Komisch,* dachte er, *selbst wenn ich mich dazu zwinge, kann ich ihn nicht mehr als natürliche Erdformation sehen. Und zu Beginn hätte ich ihn nie für etwas anderes gehalten.*

Carmens Stimme, die von unten zu ihm heraufdrang, unterbrach seine Träumereien. »Solltest du nicht eine Flagge oder etwas Ähnliches auf dem Gipfel aufpflanzen?«

Er grinste. »Wenn du eine astranische Flagge entwirfst, die ich als erträglich empfinde, bin ich gern dazu bereit. Aber die meisten Entwürfe, die ich bis jetzt gesehen habe, wurden sich besser für Begräbnisse eignen.«

»Du bist ein ästhetischer Snob. Komm herunter; der Lunch ist fertig.«

Er lief den sanften Hang hinunter und setzte sich zu ihr auf die Decke. »Wir werden wenigstens keine Probleme mit Ameisen haben«, bemerkte Carmen, während sie ihm ein Sandwich reichte. »Genieße es; es ist die erste Lieferung veredelter Algen aus unserem fliegenden Gewächshaus.«

Hafner biß vorsichtig hinein. Es schmeckte sogar gut, obwohl es natürlich nicht an kalifornische Mahlzeiten heranreichte. Die Struktur stimmte beinahe, und er konnte sich fast einreden, daß er tatsächlich Schinken aß.

»Nicht schlecht«, sagte er und nickte. »Vor allem nach nur einer Woche.«

»Es sind beinahe zwei Wochen — du hast zu viel Zeit unter der Erde verbracht. Natürlich wird die Veredelung jetzt viel schneller gehen, weil die Anfangsschwierigkeiten beseitigt sind.«

Hafner biß wieder ab. »Weil wir gerade von der Höhle sprechen — was hältst du von ihr?«

»Mir fehlen die Worte, um es auszudrücken. Sie ist das Phantastischste, das ich je gesehen habe. Zieht die künstliche Sonne tatsächlich über den Himmel?«

»Natürlich. Der Zyklus besteht aus zwanzig Stunden Tag und zehn Stunden Nacht und entspricht vermutlich der Heimatwelt der Spinner. Die Sonne ist kein Hologramm, das nehmen zumindest die Wissenschaftler an — die Intensität des Lichtes ist zu groß und es entspricht zu genau dem Spektrum eines 3G-Sternes. Niemand weiß bis jetzt, was es ist oder was es in Bewegung hält. Das gilt übrigens auch für die Wolken und Sterne.«

»Ich verstehe jetzt, warum du, Cris und der Oberst so hartnäckig bestrebt seid, Astra nicht in falsche Hände fallen zu lassen, ob es sich nun um Menschen oder Aliens handelt. Ich hatte geglaubt — nein, vergiß es.«

»Du hast geglaubt, daß wir alle größenwahnsinnig geworden sind, nicht wahr?«

»Ein wenig schon. Aber jetzt verstehe ich euch.«

»Gut. Vielleicht hilft es dir sogar bei den Handelsbesprechungen. Wie kommst du voran?«

»Die Geschäfte blühen. Ich habe sechs Verträge im Stapelspeicher und warte nur noch auf die Lieferung des Rohmetalls. In einigen Jahren werden wir das Bruttosozialprodukt der USA übertroffen haben.«

»Und das, obwohl wir nur einen Bruchteil der Bevölkerung Amerikas besitzen. Die alten Ölbarone werden sich im Grab umdrehen.«

Carmen wurde nachdenklich. »Vielleicht sollten wir uns allmählich überlegen, wie wir diesen Reichtum verteilen werden.«

»Du hast mit Perez gesprochen, nicht wahr? Die Sache mit der neuen *Mayflower?*«

»Mit der *was?*«

»Ach, ist er dir noch nicht damit gekommen? Er will, daß wir die *Aurora* oder die *Pfadfinder* kaufen und sie dafür adaptieren, daß wir mit ihr Einwanderer von der Erde heraufbringen.«

Sie seufzte. »Das ist typisch für ihn: er denkt immer an die Menschen und nie an die wirtschaftliche Seite. Es käme wahrscheinlich viel billiger, M'zarch-Truppentransporter zu mieten, statt eigene Schiffe zu kaufen.«

Hafner verzog das Gesicht. »Ich hoffe, daß wenigstens einer von euch Fachleuten darüber nachdenkt, wo wir diese Flut von Aus ... Flut von Einwanderern unterbringen sollen.«

Carmen sah ihn scharf an. »Wir kennen die Probleme und werden erst dann etwas unternehmen, wenn wir alles genau durchgedacht haben. Was wolltest du ursprünglich nach dem Wort Flut sagen?«

Hafner verfluchte heimlich sein loses Mundwerk. »Eine Flut von Ausländern«, gab er widerstrebend zu. »Perez will hauptsächlich Menschen aus den armen Nationen der Dritten Welt anwerben.«

»Und?« Carmens Ton war bewußt neutral.

»Wenn es dazu kommt, dann werden wir ursprünglichen Astraner eine verschwindend kleine Minderheit sein. Wir kamen hierher, weil uns die Aufgabe reizte, und wir werden in der Masse der Menschen untergehen, die ins Schlaraffenland kommen wollen.«

»Vielleicht.« Carmen blickte nachdenklich in die Ferne. »Ich weiß nicht, was ich dazu sagen soll. Daß sich Astra dadurch verändern wird, steht fest. Unsere vier kleinen Dörfer werden zu riesigen Städten werden, und wir, die die schweren Zeiten durchgestanden haben, werden von der Menge aufgesaugt werden. Aber wir können auch nicht einfach wie … wie die Ölbarone, die du erwähnt hast, leben. Schließlich haben nicht wir unseren Wohlstand herbeigeführt.«

»Trotzdem — warum müssen wir alle hierherbringen? Warum geben wir das Geld nicht ihnen und lassen sie auf der Erde — Moment, das könnte es sein.«

»Das könnte *was* sein?« fragte Carmen mißtrauisch.

»Die Lösung unseres Problems.« Hafners Gedanken überschlugen sich, und er hatte Mühe, mit ihnen Schritt zu halten. »Es wäre wie Hilfe aus dem Ausland — sogar besser, wie ein neuer Marshallplan. Wir können den armen Ländern einen Teil unseres Gewinns zukommen lassen, wahrscheinlich in Form einer Gutschrift bei den Ctencri, können den Betrag vielleicht im umgekehrten Verhältnis zum Pro-Kopf-Bruttosozialprodukt der Länder festsetzen, so daß jene Nationen, die es am dringendsten brauchen, das Geld bekommen.«

»Und wie garantierst du, daß jene *Leute* das Geld bekommen, die es am dringendsten brauchen?«

»Mit einer Klausel, durch die wir — hm. Oh?« Sein großartiger Plan schien sich vor seinen Augen in Seifenblasen aufzulösen. »Wir könnten ja etwas Derartiges in die Abkommen aufnehmen.«

Carmen lächelte traurig. »Die Hälfte der Länder, die diese Art von Hilfe brauchen, weisen bereits Unterstützungen zurück, an die Bedingungen geknüpft sind. Außerdem gibt es den Vertrag noch nicht, in dem nicht jemand ein Hintertürchen finden würde.«

Hafner preßte die Lippen zusammen. Sie hatte tatsächlich mit Perez gesprochen — gesprochen und ihm zugehört. »Es wäre trotzdem besser, als die hungernden Millionen hierher zu bringen«, beharrte er. »Die meisten von ihnen können nichts anderes als Felder bebauen, und mit dieser Fähigkeit können sie hier bestimmt nichts anfangen.«

»Das weiß ich. Und ich weiß nicht, wie wir diese

Schwierigkeiten umgehen sollen. Wir können nichts tun, als uns weiter mit dem Problem befassen.«

»Richtig.« Hafner betrachtete das halbe Sandwich, das er noch in der Hand hielt. »Das war also unser netter, ruhiger Lunch fern vom Getriebe der Welt.« Er schüttelte den Kopf. »Wir sollten das alles vergessen und von vorn anfangen — die Algen und die schöne, graubraune Landschaft genießen und die Politik eine Zeitlang in Ruhe lassen.«

»In Ordnung. Es tut mir leid, daß ich davon angefangen habe.« Carmen lächelte schwach und biß in ihr Sandwich. »Was für Tratsch hast du in letzter Zeit gehört?«

Sie sprachen über die Leute, über die Fortschritte, die die Wissenschaftler von der Erde machten, und über andere unverfängliche Themen. Als Hafner Carmen zum Spinneret-Camp und ihrem wartenden Fahrzeug zurückbegleitete, behauptete sie, daß ihr die Unterbrechung des Arbeitsstresses gut getan hätte.

Er tat, als glaube er ihr, aber als sie nach Unie zurückfuhr, verschwand der fröhliche Ausdruck von seinem Gesicht. *Sie geht zu sehr in ihrer Arbeit auf,* dachte er, während er zu seiner winzigen Wohnung schlurfte, um sich vor der Frühabendschicht noch etwas auszuruhen. *Sie wird sich wahrscheinlich erst entspannen können, wenn die Einwandererfrage gelöst ist — dafür wird Perez schon sorgen.* Die Vorstellung, daß der Hispanier Carmen mit seiner übertrieben liberalen Philosophie ansteckte, war ärgerlich, aber Hafner konnte kaum etwas dagegen unternehmen.

Es sei denn, er fand eine Alternative zu dem großartigen Einwanderungsplan. Bis jetzt hatte er bei den Diskussionen während der Mahlzeiten nichts gehört, was einem Marshallplan entsprochen hätte; wenn es tatsächlich noch niemandem eingefallen war, mußte er sich einmal mit Oberst Meredith darüber unterhalten. Trotz Carmens Skepsis fand er den Plan nicht schlecht.

Hafner bog von der eingeschlagenen Richtung ab und ging zum Tunnel. Meredith befand sich im Augenblick im Turm und würde sich vielleicht über einen Gesprächspartner freuen.

Allein im Hauptkontrollraum kam ein bestimmtes, aus drei Schnörkseln bestehendes Muster über achtzigmal vor, und das dazugehörende Muster von Lichtern und Schaltern war ein deutlicher Hinweis. *Also gut,* dachte Loretta und tippte auf den faustgroßen tragbaren Terminal des Ctencri-Übersetzers, der leise neben ihr summte. *Nenn das »eingeschaltet« oder »aktiv« oder »funktionierend«. Bringe es in Wechselbeziehung ...* Sie drückte den entsprechenden Knopf und sah zu, wie auf dem Übersetzer-Bildschirm acht weitere Kombinationen erschienen, die das Drei-Buchstaben-Muster und seine möglichen Bedeutungen betrafen. *Aktiviere, Bereitschaft — abschalten? Aha — dann würde dieses Zeichen eine Bedeutungsumkehrung anzeigen. Sehen wir einmal nach, wo es noch vorkommt.* Sie tippte den Befehl ein und wurde einen Augenblick später mit einer schematischen Darstellung des Schaltpultes belohnt, auf der die mit diesem Zeichen versehenen Aufschriften rot leuchteten. Sie ging langsam im Raum herum, betrachtete jeden Schalter und jede Anzeige mit diesem Zeichen genau und verglich sie gelegentlich mit der schematischen Darstellung. Der nächste Schritt würde darin bestehen, daß sie einen oder zwei von ihnen auswählte, die bei der letzten Kabelproduktion aufgezeichneten Daten neuerlich abspielte und dabei darauf achtete, ob sie einen Hinweis auf ihre Funktion erhielt. Mit dieser Methode war Loretta bis jetzt nicht weit gekommen; alle eindeutigen Wechselbeziehungen waren längst tabellarisiert, und ihr fehlte die Fähigkeit der Techniker, scheinbar nicht miteinander in Verbindung stehende Geräusche und Aktivitäten zu einem zusammenhängenden Ganzen zusammenzufassen.

Unterhalb des Schaltpults fluchte jemand auf russisch. Einen Augenblick später krabbelte Victor Ermakow steif heraus und richtete sich auf. »Es ist einfach lächerlich«, knurrte er und schwenkte sein Mehrzweckprüfgerät, um seinen Worten Nachdruck zu verleihen. »Die Hälfte der Schaltkreise ist tot, nicht stromführend und weist einen unendlichen Widerstand auf — und die andere Hälfte weist einen gleichmäßigen Strom ohne erkennbare Modulation auf. Wie kontrolliert man eine Anlage, in der der Strom sich nicht verändert?«

Er wandte sich Meredith zu, der schweigend neben einem Gorgonenhaupt saß. »Der Bagger arbeitet doch noch, Oberst, nicht wahr?«

»Er tat es jedenfalls vor fünf Minuten — da hat er seine letzte Ladung in den Schüttgutbehälter geleert.« Er zeigte auf den blauen Abschnitt des Schaltpults, unter dem Ermakow gearbeitet hatte. »Ich habe gesehen, wie sich das Muster verändert hat.«

Der Russe musterte das Schaltpult verärgert. »Allmählich glaube ich Arias; die Spinner verwenden hier keine konventionelle Elektronik.«

Loretta zuckte die Achseln. Francisco Arias hatte versucht, ihr seine Theorie zu erläutern; doch er beherrschte zwar die geheimnisvollen Gebiete der Physik, besaß aber nicht die Fähigkeit, sie in die Sprache der Laien zu übersetzen. Das einzige, was ihr das Gespräch gebracht hatte, waren Kopfschmerzen und die Erkenntnis, daß ein zu großer Teil der Spinneret-Anlage aus supraleitendem Kabelmaterial bestand und deshalb nicht den normalen elektronischen Gegebenheiten gemäß funktionieren konnte. Dann hatte er von subatomaren Kräften und Feldquellenleitern begonnen, und sie damit endgültig verwirrt. »Er war seiner Sache sehr sicher«, bemerkte sie.

»Das ist er immer.« Ermakow schüttelte den Kopf und wandte sich wieder Meredith zu. »Es wird immer deutlicher, Oberst, daß ich die Geräte, mit denen ich diese

Anlage studieren kann, buchstäblich werde erfinden müssen. Besitzen Sie irgendwelche Daten über die subatomare Struktur des Kabelmaterials, oder eine allgemeine Nukleartheorie über die hier vielleicht beteiligten Kräfte?«

Meredith runzelte nachdenklich die Stirn. »Vielleicht. Aber ich weiß nicht, ob ich Ihnen den Zugang gestatten kann.«

Loretta fand, daß Ermakow für einen Wissenschaftler ein außergewöhnlich guter Spion war. Er spitzte zwar bei der Erwähnung von geheimen Informationen die Ohren, aber seine Reaktion war vollkommen unbeteiligt und unbefangen. »Es ist natürlich Ihre Entscheidung. Aber je mehr Einblick ich in die Wissenschaft der Spinner erlange, desto schneller kann ich ihre Technik verstehen.«

»Das ist mir klar.« Von der Decke kam das Summen des Fahrstuhlmotors. Loretta blickte auf ihre Uhr und stellte fest, daß der nächste Aufseher Meredith erst in einer Stunde ablösen sollte. Dieser war aufgestanden und zum Fahrstuhlzylinder gegangen. Ihre Muskeln verkrampften sich unwillkürlich ... aber es war nur der Aufseher/Geologe Dr. Hafner.

Hafner begrüßte Meredith und nickte den beiden anderen zu. »Könnte ich kurz mit Ihnen sprechen, Oberst? Es geht um eine mögliche Alternative zur Masseneinwanderung.«

»Selbstverständlich.«

Hafner stürzte sich in die Beschreibung einer Idee, die er als neuen Marshallplan bezeichnete, und Loretta wandte sich wieder dem Schaltpult zu. *Also gut: das Zeichen bedeutet Verneinung. Dann könnte es auf der Schalttafel des Baggers »leerer Schüttkasten« bedeuten; dann — sehen wir mal nach: kommt diese Sequenz noch wo anders vor?*

»Hoffentlich kommen Sie besser weiter als ich«, murmelte Ermakow neben ihr. Er hatte seine Mehrzweckmeßgeräte auf den Rand des Schaltpults gestellt und schaltete eifrig die Sonden um. »Ich wollte Sie fragen, ob Sie mir heute abend ihr Bandwiedergabegerät und einige Ihrer Bänder leihen können.«

Lorettas Kehle verkrampfte sich, und sie mußte sich bewußt entspannen. Das Bandwiedergabegerät war ihre geheime Funkverbindung zu dem UNO-Schiff über ihnen; die Elektronik für die Übertragung und den Zerhacker war in der Plastikabdeckung von zwei Kassetten versteckt. »Ich glaube schon.« Sie versuchte, genauso unbefangen zu sprechen wie er, obwohl sie sich fragte, was mit seinem Sender geschehen war.

»Danke. Ich habe kürzlich mit Major Dunlop über Musik gesprochen, und er hat den Wunsch geäußert, Tschaikowskij und Rachmaninow zu hören. Wenn wir hier fertig sind, komme ich bei Ihnen vorbei, hole das Gerät und bringe es Dunlop.«

»In Ordnung.« Dunlop. Der Offizier, der laut den UNO-Leuten in Ceres mit Betäubungsgewehren auf eine Gruppe Arbeiter geschossen hatte und von Meredith deshalb streng gemaßregelt worden war. Ein Mann, der als ehrgeizig und abgebrüht galt, dem ein Kanonenboot lieber als jede Form von Diplomatie war.

Und Ermakow wollte ihm ihren Sender leihen.

Der Russe war mit seinen Einstellungen fertig und verschwand wieder unter dem Schaltpult. Loretta betrachtete die grellen Spinneret-Farben, ohne sie zu sehen. Sie hatte nicht einmal gemerkt, daß Ermakow und Dunlop miteinander gesprochen, und schon gar nicht, daß sie dabei einen Plan entworfen hatten. Was konnten die beiden ausgeheckt haben, wenn Ermakow mit dem UNO-Schiff sprechen wollte? Die Aufgabe der Wissenschaftler bestand ausschließlich in der Aneignung von Spinneret-Daten ... es sei denn, Ermakow hätte einen Sonderauftrag erhalten, von dem sie nichts wußte. Es lief ihr kalt über den Rücken, und sie drehte sich um; sie erwartete beinahe, daß Meredith zwei und zwei zusammengezählt hatte und Soldaten herbeorderte, um sie wegen Spionage zu verhaften.

Aber der Oberst sprach noch immer mit Hafner und hatte offenbar weder von Ermakows Intrigen noch von ihrem schlechten Gewissen etwas bemerkt. Sie bekam vor Erleichterung beinahe weiche Knie, drehte sich um und begann, mit zitternden Fingern dem Computer weitere Befehle zu erteilen.

Ermakow kam nicht mehr auf seine Bitte zurück, und als sie vier Stunden später die Höhle verließen, hoffte sie insgeheim, daß er es vergessen oder seine Pläne geändert hatte. Als sie jedoch an den Tunnelwachtposten vorbei in den langsam hereinbrechenden Abend hinaustrat, schloß er sich ihr an und verließ kurz darauf ihre Wohnung mit dem Wiedergabegerät.

Loretta sah ihm nach, dann versperrte sie ihre Tür. Sie dachte an das Abendessen, stellte dann fest, daß sie keinen Appetit mehr hatte, und legte sich statt dessen mit einem Buch auf die Couch. Aber sie konnte sich nicht konzentrieren, so daß sie schließlich aufgab und zu Bett ging. Zwei oder drei Stunden später schlief sie endlich ein.

Und fünf Stunden danach überwältigte ein Trupp Soldaten unter der Führung von Major Dunlop die Wachtposten am Tunneleingang und besetzte die Spinner-Höhle.

27. Kapitel

»... FORDERE ALLE LOYALEN BÜRGER der Vereinigten Staaten von Amerika auf, sich uns anzuschließen und diesen eindeutigen, verabscheuungswürdigen Verrat, den Oberst Meredith begangen hat, rückgängig zu machen.« Dunlops Stimme ertönte aus dem Telefonlautsprecher, doch sein befehlender Ton ging beinahe im dumpfen Dröhnen der Fahrzeuge hinter ihm unter. »Alle jene, die keine Schuld auf sich laden und der Bestrafung entgehen wollten ...«

»Das reicht«, schnauzte Meredith, schlüpfte in sein Jackett, setzte sich auf das Bett und schnürte seine Stiefel zu.

Am anderen Ende der Leitung schaltete Leutnant Andrews die Aufzeichnung ab, und Dunlops Stimme verstummte mitten in einem Wort. »Er hat es über das gesamte militärische Telefonnetz verkündet?« fragte Meredith.

»Und über das private Netz«, antwortete Andrews. »Offenbar glaubte er, daß sich die auf seiner Seite stehenden Soldaten bereits um ihn geschart hatten.«

»Das hoffe ich — ich habe es gern, wenn alle meine Feinde beisammen sind. Haben Sie eine Ahnung, wie viele es sind?«

»Die Wachtposten, die zu dieser Zeit Dienst versahen, wurden alle betäubt, aber ich habe mindestens einen Lastwagen gesehen, der nach dem Alarm in die Höhle fuhr, also könnte Dunlop über vierzig oder mehr Mann und die entsprechende Ausrüstung verfügen. Sie haben jedoch nur einen Vorsprung von zehn Minuten, und mein Team kann ihnen in dem Augenblick folgen, in dem die Sprengstoffspezialisten den anderen Laster aus dem Weg geräumt haben.«

»Sie sollen mit dem Zeug vorsichtig umgehen«, befahl Meredith. »Ich glaube zwar, daß nicht einmal eine Atombombe dem Tunnel etwas anhaben könnte, aber wenn Dunlop in bezug auf die Größe der Bombe nicht gelogen hat, würde sie jeden töten, der sich in der Gegend befindet.«

»Ich weiß, Sir.« Andrews klang sowohl unglücklich als auch wütend. »Wir schaffen die Leute fort, so rasch wir können, aber — na ja, es ist ein Haufen Zivilisten darunter.«

Die sich langsam bewegen, unnötige Fragen stellen und überhaupt Zeit vergeuden, dachte Meredith bitter. »Nehmen Sie es nicht tragisch. Dunlop kann nicht sehr viel tun, außer sich eingraben und auf eine Belagerung einrichten. Im Operationszentrum und im Turm ist noch niemand.«

»Auch das wissen wir nicht sicher, Sir. Die Wachtposten sind bewußtlos, und es wäre möglich, daß sie jemanden durchgelassen haben ...«

Das hohe Quieken des Notfallsignals unterbrach ihn. »Hier spricht Major Barner. Dr. Hafner befindet sich nicht in seinem Quartier. Es gibt keine Hinweise auf einen Kampf, aber sein Telefon ist noch dort.«

Meredith überlief es kalt. »Sehen Sie sich sofort nach Perez und Nichols um«, befahl er Barner. Wenn Dunlop sich mit drei der fünf Spinneret-Aufseher verbarrikadiert hatte ...

Doch das war nicht der Fall. »Die beiden haben sich bereits gemeldet«, antwortete Barner. »Sie haben Dunlops Aufruf gehört und angerufen, um zu erfahren, was los ist. Ich habe ihnen gesagt, sie sollen sich nicht vom Fleck rühren, bis ich sie holen lasse.«

»Gut.« Es war nicht so schlimm, wie er befürchtet hatte, aber noch immer schlimm genug. Wenn Dunlop Hafner als Geisel hatte, war er nicht gezwungen, sich in der Nähe des Höhleneingangs einzugraben. Jetzt stand ihm die gesamte Höhle einschließlich des Turms offen.

»Übernehmen Sie das Räumen des Gebiets um den Tunnel, Major, und verlassen Sie es dann selbst. Sie, Andrews, halten einen Anwesenheitsappell ab — ich möchte genau wissen, wen Dunlop bei sich hat. Geben Sie die Liste an Carmen Olivero im Verwaltungskomplex durch — ich werde ihr mitteilen, daß sie sie bekommt. Bremsen Sie auch die Sprengstoffexperten. Dunlop hat inzwischen Zeit gehabt, seine Leute in Stellung zu bringen, und ich möchte nicht, daß unsere Männer die Prozedur abkürzen wollen und sich dabei selbst in die Luft sprengen.«

»Ja, Sir.«

»Halten Sie mich auf dem laufenden! Ich bin bald bei Ihnen.« Meredith unterbrach die Verbindung, schnappte seinen Revolvergurt und rannte hinaus. Im Osten begann der Himmel hell zu werden; er blieb kurz stehen, tippte Carmens Nummer in sein Telefon und rannte dann weiter zu seinem Büro.

Sie meldete sich beim ersten Läuten. »Ich habe die Durchsage gehört«, sagte sie, nachdem Meredith seinen Namen genannt hatte. »Ich habe es für besser gehalten zu warten, bis Sie mich anrufen, statt Sie mit Fragen zu belästigen.«

»Gut gemacht. Wie schnell können Sie in Ihrem Büro sein?«

»In dreißig Sekunden; ich stehe im Vorraum. Soll ich die Whissst und die Orspham alarmieren?«

Meredith segnete insgeheim ihre rasche Auffassungsgabe. »Ja, aber erzählen Sie ihnen nur, daß das UNO-Schiff weder Shuttles absetzen noch näherkommen darf. Ich habe keinen Beweis dafür, aber das stinkt nach geheimem Einverständnis, und ich will nicht, daß Msuyas Leute Dunlop zu Hilfe kommen. Dann gehen Sie unser militärisches Personal durch und sehen Sie nach, ob jemand eine Ausbildung in Terrorbekämpfung und Geiselbefreiung oder Erfahrung damit hat.«

»Geiselbefreiung?«

»Ja. Wir glauben, daß sie Dr. Hafner mitgenommen haben.«

Sie schnappte weder nach Luft, noch schrie sie erschrocken auf, aber als sie wieder sprach, war ihre Stimme eiskalt. »Verstanden, Oberst. Wie viele Kommandotrupps brauchen Sie?«

»Zwei, wenn möglich drei. Aber ich bin bei Ihnen, bevor Sie soweit sind.« Er zögerte. »Machen Sie sich keine Sorgen; lebend ist ihnen Hafner ungeheuer viel wert, tot überhaupt nichts. Nicht einmal Dunlop ist so dumm, ihm etwas anzutun.«

»Ja, Sir.« Ihre Stimme war noch immer eisig. »Ich erwarte Sie.«

Meredith unterbrach die Verbindung, lief schneller und fluchte leise. *Wenn Sie dahinterstecken, Msuya, dann werden Sie und die ganze UNO einen hohen Preis dafür bezahlen,* dachte er. *Darauf können Sie sich verlassen.*

Was Hafner über die Betäubungsgewehre der Ctencri nicht wußte, hätte mehrere Bände gefüllt ... aber als er mit geschlossenen Augen schlaff auf dem Boden lag, gelangte er zu der Erkenntnis, daß seine Entführer auch nicht viel mehr wußten als er. Er wußte nicht, ob sie die Einstellung falsch berechnet oder ihn mit dem Strahl vielleicht nur gestreift hatten; aber aus der Tatsache, daß sie ihn nicht gefesselt hatten, entnahm er, daß er ihrer Ansicht nach noch bewußtlos sein sollte. Rings um sich hörte er Schritte, gemurmelte Befehle und das Klirren von Metall auf Metall, während sie herumrannten und etwas bauten. Wo er sich befand, war nicht schwer zu erraten — nur die Spinner-Höhle besaß diese typische Kombination von Gerüchen und wechselnden Windrichtungen. Vermutlich in der Nähe des Operationszentrums, weil Geräusche vom Tunneleingang bis zu ihm drangen.

Am interessantesten waren allerdings die Ereignisse, die sich kaum einen Meter von ihm entfernt abspielten.

Es hatte als technische Diskussion über die Steigerung der einem bestimmten Instrument zugeführten Energie begonnen, um die Wirkung des Kabelmaterials in dem Gebiet zu neutralisieren. Dieses Problem wurde innerhalb weniger Minuten gelöst, und Hafner hörte mit wachsender Verblüffung zwei Stimmen zu — einer unbekannten und einer nur zu bekannten —, die sich miteinander unterhielten.

»Die Spinner-Höhle befindet sich jetzt in unseren Händen«, berichtete die unbekannte Stimme ohne weitere Einleitung, sobald die Verbindung hergestellt war. »Wir haben sowohl den Tunneleingang als auch den Eingang zur Höhle mit Sprengladungen gesichert, und richten jetzt Maschinengewehrnester ein, von denen aus wir auf jeden feuern können, der sich uns nähert.«

»Ausgezeichnet.« Msuyas Stimme war schwach, aber trotzdem erkennbar. »Die *Hammarskjöld* ist vor zwölf Stunden zu uns gestoßen; gemeinsam verfügen wir über 50 Mann UNO-Truppen, die wir als Verstärkung zu Ihnen hinunterschicken können ...«

»Nein«, unterbrach ihn der andere. »Ihre Truppen bleiben, wo sie sind.«

»Kommen Sie, Major — Sie können allein nicht ewig durchhalten.«

»Das weiß ich. Deshalb wird die *Hammarskjöld* zur Erde zurückfliegen und mir ein Kontingent amerikanischer Soldaten bringen. Ich werde die Höhle einem gehörig ermächtigten Offizier der US-Army übergeben, niemand anderem.«

Darauf trat eine kurze Pause ein. »Sie kündigen unsere Abmachung also einseitig?« fragte Msuya. Es klang nicht sehr überrascht. »Und wenn ich mich weigere, die *Hammarskjöld* zurückzuschicken?«

»Sie werden sich nicht weigern«, meinte der Major zuversichtlich. »Bei der jetzigen Lage der Dinge haben Sie auf Astra überhaupt nichts zu reden. Sobald sich der Planet unter der Kontrolle der USA befindet, können

Sie vielleicht hier erreichen, was Sie wollen, indem Sie daheim Druck ausüben.«

»Ich vertraue Amerika genauso, wie ich den Lauf des Sambesi ändern kann. Allerton ist ebenso heimtückisch wie jeder andere westliche Politiker, und ich habe nicht die Absicht, die legitimen Interessen der UNO von seiner Großzügigkeit abhängig zu machen. Nein, Major, im Augenblick hat die UNO die beste Chance, die Kontrolle über das Spinneret zurückzuerhalten, und ich werde diese Chance ergreifen. Sie können kooperieren oder ...«

»Oder was?« unterbrach ihn der Major. »Wollen Sie sich zurücklehnen und darauf warten, daß Meredith die Höhle einnimmt, wenn uns die Lebensmittel ausgehen? Seien Sie doch nicht kindisch. Sie tun, was ich sage, und sind mit den Brosamen zufrieden, die Sie von den USA bekommen werden.«

»Ich habe offenbar Ihren Ehrgeiz überschätzt«, stellte Msuya fest. »Ich hatte angenommen, daß Sie mit dem innigen Dank der Völker unserer Welt zufrieden sein würden, aber Sie finden offenbar, daß Sie für die nächsten Generationen amerikanischer Schüler der Held von Astra werden können.«

»Sie vergeuden Ihren Sarkasmus, Msuya — Sie haben sich nur insofern verrechnet, als Sie geglaubt haben, daß es in Amerika keine Patrioten mehr gibt und daß sie mich wie einen kleinen Dritte-Welt-Diktator kaufen können, wenn Sie mich nur mit genügend leeren Versprechungen ködern. Inzwischen haben Sie hoffentlich begriffen, daß Sie sich geirrt haben.«

»Ich habe begriffen, daß man Ihnen nicht trauen kann, aber das ist keine großartige Erkenntnis. Was sollte mich jetzt daran hindern, Meredith meine Hilfe anzubieten, damit er die Höhle zurückerobern kann?«

»Erwarten Sie vielleicht, daß Ihnen der edle Oberst dafür dankbar sein wird, daß Sie die Seiten wechseln?«

»Ihr Wort würde gegen meines stehen«, erklärte

Msuya. »Ich kann von hier aus alle Spuren des Senders/Empfängers vernichten, den Sie benutzen: Sie würden nie beweisen können, daß Sie mit mir in Kontakt gestanden haben. Und was Merediths Dank betrifft, so wäre ich nicht darauf angewiesen, sobald sich meine Truppen auf dem Boden befinden.«

»Das wage ich zu bezweifeln. Ich habe nämlich eine Versicherungspolice in die Höhle mitgenommen: Dr. Peter Hafner, einer der fünf Menschen, die Zugang zu den wichtigsten Maschinen des Spinneret besitzen. Glauben Sie immer noch, daß Sie die Höhle stürmen werden?« Er machte eine Pause, aber Msuya schwieg. »Seit Hafner zum Einsatz in diesem Spiel gehört, ist für Sie eine friedliche Übernahme wichtiger als je zuvor — und die können Sie nur mit Hilfe der US-Truppen erreichen. Hören Sie also auf, Ihre Zeit zu vergeuden, und schicken Sie die *Hammarskjöld* auf dem schnellsten Weg zur Erde!«

»Sie lassen mir tatsächlich keine andere Wahl«, knirschte Msuya. »Also gut, Sie bekommen Ihre amerikanischen Truppen. Aber damit ist die Geschichte noch nicht zu Ende.«

»Vielleicht nicht — aber dann werden nicht mehr Sie und ich das Sagen haben, und ich würde gegen Saleh jederzeit auf Präsident Allerton setzen. Auf Wiedersehen, Msuya, lassen Sie es mich wissen, wenn meine Verstärkungen eintreffen!«

Etwas klickte, und ein Stuhl scharrte über den Boden, als der Major aufstand und zu seinen Männern ging. Er schritt schwungvoll aus und war offenbar mit dem Verlauf der Konfrontation zufrieden. *Du Idiot,* dachte Hafner. *Msuya wird mit UNO-Truppen in amerikanischen Uniformen oder etwas Ähnlichem zurückkommen.*

Aber das würde mindestens eine Woche dauern, und bis dahin hatte Meredith Zeit, die Höhle zurückzuerobern. Seine Chancen würden allerdings wesentlich besser stehen, wenn es der erstklassigen Geisel des Majors gelang zu verschwinden.

Hafner konzentrierte sich darauf, weiterhin langsam und gleichmäßig zu atmen, lauschte den Geräuschen rings um ihn und versuchte, sich einen Plan zurechtzulegen.

»Er hat 52 Mann in der Höhle.« Carmen zeigte auf die Liste auf dem Computermonitor, der im einen halben Kilometer vom Tunneleingang entfernten provisorischen Kommandozentrum aufgestellt worden war. »35 kommen aus seinem Ceres-Kontingent; keiner verfügt über eine besondere Terror- oder Belagerungsausbildung, deshalb müssen wir nicht befürchten, daß sie etwaige kluge Schachzüge unserer Leute voraussehen. Ich habe bei uns acht Männer gefunden, die Erfahrung mit Geiselbefreiungen haben, und mindestens zweihundert haben sich freiwillig zu den Stoßtrupps gemeldet.«

Meredith nickte zufrieden. In den zwei Stunden seit Dunlops Anruf hatte sich kein einziger Astraner öffentlich für den Coup des Majors ausgesprochen. Sogar die Leute, die mit dem nächsten Schiff auf die Erde zurückkehren wollten, reagierten zornig auf die Revolte. Meredith wußte nicht, ob ihre Achtung vor ihm oder ihre Verachtung für Dunlop daran schuld war, aber er war ihnen für ihre aktive und passive Unterstützung dankbar. Hätte er sich sowohl auf die Vorbereitung der Kommandoaktion als auch auf die Kontrolle der Zivilisten konzentrieren müssen, so wäre er wahrscheinlich überfordert gewesen. »Gut. Was gibt es Neues von den Whissst?«

»Eines der beiden UNO-Schiffe, die sich heute früh im Orbit befanden, ist vor einer halben Stunde in Richtung Erde verschwunden. Das andere Schiff hat sich nicht gerührt, und seit die Orspham die eine Übertragung abgefangen haben, hat es auch keine weiteren Gespräche auf dem Hochfrequenzband gegeben.«

Offenbar hatten also Dunlop und Msuya einander alles gesagt, was zu sagen war, und hielten jetzt Funkstille. Meredith blickte durch den offenen Zelteingang zur doppelten Reihe von Wachtposten vor dem Tunnel, dann wandte er sich wieder den am Tisch sitzenden Leuten zu. »Irgendwelche Vorschläge? Major?«

Major Barner hob die Schultern. »Wir kommen nicht darum herum: uns bleibt nur der direkte Angriff. Wir können nicht genügend Betäubungsgas — das wir übrigens nicht zur Verfügung haben — hineinpumpen, und die Betäubungsgewehre reichen nicht weit genug. Wenn der Raum mit der Zylinderspule oder die äußeren Tunnels eine direkte Verbindung zum Haupttunnel besäßen, könnten wir sie von der Flanke aufrollen, aber im Augenblick können wir nur den Kopf einziehen und angreifen.«

»Und was ist, wenn sie am Höhleneingang Sprengladungen angebracht haben?« fragte Perez. »Dann hat die erste Angriffswelle keine Chance.«

»Das weiß ich«, gab Barner zu. »Aber ich sehe keinen anderen Weg.«

»Wir besitzen genügend Körperpanzer, um ein Fünf-Mann-Team damit auszurüsten«, meldete sich Andrews. »Wenn es notwendig ist, könnten wir zwei oder drei Männer als Vorhut hineinschicken, um eventuelle Fallen auszulösen, und hoffen, daß Dunlop mit dem Sprengstoff sparsam umgegangen ist.«

»Das ist gefährlich und vielleicht unnötig.« Perez wandte sich an Meredith. »Ich möchte hineingehen und mit Dunlop sprechen.«

»Was wollen Sie ihm erzählen?« fragte Barner höhnisch. »Wollen Sie an seine bessere Einsicht appellieren?«

»Kaum«, antwortete Perez kühl. »Sie vergessen, daß ich bereits Erfahrung mit seiner besseren Einsicht habe. Nein, ich würde darauf hinweisen, daß er unmöglich Nachschub oder Verstärkungen von der UNO bekommen kann, und daß er nur die Wahl hat, entweder zu verhungern oder sich erschießen zu lassen.«

»Sie werden ihn nicht überzeugen können«, wandte Barner ein.

»Das erwarte ich auch nicht. Aber seine Soldaten würden zuhören, und vielleicht würden einige von ihnen beginnen nachzudenken. Sie müssen zugeben, daß ich eine gewisse Übung darin habe, Unzufriedenheit zu schüren.«

»Die Idee ist nicht schlecht, aber riskant«, sagte Meredith. »Sie müßten außer Reichweite bleiben und sich durch ein Megaphon mit ihm verständigen, denn er könnte in Versuchung geraten, die Zahl seiner Geiseln zu verdoppeln. Aber vielleicht müssen wir es nicht mit einem Frontalangriff versuchen, sondern können zur Hintertür hineinschleichen.«

»Hintertür«, wiederholte Barner, »Sie meinen den Vulkankegel?«

»Genau.« Meredith zeigte auf einige Stellen einer graphischen Darstellung der Höhle, die er auf dem Tisch ausgebreitet hatte. »Wir sind in den beiden Tunnels, die jenseits der Großen Mauer in den Berg führen, nicht sehr weit gekommen. Einer von ihnen muß unter dem Vulkan enden.«

»Aber Peter hat versucht, im Vulkan einen Eingang zu finden«, wandte Carmen ein.

»Das war, bevor er offizieller Spinner-Aufseher wurde«, antwortete Meredith. »Jetzt ist es wahrscheinlich die Mühe wert, uns dort noch einmal umzusehen.« Er nickte Barner zu. »Major, Sie und Andrews stellen sofort die Stoßtrupps zusammen; wenn ich einen Eingang finde, dann müssen wir schnell handeln. Sie, Carmen, beobachten das UNO-Schiff und blocken alle Fragen ab, die die Aliens uns vielleicht stellen. Sie bleiben hier, Perez, und unterstützen Carmen.«

»Und was ist mit meinem Vorschlag, mit ihnen zu sprechen?« fragte Perez. »Solange ich mich in gebührender Entfernung halte, oder wenn ich eine bewaffnete Eskorte bekomme ...«

»Wenn wir einen anderen Eingang finden«, unterbrach ihn Barner, »dann müssen wir nicht Zwietracht säen. Kommen Sie, Leutnant!«

»Ich weiß. Aber eine kleine Ablenkung kann nie schaden.«

Barner und Andrews, die bereits zum Zelteingang unterwegs waren, drehten sich um. Meredith war nicht überrascht; er hatte gemerkt, worauf die Überlegungen des Hispaniers abzielten. Carmen hatte das Angebot offenbar ebenfalls erwartet, und ebenso offenbar gefiel es ihr überhaupt nicht.

Aber diese Entscheidung konnte wenigstens aufgeschoben werden. »Wir werden darüber sprechen, nachdem wir einen Eingang gefunden haben«, erklärte Meredith. »Ich fliege jetzt zum Kegel; verständigen Sie mich sofort, wenn sich die Situation ändert.«

Der Flieger, der Meredith und Carmen von Unie herübergebracht hatte, war in sicherer Entfernung vom Tunneleingang abgestellt. Meredith lief hinüber; Nichols und die vier weiteren Männer, die er angefordert hatte, saßen bereits auf ihren Plätzen. Er erteilte dem Piloten Landeanweisungen und sprach während des Flugs mit Nichols über die Methoden, die dieser und Hafner bei ihrer bisherigen Suche nach einem Eingang angewendet hatten. Es war ein kurzes Gespräch, das Meredith nicht weiterbrachte.

Der Kegel war an der Spitze relativ steil, aber Hafner und Nichols hatten eine mit Haken gesicherte Strickleiter über den Rand gehängt, und nach wenigen Minuten standen die sechs Männer auf dem Grund des Kraters.

Meredith blickte sich um und bemerkte die TV-Kameras, die noch immer vom Kraterrand auf sie gerichtet waren. »Haben Sie bei der letzten Kabeloperation so deutliche Bilder bekommen, daß Sie feststellen konnten, wo die Stelle ist, an der sich der Krater öffnet?« fragte er Nichols.

»Nein. Wir haben mit keiner Vergrößerungstechnik etwas erreicht. Wahrscheinlich hat das Gerät, das die

Schwerelosigkeit erzeugt, die Kamera oder den Film oder beides beschädigt.«

»Gut, dann müssen wir es so versuchen.« Meredith zeigte nach links. »Sie gehen mit zwei Männern in dieser Richtung um den Krater herum. Fahren Sie mit den Händen über den Felsen, stochern Sie in jede Spalte, die Sie finden, und versuchen Sie, auf jede mögliche Art eine Reaktion auszulösen. Ich gehe in die andere Richtung. Die Beobachter müssen darauf achten, ob Nichols oder ich etwas übersehen. Alles klar? Gut, dann machen wir uns langsam an die Arbeit!«

Es ging tatsächlich langsam und frustrierend voran. Während der ersten zwanzig Minuten überlegte Meredith ein Dutzend Mal, ob er vielleicht auf seine alten Tage einem Wunschdenken nachgab. In der Spinner-Höhle hatte nichts darauf hingewiesen, daß der Status der »Aufseher« über das Netz der Gorgonenhäupter hinausreichte; höchstwahrscheinlich war das Sicherheitssystem, das den Eingang verbarg, von den Schlangenmaschinen unabhängig. Aber wenn sie die Suche aufgaben, blieb ihnen nur Barners Frontalangriff, und dazu war er noch nicht bereit.

Und dann wurde Nichols nach zwei Dritteln der Strecke fündig.

»Wenn Sie Ihre Hand eine oder zwei Sekunden lang hierherlegen, hören Sie hinter der Wand ein leises, scharrendes Geräusch.« Der Geologe zeigte auf einen von feinen Sprüngen durchzogenen Abschnitt der Wand. »Bis jetzt sind uns diese Sprünge nicht aufgefallen, aber jetzt frage ich mich, ob es eine Türöffnung sein könnte.«

»An deren anderer Seite ein Gorgonenhaupt steht?« Meredith legte vorsichtig die Hand auf die Stelle. Auf der anderen Seite war tatsächlich ein leises Scharren zu hören. Glitten die Schlangen eines Gorgonenhaupts über die Wand?«

»Würde eine Lüftungsöffnung nicht ein regelmäßigeres Muster aufweisen?« fragte jemand.

»Ihnen ist die Vorliebe der Spinner für Schnörksel offenbar noch nicht aufgefallen«, bemerkte Meredith, der die Wand rings um die Lüftungsöffnung untersuchte. »Hier sieht alles solide aus. Sehen wir nach, ob die Tür irgendwie gekennzeichnet ist.«

Eine Untersuchung der zu beiden Seiten an die Lüftungsöffnung anschließenden fünf Meter verlief ergebnislos. »Falls es hier eine Tür gibt, müssen wir sie dazu überreden aufzugeben«, bemerkte Nichols schließlich. »Ich habe Flußsäure mitgenommen; wir könnten sie an der Lüftungsöffnung ausprobieren.«

»Versuchen wir es, obwohl ich bezweifle, daß es uns etwas nützen wird«, erwiderte Meredith, der die Mauer immer noch nachdenklich musterte. »Bis jetzt haben wir noch kein Gorgonenhaupt getroffen, das sein Kämmerchen nicht verlassen konnte, wenn es Lust dazu hatte. Die Tür klemmt vermutlich nicht, sondern ist versperrt, und von uns wird erwartet, daß wir sie öffnen können.«

»Ich sehe nichts, das an die Knöpfe eines Digitalschlosses erinnert«, sagte Nichols. »Was wäre mit einer Ausweiskarte, die man in einen Schlitz schiebt?«

»Ich würde eher an einen gesprochenen Befehl denken — sie wollten bestimmt nicht, daß ein Arbeiter im Kegel gefangen ist und nicht mehr hinauskann.« Ein völlig verrückter Gedanke begann, in seinem Kopf deutlicher Gestalt anzunehmen. »Andererseits wollten sie aber auch nicht, daß ein einfacher Spinner, der hier oben nichts verloren hatte, nach Belieben aus- und einging.«

»Was tun wir also? Wir haben ihre Schrift noch lange nicht entziffert, und von ihrer Sprache nicht den blassesten Schimmer.«

»Versuchen wir es mit der Flußsäure und dann mit Sprengstoff — falls die Tür doch klemmen sollte. Und dann — darüber sprechen wir später.«

Weder die Säure noch die Explosionen lösten Reaktionen der Tür oder des Gorgonenhauptes aus, und Meredith blieb nichts anderes übrig, als aus dem Krater zu klettern, mit Carmen Kontakt aufzunehmen und ihr seinen Plan zu erläutern.

Er gefiel ihr nicht. Genauso reagierten Nichols, Perez, Barner und Andrews.

»Das ist lächerlich«, war Carmens sofortige Reaktion. »Lächerlich und selbstmörderisch, und Sie werden es nicht tun.«

»Kommt nicht in Frage«, unterstützte sie Barner. »Es ist viel zu unwahrscheinlich, als daß Sie dafür Ihr Leben aufs Spiel setzen sollten.«

»Ich werde mich nicht in Gefahr befinden«, behauptete Meredith.

»Was soll das heißen?« widersprach Barner. »Die Sicherheitsriegel in diesem mechanisierten Ameisenhaufen funktionieren größtenteils nicht mehr — Sie wissen ja, was den Männern im Tunnel bei der Zylinderspule zugestoßen ist.«

»Es waren keine Gorgonenhäupter dabei, und die beiden Männer waren keine Aufseher«, stellte Meredith fest. »Aber auch wenn es nicht funktioniert, müßte ich mich an der Wand in Sicherheit befinden. Ich wäre jedenfalls weniger gefährdet als die ersten Soldaten, die durch den Haupteingang eindringen.«

»Wenn es so sicher ist«, sagte Perez plötzlich, »dann überlassen Sie es doch mir.«

»Nein, es ist meine Idee, und ich führe sie aus, Punkt! Sie treffen sofort die entsprechenden Vorbereitungen, Carmen.«

»Ja, Sir«, antwortete Carmen mürrisch, aber sie wußte offenbar, wann sie einem Befehl zu gehorchen hatte.

Oder vielleicht war ihr inzwischen klar geworden, daß sie keine andere Wahl hatten.

Sie waren fast seit einem Tag in der Höhle, als Hafner plötzlich aus tiefem Schlaf gerüttelt wurde. »Was geht hier vor?« fragte Major Dunlops Stimme.

Hafner blinzelte, weil ihn das zur Zeltöffnung hereinströmende Licht blendete, und versuchte, klar zu denken. »Was meinen Sie ...«

»Dieses Grollen — hören Sie es nicht? Was hat Meredith vor?«

Hafner horchte kurz, aber das Geräusch war schwer zu identifizieren. »Er hat überhaupt nichts vor. Das Spinneret startet einen Produktionszyklus.«

Seine Augen hatten sich inzwischen soweit an das Licht gewöhnt, daß er Dunlops Gesicht sah ... und dieses Gesicht war überaus mißtrauisch. »Was meinen Sie mit Produktionszyklus? Meredith läßt ein Kabel erzeugen? Jetzt?«

»Warum nicht? Wahrscheinlich führt er den Aliens vor, daß Astra noch immer produziert, und daß Sie ausschließlich ein paar unterirdische Quadratkilometer kontrollieren.«

Die letzte Bemerkung war vielleicht ein Fehler gewesen. Dunlop runzelte die Stirn und umklammerte den Pistolengriff fester. »Vielleicht sollten wir beweisen, daß das nicht stimmt. Was halten Sie davon, wenn wir in den Turm hinübergehen und so lange auf Knöpfe drükken, bis es aufhört?«

Hafners Mund wurde trocken. »Wenn Sie die Einstellung durcheinanderbringen oder ein Programm löschen, dann wird Oberst Meredith ein Vermögen machen, indem er Eintrittskarten an die Leute verkauft, die zusehen wollen, wie man Ihnen den Bauch aufschlitzt. Alle Aliens von den Rooshrike bis zu den M'zarch würden wahrscheinlich kreative Vorschläge dazu machen.«

Dunlop sah ihn einen Augenblick lang wütend an, drehte sich dann um und stolzierte davon.

Hafner atmete erleichtert auf, sah auf die Uhr und beschloß, noch eine Stunde zu schlafen. Sein letzter Gedanke vor dem Einschlafen war: *Ich möchte wissen, was der Oberst vorhat.*

28. Kapitel

Der innere Rand des Vulkankegels lag bereits im Schatten, als der an Merediths Helm befestigte Gravimeter eine Veränderung anzeigte.

»Es geht los«, teilte er leise über das Mikrophon mit. »Die Schwerkraft ist um zwei Prozent gesunken und sinkt weiter.«

»Haben Sie Ihre Sicherheitsgurte angelegt?« fragte Barner, dessen Stimme durch die immer lauter werdenden Statikgeräusche kaum zu hören war.

»Ja.« Merediths Stimme klang zuversichtlicher, als ihm zumute war. Die Seile und Verstrebungen, mit denen er in der Nähe der Lüftungsöffnung an der Kraterwand verankert war, waren keineswegs so haltbar, wie er gehofft hatte — im Gegensatz zum Spinneret-Kabel, das wie besessen an anderen Dingen klebte, bestanden die flachen Platten des Vulkanzylinders und der Gebäude in der Höhle aus einer sehr trägen Substanz. Es hing vom Gradienten des schwerelosen Feldes ab, ob Meredith mit dem Kabelende in den Raum hinauskatapultiert wurde.

Er schob den Gedanken bewußt beiseite und drückte die Hand wieder auf die Lüftungsöffnung. Eine sanfte Brise war aufgekommen und hinderte ihn daran, das Scharren zu hören, aber er war davon überzeugt, daß ihn das Gorgonenhaupt hinter der Wand entdeckt und identifiziert hatte. Was es mit dieser Erkenntnis anfangen würde, war allerdings noch sein Geheimnis.

Die Schwerkraft nahm jetzt rasch ab, und der Lufthauch machte es ihr nach. Kühle Luft zischte hinter Merediths Kopf und füllte den Raumanzug, in dem sein ganzer Körper bis auf die Hände steckte. Die Ärzte waren sich darüber einig gewesen, daß die Hände dem Vakuum kurzfristig ausgesetzt werden konnten, ohne

Schaden zu erleiden, aber keiner wußte, wo die Grenze der Verträglichkeit genau lag. Meredith beobachtete abwechselnd die Lüftungsöffnung und den Gravimeter, biß die Zähne zusammen und wartete.

Er hatte zu viele Bücher über im letzten Augenblick gerettete Bergsteiger gelesen und war deshalb darauf gefaßt, daß das Gorgonenhaupt erst in der buchstäblich letzten Sekunde eingreifen würde. Daher war es beinahe eine Enttäuschung, daß ein Teil der Wand zurück- und hinunterglitt und die Kombination von kurzem Tunnel und Fahrstuhlzylinder freigab, die Meredith bereits aus dem Turm kannte, obwohl die Schwerkraft erst auf 0,4% gesunken war. Meredith schlug mit einer Hand auf die Auslösevorrichtung seines Geschirrs und versuchte gleichzeitig, sich mit der anderen am Rand der Öffnung festzuhalten. Er hätte sich die Mühe sparen können, denn aus einem Alkoven im Tunnel schoß ein Tentakel hervor und schlang sich um seinen Hals; er konnte gerade noch den Metallschlauch mit den Händen fassen, dann wurde er hineingezogen und sofort wieder freigelassen. Er massierte sich den Hals, sah zu, wie die Tür zuglitt, dankte innerlich dem Programmierer der Gorgonenhäupter und begab sich auf die Suche nach den Kontrolleinrichtungen im Innern.

Eine halbe Stunde später hörte das statische Knistern auf, und er konnte seinen besorgten Zuhörern mitteilen, daß sich der Einsatz gelohnt hatte. Zwanzig Minuten später war Andrews mit dem Zehn-Mann-Stoßtrupp bei ihm. Sie drängten sich alle in den Fahrstuhl und fuhren hinunter.

Es war eine lange Fahrt. Erst jetzt erkannte Meredith, wie tief die Spinner-Höhle unter Astras Oberfläche lag — die sanfte Neigung des Eingangstunnels hatte diese Tatsache verschleiert —, und als der Fahrstuhl endlich anhielt, war er bereits nervös. Die Männer verließen den Lift geräuschlos mit schußbereiten Waffen.

Wie Meredith erwartet hatte, befanden sie sich in einem noch nicht erforschten Teil der Höhle. Der Raum, in dem sie standen, war so groß wie die Lagerräume am Haupttunnel, doch der Boden wies kein Schnörkselmuster auf, und die Decke war viel höher. An beiden Enden des Raums entdeckten sie riesige Tore, und von einem zum anderen führten …

»Eisenbahnschienen«, murmelte Andrews und berührte eine von ihnen vorsichtig mit der Mündung seiner Stoner 5.56. »Nach ihrem Aussehen zu schließen äußerst strapazierfähig.«

Merediths Blick wanderte zwischen den beiden Toren hin und her. Seiner Schätzung nach führte eines direkt unter den Vulkankegel, während er neben dem anderen zwei vertraute Ausbuchtungen entdeckte. »Sehen wir einmal nach«, schlug er vor und ging auf dieses Tor zu.

Als die Gruppe noch fünfzehn Meter davon entfernt war, tauchten die Gorgonenhäupter aus ihren Nischen auf und postierten sich vor dem Öffnungsmechanismus. »Ist schon gut«, beruhigte sie Meredith und merkte zu spät, daß er sie wie zwei Haushunde behandelte. Er fuhr jedem mit der Hand über den Kopf, griff dann zwischen ihnen durch und betätigte den Schalter. Das Tor glitt auf … und Meredith stand vor einem Gebilde, das nur ein Raumschiff sein konnte.

Noch dazu ein großes Schiff; natürlich nicht so groß wie die *Aurora* oder die *Pfadfinder,* aber ohne weiteres mit den Kurierschiffen der Ctencri vergleichbar. Es ruhte auf einem Transportschlitten, und dieser wieder stand auf den Eisenbahnschienen. Trotz ihres Alters war Meredith davon überzeugt, daß beide voll funktionsfähig waren.

»Jetzt wissen wir wenigstens, warum sie den Vulkankrater so groß machen mußten«, murmelte Andrews neben ihm. »Wollen wir einen Blick hineinwerfen, Oberst?«

Meredith sah sich um und bemerkte an den Wänden

aufgestapelte Ersatzteile. »Nicht jetzt«, wehrte er ab. »Wir werden hier kaum etwas finden, das uns gegen Dunlop helfen könnte, und selbst falls es so etwas gibt, würde es viel zu lang dauern, bis wir es entdecken. Wir kennzeichnen die Tür und werden die Fachleute darauf ansetzen.« Er kehrte in den ersten Raum zurück und sah sich nach einem zweiten Ausgang um. »Alle zurück in den Fahrstuhl!« befahl er. »Wir sind ein Stockwerk zu tief gelandet.«

Seine Vermutung erwies sich als richtig, und eine Minute später gingen sie geräuschlos einen Korridor entlang — Meredith hoffte, daß sie tatsächlich die Richtung zur Höhle eingeschlagen hatten. Wenn sie sich nicht verirrten, sollten sie in zwei Stunden Dunlops Rebellen erreicht haben.

Seit einer halben Stunde war an der Barrikade eine hitzige Debatte im Gang. Hafner hatte gerade eine selbsterhitzende Dose aus der eisernen Ration geöffnet, und während er löffelte, versuchte er, soviel wie möglich aufzuschnappen. Das Thema war nicht schwer zu erraten. Perez' letzte Botschaft, die er über ein Megaphon in den Tunnel posaunte, hatte genau ihren Zweck erfüllt: die Kampfmoral zu untergraben. Wenn er die Wahrheit gesagt hatte, wenn Astra tatsächlich geschlossen hinter Meredith stand, dann war Dunlops Verschwörung zum Untergang und die Verschwörer waren womöglich zum Tod verurteilt. Jetzt ging der Streit offenbar darum, ob die Rebellen weiterhin ihre Position verteidigen sollten, die sie zunehmend als unhaltbar betrachteten, oder ob sie sich in den Kontrollturm der Höhle zurückziehen sollten. Hafner wußte nicht, auf welcher Seite Dunlop stand, aber als der Major kurz darauf zu ihm trat, preßte er die Lippen zornig zusammen.

»Aufstehen, Doktor — wenn es Ihnen nichts ausmacht«, fügte er, scheinbar um einen höflichen Ton bemüht, hinzu. »Wir übersiedeln tiefer in die Höhle.«

»Tatsächlich?« Hafner kratzte den letzten Bissen aus der Dose, bevor er sich gemächlich erhob. »Ich hätte angenommen, daß die entgegengesetzte Richtung vernünftiger ist.«

Dunlop hatte offenbar schon so viele Sorgen, daß Hafners Nadelstiche keine Wirkung zeitigten. »Wir bringen Sie in den Turm. Vom obersten Stockwerk aus können wir jeden unter Beschuß nehmen, der sich uns nähert, und wie Sie bereits sehr richtig bemerkt haben, wird Meredith es dort nicht wagen, zurückzuschießen. Steigen Sie in den Wagen — wir machen uns in ein paar Minuten auf den Weg.«

Während Hafner gehorchte, gingen ihm unzählige Fragen durch den Kopf. Hatte Meredith Dunlop zu diesem Schritt gedrängt, weil er hoffte, daß Hafner bei dem Durcheinander fliehen konnte? Sollte er es versuchen? Oder erwartete der Oberst, daß Hafner sich noch hier befand, wenn er seinen Gegenschlag unternahm? *Ein Jammer, daß wir nie Pläne für solche Fälle gemacht haben,* dachte er, während er zusah, wie die Soldaten rings um ihn das Lager abbrachen. *Wir hätten verschiedene Eventualitäten durchsprechen, Codeworte festlegen können — alles Mögliche. Ich kann in dieser Situation nicht improvisieren.*

Doch Merediths Gegenschlag war noch nicht erfolgt, als die Wagen durch das Spinnerdorf fuhren. Hafner blickte zum Fenster hinaus und bemerkte, daß vierzehn Mann — ein Viertel von Dunlops Streitmacht — als Nachhut an der Tunnelbarrikade zurückblieben. *Er hat seine Leute aufgeteilt,* dachte Hafner. *Er wird angreifen, während wir unterwegs sind.*

Der Angriff kam nicht, während sie die gewundenen Straßen entlangfuhren, und er kam auch nicht, als sie an der Großen Mauer die Wagen verließen. Unlogischerweise verkrampfte sich Hafner, als die ersten vier Mann durch die Öffnung schlüpften — unlogischerweise, denn niemand hätte sich an den Tunnelwachen vorbeischleichen und an der Mauer eine Falle aufstellen können. Einen Augenblick später riefen die vier, daß alles in Ordnung sei, und als Hafner sich mit seinen Wächtern durchzwängte, sah er, daß das Gelände so leer war wie immer. Außer der üblichen Anzahl Gorgonenhäupter bewegte sich nichts ...

Die Gorgonenhäupter bewegten sich? Hafners Kiefer verkrampften sich, als ihn die Anomalie wie eine Ohrfeige traf. Seit seinem ersten Besuch hatten sich die Gorgonenhäupter stets geduldig und wachsam an der Basis des Turms zusammengedrängt. Jetzt aber waren beinahe die Hälfte von ihnen vom hinteren Teil der Höhle zum Turm unterwegs ... als wären sie in einem der Tunnels damit beschäftigt gewesen, sich Eindringlingen zu stellen.

Hafners Herz klopfte ihm bis in den Hals hinauf, als er begriff. Meredith hatte einen zweiten Eingang in den Komplex gefunden; er oder Barner hatte einen Stoßtrupp hereingeführt; sie waren schneller gewesen als die langsamen Gorgonenhäupter und warteten hinter der Tür des Turms mit schußbereiten Betäubungsgewehren. In fünf Minuten würde alles vorbei sein.

Hundert Meter vor dem Turm ließ Dunlop seine Leute halten. »Smith, Corcoran, überprüfen Sie den Eingang zum Turm«, befahl er zwei Soldaten.

»Ohne mich können sie nicht hinein«, mischte sich Hafner eine Spur zu schnell ein. »Die Gorgonenhäupter werden sie nicht hineinlassen.«

Dunlop musterte ihn. »Also gut, nähern Sie sich den Maschinen nicht, sondern werfen Sie zwei Handgranaten durch die Türöffnung. Das kann ja nicht schaden, nicht wahr?«

Hafner schüttelte wortlos den Kopf und beobachtete die auf den Turm zugehenden Soldaten. Sie waren nur noch fünf Schritte vom Eingang entfernt, als drei Männer in Khaki in die Tür traten und ihre Betäubungsgewehre auf die Rebellen richteten. Während Hafner sich hinfallen ließ, spürte er ein leichtes Kribbeln, und im nächsten Augenblick erfüllte das Dröhnen der automatischen Waffen die Luft.

In seinen Ohren klingelte es noch, als ihn eine Hand am Kragen packte und ihn grob auf die Knie riß. Dunlops Männer lagen auf dem Bauch und hatten die Gewehre auf den Turm gerichtet ... aber Hafner sah vor allem die Pistole, die ihm Dunlop an die Schläfe hielt. Er umklammerte sie so krampfhaft, daß seine Knöchel weiß waren.

»Meredith!« brüllte Dunlop zum Turm und direkt in Hafners Ohr. »Ich habe Hafner — hören Sie mich? Ergeben Sie sich, oder ich töte ihn! Ich meine es ernst.«

Er wartete auf die Antwort, und in die Stille drang fernes Gewehrfeuer. Dunlops Hand zuckte, aber bevor er etwas tun oder sagen konnte, ertönte Merediths Stimme vom Turm. »Geben Sie auf, Dunlop, Sie haben nicht die geringste Chance!«

»Ich habe Hafner«, brüllte Dunlop noch einmal. »Wollen Sie sehen, wie er stirbt?«

»Seien Sie kein Narr«, antwortete Meredith. »Sie können nicht in den Turm, ihre Nachhut am Tunneleingang ist überwältigt worden — Sie haben keine Vorräte und keine Fluchtmöglichkeit. Was wollen Sie für sich oder Ihre Männer mit einer Geisel erreichen?«

»Halten Sie den Mund!« brüllte Dunlop.

»Major«, meldete sich ein Sergeant zu Wort, »vielleicht sollten wir uns ergeben ...«

»Wer von ergeben spricht, wird als Deserteur betrachtet«, unterbrach ihn Dunlop. »Meredith! Ich biete Ihnen ein Geschäft an. Sie setzen sich mit dem Schiff in Verbindung und fordern ein Shuttle für uns an. Dann ziehen Sie Ihre Leute zurück, und wir verlassen die Höhle.«

»Und was wird aus Doktor Hafner?«

»Ich werde Msuya ersuchen, ihn zurückzuschicken, sobald wir an Bord sind.«

»Vergessen Sie es! Aber ich habe einen Gegenvorschlag: Wenn Sie Hafner sofort freilassen, garantiere ich Ihnen freies Geleit zum UNO-Schiff.«

»Glauben Sie wirklich, daß ich so dumm bin, Ihnen zu vertrauen? Wir verlassen die Höhle, Meredith, und es wäre besser, wenn Sie Ihre Leute zurückpfeifen.« Dunlop stand vorsichtig auf und zog dabei Hafner auf die Füße. »Alle stehen jetzt auf und ziehen sich zu den Wagen zurück.«

Die Soldaten gehorchten zögernd, sogar widerwillig, und weil Hafner sie beobachtete, bemerkte er den Schrecken auf ihren Gesichtern, als sie sich umdrehten.

»Verdammt noch mal«, murmelte jemand.

Hafner hatte sich so sehr auf die Verhandlungen konzentriert, daß er die Gorgonenhäupter vollkommen vergessen hatte. Aber die Maschinen hatten die Soldaten nicht vergessen, und als Hafner die sechs Gorgonenhäupter betrachtete, die regungslos zwischen ihnen und der Großen Mauer standen, hatte er das unbehagliche Gefühl, daß ein neues Programm zur Anwendung gelangte. Ihre Tentakel waren aufgerichtet wie zornige Klapperschlangen, und sie wirkten unnatürlich gespannt, beinahe als spürten sie die Gefahr und wären im Begriff, etwas zu unternehmen. Sogar dem an die Maschinen gewöhnten Geologen war unheimlich zumute; die Wirkung auf Dunlops Soldaten war wesentlich stärker. Die erschrockenen Ausrufe waren vom Klikken der Gewehre begleitet, die auf Dauerfeuer geschaltet wurden.

»Immer mit der Ruhe«, fuhr Dunlop sie an und stieß Hafner näher zur Mauer hin. »Solange wir den Doktor haben, werden sie uns nicht anrühren.«

»Vielleicht, vielleicht auch nicht«, wandte Hafner ein, der fieberhaft überlegte. »Sie sind nämlich bewaffnet, und ich bezweifle, daß es ihnen gefällt, wenn ein Aufseher als Gefangener behandelt wird.« Er mußte nur unter dem Vorwand, die Maschinen beruhigen zu wollen, ein paar Schritte von den Soldaten wegkommen, dann konnte er sich hinter eine von ihnen ducken ...

»Sie sind nicht bewaffnet, und sie würden das Wort ›Gefangener‹ nicht einmal dann verstehen, wenn Sie es ihnen aufzeichnen«, widersprach Dunlop. »Kommt, Männer!«

»Zum Teufel damit«, murmelte jemand. »Ich nehme Ihr Angebot an, Meredith!«

Dunlop fuhr herum, brachte seine Pistole in Anschlag und ließ dabei Hafner los. »Gehen Sie sofort an Ihren Platz zurück!« schrie er — und Hafner rannte zu den Gorgonenhäuptern.

Er hatte noch nicht einmal die halbe Strecke zurückgelegt, als etwas, das sich wie eine kleine Bombe anfühlte und anhörte, in seinen Oberschenkel schlug und ihn zu Boden schleuderte. In seinem Hals stieg ein Schmerzensschrei hoch, doch noch während er die Zähne zusammenbiß, betäubte ihn ein zweiter Donnerschlag. Er wartete auf die zweite Schmerzwelle, doch sie kam nicht, und als der Geruch nach Ozon endlich in sein durch den Schmerz benebeltes Bewußtsein drang, begriff er, daß soeben etwas ganz anderes geschehen war. Er hob mühsam den Kopf und blickte zurück.

Wo Dunlop gestanden hatte, lag eine verkohlte Gestalt auf dem Boden. Die rebellierenden Soldaten waren erstarrt und hatten die Waffen sinken lassen. Eine Gruppe Soldaten rannte aus dem Turm auf sie zu. »Na sowas!« Hafner hörte seine eigene Stimme wie aus weiter Ferne. »Sie sind doch tatsächlich noch immer bewaffnet.«

Dann wurde es dunkel um ihn.

29. Kapitel

Weil Meredith damit beschäftigt war, Ordnung in die Spinner-Höhle zu bringen, konnte er erst eine Stunde, nachdem Hafner in das Krankenhaus von Unie gebracht worden war, dorthin fliegen. Als er eintraf, saßen Andrews und Carmen in dem winzigen Wartezimmer.

»Gibt es etwas Neues?« fragte er, während er sich in einen Stuhl fallen ließ.

»Es sieht nicht so aus, als würde er sterben«, antwortete Andrews. »Aber sie sind noch nicht sicher, ob sie das Bein retten können — der Oberschenkelknochen ist schwer mitgenommen.«

Meredith nickte müde. »Es tut mir leid, Carmen.«

»Sie können nichts dafür, Oberst.« Sie beherrschte sich, und nur ihr Gesicht verriet, was in ihr vorging. »Dunlop mußte gestoppt werden.«

»Er wurde sogar mehr als gestoppt.« Meredith sah wieder Andrews an. »Haben Sie ihr erzählt …?«

Andrews nickte. »Haben Sie schon eine Ahnung, was das für ein Blitz war?«

»Einfache, altmodische Hochspannung. Die Erdung erfolgte wahrscheinlich durch eine Basis aus Kabelmaterial oder durch ein Gitter im Höhlenboden.«

»Die Aufseher sind also in den Status von Halbgöttern erhoben worden«, murmelte Carmen. »Sie sind fähig, Blitze auf ihre Angreifer herabzurufen.« Sie seufzte. »Daß die Gorgonenhäupter mit Angriffswaffen ausgerüstet sind, gefällt mir gar nicht.«

»Es wirkt bestimmt auf weitere Möchte-gern-Rebellen ernüchternd«, meinte Andrews.

»Im Augenblick ist es ja in Ordnung, aber was wird in zwanzig Jahren sein?«

»Bis dahin kennen wir uns mit dem System aus«, beruhigte sie Meredith. »Ich habe bereits dem Projekt

›Aufseher/Sicherheit‹ höchste Priorität eingeräumt. Wir werden über neue Aufseher verfügen, lange bevor wir sie brauchen.«

Carmen schüttelte den Kopf. »Das habe ich nicht gemeint. Es ist eine weitere Möglichkeit, die Technik des Spinneret für Kriegszwecke einzusetzen. Haben das die Spinner von Anfang an vorgehabt, oder ist es nur die Bösartigkeit der Menschen, die alles in Sichtweite Befindliche in Waffen verwandelt?«

»Im Universum gibt es eine Menge Dinge, die für gute oder schlechte Zwecke verwendet werden können«, stellte Meredith fest. »Wären die Spinner moralisch so integer gewesen, daß sie die negativen Anwendungsmöglichkeiten ihrer Erfindung nicht erkannten, dann wären sie sehr rasch von der ersten Gruppe ausgerottet worden, die schneller schaltete.«

»Oder sie wären versklavt worden.« In Merediths Geist formte sich allmählich ein Gedanke. »Vielleicht ist das Spinneret von Sklaven erbaut worden.«

Carmen erschauerte. »Die Vorstellung, daß wir auf einem Sklavenplaneten leben, ist erschreckend.«

»Sie reden, als würden wir in Auschwitz leben«, wandte Andrews ein. »Vergessen Sie nicht, daß alles, was hier geschehen ist, hunderttausend Jahre zurückliegt.«

»Außerdem bezweifle ich«, mischte sich Meredith ein, »daß die Aufseher einer Sklavenkolonie ein so großes Rettungsboot gebraucht hätten wie das Exemplar, das wir gefunden haben.«

Carmen sah ihn verständnislos an. »Ein *was?* Wo ist es?«

»In einem Raum unterhalb des Vulkankegels. Im Augenblick wird sein Vorhandensein noch geheimgehalten, deshalb sieht mich Andrews jetzt so merkwürdig an.«

Andrews wurde rot. »Entschuldigen Sie, Oberst, aber ich hatte angenommen, daß Sie niemandem von dem Schiff erzählen werden.«

»Das stimmt. Doch inzwischen ist mir eingefallen, daß wir vielleicht versuchen sollten, es zu fliegen, und dazu brauchen wir einen Piloten.«

Carmen sah ihn mit offenem Mund an. »Sie meinen doch nicht mich?«

»O doch. Sie fangen morgen sofort damit an, die Steuereinrichtungen zu enträtseln. Sie werden die Liste der möglichen Übersetzungen brauchen, die Dr. Williams erstellt hat; ich werde dafür sorgen, daß sie Ihnen eine Kopie anfertigt.«

»Warum ausgerechnet ich?« protestierte Carmen. »Es gibt eine Menge bessere Piloten als mich.«

»Das ist richtig«, gab Meredith unumwunden zu. »Aber nach Dunlops Revolte gibt es auf Astra nicht sehr viele Leute, denen ich bedingungslos vertrauen kann. Außer mir verfügen nur Sie über Flugerfahrung, daher ist es Ihr Baby.«

Carmen schüttelte ungläubig den Kopf. »Würden Sie so freundlich sein, Leutnant, dem Oberst zu erklären, daß meine Chancen, die Funktionsweise eines fremden Schiffes zu enträtseln, genauso groß sind wie eine Unterwasserdurchquerung des Toten Meeres?«

»Vielleicht ist es gar nicht so schlimm, wie Sie denken«, widersprach Andrews. »Wenn es ein Rettungsboot ist, dann ist es bestimmt sehr leicht zu fliegen, weil sehr viel automatisiert ist.« Er warf Meredith einen Blick zu. »Ich weiß allerdings nicht, wofür wir es verwenden wollen.«

»Sobald wir mehr über das Boot wissen, werden wir uns etwas ausdenken«, wich Meredith aus. »Übrigens, haben die Whissst heute ihr Kabel abgeholt?«

»Ja«, bestätigte Carmen. »Ich habe noch nicht Gelegenheit gehabt, es Ihnen zu erzählen: das Kabel ist nicht klebrig.«

Merediths Herzschlag setzte kurz aus. »Du meine Güte!«

»Es ist alles in Ordnung«, beruhigte sie ihn hastig.

»Das Kabel ist jetzt mit einer etwa einen Millimeter dikken Schicht aus einem gummiartigen Material überzogen, das anscheinend die Oberflächenanziehung absorbiert oder umleitet. Sie haben an einem Ende versucht, diesen Überzug abzulösen; das geht ohne weiteres, und das Kabel darunter ist genauso wie alle anderen, die das Spinneret bisher erzeugt hat.«

Meredith atmete erleichtert auf. »Ich habe mir wirklich Sorgen gemacht. Wie nehmen es die Whissst auf?«

»Sie kennen doch die Einstellung der Whissst zum Leben — sie finden, daß das Ganze ein unbezahlbarer Witz ist. Nehmen Sie an, daß Dunlops Leute irgendwelche Einstellungen im Turm geändert haben?«

Meredith schüttelte den Kopf. »Laut ihren Aussagen ist keiner von ihnen jemals in den Turm gelangt. Wir können es uns später von Dr. Hafner bestätigen lassen, aber wahrscheinlich kommt es daher, daß wir den Bagger wieder in Betrieb genommen haben.«

»Richtig, das hatte ich vergessen. Mein Gehirn hat wahrscheinlich für heute schon abgeschaltet.«

»Dann sollten Sie Ihren Körper nach Hause schleppen und ihn das gleiche tun lassen«, schlug Meredith vor.

»Ich will hier warten, bis feststeht, was aus Peters Bein wird.« Sie zögerte, als suche sie ein weniger schmerzliches Gesprächsthema.

Andrews nahm ihr die Mühe ab. »Was unternehmen wir wegen Msuya? Selbst wenn wir es nicht beweisen können, steht fest, daß die UNO Dunlops Powerplay unterstützt hat. Können wir die Rooshrike dazu bringen, ihn aus dem System hinauszuwerfen?«

»Wahrscheinlich, aber ich weiß nicht, ob es vernünftig ist. Was immer wir in bezug auf Einwanderung oder Direkthilfe an arme Länder beschließen: wenn es funktionieren soll, brauchen wir zumindest halbwegs friedliche Beziehungen zur UNO. Saleh beobachtet unsere Aktivitäten auf Astra ohnehin mißtrauisch.«

»Aber was ist, wenn sie versuchen, neuerlich Unruhe zu stiften?« fragte Carmen.

»Wie denn? Mit wem soll Msuya zusammenarbeiten, wenn es keinen Dunlop mehr gibt?«

»Was ist mit den fünf Wissenschaftlern, die Cris hierher gebracht hat? Auf der Erde weiß man bestimmt schon, wohin sie verschwunden sind. Saleh könnte ihre Familien als Druckmittel verwenden, wenn sie nicht kooperieren.«

»Ich muß wieder fragen, wie denn? Auch eine Drohung muß übermittelt werden, und unsere Freunde im ersten Stock haben keine Möglichkeit, die fünf zu kontaktieren.«

»Sie haben Dunlop kontaktiert«, rief ihm Andrews ins Gedächtnis. »Erinnern Sie sich an die Hochfrequenzübertragungen? Msuya hat irgendwie Verbindung mit ihm aufgenommen.«

»Das habe ich vergessen«, gab Meredith zu. »Wir müssen herausfinden, wie sie es geschafft haben, und die Pipeline unterbrechen.« Ihm fiel eine Möglichkeit ein, aber er sprach vorläufig nicht darüber. »Wir können die Orspham bitten, diese Frequenz zu überwachen, um zu erfahren, ob sie wieder benützt wird.«

In diesem Augenblick ging die Schwingtür auf, und Astras Chefchirurg kam herein; sein grüner Overall war blutbefleckt. »Ja?« fragte der Oberst.

»Die Chancen stehen 80 zu 20, daß er sein Bein behält«, antwortete der Arzt müde, aber zufrieden. »Die Blutzufuhr war unterbrochen, aber wir haben sie rechtzeitig wiederhergestellt. Der Knochen an sich stellt kein Problem dar; wir können ein poröses Keramikimplantat herstellen, in das die Reste des Knochens hineinwachsen können.« Er wandte sich Carmen zu. »Er wird noch mindestens zehn Stunden unter Beruhigungsmitteln stehen — wenn wir finden, daß sein Zustand die Implantierungsoperation zuläßt, sogar noch länger — also können Sie ruhig nach Hause gehen.«

»Danke, Doktor.« Meredith erhob sich. »Sie können Carmen nach Hause begleiten, Andrews, und sich dann selbst aufs Ohr legen. Gute Nacht an alle.«

Fünf Minuten später betrat er sein Büro. Das Feldbett in der Ecke stand einladend bereit, doch er wandte ihm entschlossen den Rücken zu, setzte sich an den Schreibtisch und wählte die Nummer des Offiziers vom Dienst in Martello.

»Ich möchte den diensthabenden Offizier der Orspham sprechen«, verlangte er. »Verbinden Sie mich auf dem sicheren Funkkanal mit ihm. Und danach versuchen Sie, ein Rooshrike-Schiff aufzutreiben, ich brauche eine Spezialausrüstung, die ich sofort bestellen möchte.«

»Ja, Oberst.«

Meredith lehnte sich zurück und sah auf die Uhr. Es würde einige Minuten dauern, bis die erste Verbindung hergestellt war, und dann vielleicht noch dreimal so lang, um in der Orspham-Hierarchie zu der Stelle vorzudringen, die er brauchte. Wenn er ohnehin warten mußte ... »Geben Sie mir auch das UNO-Schiff!« befahl er.

Er wollte Msuya einiges klarmachen.

30. Kapitel

Es dauerte drei Wochen, bis Hafners Bein soweit hergestellt war, daß er den Rollstuhl für kurze Zeit verlassen konnte, und zufällig warf Carmen ebenfalls nach drei Wochen das Handtuch in bezug auf ihr Projekt. »Ich komme einfach nicht weiter«, erklärte sie Meredith und klappte frustriert ihr Notizbuch zu. »Lorettas Übersetzungen klingen absolut sinnvoll, wenn man sie liest, aber ich kann sie einfach nicht auf die vielen Schnörkel auf dem Schaltpult anwenden.«

»Es handelt sich doch um keine andere Sprache, oder?« fragte er.

»Nicht einmal das weiß ich. Es scheinen immer die gleichen 46 Symbole auf, aber das ist schon alles, was ich weiß. Wenn Sie herausbekommen wollen, wie das Schiff funktioniert, müssen Sie zulassen, daß Loretta im Rettungsboot direkt mit mir zusammenarbeitet.«

Meredith starrte ausdruckslos vor sich hin, und Carmen hielt den Atem an. Wenn er ablehnte, würde sie wahrscheinlich den Rest ihres Lebens auf diesem idiotischen Schiff verbringen. »Vielleicht ist es ein kleiner Anreiz, wenn ich Major Barner für den normalen Dienst im Turm freigebe«, fügte sie hinzu. »Peter hat mir gesagt, daß er seine Arbeit wieder aufnehmen will, und obwohl er die Treppen im Turm nicht den ganzen Tag hinauf- und hinunterlaufen kann, kann er bestimmt Loretta und mich an den Gorgonenhäuptern vorbeigeleiten und im Rettungsboot sitzen, während wir arbeiten.«

Meredith sah sie mit einem seltsamen Lächeln an. »Sie sind zu lange unser Handelsvertreter gewesen — sie haben dabei viel zu gut feilschen gelernt. Also ... um die Wahrheit zu sagen ... ja, machen wir es so. Wir bringen die beiden morgen früh zum Rettungsboot; bis dahin zu keinem von ihnen auch nur ein Wort, verstanden?«

»Ja, Sir — und danke. Ich weiß, daß Sie das Schiff geheimhalten wollten, aber ich glaube wirklich, daß es die einzige Lösung ist.«

Einen Augenblick lang lag das seltsame Lächeln auf seinem Gesicht. »Sie haben wahrscheinlich recht.«

Damit stand er auf und ging. *Ein seltsamer Kommentar,* dachte Carmen, während sie zum Ausgang der Höhle ging, vergaß die Bemerkung aber bald. Bis jetzt hatte Meredith immer noch bewiesen, daß er wußte, was er tat.

»Ein Raumschiff der Spinner.«

Msuya versuchte nicht, seine Befriedigung zu verbergen, während er Ermakows Worte laut wiederholte. Endlich hielt er den Schlüssel in der Hand, der ihm die politische Macht bringen würde, die er anstrebte, und ihm gleichzeitig ermöglichen würde, Meredith endgültig zu demütigen und zu besiegen. »Ist es funktionsfähig?«

»Das hat Williams nicht gewußt, aber Meredith nimmt es offenbar an«, antwortete der Russe. »Sie hat das Schiff vor zwei Tagen zum ersten Mal gesehen.«

»Und sie wird mit den anderen zusammenarbeiten, bis alle Systeme entschlüsselt sind?«

»Das hat sie nicht gesagt.« Ermakow zögerte. »Es wäre ratsam, ihr einen neuen Sender zur Verfügung zu stellen, wenn sich das irgendwie machen läßt. Seit Dunlops Fiasko ist sie mir gegenüber eher kühl.«

»Haben Sie ihr erklärt, daß sich der Sender im Bandwiedergabegerät selbst verdampft hat, und daß Meredith sie auf keinen Fall mit der Revolte in Verbindung bringen kann?«

»Ich glaube, daß die Revolte sie verärgert hat. Vielleicht könnte man sie in einem kurzen Gespräch an ihre Verantwortung der UNO gegenüber erinnern.«

Msuya grinste vor sich hin. Vermutlich hielt es Ermakow für seine Pflicht, auf Astra Mütterchen Rußlands Ziele zu fördern, wobei seine Ergebenheit der UNO gegenüber eine gute Tarnung war. *Alte Gewohnheiten gibt man nicht so leicht auf,* dachte er, *aber auch die Sowjets werden lernen, daß wir nicht mit uns spaßen lassen.* »Sie können Dr. Williams mitteilen, daß in ihrem Fön ein Reservesender eingebaut ist. Das Zusammensetzen und den Gebrauch hat sie während ihrer Ausbildung gelernt. Ich erwarte, daß sie den normalen Kontakt mit mir wieder aufnimmt.«

Am anderen Ende herrschte kurz Stille. Wahrscheinlich dachte Ermakow darüber nach, ob man auch ihm einen zweiten Sender unterschoben hatte ... und was sich vielleicht sonst noch unter seinen Habseligkeiten befand. Msuyas Grinsen wurde breiter; solche Operationen verliefen stets glatter, wenn man nach dem Prinzip von Zuckerbrot und Peitsche vorging. »Ich werde es ihr mitteilen«, sagte der Russe schließlich.

»Gut. Dann geben Sie jetzt Ihren Bericht durch.«

Er hörte nur mit halbem Ohr zu, als Ermakow sich in die Geheimsprache der Elektronik stürzte, denn der Recorder zeichnete ohnehin alle Einzelheiten auf, die die Fachleute auf der *Trygve Lie* dann auswerteten. Selbst als Laie merkte er, daß nicht viel neue Erkenntnisse darunter waren, doch es konnte immer zu einem Durchbruch kommen; und deshalb hütete er sich, den mangelnden Fortschritt zu kritisieren, als der Russe schließlich verstummte. Statt dessen bedankte er sich und schaltete ab.

Nachher blickte er eine Weile schweigend zum Bullauge hinaus und genoß die Neuigkeit. Endlich ein Zipfel der fremden Technologie, ein in sich geschlossenes, bewegbares System. Er würde kaum eine bessere Gelegenheit finden, Merediths Monopol zu brechen, und er hatte nicht vor, die Chance ungenützt zu lassen. Sobald Williams herausbekam, wie das Rettungsboot funktionierte, würde er es stehlen.

Er blickte auf die Uhr, rief die Kombüse an und bestellte Tee. Der Bericht des indischen Computermannes — Udani — war erst in zehn Minuten fällig.

31. Kapitel

Meredith las den Bericht zweimal und spürte, wie sich seine Magenmuskeln verkrampften. Daran hatte er sich gewöhnt wie an das Atmen. Die Bombe, die er erwartet hatte, war explodiert, und natürlich im denkbar ungünstigsten Augenblick. Er speicherte die Information in der Geheimdatei, murmelte einen Fluch, lehnte sich zurück und blickte durch das Fenster in den Schnee hinaus.

Das Timing war natürlich letzten Endes sein Fehler, und das ärgerte ihn wahrscheinlich am meisten. Carmen hatte ursprünglich eine Amtsdauer von einem Jahr für das Komitee vorgeschlagen, und er hatte den Zeitraum auf ein halbes Jahr herabgesetzt. Damals hatte es ungefährlich ausgesehen … aber damals hatte es kein Spinneret und keinen Gewinn aus dem Spinneret gegeben. Und auch keine hitzige Debatte darüber, was mit dem Gewinn geschehen sollte.

Das eigentliche Problem bestand darin, daß die Argumente beider Hauptfaktionen stichhaltig waren, was Merediths Aufgabe, die endgültige Entscheidung zu treffen, noch schwieriger machte. Perez drängte wie gewöhnlich auf sofortige, wenn auch selektive Einwanderung, und führte ins Treffen, daß die Armen der Erde Gefangene unfairer sozialpolitischer Systeme waren und daher keine Möglichkeit hatten, ihre Situation zu verbessern, ganz gleich, wieviel Hilfe man ihnen zukommen ließ. Die Gruppe, die für Hafners *in loco*-Option stimmte, wies darauf hin, wie leicht das Spinneret in die falschen Hände geraten oder Sabotage zum Opfer fallen konnte, und behauptete, sie habe eine Methode entwikkelt, mittels der man die unfairen Regierungen der Dritten Welt erfolgreich umgehen und die Unterstützung ihrem Volk direkt zukommen lassen könne. Der auf

Krücken humpelnde Hafner war ihr Symbol und ihr glaubwürdigster Exponent, und sie förderten erfolgreich die Fremdenfeindlichkeit, die seit dem Versuch der UNO, die Macht zu übernehmen, auf Astra schwelte. Bis zur Wahl waren es nur noch drei Wochen, der Wahlkampf wurde immer erbitterter, und das Verhältnis der fünf Aufseher zueinander immer gespannter.

Und jetzt auch das noch.

Meredith wählte Carmens Nummer, aber sie meldete sich nicht; er schaltete ab, rief den diensthabenden Offizier in der Spinner-Höhle an und hinterließ eine Nachricht für sie. Dann kehrte er zum Computer zurück, rief die Inventurliste des Hauptlagers ab und begann, die Ausrüstung zusammenzustellen. Er hoffte allerdings immer noch, daß er sie nicht brauchen würde.

Er war damit fertig und gerade damit beschäftigt, eine provisorische Liste mit Anweisungen aufzustellen, als Carmen eintrat. »Sie wollten mich sprechen?« fragte sie, während sie die Tür hinter sich schloß.

»Ja.« Meredith zeigte auf einen Stuhl. »Das Rettungsboot muß noch heute nacht startklar sein. Können Sie das hinkriegen?«

Carmen hielt mitten in der Bewegung inne und starrte ihn entsetzt an. »Noch heute nacht?«

»Ja. Können Sie schon damit umgehen?«

Sie ließ sich langsam in den Stuhl sinken. »Ich weiß nicht, was ich sagen soll. Ja, wir haben alle Steuereinrichtungen mit Bezeichnungen versehen, und dank dem Manual, das wir im Computer gefunden haben, kann man das Schiff mühelos fliegen. Doch wir können die Motoren und das Triebwerk erst checken, wenn wir ihre Funktionsweise begriffen haben, und das liegt noch in weiter Ferne.«

»Dieses Risiko müssen wir eingehen«, erklärte Meredith, »obwohl ich es angesichts der bisherigen Leistungen des Spinneret nicht für besonders gefährlich halte. Also gut. Sie, Dr. Hafner und Dr. Williams kehren so fort in das Schiff zurück, checken alles, was Ihnen möglich ist, und versuchen, die Startsequenz herauszubekommen. Sie haben einmal erwähnt, daß das Navigationssystem für Kinder entworfen wurde — gilt das immer noch?«

Sie nickte. »Der Computer zeigt auf einer Karte die Routen, die dem Piloten zur Verfügung stehen, und man muß nur angeben, welche man wählt. Die Auswahl ist merkwürdig; sie umfaßt nur wenige der auf der Karte eingezeichneten Sterne, aber keiner ist mehr als fünf bis fünfzehn Flugtage entfernt.«

»Vielleicht sind nur jene Planeten angeführt, auf denen es Einrichtungen für Notfälle gibt«, sagte Meredith. »Also schön. Ich komme heute nacht irgendwann mit den Vorräten, die wir brauchen, und mit unserem dritten Passagier.«

»Ja, Sir. Darf ich vielleicht fragen, worum es geht?«

Meredith seufzte. »Drei größere Ereignisse sind zusammengetroffen: die bevorstehenden Wahlen, die Entdeckung des Spinner-Rettungsbootes und heute früh das Knacken des Sicherheitssystems der Gorgonenhäupter.«

Carmen sah ihn mit offenem Mund an. »Sie meinen das Programmieren von Aufsehern? Mir war nicht klar, daß Udani und Ermakow der Lösung so nahe sind.«

Meredith zog vor, nicht auf die Einzelheiten einzugehen, weil es einiges gab, das Carmen noch nicht erfahren sollte. »Sie erkennen bestimmt, welche Krise sich anbahnt. Wir fünf Aufseher sind nicht mehr die einzigen, die Zugang zum Kontrollturm gewähren können. Jeder Astraner wird imstande sein, die bisherigen Sperrgebiete zu betreten.«

»Und auch jeder Angehörige der UNO«, fügte sie hinzu. »Haben Sie davor Angst — daß jemand die Information an Msuya weitergibt und damit einen Angriff auslöst?«

»Davor und vor den häßlichen politischen Spielchen,

zu denen es hier führen kann. Dunlops Putschversuch scheiterte daran, daß sein einziger Zugang zum Turm eine unzuverlässige Geisel war. Was würde geschehen, wenn Perez ein Dutzend seiner Verbündeten nach Astra einschmuggelt und sie zu Aufsehern macht?«

»Das würde Cris nie tun«, verteidigte ihn Carmen. Aber dabei war ihr sichtlich nicht wohl zumute.

»Dann schleppt ihn das Dutzend Fanatiker in den Turm und bedient den Computer selbst. Das Ergebnis ist das gleiche.«

»Ich nehme an, daß wir die Einzelheiten nicht geheimhalten können, nicht wahr?« fragte sie.

Ganz bestimmt nicht. Laut antwortete er: »Es würde nicht lang geheimbleiben. Sobald sich herumspricht, daß wir den Code besitzen, bricht der politische Kampf um ihn aus.«

»Und was soll eine Reise mit dem Spinner-Schiff daran ändern?«

»Vielleicht können wir Zeit gewinnen, indem wir die Debatte darüber, was wir mit unserm Geld tun sollen, entschärfen. Im Augenblick möchte ich nicht mehr dazu sagen.«

Carmen erhob sich langsam. »Hoffentlich wissen Sie, was Sie tun. Ich hole Peter und Loretta sofort zur Arbeit zurück. Sobald wir an Bord gegangen sind, kann ich Ihnen ja verraten, was wir tun, nicht wahr?«

»Ihnen wird nichts anderes übrigbleiben.« Meredith zog eine Schreibtischlade auf und entnahm ihr eine kleine Betäubungspistole. »Sobald die beiden es erfahren haben, darf keiner von ihnen mehr in die Höhle zurückkehren.« Er reichte Carmen die Waffe.

Sie nahm sie wortlos entgegen und wog sie einen Augenblick in der Hand, bevor sie sie in die Jackentasche steckte. Dann verließ sie ebenso wortlos den Raum.

Meredith wartete, bis sie die Tür hinter sich geschlossen hatte, bevor er erleichtert tief ausatmete. Auf Carmen konnte er sich verlassen, aber es ging ihm gegen den Strich, daß er ihr diese Last aufbürden mußte. Doch es gab auf Astra so wenige Menschen, denen er wirklich vertrauen konnte.

Im Lauf der nächsten Stunde rief er sie alle an, erteilte Befehle und informierte sie über bestimmte Dateien, die er einrichtete. Dann streckte er sich auf seinem Feldbett aus und machte ein kurzes Nickerchen, um für die bevorstehende lange Nacht fit zu sein.

Als er beim Sicherheitszaun eintraf, der jetzt den Tunneleingang und die dort befindlichen Gebäude umgab, war es stockfinster. Die Wachtposten ließen seinen Wagen durch, und einige Minuten später fuhr er durch den langen Tunnel. Er knöpfte den Mantel mit einer Hand auf, weil sich der draußen herrschende Winter allmählich in das gleichmäßige Frühlingsklima der Höhle verwandelte.

Major Barner erwartete ihn im Operationszentrum, und sie fuhren gemeinsam zur Großen Mauer. Hier verluden sie die Vorräte, die Meredith aus Unie mitgebracht hatte, in zwei offene Golfwägelchen und fuhren zum Turm. Sie parkten neben den beiden Wägelchen, die bereits dort standen, und fuhren zum Kontrollraum hinauf.

Perez begrüßte sie, als sie eintraten. »Ich habe geglaubt, daß ich heute die letzte Schicht habe.«

»Es sind überraschende Aspekte aufgetaucht«, antwortete Meredith und beobachtete dabei die drei an den Schaltpulten beschäftigten Wissenschaftler. Nur Ermakow brachte es fertig, unbeteiligt zu wirken; Udani und der brasilianische Physiker Arias hörten sichtlich interessiert zu. »Ich brauche unten Ihre Hilfe«, fuhr Meredith fort. »Major Barner löst Sie für den Rest der Zeit ab.«

»Ich habe nichts dagegen. Gehen wir!«

»Carmen und Hafner arbeiten in einem entfernteren Raum«, erklärte Meredith, während sie hinunterfuhren.

»Wir bringen ihnen zwei Golfwägelchen mit Spezialgeräten.«

»Ich habe einmal bemerkt, daß sie in diese Richtung davonmarschiert sind«, sagte Perez, »aber keiner wollte mir verraten, was sie dort treiben. Seit sich der Doktor für isolationistische Politik interessiert, spricht er allerdings prinzipiell kaum noch mit mir.«

»Sie werden sofort alles erfahren«, versprach ihm Meredith.

Die Fahrt zum Lift, der zum Rettungsboot führte, dauerte nur zehn Minuten. Sie luden die Kisten in den Fahrstuhl und fuhren hinunter. »Willkommen in Martello Raumhafen-Ost«, sagte Meredith, während sie an den Gorgonenhäuptern vorübergingen und den Türöffner betätigten.

Perez flüsterte einen spanischen Fluch. *»Ein Spinnerschiff? Das ist unglaublich.«*

»Es ist trotzdem eines. Kommen Sie, laden wir die Kisten ab!«

Der einzige Eingang des Raumschiffes, den Meredith kannte, lag auf halber Höhe, und man erreichte ihn über ein schmales Fallreep. Er und Perez schafften die Vorräte an Bord und stapelten sie neben der Einstiegsluke auf. Dann drückte sich Meredith im Geist die Daumen und ging weiter.

Carmen, Loretta und Hafner warteten gespannt im Kontrollraum. »Wir haben Sie kommen gehört«, erklärte Carmen. »Soweit ich es beurteilen kann, ist alles bereit.«

»Wofür bereit?« fragte Perez mißtrauisch, während er den Raum musterte.

»Wir unternehmen eine kurze Reise.« Meredith zeigte auf eine Reihe von Sitzen. »Wenn Sie drei sich jetzt anschnallen ...«

»Eine Reise wohin?« unterbrach ihn Perez.

»Zum Heimatplaneten der Spinner.«

Sogar Carmen bekam große Augen. »Das ist doch

nicht Ihr Ernst«, knurrte Perez. »Ich für meinen Teil bin zu beschäftigt, um Reisen zu unternehmen — und schon gar nicht in einem nicht erprobten, fremden Raumschiff.«

»Major Barner und Dr. Nichols sind bestimmt ohne weiteres imstande, die Aktivitäten in der Höhle bis zu unserer Rückkehr zu leiten.« Meredith zog eine Betäubungspistole aus der Tasche. »Ich möchte nur ungern Gewalt anwenden, schließlich wollen wir uns ja während des Flugs miteinander unterhalten.«

Perez warf Hafner und Carmen einen vorwurfsvollen Blick zu und wandte sich dann wieder an Meredith. »Und was ist mit der Wahl? Oder ist das Ganze nur eine komplizierte Methode, um meinen Einfluß auf Astra auszuschalten?«

»Sie werden ja bemerkt haben, daß Dr. Hafner mit uns fliegt«, erwiderte Meredith. »Und wenn Ihnen das auch noch nicht genügt, versichere ich Ihnen, daß Major Barner Befehl hat, die Wahlen bis zu unserer Rückkehr aufzuschieben.«

»Was wollen Sie eigentlich damit beweisen? Daß Sie noch immer der Mann sind, der auf Astra die gesamte Macht in Händen hält?«

»In diesem Raum besitze ich nicht mehr Macht als jeder der hier Anwesenden.« Meredith warf Perez die Betäubungspistole zu. »Ich bin nur neugierig und möchte die Antworten auf einen ganzen Berg Fragen erfahren. Wir haben jetzt Gelegenheit zu sehen, was die Spinner mit all den Kabeln angefangen haben, die sie auf Astra erzeugt haben; vielleicht können wir sogar herausfinden, was schlußendlich aus ihnen geworden ist. Jeder, der wirklich an Astras Zukunft interessiert ist, sollte sich eigentlich fragen, ob die Tatsache, daß sie das Kabel besaßen, irgendwie zu ihrer Vernichtung beigetragen hat, finden Sie nicht?«

Perez sah Meredith lange an. Dann ging er wortlos zu den Sitzen, auf die Meredith gezeigt hatte, nahm Platz und ließ die Betäubungspistole beinahe verächtlich auf den Sitz neben sich fallen. Meredith holte die Waffe und legte sie beiseite; dann setzte er sich neben Carmen an das Schaltpult unterhalb des vorderen Sichtfensters. »Also dann los!«

Carmen drückte auf einige Knöpfe. Der Boden unter ihren Füßen vibrierte kurz, und dann glitten sie auf den Schienen auf das Tor zu. Carmen verglich die Spinner-Buchstaben auf dem Bildschirm mit der danebenstehenden Übersetzung und betätigte dann weitere Schalter. »Von nun an erfolgt alles automatisch, bis wir den Planeten verlassen haben«, erklärte sie Meredith. »Dann muß ich auf der Karte, von der ich Ihnen erzählt habe, nur angeben, wohin wir wollen.«

Sie befanden sich jetzt im nächsten Raum und näherten sich dem zweiten Tor. Meredith kämpfte kurz mit den fremden Sicherheitsgurten, und als er wieder aufblickte, bremste das Raumschiff in einem mit Maschinen angefüllten Raum, der scheinbar keine Decke hatte. »Unter dem Vulkankegel«, brummte er, während er den Dschungel aus seltsam geformten Geärten betrachtete. »Ist das dort neben der Wand nicht ein Duplikat des Transportschlittens, auf dem wir uns weiterbewegen?«

»Es sieht so aus«, stimmte Carmen zu. »Vielleicht befand sich in dem leeren Raum, den wir gerade durchquert haben, ein zweites Rettungsboot.«

»Das könnte die Erklärung dafür sein, warum unser Schiff nie benützt wurde«, mischte sich Hafner ein. »Als sie Astra verließen, waren sie nicht mehr zahlreich genug, um zwei Schiffe zu bemannen.«

Meredith wandte den Kopf und sah Hafner an. Dieser saß neben Loretta und hatte das verletzte Bein so weit wie möglich von dem unbequemen Spinnersitz weggestreckt. Er war offensichtlich bestrebt, sich kein vorschnelles Urteil zu bilden; dabei fiel Meredith ein, daß er mit dieser Aktion die Achtung und das Vertrauen aufs Spiel setzte, die diese Menschen für ihn empfanden. Aber für solche Überlegungen war es zu spät. »Glauben Sie, daß es eine Seuche oder etwas Ähnliches gegeben hat?« fragte er Hafner.

»Entweder ersteres, oder sie haben den Betrieb auf Astra nur noch mit Kaderpersonal aufrechterhalten. Das gehört ja zu den Fragen, auf die wir eine Antwort suchen, nicht wahr?«

Meredith nickte und wandte sich wieder dem Schaltpult zu. Das Rettungsboot war zum Stillstand gekommen, und Meredith bemerkte, daß draußen die dünneren Kabel schwankten. »Sie pumpen die Luft aus«, murmelte er. »Wahrscheinlich werden sie uns mit dem Schwerkraft-Ausschalter starten.«

Er hatte kaum ausgesprochen, als der Raum sich zu neigen schien, und das Sichtfenster gleichzeitig dunkel wurde. »Was ...?«

»Vermutlich gleiten wir durch den Schacht in die Höhe«, erklärte Carmen. »Wenn das Schiff die Nase hebt, werden die Fenster undurchsichtig, wahrscheinlich um sie zu schützen.«

»Die Nase in die Höhe?« Der Fußboden kam Meredith vollkommen waagrecht vor. »Ach so — die Spinner konnten also die Schwerkraft nicht nur ausschalten, sondern auch erzeugen.«

»In einem Schiff dieser Größe?« fragte Perez verblüfft. »Unglaublich.«

Noch eine Erfindung, dachte Meredith bitter, *die man auf die Liste von Astras militärisch verwertbarer Hardware setzen kann.*

»Es war ein reiner Glücksfall, daß wir sie entdeckt haben«, berichtete der Kommandant der *Trygve Lie* Msuya. Seinem Ton konnte man entnehmen, daß er noch immer ein schlechtes Gewissen hatte, weil er seinen Vorgesetzten geweckt hatte. »Wir haben weisungsgemäß ein Teleskop auf den Olympus gerichtet ...«

»Ja, ja«, unterbrach ihn Msuya, der mit seinem Morgenmantel kämpfte, während er gleichzeitig mit den Füßen nach seinen Pantoffeln angelte. »Sind sie schon gesprungen?«

»Nein, Sir. Eigentlich sieht es so aus, als wären sie in Astras äußeres System unterwegs.«

»Oder aber sie wollen sich so weit von uns entfernen, daß wir ihren Richtungsvektor nicht ausmachen können.« Eine derartige Vorsichtsmaßnahme traute Msuya Meredith ohne weiteres zu. »Folgen Sie ihnen, Kommandant — ich möchte mich direkt neben ihnen befinden, wenn sie springen!«

»Ja, Sir. Wir verlassen den Orbit in fünf Minuten.«

Ein netter Versuch, Oberst, dachte Msuya, der befriedigt lächelte, als die Alarmklingeln die Besatzung auf ihre Plätze rief. *Aber Sie können mir das Schiff nicht wegnehmen. Es wird mir gehören — oder niemandem.*

Er schwankte ein wenig, als die Rotation der *Trygve Lie* langsamer wurde, und ging auf die Brücke.

32. Kapitel

»Warum sind wir noch nicht gesprungen?« wollte Perez wissen.

»Regen Sie sich nicht unnötig auf.« Meredith versuchte, sich seine Angst nicht anmerken zu lassen. »Also?« fragte er, als Carmen den Bildschirm abschaltete und sich zurücklehnte.

Sie hob hilflos die Hände. »Jede Information, die ich abrufe, lautet, daß alles in Ordnung ist. Unser Kurs ist offenbar nicht zufällig, sondern bewußt gewählt, deshalb kann ich nur annehmen, daß das Schiff weiß, was es tut. Oder daß es glaubt, es zu wissen.«

»Großartig. Sie haben doch gesagt, daß der Computer bis zum Heimatplaneten des Spinnervolks eine Flugzeit von vier Tagen vorgesehen hat.«

»Ja, Spinnertage, also etwa 120 Stunden.«

»Gibt es einen Hinweis darauf, daß auf unserem Kurs, weit vor uns, etwas liegt, das unser Ziel sein könnte? Zum Beispiel ein großes, vorprogrammiertes Schiff, das über den erforderlichen Raumantrieb verfügt?«

Carmen schüttelte den Kopf. »Von hier aus kann man nichts feststellen.«

»Das ist lächerlich«, mischte sich Perez ein. »Irgend etwas ist daneben gegangen. Geben wir auf und kehren wir nach Astra zurück!«

»Das halte ich für keine gute Idee«, widersprach Meredith. »Auf Steuerbord nähert sich uns auf Abfangkurs ein Schiff mit Repulserantrieb.«

»Was?« Perez sah zum seitlichen Sichtfenster hinaus. »Wer ist das?«

»Ist das so wichtig? Der Betreffende ist jedenfalls bereit, ein Embargo für das Spinneret-Kabel in Kauf zu nehmen, wenn er dafür dieses Schiff bekommen kann.«

»Aber wie haben sie uns entdeckt? Sie haben doch gesagt, Carmen, daß wir einen Schwerkraftantrieb verwenden, das heißt, daß unsere Repulser nicht leuchten ...«

»Wahrscheinlich hat uns Msuya vom UNO-Schiff aus beobachtet«, mischte sich Loretta ein. »Er weiß, daß das Rettungsboot existiert.«

Carmen fuhr herum. »Was? Woher?«

»Weil sie es ihm erzählt hat«, erklärte Meredith ruhig. »Sehen Sie mich nicht so erstaunt an; seit Dunlops Putschversuch war mir klar, daß Dr. Williams und ihre Freunde bei uns eingeschleuste Spione sind.«

»Aber die Ctencri ...« Perez verstummte, als er begriff. »Zum Teufel mit ihnen! Wahrscheinlich sind sie mit meinen Briefen direkt zu Saleh gegangen.« Er wandte sich Loretta zu. »Man hat Sie also deshalb angeheuert, damit Sie hier die Spinnersprache lernen und Ihr Wissen an die UNO weitergeben.«

»Sie haben mich dazu gezwungen. Und jetzt haben sie meine beiden Kinder. Damit hat Msuya mich erpreßt.«

Perez sah Meredith an. »Das Ganze läßt Sie offenbar kalt. Warum haben Sie Dr. Williams an Bord gelassen, wenn Sie wußten, daß sie eine Spionin ist?«

»Blieb mir denn eine andere Wahl?« Es gab noch weitere Gründe, aber Meredith behielt seine Trumpfkarte im Ärmel, denn es war schließlich möglich, daß das UNO-Schiff sie einholte. »Wir haben sie gebraucht, damit sie die Hinweise der Spinner entziffert, und auf dem Spinnerplaneten werden wir sie wahrscheinlich noch dringender brauchen.«

»Ich will nicht, daß Msuya gewinnt«, erklärte Loretta und sah Hafner an. »Vor allem nach dem, was er mit Hilfe von Major Dunlop tun wollte. Wenn ich gewußt hätte, daß er Gewalt anwenden würde ...«

»Bis jetzt hat er überhaupt nichts erreicht«, erklärte Meredith. »Kommen Sie doch herüber, kontrollieren Sie

Carmens Übersetzungen und achten Sie darauf, daß wir kein Warnlicht oder etwas Ähnliches übersehen.«

Loretta nickte und ging zum Steuerpult. Meredith sah noch einmal zum fernen Repulserleuchten hinüber, ging dann zu Hafner und setzte sich neben ihn. »Sie sind sehr still, Doktor. Sind Sie noch immer auf mich wütend, weil ich Sie entführt habe?«

Hafner lächelte. »Sie hätten mich nur zu fragen braucehn — ich hätte den Spinnerplaneten um keinen Preis der Welt versäumen wollen. Nein, ich habe nur darüber nachgedacht, was für ein Raumantrieb uns innerhalb weniger Tage zu Zielen bringen kann, die zwischen einem Dutzend und mehreren hundert Lichtjahren entfernt sind.«

»Scheinen diese Entfernungen auf Carmens Navigationskarte auf?«

»Anders ergibt es keinen Sinn. Ich glaube, daß wir hier auf eine alte Masche der Science Fiction gestoßen sind, den Instant-Jump-Antrieb.«

Meredith kaute auf seiner Unterlippe herum. »Dann sind fünf oder sechs Tage zwischen den Planeten nur die Reisezeit im System zwischen dem Ausgangspunkt und — was?«

»Vielleicht der sicheren Entfernung von großen Massen, oder geringe Staubdichte. Es ist schwer zu sagen, was sie sich da einfallen ließen. Jetzt stellt sich nur die Frage, ob Msuya in dem Augenblick in dem wir springen, etwas sehen wird, das wir geheimhalten wollen.«

»Zuerst stellt sich die Frage, ob er uns kapert.«

»Wird ihm nicht schon vorher der Treibstoff ausgehen? Zwei bis drei Tage konstanter Beschleunigung ...«

»Machen ihm nichts aus. Vor einigen Monaten haben mir die Rooshrike die Spezifikationen der Ctencri-Kurierschiffe gegeben; sie sind für Langstreckenflüge sowohl innerhalb eines Systems als auch im Raum ausgerüstet.«

»Oh.« Hafner war enttäuscht. »Wir sind wahrscheinlich nicht bewaffnet, nicht wahr?«

»Ich bezweifle es. Vielleicht kann Carmen ein bißchen mehr Tempo für uns einprogrammieren.« Er erhob sich, blieb aber stehen, als Hafner ihn am Arm berührte.

»Haben Sie gewußt, daß Msuya uns folgen kann?« fragte der Wissenschaftler leise. »Mit anderen Worten: haben Sie einen Plan?«

»Leider nicht. Mir war klar, daß er uns entdecken würde, wenn wir aus dem Olympus auftauchten, ich habe aber angenommen, daß wir im Hyperraum verschwinden würden, bevor er etwas unternehmen kann. Wir können nur hoffen, daß wir bereits den Jump-Punkt erreicht haben, wenn er endlich ausgeknobelt hat, wie er ein Schiff im Weltraum entern kann.«

»Und wenn er die zündende Idee früher hat, ziehen wir die Entermesser?«

Meredith lächelte ihn beruhigend an und kehrte zum Steuerpult zurück.

»Sie machen es sich nur selbst schwer.« Msuyas Stimme wurde durch den Spinnerlautsprecher leicht verzerrt, aber seine Wut war trotzdem unüberhörbar. »Man merkt ja, daß Sie nicht imstande sind, mit Ihrem Schiff Fluchtgeschwindigkeit zu erreichen, und daß Ihr Raumantrieb nicht richtig funktioniert. Ich versichere Ihnen eines: Ich werde Sie bedenkenlos manövrierunfähig schießen, wenn Sie mich dazu zwingen.«

»Hätten Sie wirklich vorgehabt, uns abzuschießen, dann hätten Sie das innerhalb der letzten acht Stunden jederzeit tun können«, wandte Meredith ein. Seit dieser Zeit diskutierten sie nämlich mit Unterbrechungen miteinander, und Meredith hatte genug davon, ständig die gleichen Argumente wiederzukäuen. Doch solange Msuya Hemmungen hatte, seine Beute zu beschädigen, und solange die seltsamen Auswirkungen der Schwerkraft, die der Antrieb des Rettungsbootes auslöste, ein

Entern für beide Schiffe gefährlich machte, waren die Ausbrecher relativ sicher. »Wie ich schon gesagt habe: solange Sie nicht imstande sind, uns Garantien für unsere Sicherheit zu bieten, ziehen wir es vor, mit unserem Schiff unterzugehen.«

»Sie sprechen sehr leichtfertig darüber, daß Sie Ihre Leben wegwerfen wollen.« Auch Msuya wurde sichtlich ungeduldig. »Aber ich will Ihnen etwas verraten: Sie können die Geheimnisse des Spinneret nicht bewahren, indem Sie sich opfern. Wir wissen genau, wie Ihre kostbare Maschine betrieben wird.«

»Ja, Dr. Williams hat uns über Ihren kleinen Spionagering informiert. Er war nicht sehr geschickt aufgezogen — der CIA oder dem KGB wäre bestimmt etwas Besseres eingefallen.«

Msuya antwortete nicht sofort, und in dieser Pause schnippte Carmen zweimal mit den Fingern. Meredith sah zu ihr hinüber, und sie zeigte nachdrücklich auf seine Sicherheitsgurte und auf den Bildschirm. Auf dem Navigations-Gitternetz waren zwei Punkte aufgetaucht, die abwechselnd rot und orange leuchteten; der Lothringer-Kreuz-Kursanzeiger befand sich genau zwischen ihnen. Meredith hob fragend die Augenbrauen, erhielt ein verlegenes Achselzucken als Antwort und begann, sich anzuschnallen.

»Sie haben es also erfahren«, stellte Msuya schließlich fest. »Das wird Ihnen aber auch nicht viel nützen. Verhaften Sie die fünf, lassen Sie sie hinrichten, wenn Sie sich dann besser fühlen, aber nehmen Sie zur Kenntnis, daß ich bereits im Besitz aller Informationen bin, die ich brauche, um das Spinneret zu leiten.«

Das Sichtfenster vor Meredith wurde dunkel. »Es ist wahrscheinlich soweit«, murmelte Carmen.

»Leben Sie wohl, Msuya«, sagte Meredith. »Wir werden Sie besuchen, wenn wir zurückkommen.«

»Meredith ...!«

Im Hintergrund kreischte etwas wie ein Papagei, dem

man Watte in den Schnabel stopft; einen Augenblick später wurde Msuyas Stimme verschluckt, und Meredith hatte das Gefühl, daß sich ihm der Magen umdrehte. Die Übelkeit verging, und als die Sichtfenster wieder hell wurden, lag eine dunkelrote, basketballgroße Sonne direkt auf ihrem Kurs.

Meredith holte tief Luft. »Ich glaube, wir sind hier.«

»Wo immer ›hier‹ ist.« Perez kletterte steif aus seinem Stuhl, trat zu Carmen und blickte ihr über die Schulter. »Was war das für ein Kreischen, bevor wir sprangen? Es hat geklungen, als würden wir einen Teil unseres Schwanzes verlieren.«

»Das weiß ich nicht.« Carmen deutete auf eine Anzeige. »Aber genau in diesem Augenblick hat der Anzeiger für die örtliche Schwerkraft verrückt gespielt.«

»Wie verrückt?« fragte Hafner. »Als hätten wir den Rand eines kleinen Schwarzen Loches gestreift?«

»Sollten das die beiden Flecken auf dem Monitor gewesen sein?« fragte Carmen.

»Zwei?« wiederholte Hafner.

»Moment mal«, mischte sich Perez ein. »Soll das heißen, daß wir gerade durch ein Schwarzes Loch geflogen sind?«

»Der Kursanzeiger ist zwischen den beiden Flecken hindurchgeglitten«, erläuterte Meredith, »also haben wir wahrscheinlich keines von beiden berührt. Ich verstehe allerdings nicht, warum wir ihnen überhaupt so nahe kommen mußten.«

»Vielleicht ist der hohe Schwerkraftgradient dazu nötig, um den Mechanismus des Raumantriebs auszulösen«, meinte Hafner. »Wenn das stimmt, dann wäre es eine Erklärung dafür, warum auf der Navigationskarte so wenige Sprungpunkte angeführt sind.«

»Ach so?« Carmen runzelte die Stirn. »... Oh. Es gibt bestimmt nicht viele Systeme, in deren Nähe sich ein Schwarzes Loch oder gar zwei Löcher befinden. Hat man also das Spinnerei nur deshalb auf Astra gebaut, weil dieser Planet leicht zugänglich ist?«

»Vielleicht ist auch ein wenig ins Gewicht gefallen, daß sich in unmittelbarer Nähe ein Asteroidengürtel befindet. Vielleicht haben sie sogar selbst größere Asteroiden nach Astra hinuntergeschleppt.« Hafner verrenkte sich beinahe den Hals, um zum Sichtfenster hinauszuschauen. »Haben Sie eine Ahnung, wo sich der Spinnerplanet befindet?«

»Auf den Monitoren ist es noch nicht zu sehen, aber das Schiff weiß anscheinend, wohin es fliegt.«

»Dann ist das Schiff ein wenig verwirrt«, bemerkte Perez. »Das da draußen ist nicht das Spinnersystem.«

Meredith fuhr zu ihm herum. »Was?«

Perez zeigte auf das Sichtfenster. »Die Sonne in der Höhle ist gelb.«

Eine Zeitlang herrschte Totenstille im Raum. »Vielleicht ist es ein System mit einem Doppelstern«, sagte Loretta schließlich. »Der gelbe Stern befindet sich hinten, wo wir ihn nicht sehen können.«

»In diesem Fall sollten wir schon dabei sein, um den roten Stern herumzufliegen«, widersprach Perez.

»Vielleicht tun wir es, sobald das Schiff eine größere Geschwindigkeit erreicht hat«, meinte Carmen.

»Vielleicht, vielleicht auch nicht«, murrte Perez.

Meredith unterbrach die Stille, die darauf eintrat. »Es hat keinen Sinn, wenn wir uns jetzt deswegen Sorgen machen. Wir sind alle hundemüde; gehen wir nach hinten und sehen wir zu, ob es irgendwo eine Schlafgelegenheit gibt. In ein paar Stunden wissen wir genauer, was das Schiff vorhat.«

Die Abteilung für Passagiere bestand aus drei Räumen, die an Linienflugzeuge erinnerten; jeder enthielt zwanzig hohe, schmale Stühle, die man zu Betten auseinanderklappen konnte. Sie blieben stillschweigend zusammen und streckten sich auf den Betten aus, die der vorderen Tür am nächsten lagen. Keiner sprach mehr viel, und nach kurzer Zeit schliefen alle.

Sechs Stunden später erwachte Meredith als erster. Er schlich leise in den Kontrollraum und stellte fest, daß Carmens Vermutung stimmte. Die rote Sonne war deutlich größer als vorhin und befand sich jetzt an Backbord, während der Monitor einen Kurs anzeigte, der gefährlich nahe am Rand der Sonne vorbeiführte, sie aber nicht berührte. Meredith improvisierte aus einigen Vorratskisten einen Tisch, und während er fünf Frühstücksrationen austeilte, kamen auch die anderen nach und nach daher.

»Dr. Williams hat also recht gehabt«, gab Perez widerwillig zu, nachdem er die Lage erkundet hatte. »Sieht man die andere Sonne bereits?«

»Nicht daß ich wüßte.« Meredith bedeutete Loretta, neben ihm Platz zu nehmen. Er konnte verstehen, daß sich die anderen ihr gegenüber kühl verhielten, aber es war an der Zeit, mit diesem Unsinn aufzuhören. Er wollte gerade etwas sagen, als Perez plötzlich aufschrie.

»He! Was war das?«

»Was?« fragte Carmen.

»Ein gelber Blitz ungefähr in der Mitte der Sonne. Nur eine Sekunde lang.«

»Eine Protuberanz?« meinte Meredith.

»Sieht nicht so aus.« Hafner versuchte mühsam, aufzustehen, und Loretta half ihm. »Protuberanzen sind heiße Stellen, aber ein gelber Ausbruch in einer roten Sonne ist etwas übertrieben. Wo ungefähr ist er aufgetreten?«

»Etwas unterhalb des Zentrums — da! Da ist wieder einer!«

Der zweite dauerte einige Sekunden, bis er genauso plötzlich erlosch, wie er erschienen war. »Das ist verdammt merkwürdig«, brummte Meredith. »Können Sie irgendwie Daten über das Spektrum oder die Intensität erhalten, Carmen?«

Carmen musterte den Bildschirm des Übersetzers. »Das weiß ich nicht. Ich kann mich nicht erinnern, im

Manual etwas Ähnliches gelesen zu haben. Ich habe es allerdings auch nicht gesucht.«

»Helfen Sie ihr, Doktor!« befahl Meredith. »Die übrigen behalten die Sonne im Auge.«

Sie zählten zehn weitere Blitze, bis Carmen und Loretta ein Spektrometer-Programm für die Sensoren des Bootes fanden. Da es keine Feineinstellung besaß, half es ihnen allerdings nicht weiter.

»Könnte es einen Asteroidenring geben, der die Oberfläche streift?« fragte Perez. »Vielleicht kommt es zu den Blitzen, wenn einer der Asteroiden auf die Sonne aufprallt.«

Hafner schüttelte den Kopf. »Dazu sind sie zu kurzlebig. Außerdem hat ein Stern keine richtige ›Oberfläche‹, sondern nur eine immer dünner werdende Atmosphäre.«

»Natürlich hat er eine Oberfläche«, widersprach Perez. »Ich sehe sie ja.«

»Was?«

»Klar. Beobachten Sie den Rand — die Sterne verschwinden dahinter.«

Meredith schloß ein Auge und hob die Hand, um soviel Sonnenlicht wie möglich abzuhalten. Die Sterne verschwanden tatsächlich hinter dem Rand, ohne vorher blasser zu werden. Er sah Hafner an. »Denken Sie das gleiche wie ich?« fragte der Geologe.

Merediths Mund war trocken. »Das ist unmöglich. Allein die Größe — nein, das kann es nicht geben.«

»Was kann es nicht geben?« fragte Carmen.

Hafner zeigte auf das Sichtfenster. »Das ist kein Stern, sondern ein riesiges Artefakt. Eine Kugel, die die Spinnersonne und wahrscheinlich auch die Heimatwelt der Spinner einschließt.«

33. Kapitel

»Man nennt es eine Dyson-Kugel«, erklärte Hafner. Das dumpfe Pochen in seinem Kopf und seinem Bein stand in merkwürdigem Gegensatz zu dem unwirklichen Gefühl, das ihn beherrschte. Nach dem Spinneret hatte er geglaubt, daß ihn nichts mehr überraschen konnte. Aber das da — »Mit dieser Erfindung sollte die Menschheit die Möglichkeit bekommen, ihre gesamte Energie von der Sonne zu beziehen. Ich wette jeden Betrag darauf, daß das Gebilde aus Kabelmaterial in Platten besteht, die die erforderliche Stabilität durch ein Gerüst aus Kabeln erhalten.«

»Ich will verdammt sein«, murmelte Meredith. »Das wäre die Erklärung dafür, warum sie eine solche Unmenge von Kabeln gebraucht haben.«

»Möglich«, gab Carmen zu. »Aber es erklärt nicht, warum sie das Spinneret nicht abgeschaltet haben.«

»Damit sind wir wieder bei der Annahme, daß sie zurückkommen wollten«, stellte Hafner fest. Etwas regte sich in seinem Unterbewußtsein; es hatte damit zu tun, daß etwas an dem riesigen Artefakt nicht stimmte — aber Hafner konnte nicht den Finger darauf legen. »Ich nehme an, daß das Schiff die Kugel durchqueren wird. Sie haben gestern erwähnt, Oberst, daß Sie ein Teleskop mitgenommen haben.«

»Das ist richtig. Wenn Sie mir helfen, Perez, dann stellen wir es hier auf.«

Die beiden Männer verließen den Raum, und Carmen und Loretta beschäftigten sich wieder mit dem Manual des Schiffs. Hafner ließ sich in den Sitz neben Carmen sinken, streckte das Bein aus und versuchte herauszufinden, was ihn störte.

Als Meredith und Perez das Teleskop endlich aufgestellt hatten, war es ihm noch immer nicht gelungen …

aber eine Stunde später, als Carmen sie darauf aufmerksam machte, daß ein Teil der Kugel seltsam flach wurde, dämmerte ihm etwas.

»Ich kann nur annehmen, daß die Kugel nicht fertiggestellt wurde, und daß wir uns dem unfertigen Rand nähern«, meinte Meredith, während Hafner zur Gruppe am Teleskop hinüberhumpelte.

»Es ist doch unsinnig, ein Projekt zu beginnen und es dann nicht abzuschließen«, sagte Carmen.

»Vielleicht hat ihr Kongreß den Zuschuß gesperrt«, bemerkte Meredith, worauf Perez nur höhnisch lächelte.

»Oder sie haben erkannt, daß es eine Fehlkonstruktion ist«, mischte sich Hafner ein. »Ein Supraleiter wie das Kabelmaterial eignet sich großartig dazu, Licht- und Partikelenergien zu sammeln, aber ich kann mir nicht vorstellen, wie man die Hitze nutzbringend verwerten kann.«

»Es gibt doch Thermoelemente«, wandte Perez ein.

»Um sie zu betreiben, ist ein Temperaturunterschied erforderlich«, erklärte Meredith. »Wenn ich es mir recht überlege, benötigen beinahe alle Energiegewinnungssysteme ein Energiedifferential.«

»Vielleicht kennen sie eine Methode, bei der das nicht notwendig ist«, vermutete Loretta. »Schließlich haben sie mehr als die Hälfte der Kugel gebaut, bevor sie aufgegeben haben.«

»Die Pom haben erzählt, daß im Strahlungsspektrum des Kabels einige Linien fehlen«, erwähnte Carmen. »Könnte so etwas der ›kühle‹ Teil des Gewinnungszyklus sein?«

»Das ist eine Hypothese wie viele andere«, meinte Meredith. »Vielleicht erfahren wir mehr, sobald wir einen Blick auf die Innenfläche werfen können.«

»Da ist noch etwas«, murmelte Hafner. »Noch etwas, das nicht hinhaut.«

»Lassen Sie es uns wissen, wenn es Ihnen einfällt«, schlug Meredith vor, während er wieder durch das Teleskop sah. »Gibt es an Bord etwas wie einen Notfall-Strahl, den wir auslösen müssen, Carmen?«

»Er ist bereits eingeschaltet.« Loretta wies auf eine der Anzeigen. »Er hat sich eingeschaltet, als wir hier eintrafen.«

»Und bis jetzt keine Reaktion — das sieht nicht vielversprechend aus.«

Hafner kehrte unauffällig zum seitlichen Sichtfenster und zu seinen Überlegungen zurück, und während er die rote Kugel betrachtete, nahm in seinem Geist ein beunruhigender Gedanke allmählich Gestalt an. Es war eine so unglaubliche Erklärung, daß er zwei Stunden lang nach Argumenten suchte, mit denen er sie widerlegen konnte, doch statt dessen bestärkte ihn alles, was er über die Spinner und das Kabel wußte, in seiner Theorie. *Aber es gibt noch so vieles, das ich nicht weiß,* dachte er, als er seine Bemühungen endlich aufgab. *Es ist besser, wenn ich niemandem davon erzähle, jedenfalls jetzt noch nicht.*

Er bemühte sich, den anderen nicht zu zeigen, wie ihm zumute war. Zum Glück waren alle damit beschäftigt, die Kugel zu beobachten und Bemerkungen auszutauschen, so daß keinem auffiel, wie still Hafner war. Carmen merkte es zwar während des Abendessens, schob es aber auf sein schmerzendes Bein. Sie ging nicht darauf ein; doch als am Abend alle in die Passagierkabine zurückkehrten, wählte sie wie zufällig das Bett neben ihm. Wenige Minuten, nachdem Meredith das Licht ausgeschaltet hatte, beugte sie sich zu Hafner hinüber.

»Fühlst du dich gut, Peter?« flüsterte sie. »Ich habe dich noch nie so still erlebt.«

»Du kannst mir nicht helfen«, flüsterte er zurück. »Wenn ich recht habe … aber das werden wir in ein bis zwei Tagen wissen.«

»Möchtest du darüber sprechen?«

»Erst, wenn ich meiner Sache sicher bin.«

Sie drang nicht weiter in ihn, doch ihre Hand griff nach der seinen. Er umklammerte sie fest und schlief irgendwann ein.

Am Morgen füllte die Kugel beinahe den halben Himmel, und alles, was sich in der Nähe eines Sichtfensters befand, leuchtete rot. Gleichzeitig erfüllte ein leises Summen das Schiff, das Carmen schließlich als das Kühlsystem identifizierte. Das Licht war so intensiv, daß eine Beobachtung durch das Teleskop nicht mehr möglich war, doch Perez fand eine Lösung: er schnitt in ein Stück Pappendeckel ein kleines Loch. Dadurch wurde das grelle Licht soweit ausgeschaltet, daß sie wieder die kleinen Löcher erkennen konnten, durch die sie vorher einen Blick auf die wahre Sonne erhascht hatten. Perez entdeckte insgesamt 28 Löcher verschiedener Größe, die scheinbar vollkommen willkürlich über die Oberfläche verteilt waren. Eine Zeitlang kam es zu einer lebhaften Debatte in bezug auf die Funktionen dieser Löcher, doch dazu besaßen sie zu wenig Daten. Hafner beteiligte sich nicht an der Debatte; die Löcher verstärkten nur seine düstere Stimmung.

Zwei Stunden nach dem Mittagessen bog das Rettungsboot um den gezackten Rand und gelangte in die Kugel.

Carmen schüttelte den Kopf. »Ich habe eigentlich nicht an Peters Theorie geglaubt — bis jetzt.«

Die übrigen nickten zustimmend, und der überwältigende Anblick hob sogar Hafners Stimmung für kurze Zeit. Auch diese Seite leuchtete, aber wesentlich gedämpfter, als hätten die Spinner ihr supraleitendes Material mit etwas überzogen, das das Licht nach außen richtete. Überall waren in regelmäßigen Abständen Felsblöcke an der Kugel befestigt; bei den am nächsten liegenden konnte man durch das Teleskop gerade noch spinnwebfeine Linien ausmachen, die wie Längen- und Breitengrade wirkten.

»Asteroiden«, stellte Meredith in bezug auf die Felsbrocken fest, »die durch ein Gerüst aus Spinneret-Kabeln an ihrem Platz gehalten werden. Deshalb haben sie etwas so Starkes gebraucht — sie mußten unzählige Tonnen Felsen gegen die Rotation der Kugel fixieren.«

»Außerdem ist das Kabel ideal für diese Aufgabe geeignet«, fügte Perez hinzu. »Es ist so flexibel, daß es sich auch an die unregelmäßige Oberfläche der Asteroiden anpaßt.«

»Wozu haben sie die Asteroiden überhaupt gebraucht?« wollte Loretta wissen.

»Vielleicht als Anlegeplätze für Kunden«, meinte Perez. »Die Löcher waren die Stellen, an denen Schiffe in die Kugel hinein- und wieder hinausgelangen sollten, sobald sie fertiggestellt war.«

»Es ist eher anzunehmen, daß dort die Antigrav-Stabilisatoren befestigt waren«, mischte sich Hafner ein. »Trotz der Rotation ist die Position der Kugel nicht konstant; sie mußten von Zeit zu Zeit Korrekturen vornehmen. Und dort müssen sich auch die Heizgeräte für die Kugel befunden haben.«

Alle Gesichter wandten sich ihm gleichzeitig zu. »Die was?« fragte Perez.

Hafner holte tief Luft. »Wir haben uns in bezug auf den Zweck der Kugel geirrt. Selbst wenn sie das gesamte Licht der inneren Sonne sammelte und ausstrahlte, konnte sie nicht heißer als zwanzig Grad Celsius werden — also praktisch Zimmertemperatur. Aber in Wirklichkeit ist sie mindestens zehnmal so heiß, und das konnte man nur mit einer massiven Zufuhr von Energie erreichen.«

»Das ist lächerlich«, protestierte Perez. »Sie müssen einen Dezimalfehler gemacht haben.«

Hafner schüttelte den Kopf. »Es wäre mir beinahe lieber, wenn ich es getan hätte, aber es handelt sich um eine ganz einfache Boltzmann-Berechnung.«

»Nehmen wir einmal an, daß Sie recht haben«, sagte

Meredith. »Haben Sie eine Erklärung dafür, warum die Spinner sich diese Mühe gemacht haben?«

»Es ging nicht nur darum, daß sie ihren Planeten aufheizen wollten.« Hafner stellte erstaunt fest, daß er es noch immer nicht über sich brachte, es offen auszusprechen. »Das hätten sie auch mit Reflektoren in Umlaufbahnen erreichen können. Wenn sie einen roten Himmel haben wollten, hätte eine kleinere Kugel genügt. Sie hatten nicht vor, auf der Kugel zu leben; es war nicht notwendig, sie so zu erhitzen, und wir werden vermutlich feststellen, daß die Hülle zu dünn ist, um viel Gewicht zu tragen. Was würden Sie tun, Oberst Meredith, wenn Sie wüßten, daß ein Feind Ihre Position herausbekommen will, und Sie nicht stark genug sind, um gegen ihn zu kämpfen?«

Meredith sah ihn unverwandt an. *Er hat begriffen,* dachte Hafner. *Ich habe also recht, es ist kein Hirngespinst. Gott helfe ihnen — und uns!* »Ich würde mich zurückziehen«, antwortete der Oberst. »Oder ich würde versuchen, mich zu tarnen. Ist das die richtige Antwort?«

»Nein«, flüsterte Carmen. »Du willst doch nicht sagen, daß sie diese Kugel erbaut haben, damit sie wie das Planetensystem eines roten Riesen aussieht?«

»Doch«, bestätigte Hafner. »Es paßt alles dazu. Die supraleitende Hülle, die die Hitze gleichmäßig abstrahlt; die fehlenden Spektrallinien, die du erwähnt hast, die zweifellos jenen eines roten Riesen entsprechen. Aus größerer Entfernung würde niemand der harte Rand auffallen, selbst wenn er danach Ausschau hält.«

»Und daß sie es nicht fertiggestellt haben …« Perez sprach den Satz nicht zu Ende. »Die Löcher sind also nicht Ein- und Ausgänge, nicht wahr?«

»Sie sind die Folge von Feuerstößen«, murmelte Meredith. »Die Feinde, vor denen die Spinner Angst hatten, haben sie zu früh gefunden.«

Lange Zeit herrschte Stille. Der Rand der Kugel wich langsam zurück, und Hafner entdeckte vor ihnen in einigen Grad Entfernung von der Sonne einen kleinen Fleck reflektiertes Licht. Zweifellos der Spinnerplanet. Ob man aus dem Orbit noch viel von den Zerstörungen des lang zurückliegenden Krieges erkennen würde? Er war nicht darauf erpicht, es herauszufinden.

»Aber warum?« sprach Loretta schließlich die Frage aus, die allen durch den Kopf ging. »Warum blieben sie hier und ließen sich in die Luft jagen? Sie wußten doch, daß die Feinde hinter ihnen her waren — sie müssen Jahrhunderte für die Errichtung dieses Artefakts gebraucht haben. Warum haben sie kein Waffenarsenal angelegt, oder haben einfach alles liegen und stehengelassen und sind geflohen?«

»Vielleicht gab es nichts, wohin sie fliehen konnten«, sagte Carmen. »Ihr Raumantrieb läßt ihnen nur wenig Möglichkeiten offen.«

»Und was ist mit Astra?« widersprach Loretta. »Bevor sie ihm das gesamte Metall entnahmen, muß der Planet bewohnbar gewesen sein.«

»Im wesentlich hat Carmen recht«, mischte sich Hafner ein, »nur trafen sie die Wahl nicht bewußt. Sie waren wahrscheinlich so stark an ihre Welt gebunden, daß sie sich nirgends anders niederlassen konnten.«

»Das ist doch lächerlich.«

»Sie vergessen die Spinner-Höhle, Doktor Williams«, wandte Meredith ein. »Sie haben neulich richtig bemerkt, die Spinner hätten auf der Oberfläche leben können, während sie das Spinneret errichteten. Statt dessen verwendeten sie ungeheuer viel Zeit und Mühe darauf, die Umwelt ihres Planeten nachzubilden — vom Sonnenlicht bis zu den Gerüchen. Wenn sie ihre Zeit dafür statt für die Verteidigung ihrer Rasse opferten, kann ich mir gut vorstellen, daß sie nicht imstande waren, ohne ihre Heimat zu leben. Sie schütteln den Kopf; vergessen Sie nicht, daß wir nicht von menschlichen Wesen, sondern von Aliens reden. Sie sind nicht verpflichtet, so zu denken und zu reagieren wie wir.«

»Umgekehrt stimmt es auch.« Perez' Lächeln war bitter. »Sie stehen unserer Art zu nachsichtig gegenüber, Oberst. Wie viele Kriege sind ausgetragen worden, weil zwei Völker Anspruch auf das gleiche Stückchen Land erhoben? Wie viele Menschen sind im Kampf gestorben oder in Flüchtlingslagern zugrundegegangen, weil sie nicht an einen anderen Ort übersiedeln wollten, der oft genauso gut war wie das Land, in dem ihre Vorfahren gelebt hatten? Ihre Einstellung zur Heimat ist die eines wohlhabenden, mobilen Amerikaners. Der Rest der Welt unterscheidet sich nur im Ausmaß, aber nicht im Wesen von den Spinnern.«

»Eins zu Null für Sie«, gab Meredith zu. »Aber Sie sind Ihrerseits den modernen Amerikanern gegenüber zu nachsichtig. Ich wäre wahrscheinlich nicht bereit, für einen beliebigen Morgen Land zu sterben, würde aber mein Leben für mein Land als Ganzes geben. Und als mein Auto einmal gestohlen wurde, hätte ich den Dieb am liebsten erschossen.«

»Sie verstehen bestimmt auch, was sich daraus ergibt.« Hafner blieben die Worte beinahe im Hals stekken. »Wir können nicht zulassen, daß die Menschheit sich an einen einzigen Ort klammert, so wie es die Spinner getan haben.« Er sah Carmen an. »Du erinnerst dich doch — ich habe einmal gesagt, daß das Spinneret-Kabel vielleicht dazu verwendet wurde, um einen riesigen Käfig für irgend etwas zu bauen. Ich hatte recht — aber der Käfig war für ihre gesamte Rasse bestimmt. Wenn wir verhindern wollen, daß es uns genauso ergeht, bleibt uns nichts anderes übrig, als die Einwanderung nach Astra freizugeben.«

»Meinen Sie das im Ernst?« fragte Perez stirnrunzelnd. »Sie wechseln die Seiten?«

»Bilden Sie sich nur nichts darauf ein«, fuhr ihn Hafner an. »Ich halte es noch immer für Unsinn, einen Haufen Menschen in eine im Grund unbefriedigende Arbeitssituation zu bringen. Aber es ist wenigstens ein bißchen besser, wenn man Eier in zwei Körbchen legt, statt sie in einem zu lassen. Also schaffen Sie Ihre Spione und Parasiten nach Astra, mir ist es gleichgültig.«

»Aber mir nicht«, wehrte sich Perez und blickte kurz zu Loretta hinüber. »Vielleicht wissen Sie noch, daß ich der erste war, der sich Sorgen darüber gemacht hat, daß Spione unsere Geheimnisse stehlen könnten. Und ich habe bestimmt nicht vor, die Menschen nur deshalb nach Astra zu bringen, damit sie faul in der Sonne liegen. Wenn wir keine sinnvolle Arbeit für sie haben ...«

»Hört alle beide damit auf«, unterbrach ihn Meredith, »sonst haben Sie innerhalb der nächsten Minute die Positionen vertauscht. Ich habe Sie hierher gebracht, um den Streit beizulegen, nicht, um ihn von neuem zu beginnen.«

Perez blickte ihn mißtrauisch an. »Ich hatte geglaubt, daß wir uns über die Spinner und ihr Kabel informieren wollten.«

»Das stimmt; aber weil die Information, die wir gesucht haben, vermutlich mit dem Planeten in die Luft geflogen ist, muß ich mich etwas anderem zuwenden. Beginnen wir mit dem Problem und arbeiten wir uns von ihm aus weiter vor.«

Er erläuterte kurz, daß der Besitz des Sicherheitscodes für die Gorgonenhäupter Terrorangriffen Tür und Tor öffnete. Hafner lief es kalt über den Rücken; ihm war nicht klar gewesen, daß sie dem Knacken des Codes so nahe waren, und er hatte überhaupt nicht an die sich daraus ergebenden Folgen gedacht. »Solange wir nicht wissen, wie wir Sabotageakte an den Computereinstellungen in Ordnung bringen können, sind wir für Angriffe im Stil eines Dunlop äußerst verwundbar«, schloß Meredith. »Und je größer die politischen Spannungen auf Astra werden, desto wahrscheinlicher werden solche Operationen. Wir müssen unbedingt die Zwistigkeiten beenden, zumindest bis die Wahlen vorüber sind, aber wahrscheinlich noch ein Jahr darüber hinaus; und das können wir nur erreichen, indem wir die im Entstehen begriffenen politischen Parteien ausschalten.«

»Und wie wollen Sie das bewerkstelligen?« erkundigte sich Perez. »Sie mittels königlichen Dekrets verbieten?«

»Nein, ich werde ihnen nur die Beine unterm Körper wegziehen. Da jede der beiden Gruppen einen einzigen Standpunkt vertritt, genügt es, wenn ihre Führer öffentlich für einen Kompromiß eintreten. Damit nimmt man beiden den Wind aus den Segeln — zumindest, bis das neue Komitee gewählt wird.«

»Sie haben uns also nur deshalb hier herausgeschleppt, damit wir über einen Kompromiß sprechen. Das hätten wir in Ihrem Büro einfacher haben können.«

»Nein«, widersprach Meredith. »Ich habe Sie hierhergebracht, um Ihnen zu sagen, daß Sie einen Kompromiß akzeptieren *werden* — entweder meinen oder einen gemeinsam erarbeiteten. In jedem Fall aber werden wir uns geeinigt haben, bevor wir das Schiff verlassen.«

»Sonst?« fragte Perez kalt.

»Sonst werde ich Sie wegen Hochverrats verhaften lassen, Perez. Sie haben die Aktionen eingeleitet, durch die Doktor Williams und die übrigen Spione von der Erde nach Astra kamen, und durch die letztlich Dunlops Putschversuch ermöglicht wurde — und ich kann das alles beweisen. Glauben Sie nicht auch, daß selbst Ihre begeistertsten Anhänger sich daraufhin zurückziehen würden?«

»Also Erpressung. Hängt über Doktor Hafners Kopf ein ähnliches Damoklesschwert, oder bin ich ein Sonderfall?«

»Doktor Hafner besitzt nicht Ihr Talent, Menschenmassen zu beeinflussen. Außerdem nehme ich an, daß er vernünftig sein wird.«

Perez seufzte. »Wissen Sie, mit der Zeit wird es langweilig, immer mißverstanden zu werden. Sind Sie nie auf die Idee gekommen, daß ich begeistert zugreifen könnte, wenn mir jemand den goldenen Mittelweg zeigt; daß ich bereit wäre, auf die Hälfte meiner Wunschliste zu verzichten, wenn ich dadurch vermeide, mir für alle Zeit einen Feind zu machen?«

»Ich habe daran gedacht«, bestätigte Meredith, »aber ich wollte mich nicht darauf verlassen. Sie verstehen sehr gut, die anderen dazu zu bringen, daß sie tun, was Sie wollen. Diesmal wird zur Abwechslung geschehen, was ich will. Sie wollen ein Staatsmann sein? Dann bekommen Sie jetzt Gelegenheit dazu, es zu üben.«

Er begann, ihnen seinen Plan darzulegen.

Die Diskussion beanspruchte den Rest des Tages und den ganzen nächsten Tag, und Perez bewies, daß er tatsächlich fähig war, Kompromisse zu schließen. Als das Schiff in den Orbit um den Spinnerplaneten einschwenkte und sich selbst auf Handsteuerung umschaltete, waren beinahe alle Einzelheiten zufriedenstellend geregelt, so daß alle Zeit hatten, die zerstörte Welt unter ihnen zu studieren.

Es war der deprimierendste Anblick, der sich Meredith je geboten hatte. Selbst nach Jahrtausenden bedeckten die riesigen Eiskappen, die nach dem Bombenteppich entstanden waren, beinahe ein Viertel des Planeten. Außerhalb von ihnen erblickte man durch die Wolkendecke hindurch gelbe und grüne Flecken, aber die vorherrschenden Farben waren braun, grau und rot. Die Funkgeräte empfingen nur Sonnengeräusche; nirgends waren Lichter zu sehen. Bei der fünften Umkreisung gab Meredith auf. »Wer immer den Planeten bombardiert hat, hat gründliche Arbeit geleistet«, erklärte er. »Wenn auch nur wenige Spinner überlebt hätten, so hätten sie inzwischen imstande sein müssen, wenigstens einen Teil ihrer Technologie wieder aufzubauen.«

»So könnte es eines Tages auch uns ergehen.« Carmen erschauerte.

»Vielleicht bietet sich uns jetzt die Chance, es zu vermeiden«, meinte Perez, »— jedenfalls zumindest die totale Vernichtung.« Er sah Meredith an. »Haben wir genug gesehen? Meiner Meinung nach müßten wir allmählich zurückfliegen.«

Meredith nickte und stellte rasch eine Berechnung an. Vier Spinnertage in jede Richtung, ein Tag im Orbit um den Spinnerplaneten — insgesamt elf Erdentage. Inzwischen hatte Msuya reichlich Zeit gehabt, sich mit Saleh zu besprechen und nach Astra zurückzukehren. »Gut, fliegen wir nach Hause!«

Der Rückflug verlief ereignislos, aber die Stimmung war gedämpft. Meredith beschäftigte sich intensiv mit dem Manual für den Betrieb des Rettungsbootes und lernte soviel wie möglich über das Raumschiff und die Sprache der Spinner. Auch die übrigen waren eher schweigsam, als müßten sie die Erkenntnisse der letzten Tage verarbeiten. Gelegentlich starrte Meredith vor sich hin, dachte über den Untergang der Spinner nach und fragte sich, ob seine großartigen Pläne vielleicht genauso vereitelt werden würden. Er hätte gern mit jemandem darüber gesprochen, gab jedoch der Versuchung nicht nach. Es war jetzt zu spät, etwas zu ändern, und er wollte nicht auch noch den anderen schlaflose Nächte bereiten.

Endlich tauchten die beiden schwarzen Löcher auf dem Bildschirm auf, und als die Übelkeit infolge des Sprungs vergangen war und die Sichtfenster wieder durchsichtig wurden, waren sie tatsächlich zu Hause. Astra war ein heller Fleck mit einer beinahe erkennbaren Scheibe. Rings um den Planeten entdeckten sie kleine Lichtpunkte, die sich im Teleskop als Raumschiffe erwiesen.

Eine Menge Raumschiffe.

»Ich möchte wissen, was da unten los ist«, sagte Carmen besorgt, während Perez am Teleskop saß und die Schiffe zum dritten Mal zählte.

Meredith, der neben ihr saß, stellte die Sprechfunkanlage auf die richtige Frequenz ein. »Wenn ich Msuya richtig verstanden habe, dann sehen wir einen militärischen Angriff der UNO.«

»Was?« Carmen schnappte nach Luft. »Aber ...«

»Der Sicherheitscode«, stellte Hafner unvermittelt fest. »Die anderen Spione. Er besitzt den Code, mit dem er neue Aufseher schaffen kann.« Er schnippte mit den Fingern. »*Deshalb* wollten Sie diese Reise sofort unternehmen, um das Rettungsboot seinem Zugriff zu entziehen.«

»Soll das heißen, daß Sie Astra bewußt diesem ...«, begann Perez.

Meredith hob die Hand, um ihn zum Schweigen zu bringen, hielt sich im Geist die Daumen und schaltete das Gerät auf Sendung. »Hier spricht Oberst Meredith. Bitte verbinden Sie mich mit Major Barner.«

34. Kapitel

Als Meredith und Carmen den Konferenzraum betraten, saß Generalsekretär Saleh allein an einem Ende des Tisches. Der Oberst verzichtete auf seinen Platz am Kopfende und setzte sich seinem Besucher gegenüber. Bei einer solchen Besprechung konnte man sich über die ungeschriebenen Konventionen hinwegsetzen. »Guten Tag, Mr. Saleh«, begann Meredith, während Carmen neben ihm Platz nahm. »Ich möchte Ihnen Miss Carmen Olivero, die Vorsitzende des astranischen Komitees, vorstellen.«

Saleh nickte kurz und sah dann wieder Meredith an. »Ich muß zunächst offiziell darauf bestehen, Oberst, daß uns die Leichen der UNO-Kommandoeinheit übergeben werden.«

»Ihre Verhandlungsposition ist zwar nicht sehr stark, aber wir sind absolut dazu bereit, die Leichen zurückzusenden. Ob die Rooshrike Ihnen gestatten werden, das System zu verlassen, ist allerdings eine andere Frage.«

»So? Ihr Sprecher hat mir mitgeteilt, daß die Entscheidung bei Ihnen liegt.«

Das hatte Meredith bereits von Beaeki nul Dies na erfahren, wollte aber sicher sein, daß Saleh es zur Kenntnis genommen hatte. »Sie können es den Rooshrike nicht übelnehmen, wenn sie empfindlich reagieren. Als unsere Lieferanten und sozusagen Handelsagenten liegt es in ihrem ureigensten Interesse, daß das Spinneret in astranischen Händen bleibt. Sie hingegen sind der Verbündete der Ctencri, für die die Rooshrike nicht viel übrig haben.«

»Sie können sich die Einzelheiten schenken. Mir ist vollkommen klar, daß Msuyas versuchter Überfall zu feindseligen Gefühlen der Erde gegenüber geführt hat.«

Msuyas Überfall, dachte Meredith. Die Formulierung entsprach einer öffentlichen Handwaschung und bedeutete beinahe sicher, daß Msuya politisch tot war. *Erstes Ziel erreicht. Abgehakt.* »Also gut. Die Rasse, die die wunderbaren Spielsachen liefert, auf denen Ihre Macht beruht, ist auf Sie wütend. Was würden Sie dazu sagen, wenn ich die vollkommene Gewalt, die Sie über die Erde ausüben, ein für allemal breche?«

Saleh war nicht beeindruckt. »Wie wollen Sie das anstellen?«

»Natürlich indem wir mit den einzelnen Nationen direkt Handel treiben. Nach diesem Fiasko können die Ctencri ihr Monopol in den Kamin schreiben, und mit den Einnahmen aus unserem Kabel können wir jeden Preis der UNO oder der Ctencri unterbieten. Sie wären binnen kürzester Zeit wieder der überdimensionale Debattierklub, der sie noch vor wenigen Jahren waren. Das wäre Ihnen doch sicherlich unsympathisch?«

»Natürlich — genau wie Ihnen. Sie haben bestimmt aus der Geschichte gelernt, daß die Chancen der Erde auf internationalen Frieden besser sind, wenn die UNO weiterhin das Wirtschaftsimperium bleibt, das sie jetzt darstellt. Sie haben mich nicht hierher bestellt, Oberst, um sich hämisch über meine bevorstehende Vernichtung zu freuen — zu dieser Art Menschen gehören Sie nicht. Ich nehme an, daß Sie mit mir ein Abkommen treffen wollen. Können wir zur Sache kommen?«

»Gern. Vor allem möchten wir Astra für die sofortige Einwanderung öffnen.«

»Ich verstehe. Und ich nehme an, daß die Siedler hauptsächlich aus Nordamerika kommen werden.«

»Sie irren sich. Wir möchten vor allem arme, enteignete Kolonisten aus der Dritten Welt hierher holen.«

Eine Sekunde lang sah Saleh Meredith verblüfft an, dann wurde sein Gesicht wieder ausdruckslos. »Die Menschen, von denen Sie sprechen, sind hauptsächlich Bauern. Was können die hier tun?«

»Zunächst einmal sich krumm arbeiten. Mißverstehen Sie mich nicht — ich will nicht, daß Bangladesch oder ein anderes Land seine Gammler und Verbrecher an uns los wird. Wir brauchen Menschen, die in ihrer Heimat keine Zukunftsaussichten haben, die aber noch den Ehrgeiz und die Hoffnung besitzen, eine sich bietende Gelegenheit beim Schopf zu packen. Das wird Ihre Aufgabe sein: dafür zu sorgen, daß unser Angebot die richtigen Menschen erreicht, und uns die Informationen zu liefern, aufgrund derer wir sie überprüfen können. Miss Olivero besitzt eine Akte, in der alle Einzelheiten enthalten sind.«

Carmen zog eine Kassette aus der Tasche und hielt sie Saleh hin. Dieser zögerte einen Sekundenbruchteil, bevor er sie ergriff. »Ich anerkenne, was Sie hier versuchen wollen«, sagte er schließlich zu Meredith. »Aber glauben Sie wirklich, daß Sie hier einer großen Anzahl Menschen ein besseres Leben bieten können?«

»Nein, aber die meisten werden nicht lange hierbleiben. Sobald sie die notwendige Schulung und Ausbildung erhalten haben, werden wir sie in die benachbarten Imperien schicken, damit sie die Installierung und die Verwendung der Spinneretkabel überwachen.«

Saleh runzelte die Stirn. »Was sollen sie tun?«

»Sehen Sie mich nicht so erstaunt an. Die ganze Zeit über hat uns die Tatsache, daß die Kabel mühelos für Kriegszwecke verwendet werden können, Sorge bereitet. Ich will nicht, daß das Zeug dazu benützt wird, und auch keine der Rassen, mit denen ich gesprochen habe, will es — zumindest behaupten sie es. Deshalb wird von nun an jedes Kabel von einer kleinen Gruppe Überwacher begleitet werden, die bei der Installation anwesend sind und sich vergewissern werden, daß es für den Zweck verwendet wird, den man uns genannt hat. Andere Teams werden diese Installationen in regelmäßigen Abständen überprüfen — sowohl, um sicher zu gehen, daß es sich noch an Ort und Stelle befindet, als auch, um Langzeituntersuchungen über das Nachlassen der Stärke usw. anzustellen. Im Augenblick werden sie natürlich nicht viel zu tun haben, aber es wird ohnehin eine Weile dauern, bis die Überwacher ausgebildet sind. Außerdem haben wir vor, eine Menge Kabel zu verkaufen.«

Saleh nickte nachdenklich. »Es könnte klappen — zumindest für einen Teil der Leute. Sie können sich darauf verlassen, daß ich bei diesem Projekt voll mit Ihnen kooperiere.« Er zögerte. »Ich hätte Ihnen meine Hilfe auch zugesagt, wenn Sie mir nicht gedroht hätten. Ihre Vorstellung von Astras Zukunft ist nämlich gar nicht so weit von der meinen entfernt.«

»Das freut mich.« *Zweites Ziel erreicht. Abgehakt.* »Dann habe ich noch einen Punkt.« Merediths Gesichtsausdruck wurde hart. »Wissen Sie, wie Ihre Kommandoeinheit gestorben ist?«

»Soviel ich weiß, sind sie im Kontrollturm der Spinnerhöhle mittels elektrischem Strom von Ihren Gorgonenhäuptern getötet worden. Ich weiß nicht, wie Major Barner das zuwegegebracht hat.«

»Major Barner hat überhaupt nichts damit zu tun. Einer Ihrer Männer hat dem Computer eine Frequenz eingegeben, von der er annahm, daß durch sie neue Aufseher beglaubigt wurden. In Wirklichkeit hat er etwas eingegeben, das man ungefähr mit ›Aufseher in Gefahr‹ übersetzen kann. Der Rest ergab sich automatisch.« Er machte eine Pause, aber Saleh schwieg. »Sie verstehen sicherlich, was das bedeutet, aber ich will es trotzdem verdeutlichen. Obwohl die Ctencri Ihren Spionen die besten Geräte und die neuesten Zerhacker zur Verfügung gestellt haben, konnten wir ihre Gespräche mit Msuya nicht nur abhören, sondern sogar unsere eigenen Informationen in ihre Datenübermittlungen einschleusen. Das bedeutet erstens, daß Sie sich auf nichts verlassen können, was Ihnen Ermakow und Co. geliefert hat, und daß Sie zweitens Ihre Zeit vergeuden, wenn Sie es noch einmal mit einem solchen Trick versuchen. Ist das klar?«

»Ja. Werden Sie die Wissenschaftler hinrichten lassen?«

»Ich hätte gute Lust dazu, aber ich werde es nicht tun. Ich möchte sie gegen die beiden Kinder von Doktor Loretta Williams austauschen, die Sie irgendwo in Schutzhaft halten. Doktor Williams bleibt bei uns, und es wäre schön, wenn sie ihre Familie bei sich hätte.«

Man merkte Saleh an, wie viele Fragen ihm auf der Zunge lagen, aber er nickte nur. »Sie werden so rasch wie möglich hierher gebracht.«

»Gut. Damit wären wir für heute eigentlich fertig.« Meredith erhob sich und hielt Saleh die Hand hin. »Lesen Sie Miss Oliveros Vorschläge sorgfältig und kontaktieren Sie uns, wenn Sie Fragen oder Einwände haben.«

Saleh ergriff Merediths Hand mit festem Druck. »Das werde ich tun; und ob Sie es glauben oder nicht, Oberst, ich freue mich darauf, bei diesem Projekt mit Ihnen zusammenzuarbeiten.« Er nickte Carmen zu, ging zur Tür und öffnete sie. Ein Schwall eiskalter Luft drang herein, dann schloß sich die Tür hinter ihm.

»Drittes Ziel erreicht und gewonnen«, murmelte Meredith, dessen Spannung jetzt langsam abklang. Wenn Saleh es nur halb so aufrichtig meinte, wie er tat, dann konnte das Ganze tatsächlich funktionieren. Er holte tief Luft und sah Carmen an. »Ich weiß nicht, wie es mit Ihnen steht, aber auf mich wartet in Unie ein Berg Arbeit. Gehen wir?«

Carmen schnaubte empört, während sie zu der Tür gingen, die zum Rest der Basis Martello führte. »Das klingt, als hätte ich nichts zu tun.«

»Es wird jetzt leichter sein, weil die Wahlschlacht ruhiger geführt wird.« Er sah sie an, während er ihr die Tür aufhielt. »Irgend etwas bereitet Ihnen doch noch Sorgen?«

Sie nickte. »Loretta Williams. Wieso sind Sie so sicher, daß sie jetzt auf unserer Seite steht? Vorausgesetzt, es handelt sich um kein Geheimnis?«

»Es ist kein Geheimnis, ich bin während unseres kleinen Ausflugs nur nie dazu gekommen, Ihnen die Geschichte zu erzählen. Sie wissen doch, wie wir das Kommunikationsnetz der Spione angezapft haben?«

»Major Barner hat gesagt, daß Sie Rooshrike-Geräte in die Funksprechgeräte eingebaut haben, so daß wir die Signale empfingen, bevor sie durch den Zerhacker gingen.«

»Richtig. Und da uns die Orspham Kopien der zerhackten Gespräche liefern konnten, knackten wir den Zerhackercode und konnten daraufhin unsere Computersequenz einsetzen, als Udani die Aufseherdaten übermittelte.«

»Warum haben Sie die fünf nicht sofort verhaftet, wenn Sie wußten, daß sie Spione sind?«

»Weil wir ihre Hilfe brauchten, um die Spinneret-Geräte zu entziffern. Außerdem war es nicht schlecht, daß Msuya annahm, er wisse mehr über das Spinneret als wir. Ermakow und seine Bande gaben uns in den Berichten, die sie uns lieferten, zwar wesentliche Informationen, aber sie lieferten diese Informationen auch an Msuya. Dank unserer Wanzen erfuhren wir alles, was sie herausgefunden hatten, aber Msuya war natürlich davon überzeugt, daß wir keine Ahnung hatten, wo wir den Aufsehercode suchen, geschweige denn finden sollten. Deshalb zerbrach er sich nicht weiter den Kopf über unsere Reaktionen.«

Carmen überlegte. »Wenn ich Sie richtig verstehe, waren Lorettas Berichte an uns also vollständig.«

»Nicht nur das. Nach Dunlops Putsch begann sie, die Daten zu frisieren, die in die andere Richtung gingen. Msuya erfuhr nie, wie groß das Rettungsboot wirklich war, und sie verlegte den Standort in ein ganz anderes Tunnelsystem.«

»Komisch, daß sie es nie erwähnt hat.«

»Eigentlich nicht. Weil sie es nicht beweisen konnte, befürchtete sie, daß wir es für eine bequeme Ausrede halten würden.«

Sie hatten die Tür erreicht, die auf Martellos Kais hinausging. Während sie ihre Mäntel anzogen, sah Meredith, daß es wieder zu schneien begann. Er hoffte, daß der Wetterbericht stimmte und daß der Schneesturm, den die Satelliten vorhergesagt hatten, nicht über diesem Gebiet niedergehen würde; die Rooshrike sollten zeitig am nächsten Morgen mit der Lieferung von zweihundert Tonnen Eisen und Aluminium beginnen. Er stieß die Tür auf, kniff wegen des Windes die Augen zusammen und ging zum nächsten Luftkissenfahrzeug voraus.

Carmen sprach erst wieder, als sie sich über dem offenen Wasser befanden. »Es wird nicht hinhauen. Ich habe dem Computer die Zahlen eingegeben, und das Kabel-Überwachungsprogramm kann bestimmt nicht so viele Menschen beschäftigen, daß es uns nützt. Auch wenn wir die Lehrer und die Organisatoren berücksichtigen, die wir für das Projekt benötigen, werden wir höchstens für zweihunderttausend Leute echte Jobs haben. Auch die Gesandtschaften, die wir überall errichten werden, sind dann nur noch ein Tropfen auf einem heißen Stein. Allein in Kalkutta gibt es über hunderttausend arbeitslose Bettler.«

»Richtig. Aber andererseits müssen wir uns nicht mehr auf Astra und die Erde beschränken.«

Carmen runzelte die Stirn und sah ihn dann überrascht an. »Sie meinen doch nicht den Spinnerplaneten?«

»Warum nicht? Die Feinde der Spinner sind ganz sicher längst über alle Berge, und es ist nicht anzunehmen, daß die Fruchtbarkeit des Bodens vernichtet wurde. Natürlich müssen wir den Planeten zuerst gründlich erforschen, und wir müssen auch mehr über diesen Antrieb mittels der schwarzen Löcher erfahren, damit wir größere Schiffe bauen können. Das ist einer der Gründe, warum ich mich so sehr auf die Ausbildung unserer Immigranten konzentriere. Wenn wir soweit sind, daß wir den Spinnerplaneten freigeben, brauchen wir einen Kader fähiger Leute, die die Besiedlung anführen.«

Sie ließ nicht locker. »Und wenn der Spinnerplanet sich doch als unbewohnbar erweisen sollte? Was tun wir dann? Fangen wir an, die übrigen Systeme auf der Karte des Rettungsboots abzuklappern, bis wir etwas Passendes finden?«

»Das könnten wir. Aber wir könnten auch mit Hilfe unseres eigenen Raumantriebs das Gebiet um den Spinnerplaneten durchkämmen. Uns steht praktisch der Zugang zur ganzen Galaxis offen. In der Zwischenzeit werden wir die Menschheit soweit wie möglich im Raum verteilt und auf Astra den ersten echten Schmelztiegel seit 1776 geschaffen haben. Im großen und ganzen sind die Zukunftsaussichten der Menschheit rosiger als je zuvor.«

Hinter ihnen erdröhnten Repulser, und Meredith sah durch das Fenster des Luftkissenbootes dem startenden UNO-Shuttle nach. Es war zur Erde unterwegs — und Meredith kicherte.

»Was ist so komisch?« fragte Carmen.

»Ich habe es beinahe vergessen ... von dem Projekt Astra hatte ich mir vor allem erhofft, daß es mir die Brigadiersterne bringen würde. Jetzt werde ich mich wahrscheinlich mit echten Sternen begnügen müssen.«